国家出版基金项目
NATIONAL PUBLICATION FOUNDATION

华北抗日根据地及解放区文艺大系

陈 晋 郑恩兵 主编

晋冀鲁豫《人民日报》文艺文献全编

散文报告文学

第一卷

关小彬 高露洋 编

河北出版传媒集团
河北教育出版社

图书在版编目（CIP）数据

晋冀鲁豫《人民日报》文艺文献全编．散文报告文学．第一卷 / 关小彬，高露洋编．—— 石家庄：河北教育出版社，2023.12

（华北抗日根据地及解放区文艺大系 / 陈晋，郑恩兵主编）

ISBN 978-7-5545-7671-7

Ⅰ．①晋… Ⅱ．①关… ②高… Ⅲ．①文艺－作品综合集－世界－现代②散文集－中国－现代③报告文学－作品集－中国－现代 Ⅳ．① I11 ② I266 ③ I25

中国国家版本馆 CIP 数据核字 (2023) 第 043819 号

书 名	晋冀鲁豫《人民日报》文艺文献全编·散文报告文学·第一卷
	JINJILUYU RENMIN RIBAO WENYI WENXIAN QUANBIAN
	SANWEN BAOGAO WENXUE DI-YI JUAN
编 者	关小彬 高露洋
责任编辑	王艳荣
装帧设计	郝 旭
出 版	河北出版传媒集团
	河北教育出版社 http://www.hbep.com
	（石家庄市联盟路705号，050061）
印 制	石家庄众旺彩印有限公司
开 本	787毫米×1092毫米 1/16
印 张	24.5
字 数	318千字
版 次	2023年12月第1版
印 次	2023年12月第1次印刷
书 号	ISBN 978-7-5545-7671-7
定 价	148.00元

丛书编委会

顾　问

陈平原　刘跃进　王长华　李　扬

编委会主任

吕新斌

编委会副主任

彭建强　孟庆凯　刘　月

主　编

陈　晋　郑恩兵

副主编

董素山　向　回　汪雅瑛

编　委（按姓氏笔画排序）

马春香　王少军　田浩军　包来军　吉　喆　刘书芳　刘贵廷
关小彬　杨　程　杨春生　宋少净　张　辉　张川平　赵　华
高露洋　郭义强　阎晓宏　梁晓晓

编纂说明

在中国共产党百年发展历程中，文艺始终是党领导人民开展进步事业的有机组成部分，是党在各个历史时期的中心工作的实时反映和重要推动力量。"华北抗日根据地及解放区文艺大系"，是一部全面展示抗日战争和解放战争时期华北地区党的历史创造、奋斗风采和形象建构的大型革命历史文艺文献丛书，对于深入研究华北地区革命文艺史、红色新闻史，弘扬伟大建党精神、梳理中国共产党人精神谱系，是必不可少的第一手资料，是我们在新时代坚定树立文化自信的重要思想资源。

一、编纂缘起

抗日战争及解放战争时期，华北地处各方政治与文化力量激烈博弈的前沿，这种特殊政治、军事、文化、地理环境中产生的革命文艺，具有鲜明的地域性特征，是五四新文化运动以来的革命文艺发展史上的突出标识。

但一直以来，由于史料文献整理不足，对华北抗日根据地及解放区文艺的研究，始终未能深入，其独特的地域性实践价值和蕴含的文化创新意义被严重遮蔽。这些史料文献主要以党报党刊的形式呈现，梳理汇编这些党报党刊中的革命文艺史料，借之以探索华北革命文艺的发展路径、发展方向、创造机制和创新经验，是深入贯彻习近平总书记关于"把红色资源利用好、把红色传统发扬好、把红色基因传承好"，"用好红色资源、赓续红色血脉"等系列重要讲话精神的有力举措，也是新时代文艺研究者不可推卸的责任。

2017 年 6 月左右，我们去中国社科院文学所拜访时任所长刘跃进先生，协商合作研究事宜，寻求中国社科院文学所的帮助。请教过程中，刘先生建议我们结合地方特色，做好地方红色文艺文献的搜集整理与编纂出版工作。经过一段时间筹备，2017 年底，我们以"河北红色经典系列丛书"为名，正式申报"2018 年度河北省省级宣传文化发展专项资金"项目并成功立项，旨在通过选定刊行河北红色经典作品、梳理汇编河北红色经典研究资料、系统阐述河北红色经典发展历史等基础性工作，打造一个集大成式的河北红色经典文献资料库。

项目最初设计共二十四卷，包括六大板块：《河北红色经典史》一卷、《河北红色文艺作品选》六卷、《河北红色经典作家作品索引》三卷、《河北红色经典研究资料汇编》四卷、《〈晋察冀日报〉副刊文学作品全编》六卷、《晋冀鲁豫抗日根据地文艺作品及〈新华日报〉太行版文艺作品汇编》四卷。但在项目实施过程中，我们充分吸收专家意见，认为网络时代和大数据背景下的科研活动有了很大变化，《河北红色经典作家作品索引》与《河北红色经典研究资料汇编》的编纂工作，在当前学术生态中价值不大，并予以取消。同时，在项目实施过程中我们发现，《晋察冀日报》《人民日报》等党报除刊发大量文艺作品外，还有大量记录边区文艺工作者行迹，反映边区戏剧、音乐、文学、美术、舞蹈、曲艺活动与报刊书籍出版发行等各方面情况的文艺史料，以及体现我党文艺方向、方针变化的政策文件与重要领导讲话，是华北地域党和人民对敌作战的重要宣传武器，更是飘扬在华北地区军民心中一面旗帜。这些史料是华北地域革命文艺发生、发展与壮大的真实记录，对我们正确认识革命文艺的特点与历史地位有重要的决定性作用。

为此，我们精心整理了《〈晋察冀日报〉文艺文献全编》《晋冀鲁豫〈人民日报〉文艺文献全编》《〈晋察冀画报〉文艺文献全编》《晋察冀日报社人物志》（共五十一卷），同时收入全国抗战时期和解放战争时期与河北地域相关且被广大群众所喜爱并广泛传唱的红色文艺作品，结集为《河北红色文艺作品选》（共六卷），至此形成丛书目前的五大板块，而且将名称由"河北红色经典系列丛书"改为"华北抗日根据地及解放区文艺大系"，方便以后在此基础上做进一步拓展。

二、地域范围及文艺特质

华北抗日根据地包括当时山东、河北、山西、察哈尔、绥远、热河全部及豫北、苏北、皖北部分地区，分晋绥、晋察冀、晋冀豫、冀鲁豫、山东五大块。1941年，冀鲁豫合并到晋冀豫，称晋冀鲁豫。其中晋察冀抗日根据地作为开辟最早、地域最大、人口最众的模范抗日根据地，是华北抗日根据地的坚强堡垒，牵制和抗击了三分之一以上的华北日军和二分之一的伪军。

在河北及其邻省周边地区开辟与创建华北抗日根据地，是红军长征到达陕北之后党中央迅速做出的重大战略决策。这些根据地地处对日武装斗争最前线，不仅打开了抗战的新局面，成为华北敌后抗战的主战场，而且进行了新民主主义社会的实践探索，对解放战争的历史进程产生了巨大影响，成为我党开辟东北解放区的前进基地和逐鹿中原的战略后方。随着抗日根据地的开辟，延安文艺工作团、西北战地服务团、东北促进纵队干部队、八路军总政治部前线记者团等大批文艺工作者，随同党政干部一道陆续抵达华北，东北、平津的青年学生也纷纷冒着生命危险来到边区。他们一手拿枪，一手拿笔，深入农村与抗战前线，切身体会工农兵的生活，深刻了解工农兵的需求，从而根本上克服了艺术至上主义思想倾向。所以，华北抗日根据地及解放区文艺，既响应了伟大的民族抗战对文学艺术提出的时代要求，亦充分兼顾到广大人民群众的接受习惯和欣赏水平，真实地反映了华北人民火热的战斗与生产生活。很多作者本身就是农民、战士或基层工作者，他们把自己的经历和熟悉的人和事，通过小说、戏剧、诗歌、报告文学、歌曲、绘画、舞蹈等文艺样式记录下来，语言通俗平实，富有生活气息。由于产生于特定时代、特定区域而又适应特定需要，故而无论是题材、语言还是风格，在体现革命大众文艺共性的同时，又具有强烈的华北地域特性。

华北抗日根据地及解放区文艺的繁荣发展，是专业文艺工作者与工农兵群众共同创造的结果。人民群众不仅是革命文艺运动的主导主体、推进主体、受益主体，还是一切成败得失的评判主体。华北抗日根据地及解放区文艺，归根结底，是"以人民为中心"的文艺。

三、学术价值

今天的河北在抗日战争、解放战争时期是晋察冀、晋冀鲁豫两大根据地的中心区域，有着悠久的革命历史传统和丰厚的红色文化底蕴。据不完全统计，抗日战争和解放战争期间，仅晋察冀边区专区以上就办有报刊四百余种，编印图书五百余万册。如果将这种统计扩大到环绕河北的整个华北抗日根据地及解放区，时间扩展至从中国共产党成立到中华人民共和国成立，数据更为可观。这些红色图书、报刊的出版发行，团结了一大批来自全国各地的著名革命文艺家和专业文艺工作者，其中有大量文艺相关信息，是研究近现代中国革命文艺的重要史料。但因受当时物质条件及复杂局势影响，它们传播范围有限，保存困难，如今已普遍出现老化或损毁现象，面临着消失、断层的危险。

长期以来，由于对抢救、整理和利用红色文艺文献的意义认识不足，现行的科研评价、出版机制亦难以有效刺激科研工作者积极从事老旧报刊等红色文艺文献的系统整理，大量有待整理的红色文艺文献尚未进入学界的视野。特别是华北抗日根据地及解放区的文艺文献，有很多甚至还是学术盲区。如《冀中导报》《救国报》《边政导报》《冀南日报》《团结报》《前进报》《新察哈尔报》《冀热察导报》等各类党报，以及《冀热辽画报》《冀中画报》《北方文化》《五十年代》《新长城》《新群众》《诗建设》《诗战线》等期刊，虽有部分学者对其办报（刊）历程、思想以及传播等方面予以研究，但均无系统的文艺文献整理本。"华北抗日根据地及解放区文艺大系"整理的《晋察冀日报》、晋冀鲁豫《人民日报》、《晋察冀画报》，是当时华北抗日根据地及解放区党报党刊的典型代表，是党的理论和实践同文艺结合的主要媒介和载体，是华北革命文艺重要的传播平台。这些报刊，既客观记录了华北革命文艺的传播与发展，也完整展现了华北革命文艺的特殊使命与风格特征，具有极其重要的史料价值。在此基础上，我们还会将视角延伸到《晋绥日报》《新华日报·太行版》《新华日报·太岳版》等党报，不断地充实这套大型文献史料丛书，以此来系统建构华北抗日根据地及解放区的"文艺史料学"。

四、丛书特色

这套丛书的编纂，主要以抗日战争及解放战争期间华北境内各根据地、解放区出版、发行、制作之图书、期刊、报纸等红色文献中的文艺资料为内容。编纂特色主要包括：

（一）抢救珍贵历史文献，弘扬伟大建党精神。

华北抗日根据地及解放区的红色文献发行于条件艰苦的战争年代，数量少，印制质量粗糙，历经岁月的洗礼，留存下来的品相完好者已经很少，有些到今天已成孤本。这些文献作为特定历史时期和区域的产物，见证了中国共产党领导华北人民争取民族独立和人民解放的伟大历程，反映了华北近代社会的巨大变化，蕴含着珍贵的史料价值和鉴往知来的现实意义，是中国共产党领导的文艺事业、新闻出版事业与意识形态建设发展的历史见证。它们诠释了党的初心和使命，蕴含着坚定的理想信念与崇高的革命精神，到今天仍然具有强大的感染力与说服力，是陶冶情操、磨炼意志、走好新时代长征路的有效精神资源。抢救性搜集、整理与研究这些珍贵历史文献，有利于增强党政干部政治信仰，弘扬伟大建党精神和践行社会主义核心价值观。

（二）文艺与党史密切融合，拓展革命文艺与党史研究的新视野。

革命文艺作品的创作、发表和传播，和党的历史任务和奋斗实践是分不开的。在艰苦卓绝的革命岁月，奋斗前行的中国共产党始终强调，既要拿"枪杆子"，也要拿"笔杆子"。革命的文艺工作者，一手拿枪，一手拿笔，深入农村与抗战前线，以人民大众易于接受和欣赏的形式，宣传党的政策，推行党的方针，为中国共产党顺利完成不

华北抗日根据地及解放区

文艺大系

同历史阶段的中心任务和伟大使命发挥了独特而重要的作用。本套丛书收入的文献史料，主要是抗日战争与解放战争时期党报党刊中的文艺作品与文艺史料，它们鲜明生动地体现了党的历史，党领导人民争取民族独立、人民解放的奋斗历程和精神面貌，从而为学界从文艺角度研究党史和从党史角度研究文艺提供了有力支撑。

（三）作品汇编与史料梳理并行，还原革命文艺的历史场域。

"华北抗日根据地及解放区文艺大系"的编纂，全面辑录华北抗日根据地及解放区党报党刊上刊登的诗歌、小说、戏剧、报告文学、散文、歌曲、版画等文艺作品，并系统梳理当时文艺发生、发展、传播以及社会各界文艺活动的各类消息和报导，同时选编了大量的河北红色文艺作品作为补充。这种文艺史料与文艺作品的配合整理，还原了革命文艺的历史场域，有利于构建对革命文艺的科学认识。

五、丛书内容

（一）《〈晋察冀日报〉文艺文献全编》共三十八卷：

诗歌三卷

戏剧一卷

小说二卷

文艺评论三卷

文艺史料九卷

外国文艺二卷

散文报告文学十七卷

歌曲版画一卷

（二）《晋冀鲁豫〈人民日报〉文艺文献全编》共十一卷：

诗歌一卷

戏剧、小说、文艺评论一卷

散文报告文学五卷

文艺史料四卷

（三）《〈晋察冀画报〉文艺文献全编》一卷

（四）《晋察冀日报社人物志》一卷

（五）《河北红色文艺作品选》共六卷：

诗歌一卷

戏剧一卷

散文一卷

小说三卷

六、编纂体例

（一）整套丛书题材丰富、门类众多，在体裁上不做强行统一。

（二）丛书中所录作品均为当年报刊发表的原文。为确保丛书的文献性、学术性、专业性和资料性，丛书编辑加工的总原则为保持文献原貌，内容上不做改动。

（三）文字的使用

1. 丛书中文字的使用以2013年教育部、国家语言文字工作委员会公布的《通用规范汉字表》为准。

2. 丛书中的古体字、通假字、俗体字，以及所涉及姓名字号、职官地理等专用字，均予保留。

3. 丛书原文字迹模糊残损，但仍可辨认或可依上下文校正，以字外加方框"□"表示；原文缺字或无法辨识，且无法校补，每字以一个方框"□"表示；如无法统计所缺字数，则以"▨"表示。

4. 丛书中数字的使用，保持原貌。

（四）标点符号及其他符号的使用

1. 丛书在不改变原文意义的情况下，将旧式标点改作现行标点符号。

2. 丛书原文中出现代表文字的符号，如"×""△""○""▲"等，保持原貌。

3. 丛书原文中的着重号、专名号等不再保留。

（五）其他

1. 丛书原文中的注释，保持原貌；编者亦出部分注释，供读者参考。

2. 因为原始文献本身产生于战争年代，保存不易，漫漶不清处较多，丛书疏误之处在所难免，希望专家读者批评指正。

七、鸣谢

本套丛书得以顺利面世，要特别感谢中共河北省委宣传部、河北省社会科学院、河北教育出版社的资金支持，以及北京大学陈平原教授、中国社科院文学所刘跃进研究员、南开大学文学院李扬教授、河北师范大学文学院王长华教授等，为丛书编纂提供了多方面的学术支撑；晋察冀日报社老报人及报史研究会诸位老师，中国社科院文学所现代室、中国丁玲研究会、中国现代文学馆各位专家，也在丛书编纂过程中提出了许多建设性意见；院内外的数十位年轻科研工作者，在原文录入和校对方面付出了艰辛劳动，确保了项目的顺利进行。在此一并致谢。

把艺术交给大众（代序）
——祝贺"华北抗日根据地及解放区文艺大系"结集问世

中国社会科学院　刘跃进

　　由河北省社会科学院文学研究所编纂、河北教育出版社出版的"华北抗日根据地及解放区文艺大系"结集问世，值得庆贺。

　　文艺是时代前进的号角。1937 年 7 月 7 日，卢沟桥事变爆发，全面抗战由此而起。广大的爱国知识分子和青年学生，表现出同仇敌忾的民族气节，走出书斋，走出校园，用知识，用智慧，用不屈的精神力量唤醒民众，用实际行动担负起抗日救亡的历史重任。在此后的岁月里，延安文艺和华北抗日根据地及解放区文艺，是中国共产党领导下的两大主体，双峰并峙，展示着那个时代的风貌，引领了那个时代的风气。

　　随着抗日根据地的开辟，延安文艺工作团、西北战地服务团、东北促进纵队干部队、八路军总政治部前线记者团等大批文艺工作者，随同党政干部一道陆续抵达华北，东北、平津的青年学生也纷纷冒着生命危险来到边区。他们一方面积极创作大量街头剧、活报剧、街头诗、墙头小说、木刻版画、歌曲、舞蹈等革命文艺，开展抗日救亡宣传运动；一方面也通过开办文艺干训班，开展各行业、各阶层甚至全民的文艺创作与评选活动，吸引工农兵群众加入文艺队伍，掀起了"晋察冀一周""冀中一日"等具有深化性质的群众写作运动，以及"创造模范村剧团""穷人乐"等群众戏剧运动，为晋察冀文艺史添上了浓墨重彩的一笔。

说到这里，我想起 2009 年参加《北平学生移动剧团团体日记》捐赠仪式的一段往事。从 1937 年到 1938 年，在中国抗战史上唯一以大学生组成的"北平学生移动剧团"在长达一年半的时间里，历尽艰难，转辗于国民党第五战区的各个战场，演出话剧，创办报纸，宣传抗日，鼓舞斗志，谱写出响彻云霄的时代赞歌。移动剧团的成员每人一周轮流记述，用日记形式记录了那段不平凡的岁月，《北平学生移动剧团团体日记》就是这部历史的记录。它不是写给个人看的私密记录，也不是为将来面世扬名。作者完全出于一种历史责任，真实客观地记录了那段鲜为人知的历史，体现出强烈的史家意识。日记封面上有这样一段题记，"北平学生移动剧团·愿我永恒·中华民国二十七年二月二十三日始·璧华"。孤立地看这部日记，也许没有什么轰轰烈烈的战斗业绩，也没有什么感人肺腑的情感纠结。客观、平实是它的本色，正是这种本色，为那个历史年代留下一段真实。"北平学生移动剧团"的抗日活动，是文艺工作者投身抗日洪流中的一个历史缩影。

随着抗战的胜利，察哈尔省会张家口解放，晋察冀文协、晋察冀剧协、晋察冀音协、晋察冀美协、晋察冀通讯社、晋察冀边区剧社、晋察冀日报社、晋察冀画报社等文化团体随中共晋察冀中央局和军区领导先后开赴华北根据地，一大批文艺工作者也随之来到华北，开展丰富多彩的文艺活动。他们坚持毛泽东《在延安文艺座谈会上的讲话》中指出的方向，一手拿枪，一手拿笔，深入农村与抗战前线，既为切身体会工农兵的生活，也为深刻了解工农兵的需求，从而在根本上克服了自身相当普遍和严重的艺术至上主义思想倾向，为工农兵而创作，为工农兵所利用，以人民大众易于接受和欣赏的形式，普遍写人民大众的生产战斗故事。譬如左翼作家邵子南，于1938年10月随西战团到晋察冀，主持战地社日常工作，主编《诗建设》；1943年整风运动后，他到阜平任小学教员，在反"扫荡"中与群众、民兵一起转移、战斗，还直接在五丈湾跟随李勇的游击组对日寇展开地雷战；1944年5月随团回延安，在鲁艺任教，后调陕甘宁文协搞专业创作，开始大量创作反映晋察冀边区生活的小说。他以亲身体验为基础创作的短篇小说《李勇大摆地雷阵》（后改为《地雷阵》），运用阜平农民群众的语言，以口语化方式讲述了爆炸英雄李勇的抗日故事，明显吸取了民间说唱文学的优点，特别是在白话叙述中还插入不少快板式的韵白，更适合群众的喜好，因而在当时广为流传，家喻户晓，起到了很大的宣传鼓动作用。其他作品，如《荷花淀》《太阳照在桑干河上》《漳河水》《赶车传》《王九诉苦》《孟祥英翻身》《新儿女英雄传》《白求恩大夫》《我的两家房东》《穷人乐》《李殿冰》《戎冠秀》《没有共产党就没有中国》《团结就是力量》《没有土地的人们》《白毛女》等，都是成功的文艺典范，在现代中国文学史上占据比较重要的位置。

在华北抗日根据地及解放区的文艺创作成果中，还有数以万计的文艺作品和极具研究价值的文艺史料刊发在根据地及解放区所办的报刊上。很多作者，本身就是农民、战士或基层工作者。他们把自己的经历和熟悉的人和事，通过小说、戏剧、诗歌、报告文学、歌曲、绘画、舞蹈等文艺样式记录下来，语言通俗，富有生活气息。人民既是历史的创造者，也是历史的见证者；既是历史的"剧中人"，也是历史的"剧作者"。让故事中的人物自己编词、自己表演的创作方式，很好地反映出人民的心声，并让人民群众从生动活泼的艺术作品中得到教育，这确实是一个成功的尝试。

配合党的中心工作，"把艺术交给大众"，通过文艺唤醒大众，这已成为华北文艺工作者的自觉意识。他们积极响应伟大的民族抗战对文学艺术提出的时代要求，充分兼顾到广大人民群众的接受习惯和欣赏水平，创作了大量的作品，真实地反映了燕赵儿女火热的战斗与生产生活，起到了良好的宣传教育与鼓动激励效果。刘萧无编排新闻报道剧《李殿冰》，编剧与演员一起住到李殿冰家里，以便于熟悉主人公的生活，搜集真实生动的群众语言，还模仿他们的动作，理解他们的心理，甚至还让主人公李殿冰等直接参与剧本的修改和编排。描写群众的生活，邀请群众参与创作，这是当时文艺工作者走群众路线的生动体现。该剧演出后获得当地老百姓的极大赞赏，鲁中实验剧团还专门学习该剧的创作方法，创编了三幕五场话剧《过关》。艾思奇《前方文艺运动的新范例》更是誉其开创了前方文艺的新范例。抗敌剧社的《王老三减租小唱》、冀中火线剧社的话剧《我们的母亲》，也都具有这种特色。

这些文艺作品，可能略显仓促，有的甚至急就于战火中，所以在素材提炼、人物形象塑造以及语言的使用、细节的刻画等方面还有很多不足。但是，这不是一般意义上的创作，而是燕赵大地为争取民族独立、人民解放的集体记忆和行动号角，是中国革命事业的重要组成部分。华北抗日根据地及解放区的文艺，有很多这样未经沉淀的纪实作品，不管其艺术性如何，但在发动群众、组织群众、铸就抗击日寇和国民党反动派铜墙铁壁方面，发挥了无可替代的作用。20 世纪五六十年代，河北地区涌现出大量的红色经典，便是华北抗日根据地及解放区文艺的传承和发展。

2017 年 6 月，河北省社科院文学所郑恩兵所长来京与我们协商合作研究事宜。我根据所了解的信息，建议他们结合地方特色，做好地方红色文艺文献的搜集整理与编纂出版工作。"华北抗日根据地及解放区文艺大系"就是那次商讨的成果。全书由五个部分组成：第一部分为《晋察冀日报》文艺文献全编，第二部分为晋冀鲁豫《人民日报》文艺文献全编，第三部分为《晋察冀画报》文艺文献全编，第四部分为晋察冀日报社人物志，第五部分为河北红色文艺作品选。全书收录各种文体的作品六千余种，包括小说、诗歌、文艺评论、戏剧、报告文学、散文、文艺通讯、美术、书法和音乐、文艺史料，还有文艺信息、文艺广告，基本涵盖了华北抗日根据地及解放区的文艺创作情况，具有很高的研究价值。

时值中华人民共和国成立七十五周年之际，我们有机会阅读这部皇皇五十余册的"华北抗日根据地及解放区文艺大系"，更加深切地感受到新中国的建立真是来之不易，她是无数条战线的可歌可泣的人们不懈奋斗的结果。在这样一个特殊的日子里，我们感念当年那些有名无名的作者，感谢参与整理工作的学者，当然，更要感激我们这个伟大的时代。

目　录

三个朋友 ……………………………………………… 1

紧张而愉快的人们 ………………………………… 10

翻身教员和地主教员 ……………………………… 13

回到革命故乡大别山 ……………………………… 15

大别山的"神话" …………………………………… 18

徐老悼范亭同志 …………………………………… 20

悼我的父亲 ………………………………………… 21

银筷子 ……………………………………………… 23

三十八军的勇士们 ………………………………… 25

检讨我办小报的"客里空" ………………………… 27

清水河里洗混蛋 …………………………………… 29

游击英雄马广安 …………………………………… 30

黑二锤积极了 ……………………………………… 33

打过黄河的第一个献礼 …………………………… 36

重获解放的南满人民 ……………………………… 38

从今日回忆辛亥革命 ……………………………… 41

打破了地狱之门 …………………………………… 44

一个思想转变的自述 ……………………………… 45

在行军中的时来亮班 ……………………………… 48

我觉悟了 …………………………………………… 49

评双十节 …………………………………………… 53

我会见了季米特洛夫同志 ···························· 56

"旅长,快起来吧!" ······························· 61

老根嫂 ··· 62

人民的堡垒 ····································· 64

铁托和新南斯拉夫 ······························· 68

为他们复仇 ····································· 72

翻身英雄李保孩 ································· 76

勇敢的电话班长 ································· 81

任明瑞的地雷阵 ································· 83

"给你拿馍馍去!" ······························· 86

北京猿人发掘地的解放 ··························· 88

捷共领袖在青年节大会演讲 ······················· 90

世界青年节大会通讯:"万岁毛泽东!" ················· 92

作家的呼声 ····································· 95

坚决反对地主立场　站到人民方面来 ··············· 100

红军的妈妈 ···································· 105

芦桥村学会了打仗 ······························· 108

周口战后巡礼 ·································· 112

无穷的火光 ···································· 114

计取红庙寨 ···································· 116

蒋匪军妙闻 ···································· 117

顽强不屈的郭堂村 ······························· 118

参军小故事 ···································· 120

星星之火可以燎原 ······························· 122

灾难千里 ······································ 127

华北抗日根据地及解放区

文艺大系

一手持枪，一手分田 …………………………………… 131

杀敌英雄梁同合 …………………………………… 136

坚守岱崮的英雄们 …………………………………… 138

访残废军人教养院 …………………………………… 140

从"献地"宣传中看我们的立场 …………………… 144

宋江河畔的英雄气概 ……………………………… 149

水长虫 ………………………………………………… 151

参军喜 ………………………………………………… 153

床下将军 ……………………………………………… 155

在土改中成长的考城大队 ………………………… 156

不屈的陕南人民 …………………………………… 160

我是民夫也是战士 ………………………………… 162

给丈夫戴花 ………………………………………… 167

坚持斗争的模范——赵洪严 ……………………… 169

老狗熊担圈 ………………………………………… 171

垂死的济南 ………………………………………… 173

田苏娥说动了丈夫的心（参军故事） …………… 175

走马点火发动群众 ………………………………… 177

由老解放区到石门 ………………………………… 181

清算运动 …………………………………………… 185

晋察冀遣送日俘纪行 ……………………………… 187

咱村变了样 ………………………………………… 190

"留下他去打老蒋吧" ……………………………… 192

全家喜欢 …………………………………………… 194

四十八个政治兵 …………………………………… 196

中共影响在日本的发展 ……………………………………… 197

我看到了真正的中国 ……………………………………… 200

陇海线上的翻身运动 ……………………………………… 206

今日的大杨湖 ……………………………………………… 208

生擒装甲火车 ……………………………………………… 210

水上英雄李文山 …………………………………………… 212

在一个新兴的国家里(南斯拉夫通讯) ………………… 214

当一个光荣的阶级战士 …………………………………… 218

突击 ………………………………………………………… 222

访问新兵营 ………………………………………………… 226

穷人的心是抢不走的 ……………………………………… 228

强大的意国人民运动 ……………………………………… 231

割毒瘤 ……………………………………………………… 237

检查官僚主义 ……………………………………………… 240

在克里姆林宫 ……………………………………………… 241

踏破辽河千里雪 …………………………………………… 246

我尊敬美国共产党并爱美国人民 ………………………… 250

攻进洛阳城 ………………………………………………… 255

王匪就擒记 ………………………………………………… 257

桌上的表 …………………………………………………… 259

共产党人 …………………………………………………… 260

季米特洛夫的矿工 ………………………………………… 264

在东满的火车上 …………………………………………… 268

大别山的小故事 …………………………………………… 271

"富宁夏"的惨象 …………………………………………… 272

华北抗日根据地及解放区
文艺大系

解放军到了新区 ·························· 276

今日长春 ···························· 279

黄土堡争夺战 ·························· 281

两颗手榴弹打下一个集团碉堡 ················ 283

"不要忙,我们下来了!" ··················· 284

九颗炮弹击碎胡宗南一场梦想 ················ 286

四勇士夺回槐树圪塔 ····················· 287

在外壕里 ···························· 290

夺取玉皇庙顶的战斗 ····················· 294

对新鲜事物的感觉是布尔什维克高贵的品质 ········· 295

英国的煤荒和矿工 ······················ 301

临汾出了太阳 ·························· 306

梁培璜俯首就擒记 ······················ 310

临汾解放第一天 ························· 312

地道战 ····························· 314

临汾火车站的攻克 ······················ 316

手电筒的故事 ·························· 317

三支穿心箭 ··························· 318

新的青年新的生活 ······················ 320

血战一〇三阵地 ························· 325

介绍匈共领袖马蒂亚斯·拉科西 ··············· 328

从黑暗到光明 ·························· 333

丑恶慌乱与分崩离析 ····················· 335

追记强渡淮河时的刘伯承将军 ················ 342

捷克公营工厂的工人与厂方 ················· 345

担架队变成战斗队 ……………………………………………… 347

"天网难逃" ……………………………………………………… 349

捞尸 ……………………………………………………………… 352

战争之后 ………………………………………………………… 354

张效俭"作威作福"不合事实 ………………………………… 360

最后一战 ………………………………………………………… 361

三 个 朋 友

韦君宜

老朋友！你刚从北平来吗？八年不见，如果在街上碰见，真是彼此都不敢认了。不要惊奇，你看我这副样子，像不像你们那里的清道夫？

你问我这十年来的变化吗？那真是一部二十四史，从何说起？

也别把我们解放区人捧得太高，叫我脸红，当初咱们谁还不是一样？谁都是一点一点变。说跟我学可不敢当。——要你问我的良师益友么，我可没有什么伟大人物的惊人事迹可以告诉你，我的朋友也是平凡的人，变也是平凡的变，也好，我就随便说一段。

四三年我刚刚下乡，住在刘家庄新选的劳动英雄刘金宽家。我在这村庄里有过三个朋友，三个人三样，一个知识分子，一个绅士，还有一个是农民。

先说这农民朋友，就是我的房东刘金宽。一开始去，我和他自然说不上朋友，住在那里，自己常觉得好像上西天取经的唐三藏似的，为了要成正果，只好咬着牙去受罪吃苦，去熬过那九九八十一难。我每天尽我所能地想办法和他们在生活上打成一片，想使他们不看外我。除了做工作，我天天跟他们上山，用心去了解什么"直谷""志谷""安种谷"……自从下乡，几个月就没剃过胡子。刘金宽女人回娘家去了，我就躺着和他住到一个炕上；刘家的驴草用完了，我帮他们铡草；他家院子脏了，我替他们扫院。临下乡以前，我故意连一本文艺书也不敢带。甚至因为刘老太婆天天用诧异的眼睛看我刷牙，我觉察了，就连牙都不敢刷了。

你也不能说我在那里整天都像充军似的，我也和他们一起说说笑笑。刘老太婆的母鸡开始抱窝，我拿着第一只小鸡，跑着笑着去送给他们看。驴子吃草忽然吃多了，我也能高兴地和他们谈论一整晚上。有一个时期，连我自己也几乎相信我真的完全改变了。——但是不行！挖土担粪我全不怕，只有咬牙就能成，只有一点终归骗不了自己，心里总好像有一块不能侵犯的小小空隙，一放开工作，一丢下锄头，那空隙就慢慢扩大起来，变成一股真正的寂寞，更禁不住外界一点刺激。好像靠抢替考了一百分的小学生，一当堂试验就露了马脚。

就说有一回，我接到一个远方女友的信。信上说：成都的情调像北平，深巷里听到卖花声。她问："你呢?"接信以后的几天，我的寂寞感达到了最高度。一个下午，我独自蹲在刘家院里的石槽旁边，望着墙外那渐渐朦胧的树梢，试听听看吧——院子里的石碾子发出极沉重的支吾支吾声，那是刘老太婆拉着碾子在压黑豆钱钱，粗麻绳套在她肩膀上，接着刘金宽的女人站在院心发出一声长吼："尔唠唠唠唠……"立刻一口大黑母猪带着一群小猪直冲到我身边的石槽上来吃食，大猪叫道："哼哼哼！"小猪叫道："吱吱吱！"这现实环境和那信简直是个极具讽刺性的对比。我禁不住轻轻地"嘻"了一声！刘金宽正走了过来，偏偏听见了。他就说："老吴你愁什么——噢！一定又愁咱们少下的那只猪娃子了。"于是他就告诉我，后晌她们寻着了它，原来它跌在茅坑里，闷成了一个屎圪蛋，不知还能活不。刘老太婆和刘金宽女人也都接过口来。这一个黄昏，她们全家老小就只在谈论那掉在茅坑里的小猪，吃饭也在谈，做活也在谈。我本来知道，我应该随着一起谈的，但是那寂寞既经来了，就不肯去，越扩越大，像一块石磨一样压住我的心思，我一言不发地吃饭，连饭都吃得很少。放下饭碗，背着手走到院心，在这阵寂寞的袭击之下，我把别的道理一下子都忘了，心里堵着一个念头："即使是唐三藏取经，路上也得歇歇腿。就随便有个什么地方让我散荡散荡也好啊！"真真凑巧，正在这时候，村长忽然跑进门来招呼我，说专署今天又派了一个知识分子干部到刘家庄来了。

那个人叫罗平，是做经济工作的，我在城里认识他，但是一点也不熟。老实说，我还有点讨厌那家伙"嘻嘻嘻哈哈哈"一套敷衍应酬的作风。但是不知道什么缘故，这一下我听到他来，高兴得好像孤身一人在遥远寂寞的异乡遇见了至亲骨肉，好像他是我专心盼望了一个多月的唯一知己。听到消息，我立刻跳起来就一直跑到村口去欢迎他，替他背挂包，扛行李，拉着手跑进村来。我招呼他吃饭啊，喝水啊，洗脚啊，当天晚上我特别跑到村合作社去和他睡在一起，东问西问城里的情形。我把我自己所知道的刘家庄情形，干部、劳动英雄、风俗人情，甚至我个人的生活情况全都告诉了他。他跟我讲讲城里最近开的美术展览会，新来的外国人以至某某人的恋爱纠纷等等。我觉得这些东西到了我的耳朵里真惯熟真滑溜，好像这些才是我自己那个世界里的东西，不知不觉就谈到快鸡叫才合眼。

和他扯的时候我很高兴，脑子里无挂无碍什么也没想。一直到合上眼以后，朦朦胧胧，突然一个念头跳到我的意识中间，这晚上的情景忽然使我联想到三七年流亡在汉口，曾有过依稀相像的感觉——朋友！你还记得吗？那一次看电影，我告诉你的一句话，我说："一进了这淡蓝色墙壁的电影院，电灯一暗，银幕一闪，音乐台前爵士乐的调子铿铿锵锵奏起来，我就感觉一种说不出的熟悉的气氛，好像脱离了这个酷热而生疏的汉口，回到自己原来熟惯的一个优美安适的世界。"这句旧话在刘家庄半夜里涌现出来。我猛然觉得好像有一个人站在黑暗地方比着手势嘲讽我，那个人在笑："哈哈！嘿嘿！你原来还是老样子！"我真觉得没地方可以躲开他的嘲笑。

我真还是老样子吗？——可不是！到了这时候，寂寞也排遣完了。自己睡在这个生地方，想起刘金宽家不定怎么等我找我呢，倒觉得自己好像一个开小差的兵似的，难受了整整一夜，在合作社那床上怎样也睡不着。第二天一大早，我红着脸跑回刘金宽家去，这一天帮他们做活做得格外卖力。

我跟刘金宽的变工组上山去种谷子。刘金开和王相如一组，我和刘金宽一组，他耕行子，我跟在后面拿粪点籽。谷雨过后的小春风，在山上荡来荡去。一个山峁接一个山峁，像被风掀动的大浪。谷子地旁边的麦苗已经有三四寸高，漾起一层翠绿的小波纹，一波赶着一波。我鼻子使劲一吸，肺里立刻充满了磅礴清新的大气，再长长的呼出一口去。刘金宽在前边听见了，回头问我："老吴怎么了？为甚又长出气？"我说："没什么？我觉着这地里怪美的，景致多好！"他说："是啊！今年地里壤气实在好。你看那片麦地，齐格蓬蓬满山绿，保险请你老吴吃好面啦！"我赶紧也转过话头谈起庄稼来，他耕得很深，含着湿气的黑土翻起来，埋过我的脚面。土里好像有一股饱满温热的香味，也给翻了出来，闻着很舒服。太阳升高了，我出了汗，一上来那份不安才渐渐消失下去。我自己问自己："我在这个红太阳绿麦田的世界里不也很快乐吗？这也是我的世界，为什么总留恋那个淡蓝色墙壁的世界呢？为什么不能拿刘金宽当做我的知心朋友呢？为什么……"——一面出汗一面想，两人越耕越快，一会儿就赶上了前面的王相如和刘金开。听见王相如、刘金开正在议论着刘金宽赶的地垧数实在，不像陈发兴虚报垧数，对减租又是明减暗不减。

刘金宽忽然大有感触地挺起胸来，大声说："那谁还不知道？他从老人手里租黄家七垧地，现在又成了五垧，这是图瞒哄自己庄上人，还是图瞒哄老吴？看人家老吴起早晚睡替咱谋虑，跟咱上地受苦，心眼里全是为咱嘛！昨晚上因为我的猪娃子跌在茅坑里，老吴愁得饭都吃不下，就是自家老人，自家亲兄弟，看能不能赶上老吴这样待咱们亲？"

我脸上猛然一发烫。他这句话正撞上我心里自怨自艾的念头。我不说你自然也知道，我到那里本是专为去向他们进行教育的，尽管和刘金宽天天在一起，吃在一起，住在一起，但他在我心里的地位，只是我的一个工作对象，是许多对象中间的一个，犹如满山高粱中间的一根。但是，他对于我却正相反。他真把我当成知心朋友看。或者说比知心朋友还要高一层。我刚到的时候，刘老太婆曾经告诉过我，刘金宽那年是四十六岁，他家连租地带自地一共十五垧，但是刘金宽后来却对我说：他其实只有三十七岁，地亩也还多着七垧。他说他妈谎报，她太落后，相信别人的造谣，怕前怕后，怕我们要拨回去做公家人；她又相信地主黄四爷是恩人，不愿意减租。此外，我还从他嘴里知道了他一辈子的几件奇耻大辱——黄四爷十九岁的小老婆打过他的嘴巴，小少爷拿他当过马骑等等。我早就看得出刘金宽是一个很要强不低头的人，这样的事怕很少和人谈过吧，但是却拿来和我这个相识只有两个月，过去生活天差地远的人来谈。他这样曾使我很惶惑，特别是那晚上我为了逃避寂寞跑去找了罗平，第二天反倒在山上听见刘金宽这些夸我的话（还说我为他愁呢!），我真觉得他比骂我还厉害。从这一个由头，勾起我想到刘金宽平日待我那些情形。我在自己心里暗暗评量：假如我妈也在解放区，她若是不愿意减租，或偷偷埋怨革命等等，我能把这些事都告诉刘金宽这样的人不能？——不能够！这简直不可想象！我一向自负是心地最纯厚的人，只会自己吃亏，没做过亏负人的事。但是，这时在刘金宽的面前，突然使我感觉到，自己有点像旧小说里写的那种负义之徒，人家待他义重如山，向他托妻寄子，他却看不起这八拜之交，另外去和宰相尚书家里攀结亲眷了。

我从后面看着他。他站在铺满阳光的山坡上，土地在他的桨子底下一片片开花，高大的背影衬在碧青的空间，格外显明；好像一根大粗柱子，在青天和大地中间撑着。这一比，比得我多小啊！

从那天早上，我拼命下了决心，要真心和刘金宽他们做朋友，和他们在一起要真能快乐，不再寂寞。实在的，以后我在刘家庄觉着心上轻松多了。吃饭说话洗脸刷牙，不再觉得像背着一个重担。你知道，一个施粥的慈善家和受施舍的穷人，是没有办法成为朋友的。我在刘家庄，开始觉得自己是他们中间的一个的时候，我就开始快乐起来了。

以后我还去找过罗平。但是，和刘金宽处久了，倒觉得那些外国人和恋爱纠纷之类，到了耳朵里反而生疏。同时，他那嘻嘻嘻哈哈哈的应酬作风，重新引起了我的反感。我无论工作有困难或生活有问题，都更爱和刘金宽商量。因为刘金宽真能帮我解决，而和罗平说话太绕弯子。我一和老刘在一起，就觉得眼睛也亮了，勇气也来了。我曾经拿他作仗腰子，在那地主朋友面前吐出了一口窝囊气。

现在该说那个地主朋友了，他就是刘金宽的东家黄四爷，名字叫黄宗谷。他家住在刘家庄，我认识他是以前在城里开参议会的时候。老实说，过去我见了他心里常有点兢兢业业的，因为那伙有一个出名的脾气，专爱考人。不论哪个工作人员见了他，他总是说来说去就把肚里那一套搬出来了。什么《左传》呀、唐诗呀，弄得县上许多干部都怕见他。他们几个老头子组织了一个诗社，县上都称他们做"文化界"。我亏着爹娘供我念那几年书，还可以凑合着和他们对答。那个黄宗谷就故意把我当成知己似的，一见面就"咱们念书人""咱们这些人"，把他做的诗给我看，硬要我批评，甚至要我同他唱和几首。你知道我那旧学，不过是几本国文课本和自己翻着玩的几首诗，我自然害怕在他面前露马脚，一见面就提心吊胆的唯恐被他笑话了去。本来，莫说共产主义思想和黄宗谷风马牛不相及，就是我那十几年的资本主义教育也使我难以接近这套试帖诗式的风雅，但是县上的同志都说："亏了老吴给咱挣面子，不然咱这统战工作可要丢脸。"

这使我又隐约觉得，别人没法和他们攀交，独有我能，而且能谈得来，能称为朋友，这却是一桩能耐。我曾为这感到暗暗的得意。

这次到了刘家庄，我自然知道自己是为做下层工作来的，该多和农民在一起，少去接近地主。但是，又觉得譬如一个走江湖卖艺的人，到一个码头，也总该先去拜望当地的要紧人物，场面才能撑得开。因此我还是去看了看黄宗谷，受了他满够交情的招待。直到我和刘金宽他们成了朋友，我才开始觉着这黄宗谷是两面国的人，拿给我们县上干部看的是一张脸，拿给刘金宽他们看的却是另一张脸。只是在村里路上碰见他，大家都还是满客气；他总又是有什么新开的桃花请我去吟咏，还像好朋友。我照例还是一听见他谈诗论文，就又有些心虚。

这一直继续到县里发动查租的时候，要地主把去年秋天长收的租退出来。刘金宽是刘家庄减租会的首领，领着租户伙子带着麻袋布袋，到黄宗谷家去了。那天下午我赶到黄家，他家那五十多步宽的青石板大院早都站满了农民，连水磨砖的花台上也蹲着人，吵吵嚷嚷的声音连街上也听见了。从大门一直到三门都敞开着，例外的没有恶狗咬，也没有老妈子应门待客。我悄悄地溜进去，望见黄宗谷站在正中的台阶上，手里还拿着那三尺五的白铜旱烟袋，只是那张瘦黄脸却涨得像他身上的紫铜色绸袍一样，红里透紫，紫里透亮。我看他张着嘴"啊啊"了几声，说不出个下文来，觉得很有趣。本想躲在人背后多看他一会，不料我还没站住，他已经看到了我，细眼睛里立刻发了光，好像抓到救星似的，三脚两步就走下台阶，赶到我面前来，嘴里连声嚷着："老吴老吴！老吴同志！"一面叫一面就来拉我的手。我那时无可退缩，只得点一点头，从人背后挤出来。满院的农民忽然看见这一幕，都睁大了眼睛看着我和他，都不吵嚷了，院里突然静悄悄的。大家慢慢地向两面闪开，黄宗谷满脸全是奇怪的笑，引着我向

廊沿上走,嘴里高声向上房,向厢房,向全院子所有各角落喊叫:
"张妈!春子!张妈!来客了!倒茶呀!"立刻院里全充满了他的声
音。回头又满面春风地让我:"快请!快请!我正有点东西要请你教
正啦!咱很久没有叙一叙啦……"说着笑着,倒好像突然完全忘了
有这一院子农民存在似的。——我可怎么能看不见那一百多只熟悉的
眼睛?我清清楚楚知道,他们低声咕哝的全是我!——刘金宽正在台
阶口上,见我走近,叫了一声:"老吴!"我刚答应一声,黄宗谷又
亲手掀起堂屋的毡门帘,又哈着腰连叫"老吴老吴!",一定要让我
屋里坐。我不进去,他就亲手把凳子端出来放在廊沿上,嘴里还若无
其事地跟我直套交情:"外人不知道,老吴你明白啊!我一向是稽生
疏懒,不问家事,呵呵!不爱那求田问舍,家里这些人也实在糊涂,
不懂法令,呵呵!你我知交,自然能原谅……"我心里又气又恼,他
采取这种态度,简直在故意拆我的台。我直挥手叫他停止,他即滔滔
不绝,好像□伶工背台词一样,使我连开口的空子都没有。——亏的
是刘金宽替我解了围!

　　黄宗谷正说着,台阶口的刘金宽突然上前一步,很严正的又叫我
一声:"老吴!咱做甚来了?"我瞿然的满脸通红,赶快一跺脚从黄
宗谷的凳子上站起来。哎呀!台阶前面站的刘金开、王相如他们八九
个一拥上了廊沿,院子中心的人群乱动。人们中间发出呼叫:"肚里
饿呀!""不要骚情呀!"……许多小孩子也从人腿缝里挤进来,喊着
"盘粮!""盘粮!"有的叫:"棉裤脱下顶口袋,今天也得盘粮!"黄
家的老妈子刚拿洋磁茶盘托着两杯茶,从上房门口露出半身,一看这
景象,马上又缩回那毡门帘里去了。我急忙一扭身,站在刘金宽他们
这一群的前面。刘金宽在我背后说:"咱和他算账。"我说:"对!"
黄宗谷才有点慌了,连忙着来拉我的手,嘴里说:"老吴看我薄
面……"我一抬头,看见他那张瘦黄脸上的小眼睛,正向满院子惶

惑地张望，脸上勉强堆出笑容。我突然感到，这家伙当着这一院子的农民和我套交情拉朋友，简直是我莫大的耻辱！平日我对他那些胆怯敬畏的意思此时忽然像春雪见太阳一样消灭干净，脑子里的观念异常明确——咦！我怕你什么呢？你是什么？你不过是一个违法盘剥的顽固地主！我立刻用力把手一推。

下文不用说了，刘金宽他们的减租自然是胜利了的。虽然黄宗谷以后为这件事还做了一首诗，说自己好像竹林七贤。因为不治生产，误收了些租。但是我和县上所有那些怕见他的干部，这回看了这首诗，都忍不住拍手打掌哈哈大笑起来。

现在你自然懂得了，我所说的良师益友，是指三个朋友中间那一个——和刘金宽一起，真是胜读十年书！你们外边人老爱过分称赞我们这些会摇摇笔杆的人；其实，你听我说了还不知道？我们还不是照样有这么多往昔的依恋、寂寞、梦幻，真丢人，常常分不清谁是自己的朋友，糊里糊涂忘掉了自己的脚站在什么地方。只是，我一到了刘金宽跟前，这各种破东西就被他一层一层剥掉了。你要问我的改变，这就算改变，是跟着他这良师益友学来的。

你也许不满意？但是我早说过我讲不出稀奇东西，这只是在我们这地方，到处都发生过的平平常常的故事。

转载《冀察晋日报》

(1947 年 10 月 2 日、10 月 5 日连载)

紧张而愉快的人们

——郓城后勤工作特写

黄铁

九月四日，蒋介石命令新五军要在这一天，不管多大的牺牲要重占郓城，不然的话："三民主义就垮台了。"（蒋电语）于是一场恶战，在离郓城二十里外的地方展开了。听起来虽然炮声、枪声整日整夜的响得那么急、那么近、那么怕人，但我看见老百姓们还是那样的镇定、安详，不仅毫无顾虑，而且似乎增加了一种新的愉快——对蒋军仇恨得以报复的愉快、反攻必然胜利的愉快——他们安慰着受惯惊吓的小孩同他们自己：

"不怕，是自己人来了！"他们带领着自己的孩子们走出去，观望着我们的部队。

五日，枪炮声已渐远。但从四处传来一种"硼硼……"的捶打声，固执的此起彼落的传向四方。我带着怀疑的心理走出去看看：原来是老乡们在用棒捶捶打着高粱。他们散坐在麦场上、树林下、房门口、院子里，差不多家家户户老老少少都同时在做着这个工作——把床单子铺在地下；盘脚坐下；右手高举棒捶，用力捶打高粱。于是，红油油的高粱粒从秆上迅速脱落，向四处飞溅。棒打高粱的硼硼声中稳稳传来轰轰的炮声，造成了全民支援前线战争的伟大合奏。我为此深深感动，顺便坐在一年约四十岁的大娘身旁。她的髻子，已因过于劳累而掉了，变成了一条未梳的长发辫。她笑着向我打招呼，但并未停止工作，我说：

"老大娘！辛苦了，手捶酸了吧！"

"看你说啥话，好坏得让队伍吃上饭呀！俺们饿一二顿不要紧，

文艺大系

华北抗日根据地及解放区

打老蒋的人要吃得饱饱的才有力气，你说这是实话不？"她抬头问我，把打完的高粱秆放在一边，又捶了。

我答："是实话，但前天就有队伍没吃的哩！"

"那是天气不好，无法制，现在天气好了怎么也好说，我愿这样一股劲忙一百天，也不愿中央军来住一天。他们来了，这么好的高粱也随便的拿去喂马哩！"

旁边一老汉插进来说：

"那准，上次中央军来顺手拆高粱，用汽车压谷子，老百姓那一个不骂；这次不是咱队伍拦着，昨天就到郓城了。同志！新五军这次该得消灭在郓城门口吧！"

还未等我回答，小孩子们忽呵呵的叫起来，拿着高粱秆猛打一群鸡，边打边骂着："噫！死小鸡，你想偷吃八路的饭，那可不行，儿童团、姊妹团不准。快走，死小鸡"！

这一来把大人都逗得笑起来，孩子们又嘻嘻哈哈的爬在地下，帮助大人拾起飞溅在四周的高粱，像一群小鸡一样忙碌啄着数不清的小红虫儿一般。

当我转回指挥部的时候，房东家的磨子又旋转开了，嗡嗡的只叫唤，猛听总有点像飞机的声音。我站在磨房门口，瞧着随磨子转的一人，面粉飞满在他的头、脸，以致全身上，仿佛刚从面缸里爬出来一样。他已成白头老人了，但我从他吆喝着骡子的声音中，听出了他还是个壮年人，此时，他用力的鞭打着黑骡，虽然在我看来骡子走得已够快了，但他还是不满意它的工作，他怒骂着：

"你狗仔子，还不替八路军快磨。呵！打！哈！"一边他又把面粉从磨上弄到簸箕里筛着，着急的愤怒的脸色已转为愉快了，他又唱着：

"蒋二秃子没好心，一心要害庄稼人……"但当他一转脸看见骡子走得稍慢了点，他立刻举臂高呼："哈！打！快走，中央军来了把你杀掉吃了，看你还偷懒不？"不知怎么的他又轻轻抚摸骡子的黑色脊背，轻声的像对待一个无辜被打的小孩安慰着说："好好磨噢！只要八路来了，中央军就没法杀死你了。"他笑着对邻人说："这是我分得的果实。哈哈！我的小骡子。"

…………

我走遍了楚寨全村（离城八里）没有看见一个闲人，恕我不能也不必写出他们每个人的名字。我们诚朴的广大人民，都在繁忙热烈而且愉快的为人民解放军准备粮食；为保卫自己的利益而工作着。

（1947 年 10 月 2 日）

翻身教员和地主教员

李文珊

张鸣林是个土生土长粗通文字的工农知识分子，前年武安解放后，他就到城关十五街当教员。在土地改革运动中，他家庭翻了身，他教学干得很有劲。

今年正月他在县里集训后，感到自己文化低，教学经验少，当时向上级要求一个文化比他高的教员和他一同教学。他想这样一方面好帮助他学习，另一方面不耽误儿童们的学习进步。后来三街和十五街的学校合并，上级就让一个原在三街教学的地主教员贾积财和张鸣林一同教学。

开学以后，张鸣林每天上课忙得顾不上吃饭，但贾积财却一贯的是消极怠工，对儿童的学习是应付公事。他家就在城关住，离学校一里多地，每天回去吃饭都是早退晚到。张鸣林当时不了解他的成分，几次好意劝他，不但没改，反而结成私人成见。

春天家长要求儿童生产，学生七零八落的不到学校。张鸣林召集全体儿童，针对着家长们的要求，给儿童们说明了现在"生产学习两不误"的教育新方针。根据城关群众的需要，又给学生们订下了三天抬一担水，一星期抬一次煤土的生产计划。儿童们听了很高兴，第二天到的齐齐的。

贾积财根本就反对这个土头土脑的张鸣林，趁儿童们进行生产的时候，他把三街的地主儿童李润珍、刘月娥等培养起来当干部，给张鸣林提出三街儿童没有劳动锻炼，不能参加劳动；并且在这期间，给地主儿童布置了向翻身子弟挑战。地主子弟念书多年，翻身子弟没念过书，结果翻身子弟输了还得给地主儿童家里抬水。翻身子弟念不会，他就用板子打，制的儿童们背地光叫苦，当面不敢吭，慢慢地都不敢来学校了。

张鸣林感到自己文化程度低，每次编好了教材快板歌子时，总要先叫他看看，改改字，顺顺句，但贾积财总是表面上说"不错、不错"，及至写到黑板上，对着很多学生和群众，他才大声指出这个错了，那个不对，闹的张鸣林脸上很难看。他反对群运，反对土地改革。他家里挨了斗，他心里总是不服气。他不参加群运，也不让儿童们参加。张鸣林编了个《群众翻身歌》，他说不合适，不叫儿童们唱。

张鸣林忍受了各种打击。在这种困难下从没有低过头，反而干得更加积极了。后来他又亲自到合作社，给经理搞好关系，搬来四十八辆纺花车，教女生们学纺花。后来女生们小组都学会了纺花，对家庭生活上也有了很大帮助。防旱备荒时又亲自参加儿童互助小组，担水种花，把所有的翻身群众、翻身子弟都团结在自己的周围。贾积财所做的反对群运、逃避劳动、东游西蹿、打击翻身子弟、到处破坏的事实不久也一件一件被群众发现，除发动群众和儿童诉苦斗争外，又把他扣起来。张鸣林这样艰苦实干、不怕困难的精神终于得到了成功，县里集训时大家选他为全县特等模范了。

(1947 年 10 月 2 日)

回到革命故乡大别山

陈鹤桥

一九三四年秋我离开鄂豫皖边区，随红二十五军北上抗日。此次参加刘邓南征大军又回到离别了十三年的革命故乡大别山区。我走过很多十几年前的老战场，看到了美丽的青山绿树，苍松翠竹，田野间满铺着金黄色的稻子，都是熟悉的故乡景物；同时更见到了可爱的故乡父老，有长期革命经历的大别山区的人民，他们革命的高度热情，使我异常兴奋，下面是我的见闻。

到处是老"革命"

鄂豫皖边区人民于一九二七年开始参加革命斗争，他们经历过土地革命与抗日战争，受过许多挫折。在经扶县一个村庄，农民们在打谷场上，争着告诉我们，他这村庄在十五年前住过乡苏维埃，还住过区苏维埃（即区政府），他们都是农民协会的人。一个农民很天真地笑着向几个华北战士问道：

"共产党是从俺们这里起家的，俺们都是老革命，你知道吗?"

在场的同志们都兴奋地笑起来了。

在麻城行军时，一个六十多岁的老头给解放军带路，他同一个战士在前面边走边谈，老头问战士：

"你干革命工作有多少年?"

战士答："我到军队来有一年零五个月了。"

老头笑起来了，他说：

"我在民国十八年就当过区政府土地委员，领导分过土地哩。"

这位战士很高兴地说："你真是老革命，请多送我们几里路好吗?"

老头点头说:"莫看我老了,也要送十几二十里呀。"

在六安□村,遇到一位年近五十岁的老大娘,她说从前当过苏维埃的委员,领导过妇女反封建。她指着一个二十七八岁的农民说:"他那时是小孩,当童子团的。"又说:"你们可又回来了,我们可要过好日子了。"

"欢迎"

大别山区老百姓见到解放军就像同自己的子弟久别重逢一样,拉住我们亲切的诉说他们十几年来所受的痛苦。在立煌一位军属说:"你们走了,白军和本地的坏人来了,害了多少人;很多干过革命的人被活埋了,不少的人饿死了;人民遭了多大的灾难呀。我常说:共产党是不能忘记我们的。想你们来,做梦也没想到来的这样快呀!好吧,你们可不要走了,给受难的人们报仇吧!"

我当时回答他:"共产党和解放军的同志,无时不在挂念你们,在北方把蒋介石匪军打败了,毛主席就派刘司令带着我们回来了;这一次一定不走了,坚决消灭蒋匪军和本地反动派,让大家过好日子。"

虽然蒋匪县政府下令,强迫保甲人员和老百姓一律撤退上山,但我军攻下麻城时,全城商民排队欢迎我解放军,商店照常营业。不少的乡镇保甲人员,继续办公,为解放军募捐粮食。往返汉口皖西的行商,每天仍照常自由通过解放军所控制的区域。有的村庄保甲人员不在了,年老的人就出来帮助办理粮草。有一次某部在经扶有十几个伤员停在一个村庄里,几个负责照护伤员的战士感到无法运送,后来,来了一位老汉,当他知道这些伤员要运到十五里以外的村庄去后,他说:"我去找人来帮忙吧。"战士们还不敢十分相信这老汉所说的话,但过了一小时以后,老汉从山上带来了二十多个人,一齐把伤员送走了。战士们无不惊叹这老革命地区群众对解放军的热情和帮助。某团把十几个伤员送到一座小山庄上，庄上的老大娘，便纷纷计议给伤员们弄饭吃，每个人并自动领两个伤员回家，负责照护。当我们宣传要实行农民分田地，实行耕者有其田的主张时，农民们都非常高兴。他们说，过去土地革命办得很好，大家有饭吃，后来白军来了，又把土地夺回去了。现在你们又回来了，赶快把白军消灭了早些均田吧。

（1947 年 10 月 5 日）

大别山的"神话"

李普

中国历史上每一次此兴彼亡,一定有许多的神话出现。记者此次随刘邓大军南征来到大别山区,半个月所过之处,普遍地听见老百姓传说着许多神话,其中有一个是这样:"今年阴历五月十八日,几十万八路军走到黄河北岸,正是烈日,波浪滔滔,眼看着无法南渡,不料黄河上忽然阴云密布,冰雹如雨,大的竟有三十斤一个,小的也有二十四五斤。一天一夜的工夫,把一条黄河填的平坦坦的,八路军的几十万人马就在这条冰河上安然南渡。原来八路军搭救老百姓,该当有天下之份,所以'天老爷'就把八路军接过河来。"他们又说:"前年八路军南下,也是踏冰过河,结果是日本投降。这回八路军又是从冰上过来,可见蒋介石快要亡了。"刘邓大军徒涉淮河,又成为另一个神话。水位暴涨暴落,本来是这一带河流的常态,当大军抢渡淮河时,河水忽然退落到腿部,刚刚可以徒涉。尾追的蒋军不敢迅速前进,迟至两天以后,才蹒跚赶到,河水忽然高涨了一丈以上;蒋匪军官门徒呼奈何,也说这是"天意"。老百姓更深信这一点,纷纷传说赞叹。

还有一个关于大别山区收成的神话:这一带最怕天旱,红四军在这里的时候,年年雨水充足;自从红四军离开,就一连闹了好几年灾荒。前年八路军来到这里,又带来了充足的雨水;今年尤其风调雨顺,到处丰收,果然八路军又来了。老百姓说:可见这是八路军应该得天下,所以有这种洪福;否则南京那边离这里很近,为什么偏偏就闹灾荒呢?

有一天我们在麻城某地宿营,房东是一个六十多岁的老中医,又和我谈起黄河上夏天落冰雹的神话。当我告诉他其实是乘船而不是踏冰的时候，老人家立即呈现颇不以为然的神色，不等我的话说完，便抢着说："不管怎样，蒋介石总是要亡的，这是'气数'。"他说他的八字上过不得六，今年是他的六十整岁，又是民国三十六年，怎么也逃不过去；又说："你们得民心，得民者昌，一定有天助，一定要得天下。"老人家说话时，那种郑重其事的神情，真是使人感动极了。善良的人民之所以如此牢不可破地相信这个"天意"，如此固执地为这个"天意"辩护，正是充分说明了他们在蒋匪介石统治之下，已是一天也过不下去了。而所谓"天意"事实上正是这些善良的人们本身的渴望。

（1947 年 10 月 5 日）

晋冀鲁豫《人民日报》文艺文献全编

散文报告文学

第一卷

19

徐老悼范亭同志

中国老教育家徐特立同志，闻听续范亭同志逝世噩耗，特撰文悼念。原文如下：

续范亭同志从加入同盟会以来，参加反袁、反曹吴诸役，一直到抗日战争，革命一次一次深入，他的革命精神和革命斗争亦愈积极坚韧。近数年卧病不能行动，当时局到了紧急关头，还力争发表革命言论，所谓愈老愈辛辣，愈老愈年青者，范亭同志有之。鲁迅、陶行知一生为国为民，在每一革命紧急关头，尤其是革命暂时失败时，许多革命伙伴动摇落伍叛变，但他们愈坚决、愈勇敢，坚持到最后一息，我们敬之爱之，称他们为党外布尔塞维克。邹韬奋同志和续范亭同志对于革命奋斗坚持到最后一息，竟要求加入我党，以表示他们身后的希望，从国家民族解放的民主主义，一直到人类解放的共产主义，他们曾是党外的布尔塞维克，临终时还念念不忘远大的将来，愿作党内布尔塞维克，我敬之我爱之，哀悼之。

（1947 年 10 月 5 日）

悼我的父亲

续磊

　　九月二十一日的上午，我从松江拉林五区到四区去参加群众庆祝彻底翻身的代表大会，中途通讯员飞马赶来给我一封双挂号的急信。我连忙撕开一看，父亲病逝的消息，就像一把尖刀似的刺入腹中，眼泪跟着流下来，只觉得面前一阵昏黑，几乎掉下马来。呆痴了片刻后，我才怀着满腔的悲痛，鼓起勇气继续前进，含着满眶的热泪追忆着父亲的一切。

　　父亲的一生是历尽了艰苦困难和波折磨难的。辛亥革命前后为了推翻清朝和封建军阀的统治，他曾饱受冻馁，东奔西跑与革命志士们共同奋斗。民国二十四年因痛恨蒋介石暴虐害国害民的卖国独裁政策，充满了满腔爱国热诚，在写了许多痛骂蒋贼的诗文后，曾不惜抛弃母亲和年幼的我，在南京中山陵破腹自杀，幸为朋友所救，始免于死。父亲几十年来南北奔波，看到国民党到处是黑暗与腐败，他整日为面临垂危的祖国担忧，竭尽自己一切力量和统治者斗争，致使他得了一身难以治愈的疾病，但最后他终于找到了出路，认清只有共产党才能救中国。一九三九年晋西事变后，父亲带领新军和贺龙将军携手创立了晋西北根据地，虽是拖着多病的身体，却仍在敌后艰苦环境下愉快地坚持着晋西北抗日斗争，恢复了青年的热情与朝气。一九四一年我在延安和我父亲见面时，他虽在病中，但他的精神却是那样安然愉快，几年前的烦恼已毫不存在了，使我了解他是真正找到了光明的途径。他在延安时虽在病中，却仍日夜为国家人民操心担忧，他常告诉我："只有跟着共产党走，才能救中国出于水火。"使我在延安努力地学习着革命道理，而树立了为人民服务的意志并且参加了共产党，成了一个革命的战士，抗日战争胜利后，热情地奔赴东北；当最近听到全面大反攻的号角后，更奋发百倍，决心埋头工作，希望早日打垮蒋介石卖国贼，在独立自由的国土与父亲重逢。不料父亲却在大反攻刚开始，就永离人间了。虽然他已经不能亲自看到全国人民的解放，但全国人民的解放已是确定无疑的了。父亲的死是人民的损失，但他的死将唤起革命同志们更努力地争取革命早日的胜利，安息吧！父亲！蒋介石的末日已是不远了，我们将以即将到来的反攻胜利来纪念你。

　　不停的马把我驮到了目的地，看到了翻身农民代表们的欢乐，安慰了我的心，我收起悲痛和父亲做了最后的告别，充满着新的力量投入了紧张的工作中。

九月二十一日于拉林四区

（1947 年 10 月 5 日）

银　筷　子

太岳分社

　　严国栋同志的家庭是地主。有一次他回了家，正是群众斗争的时候，他祖母告他说："你快快走，人家要斗争咱啦，这是三块银圆，你拿去化吧！"自从银圆到了国栋同志的手里之后，他一方面喜欢三块银洋可以换冀钞花，一方面发愁如果被人发现了该怎样说呢，况且不小心还会丢掉。果然不久被一个同志发现了，便问他："你哪里来的现洋呢？"他只得很难为情地支吾道："是朋友送我的。"从此以后，国栋同志对现洋的保存更警惕更发愁了，最后才想出个办法，把银圆打成筷子，既不怕丢，又不怕别人追究，于是三块现洋便成了一双漂亮的银筷子了。

　　七月以后，国栋同志到了教导队受训，经过学习时事和土改，经过自己从报纸上看到了许多关于查阶级查立场查思想的故事和通讯，于是思想便尖锐地斗争起来了，自己想："究竟我这双银筷子是谁的？"经过思想苦斗后，才恍然大悟地想通了：原来这三块银洋是地主剥削农民的，是农民的血汗，应该归还农民；但是我却把它打成银筷子，这岂不是保存了封建，或说是贪污了农民的斗争果实吗？最后国栋同志下了决心，在八月二十九日的晚上，他对党的负责同志说明了筷子的经过，愉快地把它交给了党，当时他说："我是共产党员，我应该而且必须和农民站在一起，彻底消灭封建消灭地主阶级，我不但要向党交出这双银筷子，使它在大反攻中起它能起的作用，而且我给家里去了信，让他们把内产房屋田地交给农民处理。如果家里人不听我的话，不这样做，我将宣布和家庭脱离关系！"现在严国栋同志正在高兴愉快地学习着。

（1947 年 10 月 8 日）

三十八军的勇士们

赵磷

"有我就有阵地"

九月二日起，敌人对尚村的进攻已经一周了。崔金荣营的阵地屹立着，扼制茅津渡通陕县的咽喉。

八日拂晓，敌以优势火力掩护，向八连的前哨阵地猛犯。山上是李仓副连长带着两个班，山下是敌人两个营。

炮声一阵比一阵紧，敌人冲过来了，勇士们沉着地伏在战壕里，待敌进至二三十公尺时，一声喊打，特等功臣高德保和张金泉互助组首先跳出工事，一阵手榴弹就把敌人打退了。这样一次、两次连着打退敌人七次猛扑。阵地前沿横七竖八丢满了敌人的尸体。

七八个钟头过去了，阵地依然屹立着。十二时，恼羞成怒的敌人集中新增援的两营兵力，和所有的大炮、枪榴弹不停地向我阵地轰击。仅二百米宽的阵地上，就有五百个以上的炸弹坑，阵地打成一片焦土，但勇士们比炮弹更顽强，工事打坏了，马上就又修起新的来。何昆荣、罗万中两个排长负伤了，他们不下火线，包好伤口，立即跑回阵地来。团长派人送来嘉奖令，李仓同志肯定地报告团首长："阵地由我负责，有我就有阵地。"

勇士们打退敌人最后一次冲锋，午后三点，我八九连同时出击，把敌人打得落花流水逃窜回去。在整个战斗中敌人出动了近两个团的兵力，但经一天的激战，我仅以几百颗手榴弹的代价，换来敌人四百以上的伤亡。

正是立功的时候

天刚黑，十六大队摸到大营镇，南关敌人还没有发觉，五班长罗品之带了一个互助小组，一闪身就爬上城墙，占领了城楼，后面的队伍也就一拥而上。这时有三个自卫队员缓步上城来换岗，莫明其妙地就当了俘虏。

部队很顺利就包围了青年军一个连住的三间房子。队伍一冲，南边一个房子被切断了。大队长跨进去用手电筒一照吓得十一个青年军跪在地下求饶说：不要打死我们，我们都是被迫来的。

中间房子的敌人还在顽抗，集中四挺机枪加上冲锋枪向我射击。陈五达以一挺轻机枪坚持着。四班朱新连看着没有冲上去，心里着急，口里就喊："同志们，现在正是立功的时候！"喊声未完，一阵杀声震天，就冲了上去。敌人退到北面最后一间房子里，但是当他们还没来得及张罗应付，就全部被活捉了。

一比一百四十

炮战四十分钟，敌人震得昏头昏脑时我军冲进了陕县城。

十八大队刚冲到一座窑顶，听见底下有敌人声音，顺着声音就掷过几个手榴弹。班长张金泉带着士兵就往下冲。敌人都跑到窑里，一声不响。战士们就进行喊话，过了一会儿，敌人在里边叫开了："我们缴枪，我们都是新兵，才抓来的。"出来共十二个。

副连长看见那边还有一个窑，就叫通讯员和二班长进去搜索，里边有许多手榴弹，可是不见一个敌人。两人往里走，看见满满一个暗窑都是人，两人把枪一晃，无数只手一齐举起来。数一数，连前共计七十二个。

在解放陕县整个战斗中，我军共俘七百多人，自己只有五个人负伤，创造了一比一百四十的歼敌纪录。

（1947 年 10 月 10 日）

检讨我办小报的"客里空"

张一英

　　今年八月我参加太行新闻通讯报道会议的时候，对"客里空"思想虽然已检查了一部分，但是对"客里空"的思想的害处还认识不够，觉得"客里空"虽然不好，但是他的出发点并不是坏的，如此在检查时也就没有把它当成一回事。最近我在学习了《晋绥日报》的自我批评以后，才对此问题有了警惕，并启发了我的彻底检查。这里就来揭发我编小报写新闻的"客里空"。

　　我编小报将近半年了，在我每次编的时候，总想给人家加添几句，求得文字上，意思上，更"美丽"一些，更"艺术"一点，使人看了觉得很舒服，也不管是否和实际相符，也不管小报的威信与作用，只要写得流利就认为好。如在《武安人民》小报第五期上发表了关于二区"柴泉修渠"消息以后，使四区田村的群众和柴泉的群众起了很大纠纷，几乎打起架来。原来是柴泉和田村伙着一道河水，柴泉新修了道渠，可以浇地四百亩，但是柴泉一浇地，田村就不能浇了，田村的水地就要变旱地。柴泉在修渠的时候，也未通知田村群众，况且柴泉这些地就有些是水地，可以用井浇，不过这样更便利一些。写这消息的人在原稿上写着柴泉群众和四区商量过，我在改稿子时候，觉得这样还不够完整，便填了几句："在政府的帮助下，这两个村的群众就到一处开了个联合商讨会，大家都很高兴。"并且还加了一个六十岁的老汉说："从我记得到现在，这渠修了好几回没修起，今年在政府的领导下，大家动手，可算修成了。共产党真是有办法！……"

　　田村群众本来正准备和柴泉群众闹官司，一看到这个小报，便更引起了群众的不满，群众骂村干部出卖了水渠，为什么开了会不和群众商量（而实际上村干部也没开会）。村干部便率领群众到柴泉打官司闹纠纷，幸亏县府建设科李科长挡回去，把这问题解决了，不然会引起很大纠纷。后来使写稿人也来信追问，群众也骂小报，四区干部都说小报是"客里空"。这不但没起了好的作用，反而起了很大的反作用。如果对"客里空"的思想不加以严重的检讨，它的危害是不堪设想的。

（1947 年 10 月 10 日）

清水河里洗混蛋

曹欣

在原康俘虏收容所里，有一个俘虏军官，名叫赵改正，他不懂得珍爱解放区人民对他的宽大和给他的自由，而仍然深信蒋介石教导他的一切：只要有钱，什么都能办到。

一天，他吃饱了人民用血汗种植出来的小米之后，不好好反省自己过去对人民种种欺压的罪行，却拍打着他口袋里的钞票，企图出去诱惑女性。

在新民主主义社会里生长起来的女性，不是好欺侮的，她们真正得到了解放，她们都懂得尊重自己。

当时，他便遭到那个被调戏的妇女的严厉拒绝，而且那个妇女马上去报告了自己的组织"妇女会"。"妇女会"通知了村干部，立即召集了全村的群众大会，并请所有俘虏参加，来给他说理，严厉地教育他。

在会上，另一个被解放的军官听了半天，吐了一口唾沫，狠狠地对着赵改正说："过去我们混账王八蛋，因为我们那里人都混账王八蛋，所以显不出来。如今到了清水河边上了，你应该洗洗这身臭气，改头换面做个好人！在清水河里还要混账王八蛋，是马上会被人家一眼看到底的。"

的确，事实证明，那样混账的正是蒋介石的徒子徒孙，而在我们解放区这一条清水河里是不允许他们存在的。

（1947 年 10 月 10 日）

游击英雄马广安

丁曼

二十五岁的游击队英雄马广安，参加民兵有六年的历史了，抗战期间打鬼子，曾负过一次伤。他出身是个贫农，土改后分得三十一亩土地。今年二月，刘邓大军过河北去了，郓钜七区情况紧张起来，干部们跳出了地区，唯独民兵马广安单人双枪，在家乡坚持。当时曾有人诱惑他投敌，给他个官当，但被他严厉拒绝，后来那个坏分子再也不敢跟马广安见面了。马广安是坚定的，他被提拔为西北小区的民兵副分队长。

打落水狗

刘邓大军在郓城消灭五五师的时候，马广安民兵班碰到了突围逃跑的小股敌人，便猛虎一般追击下去，追了十五里地，追到夏海。因为敌人的火器好人又多，结果放他们跑掉了。马广安和他的同志，都很着急地在夏海村头上休息，突然又听得后边枪响，他估计这又是突围的敌人上来了。他指挥大家隐蔽在青纱帐里，占据着两个坟头，等敌人到来。但敌人也发现了他们，占住一个坟头，双方打起来。敌人说："就是不把枪交给你民兵！"马广安等猛地冲到敌人坟头上去了，敌人无存身之地，交枪了。马广安的民兵班，俘虏了敌人一个连长、六个兵，还打死一个，得了三支捷克式步枪，一个望远镜。马广安的民兵们称这次战斗为"打落水狗"。

引马"硬撇"

八月初，马广安的家乡由收复区突然又变为游击区，马广安这次坚持游击战，不是一个人了，他带领着一个民兵班，星夜的战斗起来。一天，他们住在引马集，忽听说敌人七十五师从北面向南来了，马广安立即带着他的民兵班从敌人侧面插过去，到了敌人的后尾。敌人前进，他们在青纱帐里爬着也前进，尾随着敌人。到引马后，敌人的后尾部队休息了，马广安带着队伍转移至侧面去，他正急躁地上前打听敌人消息，适时一个老百姓从引马跑出来了，他急忙前去询问："敌人在什么地方休息？有多少人？""三个人在十字街南路东沈永祥的铺子里，脸朝西南坐着喝水，其他人在大街上喝着。"马广安虽然不认识这个老乡，但老乡却熟悉英雄马广安。"外边有他们的岗没有呢？"马广安又问。"西门、南门、北门都有岗，就是东门没有！"马广安和他的民兵班，经常在引马走来走去，他的家又是在引马西南仅二里地，他对引马地理的熟悉程度，不要说是沈家铺子，就连引马的大小过道、墙头高低他都知道。听说敌人在沈家铺子，马广安不敢怠慢，带领了两个十七岁的小游击队员小朝和同生，从引马东门的北边往里进。马广安手疾眼快脚步轻，他的同志有人称他是"飞毛腿"。他一连翻过了五道墙，从后院子跳过去，来到沈家铺子，把小朝和同生布置在一边。他一步闯进铺子后门，白眼看见屋里坐着只一个敌人，左手扶枪，右手端着茶杯喝水。马广安一个箭步蹦上去，瞄准敌人胸膛，敌人怔住了，他慌张地问："你是八路军吧？"马广安命令他举起手来，敌人的枪乒的一声，倒在地上。小朝和同生也进来屋子，拿起枪，带着俘房先回营去了。马广安推起放在门外的敌人的自行车，骑上车子，从大街上飕飕地飞过去。敌人乱问："那是干啥的？"当敌人发觉后，依着车道追了一里地时，马广安早已走远了。敌人空打了一阵子枪，扫兴而归。这一次胜利，民兵们叫"硬撒"。

捉伯复仇

马广安民兵班在白天，不是单纯地隐蔽在青纱帐里，他们还时刻注意在路边上捕捉敌人。这天马广安在路边上看着前边来了一个人，仔细一瞅，原来是他父亲的朋友（他的仁伯父）侯百成。马广安知道他是侯楼的逃亡地主，上一次敌人来，他在村里倒粮、倒地，讹诈群众五百万元蒋票，叫群众给他儿子买马骑上，去当了还乡团，几乎逼死了农会长。这次敌人来了，这个家伙又回来了。马广安想起了他的罪恶，恨极了，马上隐蔽到青纱帐里，告诉他的同伴说："前边来了一个还乡团！"当侯百成来到了跟前时，他们忽的钻出去，捉住了侯百成。马广安叫民兵把他绑起来。侯百成认识了是他的仁"侄"马广安，立即嘻皮笑脸地问好。到了村里，好多人都知道马广安捉住了他仁伯。父亲、叔父、舅父都来保，马广安把侯百成的罪恶说给他们听，另外还批评了他父亲。这天夜里，枪毙了侯百成，为侯楼的群众报了仇。

马广安率领着他的民兵班，坚持了游击战争，保卫了自己的利益，保卫了群众利益。他们前后战斗十五次。现在马广安被选为小区的特等英雄。

（1947 年 10 月 12 日）

黑二锤积极了

冀南分社

黑二锤是个雇贫农，永年三区李庄人，四十多岁了，很能做庄稼活，受了一辈子苦。在庄稼活上，他锄地最拿手，一天锄的，能顶平常人两天锄的。因此，过去的地主很想找他做活，并为了再觅他，有时还借给他牲口用。

四五年秋季成立农会，黑二锤参加了，开始对地主斗争还有劲，但慢慢消极起来了。今年六月，黑二锤参加了农民训练班，别人翻身的劲头很大，独有黑二锤情绪低，并当着大家说："俺村没有地主，不用斗了。"又说："斗了地主，就把我的饭碗子踢了，想做活也没人觅了，想借个牲口也没处借了。"大家给他讲了好多道理，没打动他一点，有些泄气了，互相埋怨着："为什么叫他来受训？不能成事还要坏事哩。"于是有人估计："他一辈子做好活，在地主跟前很吃香，他不愿意叫斗地主，一定是走里分子！"这样就对他怀疑起来。李庄别的农民就向他进行了严厉的责备与威胁："这回斗争走漏了消息，你要负责任，穷人翻不了身你要负责任。"黑二锤有些发急了，气愤地说："共产党八路军叫穷人翻身，过来几年了，穷人怎么还没翻身？我才不负责哩。"大家都对他失望了。

训练班结束了，负责领导他村工作的区干，心上结了个疙瘩！"黑二锤是贫农，为啥不起劲呢？"一天晚上，与黑二锤详细交谈，问他："你是穷人，到底为啥不愿意翻身？""我离了地主过不了。""斗了地主分了地还过不了吗？"黑二锤怀疑地问："分了地，谁分给地？"区干说："咱这次斗争和过去不同，果实要保证分到穷苦农民手里。"黑二锤不相信地说:"斗争了也分不了啥。"区干肯定地告诉他:"只要是贫苦农民就能分,你分不了果实,冲着我来说,你分的少了我也不见你。"黑二锤这才说了话:"实话告你说吧,共产党八路军过来叫翻身,实际上俺被伤了。去年斗争了多半年,耽误了多少工夫,只分了一斗麦子,村干部吃了二十多个西瓜,没给钱。没收地主东西时,一时慢了,还得挨村干的骂,斗争了的东西,咱们穷人都摸不着分。"区干问:"过去都斗了些啥?"黑二锤有些愤恨了,说:"大家要斗争,村干喝了地主的酒,两家地主只自动了十五石高粱,村干一石的一石,两石地两石地分了。庙上的树卖的钱,两三个村干花了。后来又斗争,一连不断地开会,两个多月又斗出不到二十石粮食,到分粮时,俺二十多家贫农,每人只分了斗把高粱。你看气人不气人!但斗出二十亩坏地,硬要给穷人种,大家都不愿种,谁也不敢吭,如谁说不种,村干就说谁:'怕死,有变天思想。'大家只有忍气种了坏地。说起来,过去村中一庄一庄的鬼道多呢。"区干听了黑二锤这一番话,才知道黑二锤不是不愿翻身。于是谈的兴趣就更高了:"你这些意见,早先为什么不给区干说呢?"黑二锤很直爽地说道:"怕区干和坏村干一劲,不给穷人做主。"区干听到这个批评,用严肃态度表示说:"今年与往年绝不相同,我们一定给穷人撑腰,你大胆干吧!你村去年的村长、主任都不让他们干了。"谈到这里,黑二锤兴奋愉快起来,接着说:"要真正叫穷苦农民翻身,东西能分到穷人手里,穷人还有愿意受地主的气哩!"后来斗争时,黑二锤在会议上把对过去坏村干的意见完全提出来了,在群众力量下,坏村干也低了头。从此,黑二锤就变成很好的积极分子了,斗争很勇敢,说理很正确,对于一切事情都认真负责,大家就选他当保管员,负责保管未分去的斗争果实。在他保管下,不论任何人,对斗争果实一针一

华北抗日根据地及解放区

文艺大系

线也不能动，很受大家称赞。不久，又被选为村农会部长。现在，他的大孩子也参加了民兵，干的劲头更大。

（1947 年 10 月 14 日）

打过黄河的第一个献礼

——解放新安中的战斗故事

张克　全有

本文因接到电报过迟，故发表较晚，希读者原谅。

——编者

部队都向前发展了，但特等战斗英雄李明喜排，还没有接到战斗任务。他眼看见其他排成批地把俘虏押送回来，一捆捆地将枪交了上级，焦急地向上级要求任务，总未得到允许。他实在急了，带起七班就要走，连长看着他们一股勇气奔放出来，无论如何再也阻挡不住了，只好叮咛他们说：

"要好好联系呀！"

李明喜听到连长这个答复，高兴得直跳起来，一面走着，一面给大家说：

"其他排都得到了胜利，我们也要好好地打呀！"

跟在他后面的勇士们，同声回答：

"对，不露一手，怎能对得起人呢！"

他们顺大街一直向西门搜索，发现了门洞交通壕里、西门上拥着一群群的敌人，慌乱成一团，不用问便知是企图逃跑的残兵。李明喜马上把全班分成三个组，一齐向敌人冲去，但他们冲进去，却被敌人包围过来了。李明喜气急了，大声呼喊："同志们，冲出去呀！"一声令下，接着便扔了一阵手榴弹，他们七个人杀开一条血路冲出来了。

接着明喜同志又组织了第二次冲锋，他将三个组靠的近些以免各个为敌包围，并继续鼓励大家说："这是散乱了的敌人，我们一定要消灭掉他!"

战士们看到他那坚定沉着勇敢的态度,也就勇气倍增,一个个毫无惧色地向敌人扑去,但终因众寡悬殊,三次冲锋又被敌人击退。

这个时候,李明喜和第七班毫不畏缩,接着又进行第四次冲锋,这一次敌人搅成一团,企图仗其优势将我们的战士团团包围起来,进行白刃格斗,只听刺刀响,不闻枪弹声。这时李明喜正拿着手枪和对面一个敌人夺枪,猛不防,从背后过来一个敌人拦腰一抱,将他摔倒在地。随即又过来了两个敌人,枪口对准明喜的头部,正要结束他的性命。明喜同志急中生智,便乱滚起来,躲过了敌人两发枪弹。敌人正在推第三发子弹的当儿,明喜一把抓住了敌人的枪口,借敌之力站了起来,一枪杆把敌人打倒交通壕内。其余的两个敌人正没命的回头就跑,又被他抓住了一个,他又大喊:"同志们:冲出去呀!死也要和他们干到底呀!"战士们眼看副排长刚才那样危险的情况,尚且脱险,更是勇气万分。

他们第五次冲锋时,混乱的敌人被震慑了,吓破了胆,一哄而散。他们趁势追赶,抓俘虏缴枪支。战斗结束后,他们押着七十四个俘虏,扛了六十一条步枪,一挺机枪,笑嘻嘻地交了上级,作为打过黄河的第一个献礼。

(1947 年 10 月 14 日)

重获解放的南满人民

——南满纪行

刘白羽

记者最近以三个月的时间，完成了南满之行。从去年民主联军为了和平忍让撤离南满以后，南满的人民又深陷于蒋介石黑暗的"二满洲"的统治下，今天我又重见到他们了。

当五月间我们顺着怀德到公主岭，追击溃退蒋军的时候，我们到了一个姓孙的农民家里，他拉住我手说："去年四平作战，我赶了大车帮助你们四十天，国民党的炮弹把我的一匹马打死了，我送你们到了德惠，临走你们从骑兵队拉一匹马赔给我。"后来他在他院里马厩边把我们介绍给他那白发缤纷的老母亲，她亲热地叫着："你们就是××团的同志啦。"她一年来是一直记着这个番号的。当我问她："马呢？"她懊丧地望着马厩说："给'遭殃'军拉去了……这回是完蛋了。"

在越过松花江以后，我到了东北谷仓地带，那正是解放区深入土地斗争加紧春耕，农村里显得忙碌而愉快的季节。可是在新解放的公主岭、昌图、开原、四平一带，我却亲眼看见了饥饿：一个病弱的女人手抱着婴儿，一手扶着车，挤着去领民主联军分给的粮食；小姑娘们挤在大人腿下伸出小手拾起落在地下的黄豆；一个赶大车的车夫，从额头上擦一把汗，看看在天空"卡卡"扫射屠杀分粮群众的国民党飞机，他不躲避，他却露出欢愉的微笑。因为在这一刻以前他们有着比这还可怕的毁灭：国民党正在用饥饿杀人。一个眼膜发红的中年人告诉我："同志！要不是我从昌图站分到了三石粮，一家六口人可就要饿死。"

又一个晚上，我们住在一个老头家里，他是一个快乐而倔强的人，用他女儿的话来形容：最好了。她说："老头……六匹骡子揽在手里叱一声，谁也不敢动。"可是这一年他却沉落在痛苦的深渊了。他是一个富农，而且是一个牌长，但是他指着那新安的木板门向我痛骂起蒋介石的统治：光这个门就花了一千五百元，人人都要缴身份证，房有房捐，地有地税，牛驴马都上捐，连蒋介石做什么寿还要派款呢！抓人到开原去修工事，连妇女也到东北村去修了三天，而且还要自己带干粮去；他当牌长，县上常来抓壮丁，壮丁跑了就盯住他要人。他肯定对我们说："国民党得不了天下的，他们恶贯满盈了，真做得太绝了。"提起抓兵，另一个农民袁振海又告诉我他的小儿子摔坏了脚，被捆着送上县里去抽签挑兵，幸而未抽上，前二天又来要人，村长说还得去。"这回可大善了，"袁振海向我们迎头作了个揖，说，"不用再去了。"

在开原站，我们到达前两日就有一个人因为国民党抓壮丁，自己吊死了。我们在中长路上追击敌人时，在一个老百姓家里烧饭吃，老乡含着泪告我们，房东老头子的独生子给国民党拉走，他四处寻找没有找到，反挨了两枪。回家他用一把尖刀插到肚里，但没有死，他又要求家里人把他勒死，全家号啕大哭，不肯给他，终于他自己把肠子掏出来自杀死了。

这样抓兵已经够惨了，但是我还收集到蒋军压榨人民一份不完整的材料：清原县兴隅区的门帘村，有七个小屯，共约八百余人。他们除去要缴纳的国税、省税、县税之外，还有额外的许多负担。他们供养着二十一个"自卫队员"，屯长、通讯、汇报、文书等四人，金融合作部五人，还供养分队长（专门出去作探子）一人，军警纠察处五人，村设盘道员十三人，村公所还有四个便衣谍报员，共供养五十三人；此外买枪十几支，花费五十一万元。草市土门子一带修碉堡，门帘村每天要出六十五个工，还负担三百斤洋灰、二十五万块砖、八百斤铁丝、一百块木板、六百根八尺长的树杆、一百车鹿寨、六十根二丈长六寸直径的木料。国民党新六军运输团一部在门帘村驻扎两月，又要供给三十石黄豆、二十石高粱、三石大米、二十口肥猪（鸡无法计算）、二万斤谷草，在修铁路时还负担了二千五百根枕木。一个农村就这样庞大的供养数字所压倒了。

除此之外，门帘村还担负了同其他"二满洲"统治下地方同样的污辱与蹂躏，那就是四十个妇女的被强奸。如果反抗他们这一群"野兽"的蹂躏，那他们就会把手榴弹塞到锅底下，把火弄到房屋上了……

追击中长路上残敌时，我们遇到一个老农民，他是当地给民主联军带路的，他悄悄问我："分了粮还分地不？"当我把解放区情形介绍给他以后，他随即就笑嘻嘻地机密地对我说："我们早就知道了！"在蒋介石"二满洲"统治下受到无比的灾难的南满人民早就从泪行中期望着民主联军再度来临了。

（1947 年 10 月 14 日）

从今日回忆辛亥革命

徐特立

【新华社陕北十三日电】中国著名教育家、中共中央委员徐特立同志于辛亥革命三十六周年特发表《从今日回忆辛亥革命》一文，原文如下：

辛亥革命至今三十六周年了，回忆当时的情况，尤其我省湖南的情况，可作今日教训者，略述于左：

武昌起义是十月十日，湖南响应是十月十九日，湖南领导起义者是焦达峰和陈作新，他们是同盟会领导下的会门中的平民领袖。当时长沙城士大夫阶级，尤其是教育界负责人不愿意平民领袖来领导，即推戴君主立宪派中之谭延闿组织政府。焦、陈二人忙于援助武昌起义军，政权就落到立宪派之手。革命军队赴武昌后，谭派军官即在后方进行反革命的暴动，焦、陈被杀。从此湖南的革命旗帜一共九日就被反革命夺去了，革命领袖被反革命杀掉了。革命爆发之日，焦、陈提出的口号是"革命排满"，而谭延闿提出的口号是"维持治安，保全秩序"。最大多数的革命同志以为满清官吏一倒，就是革命成功，地方士绅当然主张维持地方秩序，保全地方的治安，不知道革命是要破坏旧秩序和扰乱旧治安的。出于革命派思想上混乱，以致敌我不分、绅民不分、认敌作友而失败了。不独湖南如此，各省亦相同。例如武昌起义是下级军官领导的，下级起义者自己不抓军权和政权，而推戴害怕革命的高级军官黎元洪为都督，不推戴自己的同志，而推戴上司，阶级意识模糊的结果，就认贼作父了。

辛亥革命前，民主共和派和君主立宪派是针锋相对的斗争，同盟会反对满清，同时要反对君主立宪派。由于不斗争就不能生存。因此，同盟会前六个年头中，在扬子江和珠江流域革命的暴动或个人或集团没有间断过，振奋了全国革命的情绪，动摇了满清政府的统治。同时打击了保皇党，削弱了一切君主立宪派的政治影响，同盟会成为中国革命的唯一旗帜。

当满清政府一倒，同盟会立刻就分裂成为许多投机的及反动的政派。从此一直到一九二四年国民党改组时止，中国没有革命的民主主义政党，光有孙中山所组织的中华革命党一小集团，它远不及同盟会的庞大和积极性。同盟会之所以瓦解，由于他们革命的共同目标是排满，以为中国一切政治上的罪恶只在皇帝和其贵族，把汉族的军阀、官僚和帝国主义与满清完全分开。因此，模糊了整个封建制度的联系，仅仅铲去了封建上层的屋顶，即铲除了一个皇帝就停止了。不独放弃平均地权，封建掘根的工作没有做，而与一切地主和平共居，并对汉族中的一切大的官僚都与之合作。汉族中的军阀官僚不独没有损失丝毫，且升作革命官，发了革命财，且腐化了一些革命份子；从此吸收了立宪派中的大部份政客和同盟会中的某些叛徒，作他们的党羽。中华革命党失掉了在中国的地盘，成为流亡的党派；军阀横行就在这条件下开始了。但革命旗帜，即民主共和的旗帜，名实不分，成了革命和反革命共同的旗帜。

军阀毫无顾忌地混战，帝国主义毫无顾忌宰割中国广大群众，压迫到不能喘息。而革命思想混乱，极端需要革命，又找不到出路，革命派的孙中山也找不到出路。由于孙中山还不能像洪秀全那样发动群众，旧的民主革命方式早就成了过去，新的革命还没有到来，新的革命阶级还没有足够的力量，因此中断了。

至欧洲第一次世界大战爆发了，帝国主义在中国的统治削弱了，中国的资产阶级和无产阶级发展了；加上俄国社会革命成功，引起世界殖民地人民兴奋，国共合作和国民党从新改组就成功了。自从同盟会瓦解后，只剩下中华革命党一个革命的小政派，从此就有了同盟会的继承人中国国民党和共产党。一九二五——二七中国大革命，发展到了珠江和扬子江两大流域，吓坏了帝国主义和中国的封建及买办阶级。他们要在革命中找代理人，用来破坏革命党派，使广大群众失掉领袖。蒋介石恰是帝国主义和地主及买办代理人的人选。蒋介石是交易所出身的人，又是流氓中的特出人物，一切不择手段，只要有利于自己，而不惜出卖民族国家和一切伙伴，毫无顾忌的敢做敢为；容易被人们误认为他有"天才"，有"革命性"，孙中山上了他的当，我们的机会主义者陈独秀也上了他的当。其实当他就职黄埔军校校长时，即声明他不愿任军校校长，他说恐怕将来也成"军阀"，这刚是所谓"柜内无银五十两"的声明，但革命的人们警觉性不够，致使蒋介石几次的阴谋没有深究。主要是陈独秀右倾机会主义的领导，采取妥协投降政策，蒋介石得以夺取领导权，得以进行反革命的"清党"。

自"清党"后，中国国民党名存实亡，左派大部份被屠杀或转入共产党。真正至今日还算得同盟会的继承人，已不是今日的国民党中的元老；今日还是革命者只是寥若晨星的在野者，真正继承辛亥革命精神的只是中国共产党而非其它。同志们，中国的解放历史任务，过去辛亥革命未完成的任务，是落在我们的肩上！

（1947 年 10 月 15 日）

打破了地狱之门

——解放永年城巡礼

黄牛

十月五号拂晓，我军解放永年城。记者随军冒雨蹚水走进这遭日寇蹂躏八年，又重遭蒋匪王泽民、铁磨头等部盘踞两年的人间地狱——永年城。进城后首先给人的第一个感觉是刺鼻的尸臭；满街泥泞和瓦砾。房子已十室九空，大街上没有一个行人，有的门口上也偶有一两个肿了脚脸的老百姓向我军战士伸出手来要干粮。永年这座三万居民的城市现在只有三千人了。

老百姓从上月十一号飞机不来即完全断粮，老百姓个个脚肿脸肿。每天的死亡数从三十增到一百，饿死的人已无人掩埋，院子里大街上到处狼藉着饿死者的尸体。全城找不着一颗粮食和任何一种能吃的青草。贴安民布告的宣传员找不到一摄白面。老百姓听说解放军要往城里运粮救济都用着仅有的一点生命力量呜咽说：

"你们是救命的大恩人！"

部队上往城里送饭的炊事员同志担着饭一进城，就被一群饥饿的人民围住抢。战士目睹这种惨状不能下饭，就把领到手的两个馒头，分给向他伸着手的数十个群众。一个小孩分到一口馒头还没顾得塞到嘴里，就被另外几个没分到手的孩子把手夺住要求平分。这孩子不愿意，大家便扭打起来，结果把一口馒头夺的粉碎，大家再从地上抢馒头粉渣吃。孩子们摔倒了都不能自己起来，被压在底下的也已无力叫喊。任何铁心人看到这种悲惨现象，也会怀疑自己是否还在人间呵……

而现在，这牢固地狱之门，是让我们打破了，人们将从饥饿的死亡线上爬起来，为他们自己，为一切受难的死者复仇。

（1947 年 10 月 17 日）

一个思想转变的自述

杨波

十八岁的青年谢昱，原来是新绛中学的学生，家庭是山西的大官僚大地主。我军解放新绛时到革命队伍里来，在教导队里学习，开始思想上存在很大顾虑，经过土改及时事学习，转变了思想，认清了家庭及自己过去所过的生活罪恶。下面这一段思想转变的自述，可供同志们在三查学习中参考。

——编者

我真对不起共产党，对不起八路军。当我刚来教导队学习的时候，曾假造履历，欺哄上级，说自己家庭怎样怎样穷，迫不得已流落阎方。其实我家是繁峙县的大官僚大地主，大小生意四五座，肥沃土地三千多亩。光我叔伯弟兄就十七个，大部分在顽方干事；特别是我二哥谢濂，曾历任阎顽的团长、旅长、军长、山西保安总司令等职，现在仍兼任同志会的高干与进步社的副山主、军法总监部的总监、繁、代两县的军事总指挥等要职。

一提起我家的生活，那真是酒池肉林逍遥自在，享乐作福，腐化非凡了。吃饭的桌子是玉石的，筷子是金的，沈鱼海参都吃腻了，猪肉羊肉更懒得吃；盖的是缎被子，穿的是绸衣衫；住的也不坏，在太原国师街修有一座门牌十二号的大楼房，玻璃窗玻璃门，方圆大到一里多；走起路来，不是坐火车，便是坐汽车，就是到街上玩，也要坐个小汽车或人力车……总而言之能阔尽阔，应有尽有。现想起来，这些福是那里来的呢？靠种地吧！那三千多亩地又是哪里来的呢？况且我家根本就没有一个种地的人；靠做生意吧！做生意的资本又是哪里来的呢？况且我家里又没有一个真正做生意的人；靠做官吧！如果是真正为老百姓谋利益的官，又哪里会有钱呢？想来想去，想这个福从何来的问题，最后算是想通了：我家之所有那样多的钱财，过那样好的生活，完全是靠剥削得来的，完全是劳苦大众的血汗：每年收很多的地租，不都是农民血汗换来的果实吗？我哥哥们当官拿回来大批大批的金钱，不都是农民的血汗结晶被勒索讹诈而来的吗？有了这些钱又去放账、又去做生意，靠别人劳动，自己赚钱，不还是剥削别人的血汗吗？况且钱和官结合起来，官越多越大，钱也就越多越广；反过来钱又可以换官，钱越多越广，官也就越大越多。这样一来我家是自然越搞越富，但不知有多少劳苦人民却因为我家的富而被迫走上饥饿死亡的道路？越想我越难过，我简直没有勇气再往下想，但又不得不想：因为我已初步的认识了真理！

因为我出身官僚地主阶级，享的福不少，作的恶也多，对他们内部的黑暗了解的也很深刻，对他们如何残酷的剥削压迫人民的罪行了解也很彻底，一旦认识了真理转变的就快。况且我才十八岁，对自己的前途还抱有很大的希望！我曾经是个人民的大罪人，十八年间不知任意挥霍了多少人民血汗换来的金钱？我已经体会到我是人民血汗养活大的十八岁的青年，所以我要坚决脱离原来那罪恶的官僚地主阶级，坚决为人民服务以消自己的罪，并报农民的恩。我不但要坚决脱离家庭关系永远不再回繁峙的家，而且我还要和我那未婚的女人离婚，因为她父亲崔琪瑞不但是个浑源县的大地主，而且是阎顽方面的少将参谋长。此外在晋南××县还有专供我念书的醋房，我准备抽空去看看，如果公家还没有没收，我即将所有物资全部交公——反正我是要开始为人民服务，我要开展自己新的历史生命！

在这里经过土改及时事学习以后，再联系到自己在顽方的过去和到八路军以后的现在，使我的思想很快转变了过来。记得我在顽方念书的时候，他们整天宣传教育着，共产党八路军，怎样扰民抓兵，怎样把学生们活活地填进海壕，怎样共产共妻毫无人性，怎样杀人如割草，怎样没有力量……反正他们要把共产党八路军说得可恶、可恨、可怕、可杀到极点，没有多见过世面的我，那里能不受欺骗呢?！到了解放区以后，亲眼看见了解放区的一切，完全不是如他们所宣传一样；可恶、可恨、可杀的不是共产党八路军，却正是蒋介石、阎锡山和他们所领导的一群坏蛋家伙们（包括我二哥在内）……

（1947 年 10 月 17 日）

在行军中的时来亮班

泽忠

"我是时来亮班的战士，怎能掉队丢人。"这是时来亮班战士们激励自己的话。

英雄时来亮班，在某次行军的时候，他们除背着自己的东西外，还抬着三丈多长的梯子，大家的衣服被汗水湿透了，但没有人说走不动。在路上，时来亮发现病号商亮背着两支枪，很过意不去，几次要替他背上，可是商亮却不答应。后来赶商亮解手时，时来亮抢过来背到肩上了，又抬着梯子走，商亮追上去说：

"班长，你把枪让我背上，我保险掉不了队。"

时来亮说："你跟上队就行，不要把你累坏了！"

商亮无论如何不肯给，终于把枪夺过来自己背上了。班里小鬼马积供的鞋子，被陷在污泥里弄坏了，他就赤着脚来紧跟着队伍走了十几里，到了目的地，有人说："你赤脚走还不掉队真能行！"他说："我是时来亮的战士，怎能掉队丢人哩。"

世上少有这样的队伍。

某次战斗后，时来亮班分配在一孔破窑里休息，忽然一只母鸡进来，伏在草堆上。时来亮对大家说："老乡的鸡要下蛋啦，大家不要惊动它。"又到外面去调查是谁家的鸡，但没调查出来。他们到了五天，这只鸡就下了四个蛋。出发的那天，时来亮把四个鸡蛋送到邻居家里，并对老太太说："我们走了，你把这四颗鸡蛋交给我们房东吧。他家一定很穷，卖了鸡蛋，也可贷些粮食。"老乡十分感动。当他走出门口时，还听见老乡们赞叹地说：

"唉！世上少有这样的队伍"！

（1947 年 10 月 17 日）

我觉悟了

——三查反省报告

描野

孟钧同志是一个经过十多年革命锻炼的同志，但由于出身地主家庭，在思想上和地主阶级没有完全分家，以致有着许多背叛人民的思想和行为。这次复查中，经过几天沉痛的内心斗争，他向党、向人民宣誓，要把地主思想完全清除掉，下面就是他的反省：

一、干涉群众斗争，打击村干

去年我在军官四大队工作，住在康城，看见群众斗争，打大恶霸，觉得很不以为然，心里想："地主到这时候倒了霉了。"我就要来干涉群运，向村干部说："你打是可以的，但不要在这里打，恐怕会影响军官情绪。"说了两次，老乡说不行，我又叫事务长去干涉，更不中，我说："老百姓简直不得了了！"

后来群众斗争一个恶霸的儿子，我又叫事务长去干涉。事务长去向村长说："打死人是不合法的。"村干说："群众要打，就是要打！"事务长说："共产党八路军，是不准打人的。"村干说："我们不是共产党八路军，我们是老百姓。"后来叫得凶了，村干就把事务长扣起来，我看不妙，表面上向人家道了歉，才放回来。

二、为阶级敌人奔忙

在焦作的时候，打听到一个姓赵的老财还在，他是该县的首富，我过去在他办的学校里上过学，于是就去找找他，幻想他对我经济上有所帮助。我找到他的生意，向伙计说明来找他，第一次他没有出来，第二次才出来见我。满以为见面会是很热情的，哪知他只是勉强地、冷淡地和我谈了几句。原来我想，他一定请我进去吃饭喝茶，哪知他站在阶台上根本没让我进去。我问他家里怎样，他说："听说县政府要没收我的财产了，说我是汉奸。"我想："这样一个'好人'，他妈的，就当汉奸办哩！"就想露一鼻子，到市政府去问问，见了市政府的秘书，我说的姓赵如何好，不应该斗，人家说："你七八年没回来，不了解他的情况，可以再多调查调查。"我把他讽刺了一顿，说："不用调查，我已经清楚了！"

我失掉了立场，当了地主阶级的忠实走狗，在人家把我当敌人看待，不愿出来见我，冷淡的应付我时，我还去为他奔忙！

三、为使斗争不临门，怕听故乡被解放

第一次三查的时候，听说家乡被解放了，心里很高兴，但马上又想到自己的家，心里想："这回斗争可要到我头上了，父亲母亲也要被斗，也许会挨打……"伤心起来，哭了半夜。第二天整天不高兴，反省再也写不下去，特别是写到要向民主政府控告家庭罪恶时，下不了决心，刚向政府写了信，自己又撕了，心里想："我家里也不一定是地主，控告什么？"

后来见报上登出咱们军队又撤出我县了，我嘴上说咱们是"不计较一城一地的得失"，心里想："好，这样家里就可晚些被斗了，到将来我离家近时，解放了，我好回去照顾。"我没有想到一个城一天不解放，不知有多少穷人在那里受苦！我对不起党，对不起人民！

四、还把敌人当父亲

去年回家去了一次，当时的目的是想把家里的地卖了，弄成钱存在银行里，把父亲等搬到解放区，又可躲避斗争，又可不劳动而生

活。到县政府后，托一个亲戚叫我父亲，可是父亲不出来。他听说八路军主张斗争，把我骂了半夜，说："要了我这个儿还不如不要！"母亲也说："四个儿子，少他一个没关系！"打算不要我了，不来见我。没办法，我到舅父家拿了二万关金。父亲听说了，第二天他就找到我住的地方，开口就向我要那两万块钱，并且说反正不叫我走了。我说：钱我是不给你了，走，我还是要走，把他推开。他说："好，从此以后，你也不是我的儿子，我也不是你的父亲。我四个儿子，就当死了你一个！"

他已经把我当成敌人了，不来见我，赶来只是为了要钱，而我却还认敌作父。人家已经不承认我是他的儿子，自己却还要当人家的儿子！现在我觉悟了，我向家里要了二万元关金是不对的，我向他们要了钱，而那钱是从农民身上剥削来的，我现在要将那两万元拿出来交还给农民。此外，我也算认识清楚了，他们是我的阶级敌人，不是父母！

五、向党赎罪，向党宣誓

我想我对地主家庭千丝万缕的关系，基本上就是一个地主思想没有清除，地主立场没有放弃。这次检查思想，党把我救了起来，受党的培养十来年了，我还是站在地主立场上，我为什么这样不自觉？这样认贼作父？在工作中我没有为党立功，而是有罪，我要向党、向人民赎罪，我对不起党，对不起人民。今天我在党的面前宣誓：

（一）从此坚决与地主家庭一刀两断，永远脱离关系，不承认他们是我的父母兄弟，他们是我的敌人。

（二）把从家里拿来的两万元归还农民。

（三）向咱们人民政府，控告反动家庭的罪恶。

（四）心悦诚服地向劳苦大众、无产阶级投降，脱离反动地主立场。

（五）永远站在人民的立场上，再作一个新的共产党员。

（六）戴罪为党为人民立功。

（1947 年 10 月 17 日）

评 双 十 节

马西努

【新华社陕北十五日电】莫斯科广播电台于十月十日广播评论员马西努《评双十节》一文，原文如下：

三十六年前在中国爆发了革命，并成立与产生了"中华民国"。自从那时起，每年双十节中国人民照例总结自己所走过的道路。辛亥革命是有着重大意义的民主运动，他的目的是推翻清朝专制，打倒帝国主义的统治（而清朝实质上是帝国主义的走狗）。辛亥革命若不能达到这种目的，中国人民就不能得到独立与自由。清朝虽被推翻，但封建势力的统治还在继续存在，而帝国主义者也还保存着。然而，辛亥革命直接的目的算是达到了的，在二百六十七年内无情摧残中国人民的清朝制度被推翻了。这个制度虽然有中国封建主积极拥护与帝国主义列强广泛的帮助，但是他们终于走向了死路。终于推翻清朝政府，这件事情有着非常重大的意义。一年前《解放日报》曾经这样写道：被清朝咒骂作"匪类"和"乱党"的人民，却获得了胜利。该报又说：双十的庆祝，永远坚定我们的信心，即对中华民族的一切侵略者及其走狗必然失败，而中国的独立自由运动必然胜利。从那时起，已过去了三十六年的光阴，这曾是爱国民主力量反对内部反动势力和反抗外寇侵略不断斗争的年代。推翻清朝而把握政权的中国反动派，实际上曾继续实行清朝的政策，即摧残民主与叛卖民族利益的政策。除了代替吴三桂、曾国藩、李鸿章等的北洋军阀外，以后又来了一个汪精卫，他们曾在不同的时代生活，但他们有一个共同点，即仇视本国人民，向日寇投降，以换得帮助来摧残中国的民主。外寇（即日本帝国主义）曾广泛地利用了汉奸，他们曾经决定再行继清朝之后，在中国建立自己的统治权。他们认为利用"以华制华"的方法，就能够达到目的。以前吴三桂曾与其他封建军阀替清朝打开了中国门户，并帮助他们空手占领了中国广大的国土。日寇曾认为在国民党反动派中，有和吴三桂同样的人来替他们打开进入中国的门户，帮助他们空手来夺取中国。他们对国民党反动派所打的这样算盘，是被看准了的。

　　可是，日本对中国人民却打错了算盘。日本帝国主义要比清朝强大得多，而他们在中国的走狗也比以前的数目多得多；但在这时，中国已发生了重大的变动，中国人民民族觉醒意识的发展，产生与巩固了他们的爱国力量。然而，最主要的就是中国人民爱国的民主力量，已得到了强大的支柱——成立了中国共产党。中共在登上历史舞台之时，恰好是强大的日本帝国主义威胁中国生存的危急关头。中共自二十六年前诞生的那一天起，就表示出他们是为中国人民争取自由与独立斗争中的先锋，是这种斗争的鼓励者和组织者。辛亥革命和中国人民伟大的导师——孙中山先生，曾鼓励了共产主义及其作用，虽然他在世时中共很年轻，但他看出了中共是保卫和平与民主事业的战士，是国民革命的主力，是工农群众的先锋。因此他和中共缔结了新同盟，并嘱咐了他所创立的国民党神圣地保存这个同盟。中共实现了孙中山对他们所抱的希望，当他逝世后，国民党领导机关被反动分子夺取，和他的学说被放弃时，中共曾把执行三民主义的事业，拿到了自己的手中。中共之所以采取这种步骤，就是因为他认为这个主义适合于人民要求，适合于完成国民革命事业。孙中山的主张，是和民族解放斗争与摧毁封建压迫斗争相符合的。建立民权制度，是与爱国运动和民主运动相符合的。中共具体地实行了这一切。他们将爱国民主运动提高到空前未有的程度，将一切爱国力量团结成统一战线，对日寇实行了反侵略的战争，实行了广泛的民主革命，同时实行了耕者有其田的孙中山的原则。这一切，使帝国主义的计划破产了。中国人民需要二百六十七年的工夫以便推翻清朝压迫；而在反对强大的日寇压迫斗争中，只需要十四年（其中八年是在进行大规模抗战时期），日本就垮台了。但未及为中国人民获得自由与独立，便出现了新的侵略势力，即美国扩张势力的野心家。他们同样打算以"以华制华"的手段来统治中国。为达到这个目的，他们就利用国民党反动派挑起内战，反对爱国运动，正如从前屡次发生过的一样。国民党反动分子，重新替外洋老板的野心家打开了中国门户，并换得了其对民主力量顽抗的帮助，以便将民族主权呈交给其外洋老板，将中国一切地下财富卖给他们。

但是现在中国局势已大大地改变了。在美国在华扩张时，中国人民的觉醒程度已更加比以前提高了。巩固、团结与组织民主力量的努力，和日寇侵略时相比，已不可比拟地提高了。增长到这时的中国爱国力量，已得到了强大的支柱，反帝国主义解放斗争的强大武装力量人民解放军，反对外国侵略者的局势已起了根本变化。自从美国在华开始扩张以来，只经过两年工夫，而中国人民武装力量就顺利地展开了大反攻，反对美国武装起来与训练出来的国民党反动军队。国民党于不久以前曾经叫嚣所谓"国民革命最后阶段"。的确，中国民主民族革命正在完成其最后阶段。中华民族复兴，即是对美国扩张势力野心家们的最后的外部威胁的清除。客观因素是对争取和平、独立、自由的民主力量有利的。保卫民族独立和国家主权的旗帜，牢牢地把握在经过二十六年考验的中国共产党强有力的手中。在这个旗帜下，正在动员与团结一切民主爱国的人民。中国爱国力量在华中、西北、东北广大的地区内，到处都表示出自己的优势，表示出超过美国老板所拥护的反民主的反动军队力量之上的优势。反动军的失败，就是美国扩张势力野心家的失败，也正是将要到来的民主事业获得胜利的保障。

（1947 年 10 月 19 日）

我会见了季米特洛夫同志

刘宁一

　　季米特洛夫同志，这个名字对于我，印象是非常深的。那是十年前的时候，我刚刚从蒋介石监狱里穿着一件破衣走出来，八路军办事处的一位女同志，把我安顿在南京的西流湾，第一本书就给我共产党国际第七次大会上季米特洛夫的报告。那书名叫《反法西斯统一战线》，明确指出"法西斯就是战争"，号召全世界的人们团结起来反对它。已经十年了，这本书我曾读了三四次，有些地方简直背也背得出。他的话很灵验，由于法国的社会党、中国的蒋介石之流偏偏破坏团结，反人民，亲法西斯，搬起石头打自己的脚，战争终于不可避免到来。人民以团结的力量，打败了德意日法西斯匪徒，但是已经牺牲七八千万人的生命、无数的资产，这是多么惨痛！若是采纳了季米特洛夫的主张，以人民统一战线的力量预为防止，希特勒等恶魔之为祸，并非不可避免的。这教训是太深了！

　　我一直这样想着。季米特洛夫，真是一位天才，是实事求是的革命家，后来我又知道他坐过监狱，受过刑法的考验，是这样锻炼出来的。光阴过得好快呀！转瞬十年了，世界都变了。

　　一天早上，在贝尔格莱德（南斯拉夫首都）南国总工会里，白发苍苍的老主席拿着一张电报和蔼地说道："索菲亚（保加利亚首都）来了一个电报，总工会——你们知道的名誉主席季米特洛夫——请你们去一趟，那里已经准备开一个盛大的群众大会，欢迎你们，如果同志们同意的话，我立刻回一个电报。"

　　这十年来的记忆，又涌现到我的脑海里，虽然我还有很多事情，需要马上回巴黎，终于使我不能自已地答应了这一邀请。

华北抗日根据地及解放区

文艺大系

"好，我们愿到保加利亚，看看季米特洛夫和他的工人们，就在七月十一日出发吧！"

保加利亚是在南斯拉夫的东方，人口有六百多万，巴尔干山横贯中央，土地并不很肥美。古罗马帝国和土耳其，很长的时间侵占了这一国家，德国纳粹又蹂躏她，多少年来，闹着水旱天灾和恐怖的虐政，给保加利亚人留下来的只有贫困、饥荒。这次盟国英美出兵打德国的所谓第二战场，陆军迟迟不进，成群的飞机却在保国境内乱丢炸弹，炸死的不是法西斯，而是善良的反德的人民；破坏的不是法西斯的工事，而是工人的住宅。到索菲亚一看，一片残垣断壁，可以想象到当时猛烈燃烧恐怖的情景；再加上德军败走时的破坏，于是这次大战又给保国遗下了遍体伤痕。

保国的人民，从七百万减到六百万，从贫困再加上了破坏。这一个聪明的、热情的、可爱的民族，不幸经过了这许多灾难，却终于站立了起来，在这一位巨人领导下站立起来了。

季米特洛夫拟定了一个两年计划，工业与农业同时发展，首先是要大家有吃有穿。七月十六日晚上，我们到了索菲亚西郊一个树林里，这里是这位六旬老人的家，一进门见到了他的太太，身体很胖，真是一位慈祥的母亲。她见了我，是那样的亲热。她问过"毛主席、朱总司令的身体好吧？""康生在哪儿？""周恩来同志在哪儿？""你们太太和孩子平安吗？"之后，她喊出了一位中国的小朋友，这是一位同志的女儿，无人照管，养在她的身旁。正在这时候，季米特洛夫同志出来了，和我们热烈地握过手，引到他们房子里去。他的身体很高很瘦，但是面色却很红润，精力充沛。我们开始了谈话，他是一位伟大的理论家，是一位第一任的内阁总理，更是一位知己的朋友，我们谈到了保国、美国和中国。

"虽然我们的国家很小，经验也不多，我们的两年计划，是以保国人民自己的力量，建设自己的国家。美国想以他们的金元，控制世界，把世界变为他们的殖民地，这就有所谓马歇尔援欧计划。我们用不到他的援助。"

的确，保国的人民是能够自力更生的，保奸的土地分配给农民了，中农、贫农、富农和小地主都联合起来，组织了农业合作社，耕牛、家具、人力、土地都入了股。不但有广大的农庄连成一片，而且有制造工具的工厂，挖了运河，凿了水井，成群结队的男男女女，在田野间收割着麦子。菜园里的辣椒、西瓜，也长熟了。青年的姑娘们，采着果子唱着山歌；儿童们赶着牛羊，拿着书本；小娃娃们在新造的房子里，躺在一排排的小床上，甜蜜地睡着午觉。他们用不到一个金元来帮助。

保国的青年们，组织起来了，教员、学生、工人、农民，男男女女编成了铁道队，在山林里搭起了帐篷，挽着袖子赤着脚，推着车子流着汗，在修造铁路。北方的一条大河，横在波利弗那，连年闹大水。保国四千青年已经下了决心，开始征服它，计划五年之内造一个大水闸，名叫季米特洛夫大水闸，使这河发出五万瓦的电力，灌溉千百亩的田园。他们也用不到一个金元来帮助。

保国的工人们，能自己修理和制造火车头；能自己挖煤炼钢；能自己把本国的棉花、羊毛，纺成线，织成布；能生产很多的香烟和玫瑰花的香水，销到外国。他们用不到一个金元帮忙。

"美国帝国主义者，用新的名目掩盖法西斯主义。'法西斯就是战争'，他们还想制造第三次世界大战，可能吗？这只是说明他们的恐慌、脆弱，实际上不可能的！"

当第二次世界大战的前夜，各国的共产党已经指出，只要是人民能很好地团结起来，一致反对法西斯主义，战争是可以避免的。可惜得很，有些人是没有这样做。现在的局面不同了。

"第二次世界大战以后，各国人民进步了，社会主义的国家，新民主主义的国家，有了更强大的力量。各国人民，有了很好的统一组织，反动势力的内部却是矛盾很多。我们各国人民，加紧完成上一次所未完成的工作。到处揭穿美帝国主义的阴谋，形成全世界的和平统一战线，这些条件完全具备了，我们完全有可能阻止第三次世界大战，确保世界的和平。"

他是以坚强的语调，说明了这一问题。待我们吃过茶点，他又很高兴地问到了中国的情况。我谈起了蒋政府的卖国独裁和内战，中国人民的爱国大联合，我们一定能击溃了反动的魔王四大家族的。季米特洛夫深表赞扬地说："毛泽东同志的主张，是十分对的；各国人民，要向他们学习！团结一切人民的力量，反对少数反动派，这个办法是非常正确的！"

"我们知道中国共产党，很多久经锻炼的有学问的同志——毛泽东、朱德、周恩来……他们懂得中国人民的要求，是那样的和人民结合着，这是一个不可战胜的力量！""中国的任务，是十分重大的！"

我们又谈到了学习，谈到了整风，他左右看了一下又说："我们的国家，虽然是革命告一段落，我们还要加紧学习！学习！"

他又问起中国的工人运动，我讲解放区工人的自由幸福的生活，自卫战争以及国民党区反饥饿反内战的运动，二者是统一的战争。他高兴的说："很好，很好！""世界的工人们，也要不分国籍，不分信仰，一致团结，为了确保人类的和平，我们要多多来往，多多交换经验教训，使大家的感情思想更加亲密和一致！"

他听见我们就要离开保国了，他惋惜地说："来了几天就要走了，多留几天也来得及吧？"使我深深感觉到，世界的工人，真有如兄弟姐妹家人父子一般。

临别他说："问候中国的工人！祝毛主席健康！我们保国的人民，

向你们为独立民主和平斗争的人民致敬!"

八月十四日于巴黎

    按：刘宁一同志系中国解放区职工领袖之一，此次赴欧系代表解放区职工会参加世界职工大会。

（1947 年 10 月 23 日）

"旅长，快起来吧！"

——智擒张中忠记

萧里

昌南之役中，当蒋军二——旅遭受解放军四面八方轰击，各自逃命之际，旅长张中忠眼看自己部下的官兵大批地放下了武器，已无法逃出解放军之手，就仓皇地钻在一条水沟里装死。但我某部重机枪连战士马西河捉到了他的一名卫士，经过马西河的热情安慰与解释以后，他对马说了实话：

"我们旅长藏在那边那条水沟里的！"

马西河听说后立即持枪跑去，看见污泥沟里躺着一个留洋头、穿着好衬衣，但是已经浑身泥水的军官模样的人，他就大声叫道：

"喂，起来吧！"

但张中忠动也不动，马西河用枪拨了几下，张中忠仍然咬紧牙齿装死。马西河离开他到旁边看看，仍然没有动静，于是想了个计策，跑到张中忠耳朵旁边悄声说：

"旅长，旅长！快起来吧！"

张中忠以为是自己人叫他，一转身爬了起来，但抬头一看，原来自己正站在一位解放军战士面前，他吓得浑身发抖，坐在地上不肯走。马西河十分诚恳地向他解释：

"你是旅长也没有关系，我们这里你们的军长、师长多得很，还优待你们哩！"

张中忠只好拖着满身泥水，带着惊疑的神情，跟着解放军战士马西河走了。

（1947 年 10 月 23 日）

老 根 嫂

——冀鲁豫坚持游击战争的故事

敌人开始在临泽建立区乡伪组织，县区坚持游击战的同志们晚上常到×庄上来，妇会长老根嫂家成了工作同志的秘密家庭。老根嫂在村里论辈来说很多人都叫她老奶奶。

一天下着小雨，老根嫂召集全村妇女开会，号召大家要保守秘密。大家都想着老奶奶的话"咱跟八路是一家人"，地主们却向敌人作了报告。这天伪乡公所把老根嫂抓住。老根嫂被敌人抓住的消息传到了每个妇女的耳朵里，她们都往家里走出来，还有的抱着孩子，到伪乡公所去要求放回老奶奶。敌人抓着老根嫂出村往据点里去，妇女们也跟随着敌人出了村，与敌人吵着、叫喊着放开老奶奶。敌人不放，用棒子打追赶上来的妇女们。但她们不怕打，几乎把敌人包围起来。敌人用棒子硬打开条路带去了老奶奶。

老根嫂被抓到高海敌据点后，敌人把她关在屋里，于是就开始审问她："你家有个地洞吧？那里边藏着几个八路军？"

"有个洞，那是藏红薯用的，没藏过人，你不信就去看看。"老根嫂说。

"你在庙东山埋着十一颗枪，还有一辆洋车子也是你领着人埋的。"

"你知道那里有枪、有车子为什么不去扒，还问我干啥？"

"你家不是存着八路的公粮，还有五十双鞋子？"

"公粮、鞋子都有，可是八路军早就起走了。"

"县里吴科长不是常住你家，现在他在哪里？"

"俺不认得吴科长，也不知道他在哪里。"

一共四个敌人都问了她那一套，直问到深夜，但以后都失望了。

　　敌人恼火了，把老根嫂叫到另一间房里，二话没说，就给她戴上手铐，把戴铐的双手拉到背后，用绳子吊起来，用木棍打，又点着一把火香烧她的两腋，腋下烧着的油和血水嗤嗤往下流……老根嫂没有喊叫，她依然坚强不屈地说："我没啥说，我不能坏良心，我死了也落个名。你打吧，拉吧，烧死我，肉是你的，骨头是我的！……"

　　伪乡长高小顺在一旁瞪着两只狼眼睛："你真是铁嘴钢舌头，谁都知道捉住你就有枪有子弹！"

　　老根嫂说："只要你割不了我的舌头，扒不了我的心，张嘴总要跟你讲理。我家没安着造枪炮厂，枪、子弹从哪里来？""不要不承认，有一百个指头指到你身上！"高小顺说。

　　"谁说我有，叫他来跟我对对口！"老根嫂说。但凶恶狠毒的地主们，因为怕群众向他们复仇，谁也不敢跟老根嫂对口。

　　老根嫂被敌人毒打香烧的昏过去了，敌人于是松了松绳子。老根嫂从昏迷中醒来以后，敌人又再次开始了对她的肉刑：拉、打、烧，闹到鸡叫三遍。老根嫂一夜死过去三次，敌人从她嘴里没得半句实话。

　　第二天又是一夜的拷打，依然毫无结果。他们把老根嫂背到一家老百姓家，用软办法去找她说好话，给她点烟吸。老根嫂五天没吃敌人一粒米。自从老根嫂被敌人抓走后，×庄的大人小孩日夜担心，到处找人去保她，后来出了一千五百斤米把老奶奶从敌人手里救了出来。老根嫂的伤很重，休养在床上。由于群众及县区同志们的爱护，她的伤势很快就好起来，现在又开始在村里和大伙儿一起工作起来了。为了复仇，她永远不能忘记敌人的罪行。

（1947 年 10 月 23 日）

人民的堡垒

向阳

十月一日到六日，蒋匪第五军由单砀公路南去。出他意料之外的，在马良集东北二里远近的地方——张楼村（华砀县吴溜区），出现一座人民的堡垒。

这座堡垒是在一个月前被蒋匪烧毁了的废墟上又建筑起来的，靠西南角有一个旧日的土炮楼，村周有地道，村外有××突出地面的地堡，还有×个颓垣，里面建筑的秘密地堡——叫做暗堡，这就是全部的战斗设备。

坚守在里面的是七个当地的群众干部，和十三个保田队员。他们都是老实的庄稼人。第一天，敌人在公路上四路纵队过着，三三两两的匪兵，想到张楼来抢点东西或者强奸妇女，结果伤了四个、两个做了俘虏，其余的敌人像兔子一样的窜去了。第二天，敌人用一个排的兵力想着来驱逐他们，结果亡了两个，没有能接近村庄，就败兴而去。从此，敌人对张楼形成了包围，挖下工事，和这座人民的堡垒对阵。

第三天早晨，匪徒们军部的汽车队正在公路上开着，地堡的战士们就派三个人出击，故意引诱敌人。三个人只打了六枪，公路上的汽车停了，正行着的匪徒们混乱了，随即从马良集出来两个连，向这座人民的堡垒展开进攻，激烈的战斗开始了。

四门榴弹炮不停地轰击，火药味弥漫着村庄和田野。二十岁的修枪工人纪桐，他是刚刚自动要求来到这里参加战斗的，在土炮楼上观察，敌人分两路前进，带着十挺轻重机枪，两门六零炮。

"来了……都准备好!"迅速地传到各个地堡里去。

张玉新在炮楼下面兴奋地伸了伸舌头："好吧，送来两支七七枪吧。咱也会使用哩。"

子弹刮风一样的在头顶上呼啸，地堡里百十个人都紧握着枪，互相嘱咐："不到地堡跟前不要打枪。"在地堡里，什么都看得很清楚了。匪徒们的船形帽都顶在后脑勺上。有的露着洋头，有的戴着白色见方的口罩，有的戴着风镜，有的胸前佩着证章……可是敌人连我们一点影子也没有发觉，大概以为我们的人逃跑了。一个高个子的家伙，左臂上挂着七七枪，右手插到裤子口袋里，偶然走上来观察，直走到地堡的跟前。王纪桐刚刚进入地堡，还有些心慌，一枪没有打准，那家伙憨熊似的掉回头去："他奶奶的！自己人打什么枪。"他没弄清从那里打来的枪。立刻暗堡里又飞来一颗子弹，没等他回过头来，就呼的一声倒下了。于是敌人在炮弹的掩护下开始盲目进攻。

地堡里的人都想自己来打死第一个敌人，争着要打，结果让民兵毛山打了。可是打了一粒瞎子，他感到不光彩。王纪桐又一枪，最前面一个敌人栽倒地下。两个十六七岁的青年民兵，看得哈哈大笑起来，暗堡里的人喜得拍手。进攻的匪徒们都莫名其妙，表现出惊慌的样子。

西面进攻的敌人，也被打伤了一个，全线撤退了。公路上敌人又继续行进。

勇士们从地堡里爬出来，到村外去拾敌人丢下的子弹壳。六零炮弹的弹筒、零星的子弹、炸碎的炮弹皮，还有敌人丢下的洋镐、钢盔……

大概敌人觉得也太讨厌了，又轰起炮来。勇士们也就回到地堡里去，等着敌人再次进攻，可是敌人并没有攻上来。青年的农民们便在地堡里啦呱，吸着缴来的美国纸烟，喝着带来的开水。

胜利坚持的消息，传遍了各处，县里送来慰勉信，给他们补充了枪支和子弹。区长亲自带着纸烟和药品来慰问，并不断地有许多干部、通讯员、伙伕等自动来加入他们的战斗集团——人们对于地道战斗都感到极大兴趣。

赶来参加战斗的人们，耳闻目睹张楼以东以西的情况，更深刻地体会到坚持的意义。在张楼以东，一二里的地方，黄牛遍野在耕种，小孩子们仍然在唱着歌。就是张楼村外，也堆满着谷子垛、秫秸簇，显示出一片丰收的气象。可是登上人民的堡垒，向西一看，谷子垛和秫秸簇被烧光了，到处烟火腾空。跑过来的人们诉说着敌人正在村里强奸妇女。公路西侧的蔡堂区敌人在每一个村里到处乱窜，只郝庄小区几个村，就打死了九个农民。一个一岁的小孩，也被枪毙。

一个月前匪军来到时，人民四散逃奔，哭声遍野；现在这座人民的堡垒，成了公路东侧数十村庄的屏障。生存和毁灭就在这一堡之隔。这些，使得每个人的怒火越燃越高。第四天午后，敌人又来打炮，用一个排从西面来攻。地堡里的人们都渴望着敌人的进攻，好发泄填胸的怒火。十九岁的民兵毛山，把枪架在地堡的枪眼上说："我的枪呀，你今天可不要说瞎话（打瞎火）了，为什么你偏偏昨天就说了瞎话?!"早晨他费了很大的工夫来擦自己的枪，想补救昨天的丢脸。

在炮弹的爆炸以及机枪的吼叫声里，却看不见一个敌人。勇士们在焦急的等待中，听见保田队长薛海峰同志在炮楼上大声呼喊："别走呀，来打呀。"都知道是敌人又在撤退——敌人离地堡还有二百米远，就惊慌退了。恼羞的敌人，第五天又用一个连进攻，得到伤四亡二的结果。于是集中所有种类的枪炮——火箭炮、榴弹炮、重迫击炮、钢炮、六零炮以及轻重机枪，山崩似的连续轰击，企图彻底毁灭我们的堡垒。声音像雷鸣，地堡里的人觉得地道被震得忽闪忽闪的跳动。交通联络使用的油灯，都被震灭了。

炮声停止时，大家又出来参观敌人这一次的工作。地面上到处布满着松土坑、被烧毁的房子，增加了新的疮痍。未被炸倒的墙壁上，满是大大小小的麻子，有的被烧弹烧得成了焦黄色，小树的树头有的被打掉，一只吃草的小羊，被炸去了一条腿。其余还有什么呢？我们的勇士不过只有一个人受到极轻微的一点擦伤，另一个同志被砖头碰了一下——这就是几天的战斗中敌人给予我们唯一的杀伤了。

扫兴的最后一批匪徒们，在六号中午开走时，勇士们脚跟脚地在后面欢送，想要他再留下一点礼品——俘虏，但他客气得很，在行进中慌忙用炮火谢绝，勇士们没有如愿。

总统计六天五夜，敌人伤亡十几名，两个敌人做了俘虏，缴获钢盔、铁锹、美式炸弹、新军衣等及一堆日常用品。我仅消耗子弹一百五十二发。最后的结论是："美式蒋匪也没法我们！"

（1947 年 10 月 26 日）

铁托和新南斯拉夫

刘宁一

火车像野马一样，顺着一条大河左岸，在树丛中，奔驰怒啸，穿过几十个山洞，跨过几十座大桥，还没走出这崇山峻岭和起伏的岗峦。一位年老的工人，我的朋友，举起酒杯，高兴地告诉我：

"刘同志，波斯米亚的边境到了，南斯拉夫和铁托游击队的发源地就是这里，为我们第一个解放的城市喝一杯！"

"为南斯拉夫的'延安'喝一杯！"

"为铁托将军打美国飞机喝一杯！"

"为毛泽东同志驱逐美帝国主义和击败蒋介石喝一杯！"

全车的人，一齐唱起了《游击队进行曲》，火车在沉沉的夜幕中前进着，老工人谈起了当时南国的抗战情形：

"南国的人民，始终不屈于法西斯主义，就在这一个地方，打了不知道多少次仗，我们一直生活在山林中。自从一九四一年六月六日，我们的人民在铁托将军领导之下，开始了对法西斯作武装斗争。我们的爱国阵线，团结了一切南国的爱国儿女，和德意法西斯斗争。那时有一个米海洛维区——你是知道的，毛泽东同志在《论联合政府》上讲过，不是吗？汪精卫、蒋介石之流，他也有一个党，名字不叫国民党，而叫做塞特尼克。他们的确是南斯拉夫的人，但是所做的事所讲的话，却是德国的。就如同蒋介石，听说他的舌头和牙齿都是美国人给他安的一样。他们替德国人维持治安，集体屠杀了他们的同胞后，就和德国人一块吃酒跳舞去高兴。南斯拉夫平均每十一个人里就有一个被敌伪杀死，特别是波斯米亚二百万人中就有四十万被杀死，把人头在雪地上排起来。但是英美却供给米海洛维区不少的枪支和子弹。我们从赤手空拳夺取了敌伪的武装，装备了自己。德意曾组

文艺大系

华北抗日根据地及解放区

织了对铁托游击队七次大进攻，但都被粉碎了。敌人经常在南国驻扎三十五个精锐的纳粹师团，但他们除了在碉堡里藏着而外，一步也不敢乱动的。"

"米海洛维区开始打的是反德旗帜，铁托两次和他谈判，他终不肯合作抗德，为什么呢？他居心骗人民，实际上是和德国勾结着，他和人民毫无共同之点，最后在法庭上他自己也承认了。蒋介石还没有上法庭就承认是为了美国，还没有米海洛维区装的好。米海洛维区是在人民公审之下上了断头台，他给蒋介石开辟了道路！"

"铁托，领导人民抗击了德国。他在抗战中，组织了人民的武装，设立了'任日哉兵工厂'和医院，组织了人民，一面斗争，一面从事于工业农业的生产。你看，沿路的碉堡，无数的弹痕，这都是被我们打的，他们缩到里边，我们就在外面种地。老实说，铁路桥梁很多是我们自己把它毁掉的。我们作战的次数越多，枪越多。我们的游击队里有政工队，有文工队、报纸、无线电，不打仗了就有晚会，有音乐跳舞，非常愉快。自从一九四一年六月到一九四四年十月二十四日，三年多的斗争，人民壮大起来了。——你们中国当然更不消讲，三十六年了，噢，三十六年了……"

"铁托，不但领导人民战胜了法西斯，他还领导了人民清算了亲德派，农民分到了土地，工人管理了工厂。南国的儿女能战败法西斯强盗，更能建立富强的幸福的南斯拉夫。"

老朋友又连续讲了很多铁托在抗战时的故事。那时火车已经进了波斯米亚首都的火车站。车站上一片黑压压的人群，齐声呼唤："解放的中国万岁，毛泽东万岁，铁托将军万岁"！

"我很荣幸，代表我们全城工人，向中国英勇斗争的工人献花致敬。我们为着铁托将军的五年计划的提前完成，作着竞赛运动，祝你们中国——毛泽东的工人，独立民主解放的斗争早日成功！"

工会领袖在这简短有力的致词中欢迎着我们。

我们乘上了工会的汽车，走进这座山城沙来□，穿过一九四一年奥国太子被刺于塞尔维亚的那座桥。工人们对我们讲述罗马帝国、土耳其、奥国、德国、意大利，千百年来压在南国人民的头上；翻开南国历史，一页一页的莫不是用血泪写成的；只有今天，铁托将军领导的队伍把他解放了，人民从苦难中翻过身来。他们是□□□□□。

铁托这个名字，和南斯拉夫人民的血肉是分不开了，和南斯拉夫是分不开了。我每天每时每刻，甚至每分钟都听到人们讲这个名字。南国的工会很了解我们急于看看这位同志，他们用飞机从波斯米亚把我们送到贝尔格莱德，可巧轮到铁托将军休息，担心着见不成了，但是副总统告诉我们："铁托将军愿意看你们，并邀请你们到摩拉维亚去，玩一趟。"工会又把我们用飞机送到了西南方向森林的城里。

这里是泊莱德湖和抱恨湖的沿岸；沙瓦河的上游，水从树林里流出来，绕过山麓，曲折地奔流着，湖水却在青山的怀抱里微微荡漾。山的影子倒在湖面上，格外显得碧绿可爱，鱼在湖里游来游去，好像故意对我们内战灾难中的中国人民表示骄傲。

米丽经同志笑了，她向我说："你喜欢这个地方吗？"

"恐怕太贵了吧！中国还在内战。"

窝亚·洛伏理区和米丽经，大笑起来。他们说这是工人的休养所，不要钱，每个工人一年中可以来休息两个礼拜，他们要我同他们一同住在这里。他们特别强调说：

"我们工人和铁托同志都是在这里避暑的。"

七月七日，在犹比野那的郊外，会见了这位巨人——铁托。他热烈地和我们握手，他有一个刚毅直率的性格，很朴素，爽快，但是他对于各种问题都是很细心地研究。我们谈到了世界工联会，他特别有兴趣，他说世界工人联合起来了，一致反对美国法西斯主义，在世界工人团结一致的阵线下，世界是不可能发生第三次大战了，无论美国

或其他帝国主义者，没有一个国家国内能统一起来为反动的法西斯服务，全世界的人民进步了，有组织了，反动者无论怎样喊，只要全世界的人民一致不战争，第三次大战就不能发生，因此我们有责任也有力量能够阻止它。

至于谈到南斯拉夫，更是坚决反对美帝国主义者。南国在长期抗战中，南国人民自力更生，南国并未得到美国的帮助，一定要说有，那只有两只又破又小的船；较之美机在南国的破坏，相差不知几何，而美国却将南国存在美国的四千万美金扣而不还。他要赖债，那是办不到的，各民主国家的人民，现在已经有了各种各样的联络，今后更会经常地密切地联系起来。他对于中国人民的反对美帝国主义和蒋介石的英勇斗争，不胜敬佩。

"中国解放区人民所领导的这一斗争，对世界的和平，有重大的意义。"大家举起杯来，祝"世界人民的团结，中国人民的奋斗"。满意地愉快地结束了谈话，他诚恳地建议：

"同志们，太辛苦了，每天没有休息的机会，我提议你们到亚得里亚海边去玩几天吧！"

"同志们说，怕我们花钱太多了。"窝亚说。

"现在南国的人民，是愿意招待我们远来的兄弟的。"

汽车又向着那依照铁托计划业已开始建造的底里雅斯特国防大路出发了，直奔入林木丛荫、石壁嶙峋的国防重地。沿路见到南国的健儿们，驾着坦克，背着机枪，拖着大炮，横巡着这民主乐土，一直到波涛澎湃的地中海。

八月十二日

（1947 年 10 月 26 日）

为他们复仇

——记胡匪在陕北的暴行

刘洪

　　这篇文章，是作者在陕北前线，亲眼看见的一些记录。他老远的从晋西北给我们寄来了稿子，并来信说要求远方的读者了解那里敌人的残暴，现在全国大反攻声中，陕北亦进入了反攻，陕北军民正向胡匪讨还血债。我们除向作者遥致谢意外，并坚决和一切读者们站在一起，为我们一切受难的父母、兄弟、姐妹复仇。

编者志

"打死他!"

　　晌午的时候，人民解放军经过陕甘宁边区安塞县镰刀湾。部队一走到村头，就看见两个女孩子躺在路旁，地上和她们的裤子都是鲜红的血，嘴里嘶哑地哭着。她们听到人马的声音，立时转过头，疾呼："快来救命呀!"连长和战士们走拢去，痛心地问："你们怎么成了这个样子?"她们伤心地说："顽固军糟蹋的我们不能动弹了呀!"连长和战士们立刻把她们拉起来，给穿好裤子。

　　接着，她们叙述受害的经过。这两个女孩子，一个叫李巧儿，十八岁;另一个叫史盖花，十七岁。今天早饭后，十几个蒋军抓住了她们，一直轮奸到晌午才逃走了。史盖花又谈到昨天晚上蒋军一连人轮奸了李生德家两个儿媳三个女儿，野兽们整夜轮奸到她们不能行动。

　　连长听后，愤慨地说："我们把他们抓来，你们打死他!"

　　"打死他!"她们咬紧牙根说。

华北抗日根据地及解放区

文艺大系

"好！现在你们不能动弹，先送你们回去休养，以后再报仇吧！"连长便派了两个毛驴送她们回家。临走时，她们坚决地表示："等休养好了，我们要去亲手打死他们"！

"同志！我的羊给杀光了！"

周老汉坐在村口的地边上，愁眉不展地流着眼泪。看见我军在路上走，便大声哭叫："同志！我的羊给杀光了！"

他一边哭，一边走到战士们跟前，诉苦说："顽固军到了那里，那里就没有人活的路！他们实行七光政策：把粮食财物抢光，房子木料烧光，年青人拉光，粮食牲口吃光，女人奸光，埋了的东西挖光，牲口和人杀光！你们看！路上、河里、井里、山峁上，到处是肠肠肚肚，血流成河，苍蝇更是多的呀！这村里的鸡、狗、牛、驴、羊没有一个了！土地革命给我分的羊，揽到迩刻一满是二百只，都给杀光了！"

"牛屎□到菜缸里！"

周老汉叫我军战士到他家里去看。走到院里，第一眼看见的是枣树被砍光了，门窗烧得一干二净，蒋军把带不走的小米搅到粪堆里。

进了窑，看不见一样木头家具，没有一块布，铺的席子也被烧了，炕上只丢着一个烧的剩下半截的女人鞋子。锅、盆、碗、瓶子、灯、壶等，打成碎片，铺了一地。

仅仅有一个菜缸放在右后角里，周老汉手一指说："同志！你们看吧"！

战士们挤在缸跟前，看见里面浮着一层人的粪便。周老汉气呼呼地说：

"牛粪屎□到菜缸里了！"

"他们把糟蹋叫爱护!"

镰刀湾村庄的墙壁上,我军战士还看见那大字的标语,写着:"国军爱护老百姓""国军不骂人不打人""国军优待回家安居的老百姓",如此等等。

战士们便找史永盛老乡询问"国军爱护老百姓"的情形。史永盛说,蒋军一到村里,老百姓都逃跑了。为着把老百姓骗了回去,蒋军于七月初便开始实行一种骗术,用小恩小惠来收买一时糊涂的群众,谁回家就给谁一万元蒋币和五尺布。史永盛回到村里来,这村的蒋军便到西河口去抢老百姓的粮食、布匹,回来给镰刀湾的老百姓一人一万元五尺布。可是,第二天晚上,西河口的蒋军又来镰刀湾抢劫,史永盛的一万元和五尺布给抢走了,并把他从地窖里挖出来的两斗小米、半斤盐也抢去了。史永盛知道受了骗,很气愤,便和村里人去报告蒋军团长,团长说:"我查一查,查出来枪毙他!"

当天晚上,团长命令士兵到高桥去抓个老百姓,士兵即将农民高二虎抓去,给穿上军装,脸上抹成个大花脸。天一明,拉到大场子里执行枪毙,叫老百都去看。当高二虎打死在地上的时候,团长装腔作势地说:"你们看国军的纪律多严格,要晓得国军是爱护老百姓的!"最后,史永盛挥着拳头说:"狗日的!他们把糟蹋叫做爱护!"

"爷爷! 蒋介石杀了你呀!"

我军在镰刀湾附近的山头上行进的时候,战士们捏住鼻子叫:"真臭呀!"眼睛也实在不忍看啊!山头上各处堆着饿死的蒋军士兵,乌鸦也黑压压地站满了山头。

这时,大家又听到哭声,留神一看,对面山头上几个老百姓在哭着。

大家走过去，瞧见树上绑着一个老头。老婆婆、媳妇、小孙儿跪在地上哭成泪人儿，十二岁的小孙儿直叫着："爷爷！蒋介石杀了你呀！"那老头的腹部被剖开，肠肚流到地上，头部、身上、腿上布满了刺刀眼。

战士们眼睛里放出怒火，捏紧拳头，听着老婆婆上气不接下气地哭诉老汉惨死的经过：蒋军抓到老头以后，问他："村里粮食埋在哪里？"他回答："不知道！"蒋军便把他绑在树上，老头子用力把唾沫吐到蒋军的脸上，大骂道："你们这些野兽！应该千刀万剐的东西！"蒋军一面骂："打死你老驴日的！"一面就是一顿枪托的乱打。随后又问："八路军住在哪里？"老头子怒目而视，声嘶力竭地喊："多得很！到处都是！"于是，残暴的匪徒们的刺刀穿入了老汉的腹部。

现在，他的老婆婆、儿媳、孙儿，在痛哭着这位坚贞的老人，战士们安慰他们："不要哭了，我们要把蒋军消灭干净，为老汉报仇！"

（1947 年 10 月 26 日）

翻身英雄李保孩

一、好人无活路的社会

我是平定东乡银庄村人。我父亲叫李金成，他三岁上爹娘都下世了，靠姐姐恩养大；七岁上就放牛，大了给人家地主住长工，一直到四十多岁，才改行租地种；三十多岁诓骗的娶了个女人；前半辈没好好活一天，总是吃一顿闹一顿，吃一天闹一天，一天不动就饿肚。记得我那年八岁，全家由银庄村里搬到离村十里地的墓口山上，租了地主李映华一架山，开始刨荒地，每年出租两石。后因打的粮食多了，地主便要涨租，由两石涨到四石。这样我家还是一年比一年强，后来由一头毛驴发展到三头。这时地主看见眼红了，觉得是块肉，便送我父亲为"靠山财主"（因我家在山上住）这个光荣的称号，便是我家倒霉的开始。民国九年平定遭了大灾荒，那年我才十五岁，五六月没吃的，大家推我父亲为代表，把我家三头毛驴质上，向我姑家借了一石五斗谷子玉茭，十五家每家一斗分开吃了，都是加五利，当时也不嫌利高，就是加倍利也不要紧，一家才一斗呢。债不住人，秋天他多少要打点粮食，难道一斗还给不起人家吗？不想完全出了意料之外，到了秋天就是颗粒不收，全庄十五户，看见风色不好了，都向外逃，只留下我们两户。秋后九月天我姑父带的几个帮手，到我家要账了，说："孩子！人吃人的年景，你的借粮如何办？"我父亲没办法了，便把两头毛驴作了一石五斗粮食，给人家顶了本钱；不知给说了多少好话，念了亲戚关系，给留下一头坏的没拉走。民国十年前半年，全银庄村一百五十户人家，饿死了一百七十余口人，逃走一百廿余口。当然我们亦不能例外，全家病了，我的弟五岁、妹九岁都饿死了，毛驴生了肚底黄亦死了。我父亲在家饿得没办法，修洋工走了，全家四口人真是"屎巴牛哭他爹"，两眼摸黑，想上天无路，入地无门，只等饿死。幸亏我父亲修洋工回来，把大妹童养了，三妹一棵白菜换给人家，我们三口人一把鼻涕一把泪，逃到和顺梳头村安了家。我和父亲给人家住长工，我母亲给地主做饭，还稍租种十亩坡地，一年好似一年，家里有吃有穿了，我父亲亦不住长工了，回到家里自耕自种，我和我母亲仍在外边给人家做活。那年在南庄沟租了张观音锁一架山，开了八亩荒地；原来说定三年不出租，不想种了一年不叫种了，第二年给出了一石租，第三年就把地下了。但我并不灰心总是死受。那年我母亲生了个孩子，好好的死了，有人说：你住的这个家里有狐狸精，我便卖了一石小豆一石米，六十吊钱典到李贞喜一串院，把房都重泥了，盖了一座驴圈，准备如如贴贴过个好光景，结果人家不叫住了，只给了六吊钱，买了一个桶一张犁，把我五十四吊钱，都坑了不给。我年年刨荒地，每年能打二十多石粮，李贞喜看见眼红了，便与姓白的相互争夺我这块租地，结果在城里打了四十天官司，把我刚刨出三四年的荒地都下了。从此我的厄运又来了，又是一段饥饿。事变那年，八路军刚来，地主为了逃避负担，叫我给人家伙种了六十亩地。我不知道人家有鬼算盘，受死受活，暗喜可要发财啦，不想到了秋天两家一分，除了负担又落个两手空，住了一年长工才把亏空顶清。敌人占了和顺，自己连长工都找不到，给人家住长工，自己还得出夫，我的烂坡薄地，和地主好地一样出负担。四二年没吃的，全家人都吃菜，面皮都变成了绿色，后我便搬到山上住。八路军工作深入到我村，工作员不断到我庄子上，看见我吃糠咽菜赤皮露肉不像人样，便把我的差夫负担免了。

二、打倒猪笼爷，翻身当英雄

四五年解放后，我仍住在山上，思想还是落后，农会主席张福荣叫我给地主张银中提意见，我说："咱没意见。"大家知道我最穷，受痛苦最多，张银中拉过我的牲口，我死活没提，别人才替我提了个意见。头一次给我算到地二十四亩，玉茭□□，大洋三千元。我有了地种，有粮食吃，有钱化，见了工作员喜的说不出话来，给民兵买了十二根皮带，谢民兵的恩；见了神神就叩头，我以为自己翻了身，可得多烧香多叩头哩！所以我和弟弟打了四天短工，买到半斤肉，在村里山神庙上贡献了四两；我住的山上写了个牌位，也贡献了四两。我以为狼很厉害，可得好好敬奉山神爷哩，不然翻了身叫狼吃了，翻了个啥？九月廿七日斗争了三家地主，我正在分配果实，我父一道喊，一道哭，跑回村来了，说狼把我弟脸咬了，啃了脖子，我连忙跑回，果不然咬得很利害，我便在山神跟前祷告："天啊！你要保佑我弟死不了，我把所得的果实，都要退出来。"我以为斗了地主，山神爷报应的，从此不敢大胆斗争地主了，良心、命运、迷信把我思想笼罩住了，梳头村工作也消沉了，地主趁机造谣说：清算的不合理，上边有命令，得到果实户要退。我思想越动荡起来了，并亲自问了石区长，但我心里总是动摇不定。到十一月各地都在减租，全村农会会员讨论斗争谁？怎样斗？大家都低着头不说话；有的说闹得差不多了，不用斗了；有的说咱村猪龙爷很灵，清算了地主，给咱个报应可受不了。第二天晚上召集农会开会，不提斗争谁，只提神是怎样来的，咱们找神根吧。大家七言八语乱扯了起来，有的说是姜子牙封的，有的说是天上有神，有的说我见过鬼没见过神。后来我把狼咬我弟弟的事对大家谈了，越说越生气，就骂起来了：谁说有神，有他娘个屁，我前天敬了他，隔了两天就把我兄弟咬了，哪里有这种坏蛋神!？我这样一说，大家又讨论，结果认为没神，是老财们给盖的庙院，弄的神鬼，欺骗咱穷人，讨论中越说越热闹，有个老汉说："孩子们说没神，谁敢跟我去打猪龙爷？"马上有好多青年民兵们说，我去，我去！一会儿凑了一群人，跑到庙里把神像打烂了，从此我就由小组长担任了农会主席，并参加了党。村里人没有了神的压制，也就不再讲什么迷信、良心了。我兄弟的伤口也好了，不断从山上回来看开斗争会。我在诉苦中想开了，我的祖辈受穷是地主给造下的，就愤恨地想起来和地主干一场。我先串通了三个雇工，由三个雇工又串通了十二个贫农，都劲头很大，愿意马上和地主干一场；我感觉力量还不大，又找了赤贫妇女房爱枝，又带起了十九个妇女积极分子来。这样由小到大，全村八十三户，就团结了五十二户，人多胆大计划高，激愤的农民斗争了喝血的地主张德宏等四个，刨出白洋，拿出包袱，把一千六百亩土地分给了基本群众，全村实现了耕者有其田。过阴历年时，我因工作忙没回家，大年初三才回去，不想回到家里，有肉又有白面，原来是群众在过年时，瞒着我给家送的，心里感动得落下泪来，想起过去过年没吃没喝，没人理，又是一阵心酸。直到现在，谈起群众对我的关心与爱戴，总觉得自己对不起群众。我没多分过果实，总是先分给别人，常对人说："只要大家富了，一人帮我一指头，也够我活。"去秋选翻身英雄，农民一致选举我出席边区英雄会。

三、生产大互助，发展好时光

翻身以后，我担任了政治主任，当时上边提出了大生产，我思想上感觉，不如翻身好领导，翻身是得利，互助是受苦。可是我参加了县生产大会后，听了各地经验才想通，我想：一开始翻身也是很难，只要肯用脑筋，大家开会商量，一定会有办法，就先开会让大家讨论去年的生产互助有啥毛病。张保福说："去年参加互助有些不自愿，分票的分太大，里找外找吃亏很大，欠的工资给不了，也不敢说话。"我抓住了这些毛病，决定了今年互助绝对采取自愿，分票印成二分五的，零找不吃亏，工资按季节决定。大家说这一下可差不多了。我又提出笨鸟先飞，争取早种，首先解决了互助中的遗留问题，全村互助调剂了两石莜麦籽，一石七斗黑豆籽；给姓乔的借了二石二斗粮食，解决了他的食粮困难问题；打通了一个懒汉的思想，用互助起来实际得到的利益，影响了狗孩。经过了打通各色人等的思想后，展开了全村的大互助。在春季大生产互助中，省了不少的工，在各组抽了四十人到下庄村卖工，一天赚了大洋一万六千元；全村买了七口小母猪，狗咬死两口，由五口到现在已发展到七十二口；在今夏抗旱备荒，大家都发愁没吃的，想把猪卖掉，我给想了个轮流放猪办法，每天只喂一顿，粮食又节省，猪吃的又胖，奠定了全村养猪基础。梳头村敌人占领时都把鸡杀吃了，我亦注意了养鸡，全村由十二只鸡发展到九百九十二只，每户平均到十二只。群众翻身后，全村共有十二头牛，只有四头母牛，这样长期喂下去只有减少，不能增加，因此我把斗争出来的绸缎和犍牛买卖掉，换成母牛，将近一年时间，全村已发展到六十八头，赶年底每户要大小喂到一头牛。在节约备荒上我先起带头，用自己的历史痛苦，打通了群众的思想糊涂障碍，调剂了荞麦种子九石六斗，菜籽三斤十二两，号召全村群众多种荞麦多种菜，并打了野菜（干的）一万七千余斤，准备明年渡灾荒。

和顺县委宣传部

（1947 年 10 月 26 日）

勇敢的电话班长

——周立功同志立功的片断

祝军

晋南战役中，王新亭将军率领大军攻打乡宁城。敌方凭借弹药向我做垂死挣扎，机枪和大炮，向四面八方无目标地倾泻钢铁，重机枪也不断地疯狂地叫嚣。

周立功班接受了从石碣到富家园的架线任务，大家在他动员自告奋勇地完成这个架设任务，年轻的小伙子们便立即撩衣袖，束紧了皮带，背上线捆出发了。他们到富家园要路过罗河，而敌人十八个碉堡组成的火力，封锁了这块地方；又是大白天，目标是太显露了。如果要是没有什么任务而逞强一定要在那里经过的话，莫说是敌人的碉堡上射出的子弹非常多，其实一支步枪好好瞄一瞄，也是可以把你当肉靶子打倒，而要笑话你是傻瓜的。但是，他们要完成任务啊！革命军人谁不知道战场纪律呢!？不过周立功并没有去考虑这个问题，因为他们正在想着如何才能快速完成这个任务呢。

当周立功走到离罗河口只有一百米远的时候，只见地上的尘土被子弹打得乱冒，怎样办呢？真是不好通过这个鬼门关。这时周立功只好让大家休息，独自到前面去侦察地形。他在咆哮的弹林中钻来钻去，最后决定了通过一些可能利用的枣树，再沿着两个山峰之间的结合凹道跃进，最后在山梁上直跑。就这样七里地的架设任务，不到一个钟头，便顺利地完成了，而且一个人也没有伤亡。

突然下了一场猛雨，和×旅联络的一段电线，被汹涌的山洪冲成好几段；但第二天就要开始总攻击，如果电线修复不了，便没法取上联络来指挥他们。王新亭将军很着急，连接给郭股长摇了十几次电话，命令和催促要很快修复起来。但是河水是那样的凶恶猛烈，而且随着流水巨大的石头在滚着。郭股长望着流水发了愁，周立功望着流水也发了愁。

"叮铃铃……"电话铃急促地响着，周立功拿起了耳机，只听见王新亭将军在问："你是谁？"

"我是××部队的电话班长"周立功回答。

"给你一个任务，赶快修复电话线，完不成任务和×旅联络不通由你负责。"电话里严肃地命令着。

"好！"顿时他感到心胸里压下一块沉重的磐石，周身突地紧张起来了，便立即带上八个同志背上线拐出发了。

几分钟后，他们已摇撼地立在湍急的河水里，黄水鼓着巨大的力量向他们的大腿上，甚至肚皮上冲击着，石头在水底下滚着，碰着。他们八个人手拉着手在渡河、摸线、接线、架线，最后终于胜利地完成了这段艰险的工程。当电话铃再次响着铃声的时候，他简单地报告了任务已经完成；王新亭将军又在电话的回声中，给了他们坚决完成任务的安慰和感谢。周立功已经轻松的身心又洋溢着愉快的情感，一些细小的汗滴，从他面颊上慢慢地流下来了。

（1947 年 10 月 26 日）

任明瑞的地雷阵

梁建功

一、深夜苦思

任明瑞，平遥印寨村人，五岁时生了一次天花，长了一脸麻子，乳名留锁，因此人们都叫他"麻留锁"。远在抗战时期在村民兵里便是个神枪手，敌人零星死在他手下的便有十几个，去年他的轮战队，除在战斗中杀伤敌人四十二名外，还活捉了三十几个"奋斗团"。可是任明瑞同志是不愿落后于人的，当他接到裴得富飞行爆炸组通报以后，天天发急，想学他搞爆炸。

但可惜在这方面他是个外行，他把他的伙伴郭珍叫回来，两个人想了半夜。第二天实验了一下一般按法和爆发管的用法，倒还没有什么难处，只是往哪里埋？如何修装？还没有想出来好办法。为了这他饭也顾不上吃，觉也顾不上睡，第三天躺在炕上想到三更天的时候忽然计上心来，爬起来把灯一拨叫醒了郭珍说："有办法了!"如此这般一说，郭珍也很赞成。

二、草人鞠躬

第二天早上郭珍先找了一套木工家具，和腿一般粗的一条大木椽，和胳膊粗的一条小木椽。两人吃过饭后扛着工具、木椽，拿着麦秸、草，抬着地雷到了村外庙上，整整摆布了一天。

第三天早晨，明瑞吩咐郭珍同志带了一股人马扭秧歌锣鼓喧天地到了黎基村的南头（这里是靠近根据地的），不一会全村男女老幼都去看耍秧歌了，明瑞同志就带了一股人串进了黎基村北头一块打麦场里。靠东边有几棵枣树，地名就叫枣架底。这是敌人来往集合的场所。他开始摆起阵来了：他把周围放好警戒做起个草人来，草人两手握了两个手榴弹，头上装了一颗装了黄色炸药的□造雷，又在草人脸上画出笑嘻嘻的眉眼来，头上给戴了一顶半新不旧的草帽装扮好了，双手上，又给他拿了两个旗子，一个写着"奋斗团真坏蛋，拔丁抢粮胡捣乱，如果不回头，日后要你好看。"另一个写着："带枪不带枪，过来就优待，如果扛上枪，还能获奖赏。"弄好以后先叫来几个秘密民兵吩咐道：

"要凭这个草人瓦解伪军，任何人不能来跟前看，如果有人过来拉了旗子，你们负责。"

民兵们把这个任务圆满完成了以后，明瑞还又留两个便衣专门监视敌人。

第二天，天一明接到情报说，"奋斗团"和两个编村一百多人要来，他马上与他的伙伴们到邻近村的魁星楼上伸着脖子听着动静。不一会，果然来了。敌人一进村就看见草人。连长过去瞧着说：

"这是谁捣的鬼？"

几个"奋斗团"随口答应道："麻留锁。"

连长和一股人看了旗子，气愤地把草人一推，不牢稳的草人，鞠躬似的往前倾着，胸前的布片一跌，头上的雷轰的一声响了，小雷连连又响了两声，霎时一片黑烟，敌人被炸死五个，重伤三个，连长叫炸了个稀烂。

这个生意作过以后，明瑞给裴德富去了一封信，前一段把草人鞠躬说了一遍，后一段说：我是你不见面的徒弟，今后你多给我想办法，介绍经验我好好向你学习。

三、抄家搬尸

敌人吃了这一家伙以后，心上实在过不去，订了个巧计，想把任明瑞哄进城去杀了，于是就通过了他们的狗腿，写出一封信来，要任明瑞进城去面谈。信上说明要地有好地，好院子随便占，带上老母来享一辈子福；说在外面当队长，来了这里当营长。明瑞同志见了把信一撕说："狗日的，把老子看错了。"另外写了一封回信说："老子是人养的，要为人民办事到底，像你们这些狗种臭名万年，若不回头，终久也是人民千刀万剐的对象。如果想见老子的面，只有你们当了俘虏。"

敌人见信后气恨恨地说："八路军的人，真是硬骨头，咱也来个硬对硬！"就准备把明瑞家里烧光抢光。

明瑞早知道这个消息，也作了准备，除过村子里埋雷以外，把家里和院里都用各种各样的办法布置了三十六颗雷，真是礼物齐备，单等客人到来。

过了两天又是"奋斗团"和四十四师一个团来了。明瑞早在路上按好了雷。敌人吃了家伙，不敢走大路，明瑞同志的雷偏偏又埋在小路上。这天敌人往西泉走，又在路上踏响了雷。三个家伙送命，三个负了伤。本来到西泉是十里路，但整整走了一上午，到了西泉村，首先就进任明瑞的门，谁知一开门，就是个"抬头见喜"，血淋淋的，一个"奋斗团"躺下了。第二个"奋斗团"来一看，门上贴了一张字条："此地有雷。"再也无人敢进去了。这天敌人在街上还踏响三颗雷。敌人在村里寸步难行，只吃了一顿饭，抬了五个尸首、五个伤兵回去了。

（1947 年 10 月 26 日）

"给你拿馍馍去!"

——儿童苗德秋巧计捉敌记

平远

当我陈粟大军攻克曹县时,敌人的残兵败将四处逃窜,齐滨民兵到处捕捉敌兵,老百姓也帮着他们叫喊:

"吓,不让他们跑了,不让他们跑了!"……

苗庄苗德秋才十三岁,正在地里看谷子,四个敌人的散兵,在离地不远的地方,偷偷地钻到谷地里,哭丧着脸,东张西望,企图找个空子逃走。

这时外边正有人叫:"可别叫他们跑了!"德秋早已看见了那四个家伙,可是他又觉得自己太小,捉四个敌人可不容易,怎么办呢?他终于想出了一个办法,跑到敌人跟前去满带着笑容说:

"老总,您饿不,我给您拿馍去;您喝,我给您端水。"

敌人说:"拿去吧,俺一天一夜没吃啦!叫土八路撵俺饿了一天一夜了。"

苗德秋听了敌人的话,心里又喜又急,大步小跑地回了苗庄,找到农会长家里,气喘喘地说:

"农会长,快……"

"干啥啦!二小,看你那个劲头,话也说不上来啦!"

"快叫人去吧,四个遭殃军在地里等着哩!"

"哪里呀,二小,快给我说!"农会长眉飞色舞了。

"正南谷地里!"德秋用手指着。农会长一听也顾不得详细问了,马上集合了二十多个人,扛着钢枪和土枪出发了。

"农会长,还远哩,我领着您去!"

德秋领着大家，把那块谷地神速的围起来了。

"他妈的，还不赶快交枪！"民兵们把枪一扭，砰砰地打了几枪。四个敌人知道是民兵上来了，吓得屁滚尿流，跪在地上，两手托着枪，歪戴着帽子高喊："老爷，我……交……枪！"……民兵们缴了四支步枪、一支匣枪，押着四个俘虏，德秋跟着他们高高兴兴地回来了。

（1947 年 10 月 26 日）

北京猿人发掘地的解放

　　驰名世界考古学上的北京猿人的发掘地——周口店（位于北平西南四十五公里），从沦陷日寇之手到被蒋匪劫收，至今已十年。上月首次为我晋察冀人民解放军所解放。当我进击平汉北段的晋察冀人民解放军某部向周口店推进时，十年来饱受日伪蹂躏与蒋匪摧残的房山人民纷纷出迎。在××村边，有房山一区两个完小的音乐队奏着前进号，欢迎解放军来解放周口店。战士们的行列在嘹亮的前进号声中行进时，步伐更显得整齐而有力。在房山边沿区游击区翻身的农民，看见自己的队伍开来了，发出了响亮的笑声，呼着各样的欢迎的口号。当我军炮兵开入蒋占区村镇时，蒋占区人民争先恐后地涌到大街上来观看。周口店附近××村的一位白发苍苍的老人，当我军于十三日中午炮轰龙骨山（位于周口店西）蒋匪碉堡时，感慨地说："卢沟桥事变那年，我在琉璃河车站眼见日本鬼子带着这些大炮打到南边去。我们老百姓当了八年亡国奴，现在还受着汉奸们的欺侮，今天能亲眼看见自己的队伍带着这些从日本鬼子手里夺过来的大炮打回来，总算没有白活了！"解放周口店之战从十二日午就开始，自十五日黄昏，我军攻占敌堡垒工事大部，歼敌一部，将守敌伪房山县保安大队汉奸张德祥部的一个中队和四个大乡全部击溃，这一中国著名的考古学发掘场所全部获得解放了。但当我军突击部队冲上挖掘北京猿人和殷商遗物的龙骨山上时，山上已是一片瓦砾和满目防御工事的遗痕，昔日在山中从事挖掘研究工作的考古学家们所苦心经营的挖掘场所和房屋，早已被日伪军和蒋匪拆掉修了堡垒，而蒋匪军用挖掘场所房屋的砖石修筑起来的坚固堡垒被我炮兵轰毁之后，只剩大半截残骸留在龙骨山岭摇摇欲坠，显示着这些蹂躏人民摧残文化的匪徒的命运，离土崩瓦解之时不远了。周口店解放的炮声在故都北平之前响起来了，文化城中的考古学者们听到这胜利的捷音，重返周口店发掘我国古代珍宝之期也不远了。

（1947 年 10 月 26 日）

捷共领袖在青年节大会演讲

——号召全世界青年团结 为和平民主坚决斗争

【新华社陕北二十五日电】布拉格迟到消息：捷克总理捷共领袖哥特瓦尔德八月十七日在世界青年节大会闭幕典礼上发表演讲，全文如下：

亲爱的朋友们：

闭幕的时候我才得到机会欢迎世界青年节，现在我在它胜利的高潮中借机会向所有外国及捷克的代表们致敬！

没有什么东西可以和这次青年节相比，在这里有七十一国一万七千以上的客人和我们上数万的捷克青年相聚会。全世界的青年于肩负了战争的重担和法西斯恐怖之后，在这次布拉格的青年节中，用非凡的形式表示了他们那再不许世界被投入新的血腥战争的决心。要求和平的呼声已经从布拉格传播到全世界及一切正直的人们了，并将在所有正直的心灵中得到反响。

这一节日很清楚地表明了另一个事实：那就是只有民主的胜利，才能保证我们目前以及未来年代的和平。今天民主——真正的民主的意义已经无可怀疑了。首先民主就是我们毫不留情地消灭一切法西斯的残余及其新生的种子，民主就是我们必须实现那些憧憬和平幸福生活的普遍人民的愿望，民主就是一切民族的自由、独立、发展、平等、友谊与合作。民主就是在实现上述目标的斗争中团结起来！

"和平与民主！"，我想就是这次青年节给世界的通告。捷克人民全心全意的拥护这个通告，并在今天向我们曾为布拉格城热烈欢迎的客人们讲："告别了！"我们相信对于他们，青年节同样是一种鼓舞，像对我们的青年及我们一切人一样。这是在实现人类两大目标的斗争中的一个鼓舞呵!

世界民主青年联盟万岁!

全世界青年及一切正直的人们争取和平民主的共同斗争胜利
万岁!

（1947 年 10 月 27 日）

世界青年节大会通讯："万岁毛泽东！"

——张凡寄自捷京布拉格

毛泽东，世界民主青年熟悉这光辉的名字，但他们却从未见过我们伟大领袖的颜容。当我们高举着毛主席的巨幅绘像伴随着飘荡的国旗走进青年节大会开幕典礼的会场时，男女青年从周围拥上来，以英、法、俄语展开了亲切的询问，因为他们认识了这位中国人民的领袖，鼓掌欢笑热情的青年们，高兴得跳起来了。许多照相机对准了这幅巨像，我们正在答复着各种问题的同志们，不时被拉到相片的下面来。一群穿银花边白衣服的保加利亚女孩子们，争着到毛主席像下摄影。

留英的中国学生也来参加大会了，一遇到解放区的青年代表团，他们就自动和我们合作起来，两面国旗并列着在毛主席的像下，我们一块参加了开幕的游行。上十万的捷克群众拥挤在周围的草地上，彩色缤纷的国旗，五光十色的民族服装，七十一个国家，一万七千青年的队伍在行进。斯大林、毛泽东、铁托、季米特洛夫、霍查（阿尔巴尼亚总理）、却伊巴桑（蒙古国总理）的肖像，成了兴奋和欢腾的标志。毛主席的像走到哪里，哪里的欢呼声就又一次被激动起来。捷克群众挥动着无数的臂膀、帽子，喜悦地高声地喊着：

"阿斯达！（致敬的意思）"

开幕讲话中，当我们的代表以毛泽东同志的名义向世界民主青年致敬时，欢呼和鼓掌更像暴风一样卷过了会场。

维尔塔发河上荡漾着轻快的歌声，秀丽的布拉格城里，各国的青年活跃着，在相互的过从中，大家觉得再没有比交换纪念章更有意义的了。我们佩着的毛主席的胸章，成了许多青年最珍爱的纪念品。国际学联的会议上，苏联的代表以他的联共党的纪念章来换我们的毛主席像。印度的两个代表收到我们这宝贵礼物后，小心地佩在衣襟上，高兴得笑了。匈牙利的代表，拿了他的胸章来交换，我们两个人把佩带的毛主席像送给他们后，第三位没有了，他恳切地要求再给他找，直到又送一个给他，他才高兴。巴勒斯坦的青年戴上了我们送给的毛主席像，他说：

"我们要做毛泽东的学生，我们要好好读毛泽东的著作。"

吃饭出来遇见了朝鲜的代表团，他们说要加紧学习毛泽东的思想，纷纷佩上我们的礼物，站在毛主席的挂像下，和我们拍了照片。电车上一位匈牙利的女孩子看着我那眼光灿烂的毛主席像时，她又向我要了。我说：

"这是仅有的一个。"

她表示希望拿下来看看，到她手上后，她却顽皮地不还给我了。当我要求她交换时，她送了一个匈共的红旗章。这样我们把许多毛主席的胸章，在开会、娱乐与其他日常的接触中，送给了每一个国家的青年。从斗争着的东方民族到民主的东欧，从欧美资本主义的国家到殖民地半殖民地的非洲和南美。毛主席已在全世界青年的心坎里留下深切的印象了。

毛主席的巨像悬在中国解放区的展览会里，成千上万的青年在巡礼中认识了他，展览图表上的解释并且告诉了他们毛泽东同志所领导的中国革命的奇迹。巨像移到青年节大会的开幕典礼中，大家对他再不陌生了。

八月十七日，我们又一次高举着毛主席的绘像，参加了世界青年的行列。站在我们前头的保加利亚的队伍，一看见了这幅巨像远远就叫起来：

"毛泽东同志！毛泽东同志！"

欢呼和掌声跟着开始了。道旁的捷克人民也围拢来，他们希望知道毛泽东所领导的解放区是怎样生活、斗争的。会说俄国话的同志又忙起来，连只懂几句英、法语的也参加了解释。

游行的队伍前进了，布拉格的街上挤满了热情的群众，从楼房的高处到行人道上，他们拿着小国旗、彩球和鲜花，向每一个国家的国旗及领袖致敬。我们走过来，"阿斯达！"又响成一片了。无数热情的眼睛注视着毛主席像下中国解放区青年的行列。无数的臂膀向着我们挥动着，每个人都像渴望着我们能从拥挤的人群中特别注意到他的友情，很多跑出人群来和我们握手，并诚意地送了水果来。"毛泽东""毛泽东"，响亮的呼声迎接着我们。捷克的青年团更在会场旁边排成整齐的队伍，在统一指挥下高声呼喊着：

"万岁毛泽东！"

"万岁毛泽东！"

这热情而亲切的口号，直到我们走过很远，还继续着。

开会了，中国解放区代表团排在队伍的前面，左边就是伟大的苏联，他们高举着一幅巨大的斯大林元帅的织像。无数的电影机、照相机在活动，伟大的毛泽东与伟大的斯大林的巨像，在捷克首都古老的历史博物馆前的广场上，给全世界的青年留下永恒的纪念。

（1947 年 10 月 27 日）

作家的呼声

爱伦堡

苏联名作家爱伦堡所作这篇文章，原登载于十月四日苏联《真理报》上，这里所发表的是原文的摘要。

——编者

苏联人民无论过去和现在对其他各国人民都没有抱着仇视的态度，苏联人都以友好的感情注意遥远的美国生活。我们的兵士在德国易北河欢迎美国盟军。不论怎样，我们苏联人民是快乐的，因为我们是胜利的人民。我们情愿忘记一九四二年的惨状，当时苏联人民不断与德寇斗争流血，而美国不断大发其财。但是我们看到美国的作家，无论什么时候，都没有造过谣言，都没有提出过引起仇恨的态度；反之他们还解释美国人民一切良好的特点。

美国老爷企图玩弄刀枪来代替讲道理

假使我们现时迫不得已要来骂某些白种人所干的黑暗勾当，那是因为美国帝国主义者在威胁世界。

八月十八日哈立曼在××城商会上发表演说。在战争时期，哈立曼先生是美国驻莫斯科大使。他曾看到过俄国人民的悲哀和自傲，他很清楚地知道我们之所以能打胜仗，因为我们爱好和平和痛恨玩弄战争的人。可是哈立曼先生在战争时期发了大财的城市商会上，胡说什么"苏联威胁"他们的和平，说美国应当起来斗争，反对"苏联扩展势力"；并说美国准备了充分的原子炸弹。战争挑拨者主张采用原子弹，只是因为某些美国人不喜欢我们的社会制度。但是谁喜欢什么东西，完全是用不着争论的。可是美国老爷们企图玩弄刀枪来代替讲道理。美国的社会制度不会引起我们赞扬，比如我们认为他们那里有划分人种把戏，和美国南部省份所存在的奴隶制度，实在说是侮辱人格；但是无论我们的正义主张与美国怎样不同，我们绝不想去毁灭美国的城市。

号召战争的美国却高叫人道主义

在战争年代，美国说了许多漂亮的话，说"各国人民都应当享受其自由生活的权利"；在获得胜利后，他们加上了以下的更正："各国人民都有享受美国托管的权力。"在中国、朝鲜、越南、菲律宾，许多十分幼稚的人们，相信《大西洋宪章》，但是他们对于自己的幼稚，着实付了高贵流血的代价。欧洲各国在希特勒铁蹄下获得解放后，常被人们提起的共产党，在欧洲各国有迅速的发展，从而成了强大的人民的政党。共产党之所以在别人的前面，只是因为在艰苦的斗争时期，他们经常是民众的先锋。在许多国家中都成立有共产党人参加的联合政府，因此美国财主们就想到那里去"整顿秩序"。他们决定打开欧洲的门户，使其享受美国的"恩惠"，与美国教徒给巴力斯坦的"恩惠"是同样的一回事。欧洲遭受饥荒，美国连忙口口声声"帮助"，他们可算是宽宏大量，他们首先给予希腊充饥；在法国、意大利，美国人这样说：假使能把在政府中共产党人赶出去，那么他们就能够得到粮食和煤炭；并且美国政客也这样说："苏联在干涉别人的事情。"这正像小偷在旁边叫喊捉小偷一样。美国不喜欢信神，却常乞求上帝，非法处死黑人的时候，竟说是"慈悲仁爱"。因此号召战争的美国，高叫人道主义是没有什么奇怪的。

美野心家想把近东当做纽约市的近郊

美国说他们为"保卫美国的安全"，但是无论谁都不敢相信南斯拉夫在威胁纽约；谁也不会相信，假使南斯拉夫不变成美国的领土，美国是不能高枕无忧的。关于管理的里雅斯特，南斯拉夫和意大利曾争论很久，大家知道，住在这个城市有意大利人和南斯拉夫人；美国帝国主义者认为，是容易弄到手中的地盘，那里能成为良好的美军基地。美国报纸大力鼓吹在地中海历来就存在美国人的利益；美国眼中看中了希腊和土耳其的海港。从前墨索里尼把地中海视为意大利的内海，现在美国野心家把整个近东当做纽约的近郊，而地中海是美国的里湖；美国野心家同时并高声叫喊说什么"苏联侵占别人的领土"，"在干涉别人事情"。各国人民都知道：一部分人在实行侵略，另一部分人却贡献自己力量鼓励别人；一部分人在抢夺别人财物，而另一部分人正在给予大公无私的帮助。大家知道谁在战争时期做投机买卖，发了大财；谁在斯大林格勒城下英勇杀敌。

美国人民渴望和平　　好战分子欺骗他们

美国人民与其他各人民同样渴望和平，假使他们辨别不了国内好战分子，这只是因为他们的新闻记者捏造谣言，每天在混乱是非，把许多美国人欺骗得莫名其妙；他们向美国人宣传，处在俄国、南斯拉夫、阿尔巴尼亚人威胁之下。而实际上，报纸土匪在威胁美国人。任何的帝国主义者，对于世界都是很危险的，他们把自己的艺术基础认为是人类的高尚成功。无论在什么时候，我都没有否认艺术的意义，我也喜欢舒服的条件和漂亮的东西，我坚决相信机器在人的生活中有用处，但不能以汽车数量来估计某个国家的文化水平。关于这点你不要和坐在汽车上的人们谈论。我不否认美国洗衣机比我们的好，但是我坚决反对崇拜洗衣机和新自来水笔的人们。坏笔可写好字的人，恐怕要比拿着新式自来水笔写不成字的人要高贵得多。

我们是文化的保卫者 贪婪的蛮子企图毁灭欧洲

从前有人曾把土耳其称为"欧洲病夫"，依靠伦敦、巴黎、维也纳而生存。现时资产阶级的欧洲病夫，他的病态已非常危急。他暂时能活下去，是由于美国侄子替他们打强心针。这个侄子有钱，马上即变成伯父了。资产阶级不能离开的东西，就是野蛮行动。资产阶级在战前，曾毁灭了成万吨的物资，把它们当垃圾沉于海底；把千万石粮食当肥料焚烧。

我们的政策是大公无私的文化保护者。对于资产阶级，文化就是他们的棺材；而对我们，文化是精神生活的来源。我们不仅已有了进步的文化生活，而且还使文化继续向前推进。无论科学艺术，我们都跑在美国前头，在新社会事业中，我们已跑在一切人们的前头。正因为如此，美国宝贵的最好的书籍、影片、油画都是与资产阶级对立的人所创造的；正因为如此，各种生动艺术作品与各国人民所注意的民众学者、作家、艺术家，都是站在我们这一方面。

谁在反对我们呢？反对我们的一群贪婪不足的蛮子，他们正在企图掠夺财物，毁灭西半球。让欧洲各国人民知道，究竟谁在威胁他们的家乡、他们的儿女、他们的父母；让所有美国人知道，好战分子究竟叫他们干的是那些黑暗的勾当。在我们祖国无论谁都不愿意战争，无论那个人都反对战争。这些话并不是对哈立曼说的，他自己很明白这点，这话应该对那些还没有懂得哈立曼诡计的人们说的。

和平的号召是苏联誓言

我们共和国从成立已快满三十年，在他产生的时候，就发起世界和平的号召，这个号召已变成了他的誓言。我们共和国在三十年来，一贯彻底的保卫和平事业，号召各国解除武装。我们的报纸，无论在什么时候，都没有发表号召进攻其他国家的呼声。但是希特勒德国侵略我们的时候，我们曾保持了俄国和平人民的荣誉，能够迫使老练的军阀投降，而获得最后的胜利。我们拥护和平，而且正在努力维护和平。我们的代表在各种国际组织中不仅在保卫莫斯科和布尔格莱德的儿童，而且也还在保卫纽约和马撒加的老少。他们是在保卫全世界的母亲，是在保卫欧洲，保卫巴黎、旧金山的美好的房屋。

我以为最好由哈立曼先生回想一下他从前在莫斯科看到的情景，当发表挑战演说之后，应把历史思索一下，哈立曼先生在苏联当看到源源不绝的德国俘虏纵队时有何感想？不知有良心否？

和平事业掌握在人民手里 凯旋的日子会到来的！

一年以前，我在巴黎看到两城市之间桥断了。当时我问，为什么不建设一座新桥？一个悲观主义者回答说："要他干什么？很快又要打起仗来。"不久以前，在我国境内我作了五千公里的长途旅行，人民都忙于建设工作，他们在建设桥梁、学校和城市。可能某些悲观主义者会责备我们抱过分乐观思想，可是我们并不是鸵鸟的"乐观主义"，把自己的头埋在沙漠里，看不见任何东西。墨索里尼派乐观主义就是如此。这是开炮前五分钟的乐观主义。我们不仅看到威胁、看到发财致富的投机商人，他们自己得到了很高的红利，虽然这红利会用血染红城市。但是我们也看到在美国国内有良心人士，也看到许多饥寒交迫的欧洲人民，但我也看到了保卫和平的强大战士。他们都反对干战争挑拨勾当。自然我们也有锐利的眼光，我们知道和平事业坚固地掌握在人民的手里，我们的理智和文化必获胜利，我们认为凯旋的日子定会到来。

（1947 年 10 月 29 日、11 月 2 日连载）

坚决反对地主立场　站到人民方面来

——军大张亚同志的反省

梅村 记

我家在山西万泉高家庄村，人老几辈以来，就是地主。我的祖父，人们称他"老八"。一提起"老八"，人人"谈虎变色"，心惊肉跳。

我父亲，张希周，是一个地主、高利贷、豪绅、恶霸、商人五位一体的封建统治者。我母亲，便是他的帮凶。我全家大小，都同样剥削人、苛打人、吃人，没一个好家伙。

事变前，我父亲即当了钱庄老板，兼任着当铺与银号的名誉经理，还经营麻铺、粉房、木匠铺等抗战中，又在敌占区当经济汉奸，贩卖大烟、金子、料面……经常来往于日本人住着的平津、太原、彰德、上海之间。资本在一百万元以上。他又当着商会会长，万泉、曲沃的区县政权都有密切联系。真是"一跺脚，两县动"，呼风唤雨全由他。

他主要的剥削方式，是放高利贷。万泉、曲沃（主要在曲沃）两县农民，没受他剥削的很少很少。钱铺里，通常用十几个伙计，专门四出要账。还不起账的穷苦农民，天天成群成群地被送到县上，关进监牢里，强迫他们拿地来顶，或拆去房子。把农民的房子拆掉，把木料拉到木匠铺里作原料，赚下钱仍置房、放账。我家曲沃的六七百亩地（记不清楚只是大概数），一百多间房子，就是这样从农民手中夺来的。

万泉西杨李村，一个叫孟娃的，讨账的狗腿子把他拉到我家后，被逼得没法，吊死在我家中院南屋的梁上。人死了，你猜我母亲说啥？她说："哼！这个穷鬼，真没良心，还不起钱，还想再讹咱一口棺材哩！"据我能记得的，我父母把穷家女孩，贩卖逼死的，就有七个。

有一个丫头，叫血儿，是一家农民顶账过来的。来到我家后，啥活都干，不给吃不给穿，夜间不给她铺盖。很冷的天，一个人躺在一块小木板上，连块席片也不让铺。她受不了，就跑啦，被抓回来后，我父亲把她衣裤脱光，吊在梁上，用水浸麻绳，打的皮开肉烂。打后，又把她卖给一个雇工作老婆，来笼络那个雇工的心。可是因折磨太很，没过几天，这个丫头就死去了！……

另一个丫头，叫荣花，是掏钱买的。母亲常说："她的价钱太贵了，快抵半头骡子贵了。"她到我家，挨打受气。长到十八九岁，父亲为了赚钱，把她卖给当地一个五十多岁的老财主做小老婆，卖了二百多块现大洋。

还有一个丫头，是万泉南景村的一个赤贫贵娃的女儿。二斗麦子换来的。她六岁到我家，就开始纺花、烧火、拉风箱、扫院扫地……顶一个大人使唤她。可是吃饭的时候，却不把她当成人，一顿只扔给她半块吃剩下的干馍。她吃不饱，我母亲就骂："你这死丫头，天生就是讨饭的！……"（她父母原来讨饭）

我母亲动不动就拿火柱、棍棒、笤帚把打她，打得头破血流，还不准哭……我父亲吸大烟，夜间吸到深夜。每次，都叫她跪在旁边捶捶腿，捶的不舒服了就打。每天早上，我们都起得很晚；天不明就叫她起来，去叫雇工们上地。天乌黑，雇工们住在牛院，离我们内宅，还有一段路。小丫头，一个人，不敢去，一听见叫她，就愁得呜呜哭。她一哭，母亲就起来打……我的小妹子，和小丫头同岁。母亲不准小丫头唤她名字，一定得称呼"姐姐"，吃饭、喝茶、拉屎、拉尿、洗脸、洗脚……都得侍候她。侍候的不好，或叫名字，母亲就打……

她刚到我家时，她的讨饭爹娘，还常来瞧瞧她。每次来，一家人都抱住大哭一场。我母亲讨厌了，再不准她们见面。以后，她母亲想她了，就偷偷跑到我家门口哭一场……

对雇工的虐待，也是说不尽的。一个雇工，叫竹家，是一个又勤快又能干又老诚忠厚的农民，专门给我父亲赶车，来往于曲沃万泉之间。二百多里路，往往一天赶到，甚至一夜赶到；又不得坐车，人随车拼命地跑。有一次，因气喘过于激烈，得下急症，死在半路的店里。另一个老雇工，张义娃，十几岁就到我家，一直干到五六十岁。没死没活地干了一辈子，血汗被我家榨去的不知有多少！到老了，两腿不能动弹了，我父亲就一脚把他踢开！从我记得事起，他就住在一个破土窑里，是个穷光蛋。……

我的父母，我的家庭的罪恶，是说不完的！所欠农民的血债！是偿还不清的。……

但是，生长在这样的家庭里，用农民血汗养育长大的我，从来，没有正视过家庭这些罪恶。我在家的时候，和全家一样过着吃人的生活。从小吃糖吃坏了牙，这些糖都是还不起账的农民"孝敬"来的礼物；母亲打丫头，我站在旁边看热闹……地主思想，从小就扎根在我的脑子里。老百姓害怕我，称我"张少爷"，我不但不觉得骑在人民头上可耻，反感觉舒服……

四五年，参加人民军队后，思想感情，和家庭，和整个地主阶级，一直是千丝万缕，分割不开。土改运动开始后，我在思想上产生许多抵触，对斗争地主认为斗争过火；心想，把东西分了就算啦，为啥还……

在潞城安阳村驻时，群众斗争恶霸地主陈德海，组织上叫我们去帮助。我因为同情陈德海，不但没积极帮助，当别的同志鼓动群众斗时，我还拦阻他。

不久，万泉、曲沃真的都相继解放了，这应该是多么令人兴奋的胜利消息啊！但是，在我心里，却产生了恐惧。我不安地想："这一下，我的家……我的父母……"从此，思想上背的包袱更大，时常顾虑家庭、父母。每次看见群众斗争地主，就产生情绪波动。

在党的教育下，随着自己阶级觉悟的提高，随着自己对土改认识的提高，逐渐也承认"家庭应该被斗争"了，但仍希望"不要斗得太厉害"。这样的感情，像一条毒蛇，一直在缠绕着我、腐蚀着我，使我不能很快地靠近人民，不能更快地进步！我总是这样固执地站在地主阶级的立场上，同情他们，为他们着想！

但是，我从没有想到过：那被逼上吊的孟娃；那被折磨而死的血儿；那被累而死的雇工竹家；以及万泉曲沃两县成千成万被逼死，被饿死，被逼得妻离子散的贫苦农民……我从没有想到过，我的父母、我的家庭，有多么大的罪恶；他们欠下农民的血债，农民应该怎么样来索还。我的立场，是多么明确的地主立场啊！我的感情，是多么明显的地主感情啊！……这两天，听了一些同志的诉苦，又回忆了自己家庭的罪恶，使我深深体会到，我的父母、我的家庭的罪恶是太大了。我深深感觉到，人民对我太宽大，人民不过问我的罪恶，还养活我、培育我，给我以光明伟大的前途，这够多么宽大啊。

但是，人民宽大我是为了什么？养活我、培养我是为了什么？……

所以，我要坚决背叛地主阶级，和地主家庭，和整个地主阶级，斩断一切联系，光荣地站在人民方面，为贫苦农民的彻底翻身，而奋斗，而立功赎罪！

前些时，我给万泉县政府及高庄全体乡亲们写过一信。现在，又给曲沃县政府，及曲沃全县农民写去一信。我除向政府、向群众控诉了我家庭的种种罪恶外，还表明了我坚定站在贫苦农民的立场，执行斗争我的家庭，并把我所知道的菜园里埋的一罐银圆、一罐铜圆，牛院磨坊下的两层地洞，及上层地洞下面的一孔暗窑，东头打麦场上的一孔暗窑，后院北屋前面窑顶上的一个暗洞，及牛院马房的草楼等，埋东西的地方都告诉给政府及群众，请他们把东西刨出来，分给贫苦农民。

（1947 年 11 月 2 日）

华北抗日根据地及解放区
文艺大系

红军的妈妈

柯岗

八月二十八日大队解放军在浓重的晨雾里勇猛进击。路过潢川五十华里傍□潢商公路有一座小的山庄，名叫冯北楼。这村被长满了青松的丘陵三面环抱，绿水池塘里几只白鹅，在拉开嗓子高叫。

队伍停下来准备造饭，全村却没有人声也无炊烟。有人在一座房檐下，发现了十八年前，苏维埃时代残留着的标语，字迹模糊，写的是：

"没收地主豪绅的土地分给贫苦农民。"

大家不禁喧嚷起来："既是老革命地区，为啥老乡们都跑了呢？难道他们不知道咱是从前的红军回来了吗？"

忽然有人大叫起来：

"指导员，在那里？这里有个老太太，她是指导员的妈妈。"

指导员转身一看，七班战士牛保三正扶着一位没有眼珠子的老妈妈向这边走来，一个五六岁的女孩子跟在后面。在五十公尺之外就看到她的嘴唇在颤动，走到跟前才听到她喋喋不休地念着：

"四连，四连指导员。"

牛保三说："老妈妈，这就是指导员。""是呀，我就是指导员。"马指导员挨近一步，老人不作声，突然伸出双手，从指导员头顶一直摸到脚跟，然后很着急地大声说：

"吴海，难道你不认识娘啦。"

指导员很认真地说："老妈妈，我不是吴海。我姓马。"

老人立即放手，急躁地追问："你不是四连指导员？"

"我是四连指导员。"

"你不是民国十八年从这里出去那红军？"

"我就是那个红军又回来了。"

"那你不是吴海？俺吴海是红四军四连指导员，他走的时候整二十岁。"

"我不是吴海，我今年才二十三岁。"

老人像孩子似的哇的一声坐在地上失望地痛哭起来了。全连的战士都拢来想尽办法来劝慰她，指导员很亲热地和她对面坐着说："老妈妈不要难过，我虽然不是吴海，可是也像吴海一样。你想叫吴海做啥，我们替你做啥。现在咱红军有几百万人啦，那时候吴海做四连指导员，现在咱有几千几万个四连，几千万个吴海都回来了"。

老人长吁了一口气说："要吴海回来给俺报仇。自从他走后，湾子里叫民团闹得灭门绝户，妇会的人叫那些禽兽们糟蹋够了，又反绑着手投到池塘啦。岭后松树村里天天有人上吊。吴海他爸被砍死啦，我的眼珠子叫人家用竹筒给拧掉啦。"老人说着，用手摸着眼眶又哭了。"老妈妈别哭啦，这仇咱们一定替你报！"战士们异口同声地回答她。不知是谁忽然插问道："老妈妈你们受了这么大的灾，咱队伍回来了，你们村里的人怎么都跑了呢？"老人顺手从衣袋里掏出一张纸条交给指导员。指导员高声念着：

"谁和共产党见面，杀绝满门……"

老妈妈接着说："这是上月初保长逼着家家户户写的呀！我是拼死留在家等俺吴海回来要把冤仇给他说说呀！"指导员连忙对她说："老妈妈不怕，咱队伍多得很，正往这边开哩，你吴海还在后边。咱再不走啦。"老人忽然站起来，立刻告诉身边的小女孩说："去到岭后叫你妈都回来，你就说：'红军不走啦。'快去吧好孩子。"小女孩气喘喘地站在岭脉上的大松树下，用力地喊着：

"妈妈婶婶，你们都快回来吧！红军不走啦。"

华北抗日根据地及解放区

文艺大系

这声音像小喇叭似的响亮着，茂密的松树林内走出了成群的男人、女人、孩子和老人。

（1947 年 11 月 5 日）

芦桥村学会了打仗

叶枫

博爱城东三里地芦桥村，土改运动进行得很猛烈："干的快，像打闪，耳的凶，赛雷轰。"不到两个月，他们工作运动中，在贫农刘尚富等的领导下，提出了保卫翻身家产，学会打仗了。

一、抓女特务

村里人都嚷着："狗猖子（指蒋匪）来，可要叫它好好尝一尝!"

可是，还有二位"老板"（呆板之意）民兵，一个叫刘文九，一个是刘小台，拿起枪来，不敢打。

今天黑夜，刚好两个遇在一起去放哨，刘尚雷眼睛一睐，笑着问他们：

"到底会打不会?"

刘文九低下脑瓜，稀松地说："不会!"

尚雷接住问："要是敌人到身根，要捉你活的，你还不耳!?"

刘小台头猛一低，又抬起来说："那会能不耳狗日的!"

尚雷哈哈道："中，走吧! 可要小心狗日的!"

刘文九紧紧握着一根步枪，刘小台右手捏着手榴弹柄，左手摸住铁蛋蛋，两个人，站在村东头。天，半夜啦，黑塌塌，十几步外看不清人，只听前边玉茭地，沙啦沙啦响。刘文九一吃惊，立刻举起枪，瞄好准。刘小台壮一壮胆问了一声"谁!?"不见答应，只听沙沙啦啦声，越来越近，一条人影，闪过来了。刘文九心一急，咬咬牙根，咧咧嘴，"圪崩"一声，放了第一枪。刘小台，手拉着火线，心一硬，一个弓步耳过去了，接着大喊："站住!"刘文九也跟着上去，一瞧，是个女人，他就问："干啥?"这位女人答："备战!"刘小台气急说："不老实，咱们备战都有组织，你半夜三更干啥？"刘文九接住说："带她到民兵部队去！"

两个人一蹦一跳，带着那位女人，高高兴兴进了民兵部队。队部里，一张红漆桌上，点着一盏煤油灯，刘尚雷还坐在桌边看香，两个民兵抢先报告了经过，他就笑着问："你当探子也不怕呀，看你穿身烂布衫，一定是穷人，天下穷人一家人，你做了'怕'事（坏事之意），坦白就中。"开头，这位穿破衫女人不敢说，尚雷左一说右一摆，反来复去说："一定是狗日们逼着你来……"这个女人才低下头慢慢说出："我家住农村，去城里探过五次，去西马营上屯探过二次。探一次，人家给一万元。"稍停一下她又像害怕似的接着说，"后面还有二三十人哩。"尚雷一听说就叫起躺在队部里二三十民兵，扛上"圪鲁炮"，抱上地雷，呼呼啦啦，都奔向村东去。刘文九和刘小台，急了找来一根粗麻绳，绑住女特务吊到梁上，可是没捆紧，锁住门，就去撵大家。

刘尚雷带着民兵，在村口埋伏着，一直等到天发亮，不见一个敌人，大家返回队部去，都气极了。有的说："上了特务当！"有的说："恐怕是刘文九一打枪，敌人一听有准备，就偷跑了！"刘文九得意扬扬说："狗猸子比咱稀松得多！"刘小台说："女特务可是我先捉住的。大家说，该记功不该？"刘尚雷仰起脸，哈哈大笑说："好！你不会打枪的，会打啦；不敢耳的，敢耳啦。两个人都有功！"他举高手，伸起大拇指，大家都笑，都鼓巴掌。

大家笑着讲着，回到民兵队部，开门一看，只见梁上悬一根麻绳，不见女特务影子，看着窗子打烂了一个大窟窿，刘文九说："咱对她客气，她狗日的跑了。"刘尚雷说："不怕，咱村大小路口都有岗哨，她能插上翅膀飞上天！？"大家都说："对！快搜查！"

民兵们像一群出窝蜂，你东我西，分头搜查女特务。刘尚雷爬到房顶上，撑起响雷般粗嗓子喊着："老少爷儿们，民兵队部跑了女特务，外村人，三十上下，穿破衫，男女老少快搜查……"全村都动起来，轰轰隆隆，像闹"烘火"，有的拿着红缨枪，有的抓起大砍刀，也有提上木棍。

隔着民兵队部三堵墙，刘文九媳妇手执木棍，从牲口圈里搜查了一遍出来。她七八岁小孩拿把木刀，跟在屁股后头，一进茅房就看见女特务在里面藏着了。她尖起嗓子叫："抓住啦。"一把拖住女特务不放，小孩马上跑到民兵队部报告。

院里挤着满腾腾，刘文九气呼呼，从老婆手中拿过竹竿，狠狠地打了女特务三鞭，瞪起眼说："我们对你客气，认你是穷人，跟咱一家人，你要跑，坚决要跟蒋娼子干到底！"女特务一点也不吭气，文九老婆从男人手中拿过竹竿，也动开手。大家又怕一下打死了不好，一齐说："送到区上！"

刘尚雷举起胳膊说："咱全村一起干，越干越有劲，女特务是刘文九、刘小台，他俩'老板'人先抓住的。他俩过去不敢打枪、不敢耳，如今干出胆来了！"大家哗啦哗啦大鼓掌。

掌声中，有两位胆小的，刘小一和刘万兴，过去不敢干民兵，他俩争先说："我参加民兵！"哗哗啦啦又一阵大鼓掌，接着都喊："大家一起耳！""永不叫蒋贼抢走咱东西！"

二、"大家一起耳"

当天晚上，刘尚雷估计："咱抓住他一个人，狗日的一定要来报复！"他就跟村干部讨论好，青壮年都集合一起，准备好各色各样武器，村东那股小路上，前边放二个游动哨，一发觉情况往后撤，路上埋地雷，民兵埋伏路两旁玉茭地里，将最粗那颗"圪鲁炮"，置在村口……一切都计划好，都准备好。天又到半夜时分，黑得厉害，前边两个游动哨，气呼呼跑回来报告："报告：蒋匪来了，约莫有三十来人。"刘尚雷叫一人传一人都准备耳吧！

村边青壮年和自卫队员们，卷卷袖子，雄赳赳摇动着枪刀。"大炮组"组员们，将一斤火药，装进那个比胳膊粗的"圪鲁炮"肚里；不知道谁，急急忙忙又去装了一斤。刘文九和"射击组"同志们伏在地上，用手扳着枪机，心跳得扑通扑通。刘小台右手举起一颗手榴弹，摆了个老鹰扑小鸡姿势。

蒋匪军，忽喳忽喳，走进地雷阵，"爆炸组"眼明手快，一拉火线，"轰"的一声，飞起一朵大红花。

"统"，手榴弹爆炸啦，步枪"圪崩""圪崩"地响。

像塌天，又像崩开地，"圪鲁炮"吼叫了"轰隆"一声，烧红了半个天。

蒋匪军，乱窜乱嚷："啊哟，不好了，有战防炮、战防炮……"

刘尚雷，撕开他的粗嗓子喊叫：

"第一连冲锋！"

"第二连包围！"

"机枪班上去！"

"坚决消灭敌人！"

全体青壮年高叫着："捉活的！""不叫跑一个！"一直撵了一里多地。

第二天，天将明，全村男女老少都去参观，见地里还留着匪军们倒下去的痕迹，路上还有血块，一滴一滴，朝东边洒去……有的说："再来一百八十个，也不叫抢走一根鸡毛！"有的说："不用说是几个小蒋贼，土匪小偷，就是老蒋贼那个坏蛋汉奸来，也要坚决消灭他！"

（1947 年 11 月 5 日）

周口战后巡礼

张笑付

十月二十三日五时，人民解放军解放周家口战后两小时，记者巡行纵横各约五华里的市区城郊。歼灭援兵骑一旅的炮声犹震耳欲聋，而市民已洞开门户，拥立街头，争看解放军庄严地从街心驰过；儿童们在街头追逐嬉戏。公乐茶园一位吃茶的老者指着解放军道：

"看这队伍多有精神，真是兵强马壮。"

南北寨之间河上的大洋桥，车水马龙，行人来往如梭；数十只商船都落下了篷，船舱里冒出缕缕炊烟；桥头上围拢着无数人群，正在挥汗拆除蒋匪赖以挣扎的碉堡。一个青年指着他拆卸的枪眼说：

解放军打得这么准，砖头都粉碎了。

中山大街上正在过俘虏，万人空巷，尾随观看，连青年妇女小姑娘们也站到石阶上瞭望。周滨饭店的小伙计指着俘虏群中一个浑身泥水、低垂着头的蒋匪保三团团长罗品铣愤恨地说：

"一伙子都没跑掉，你看那个熊样，不敢再使威风了吧。"

解放军的布告刚一贴出，市民马上蜂拥围观。一位郑州籍的小商人，对一位本地市民说：

"你大声念念，咱听了，也好给别人说说。"

清朗阁浴池，门口贴着"欢迎解放军同志洗澡"的大红广告，陈老板兴高彩烈地说："解放军是福星，周口第一次解放是三月三，二次解放是六月六，这次进城又恰是九月九，真是咱们老百姓有福。"

粮食业集中地的西门大街冬粮场均已开市，因蒋匪勒索，已不如以前兴盛。茂盛华粮坊账师告记者："七七事变前，这里同业百余家，京、沪、郑、汉大客商都到这里来，每日门口若市，甚或通宵不息，现在生意是一落千丈了，粮行仅存二卅家，官上（指蒋匪）不准乡下老百姓进城，都是我们到城外去接粮食，卖了再给客人送。外加种种苛杂，这样艰苦周转，尚难支持门面，本坊原有伙计三十多人，现只七人。"

街墙上到处有"吸烟毒者处死刑"的标语，烟客者，却比比皆是，一位老大爷说得好："什么禁烟禁毒，不过是借此发一笔横财而已。"

（1947 年 11 月 5 日）

无穷的火光

——陇海破击特写

林南

炮声隆隆响成一个了。那是我华东部队在围歼蒋匪五十七师。我们接受了破坏陇海铁路的任务，每个参加破击的同志都作了充分的准备，除带全副武装外，两个人找一根五尺长的木杠子，并准备了夜饭一顿。我们为保证这一伟大任务的完成，提出了破击动员口号：一、这次破袭是截断蒋军的腿，来配合主力打大仗，来消灭内线敌人；二、大家一齐加油干，多破一里地等于多消灭敌人一个连；三、我们这次破击多出力流汗，主力前线作战少流血；四、破路看谁破得好又立功又上报。动员后大家情绪都很高，有几个轻病号也积极参加了。

下午四点钟出发了，四十里地的急行军，穿过老黄河的几道泥水，仍然人不休息，马不停蹄。到达了目的地刘庄，一连长刘绍广同志带了一个排了解情况时，就俘虏了铁路上的修路工人四名，获工具七件。这就帮助我们很快破坏了铁轨，加速了破击的速度。

各连排都分好了工，干部掌握好，按次序的一齐将杠子插到铁轨底下，破击指挥员提高了嗓子喊着："准备好用力呀！一二！"铁轨枕木随着"一二"的口号抬起了头。"同志们！用力呀！一二！"铁轨枕木随着又大立起来了。"再加一把油呀！一二！"铁路在大家齐心用力下大翻了身。破击的速度增加了每个同志的破击胜利信心，接着三个连的战士各组织两个排上下轮流着破击，破击的队伍向东推进。只听得指挥员同志高嗓子喊着："同志们！别嚷啦，铁路破开头啦，以后就更好掀啦。北边大炮声是主力消灭蒋匪军哩，咱们这里来破击是正为配合主力作战，阻击敌人前进与撤退。我喊个一二口号大家即用力掀呀！一二！""加油啦！一二！""蒋介石快倒啦！一二"！"再加把劲呀！一二！""各连争取模范呀！一二！""争取上报呀！一二!"每个一二喊出后，全体同志齐呼"嗯!"，铁轨枕木随着"咯嗟"一节节一段段地翻滚。就在这种轰轰烈烈的大家齐心努力破击下，三个钟头六里半地的铁道被破坏了。

大家还正积极破击时，远远的西边指挥所处发出了信号火光。集合号也响动了，各连集合，顺着道边的小路向着火光集合点走去。在枕木燃起的火光照耀下，大家怀着非常愉快的心情归去。当我们离开铁道十里时，还能望着无穷的火光。……

（1947 年 11 月 5 日）

计取红庙寨

葛子兰　成希泉

九月的夜晚，我们六连和五连的一个排，五十里地远地奔袭，路上碰见了伪区部的一个人。他说："你们打吧，俺的人还没住好房子，刚移到这里。"这样的敌人都是半夜还不敢住一个地方，离我们四五十里，就害怕到这种程度。

接近红庙寨，敌人问："干啥的？"我们回答是：六十八师的，从定陶以东来，六十八师被打垮了，走了几天才到这里。

敌人要用电话问问。我刘本臣同志说别打了，电话不通了。敌人马上打了一枪，我们的战士齐声大骂："我们是六十八师，你再打就用炮打开你！"敌人弄不清虚实，也不敢再打了。新解放的战士小张是四川人，骂得更欢。敌人又怕又惊，一个人来交涉，其他的就趁此逃走。红庙寨是敌人警察所盘踞四个月的地方，只打了一枪就被我们取下了。

考城敌人的电话局长打来了电话，刘本臣同志就跟他讲起话来，他问情况，我们就把这次沙土集战役消灭五十七师的情形告诉他。我们说解放军已经到了黑村集，请你们快来援助。这位蒋匪的汪局长急忙答道："你们还不知道吗？这里只有一个营，不能去，不能去！"

我们任务已经完成，临走，放火烧了警察所，烟火弥漫在天空。

（1947 年 11 月 5 日）

蒋匪军妙闻

梅村 记

士兵开小差，成了风气，特别是新兵。住在一个地方，经常要关在房子里，周围放上哨；坐在火车上，官长和他们的"狗腿子"伪宪，要把守住门，大小便要用绳子拴住，派枪押着……但是，不管你防守得怎样严，总止不住成群成批的逃亡。这是官长们最感头疼的！

开小差捉回来，当然或关禁闭，或打死、活埋……是可出官长的一口气了。但是，大部分，既然跑了，总是回不来的。于是，官长们就想了好多"出气"的办法。如我们输送连"麻"连长的办法是：抓到新兵，每人先打三棍，然后编到班里。他常得意地说：

"即使你跑了，我的三棍已经打过，还不算吃亏。"

（1947 年 11 月 5 日）

顽强不屈的郭堂村

李云川

"郭堂最坏，全村都是八路，很坚决，非杀两个不行！"汶上八区伪区长"崔坏水"，一提起郭堂就这样发恨，因为蒋五军两次过境，郭堂没有一个人支应它。崔坏水曾亲自到郭堂抓了一百零七个人，总未得到一枪、一弹，或一粒粮食、一块现洋。

郭堂紧靠郓（城）汶（上）公路的北边，是南旺县一区比较红的村子。它在长期的拉锯游击中，确实有了不少经验。一说要游击，村里各组织即开动员会，全村的人们也就都知道敌人来了如何藏东西、如何躲避敌人，至死不向敌人告密；也知道只有这样，村里才能不受或少受点损失。游击了，村里马上也就建立起大众情报来，支部便成了区的秘密情报站和村里的战斗指挥所。情况紧了，他们就移到高粱地里或坟头间，他们知道情况一紧，坏蛋就会乘机活动，他们就有人留村秘密坚持，监视地主，及时镇压了地主的乘机活动。几次拉锯中，他们曾杀了暗探造谣的张兆福，特务王立亭、王正善、王立福，及乘机回家的"还乡团"张兆德。因此，郭堂始终保持着农民的秩序。

敌人真的恨透了郭堂，九月十日，敌七二师一部会合"还乡团"约二百余人，吃午饭的时候，把郭堂村包围起来；在一个大场里，集合了千余人，二话不提，先抓了两个人用箔卷上填在铡口里问："谁是村干？谁是民兵？"被捆在铡口里的崔绪早、孟照银却都干脆回答："他们都跟区里走了！"

"没有走，自卫队长副队长、民兵班长，还有刘朋、张笑、刘科几个民兵都在家。"一个敌人念着事前写在小本上的人名。

"在家您抓去，我不知道。"崔绪早没等孟照银张嘴抢先回答了。敌人对这回答，再也耐不住了，就要动锸。村长吕朝居一看再不说话，两条人命就完了，他便勇敢地说："我是新当的村长，他两个啥也不干，放……!"话没说完，轰的一声，一群野兽把他围起来，你一脚，他一绳，棍子枪托乱打了一阵，叫他从人群中认出在名单上的那几个人来。这时，村长看着好多农会员和未走的民兵，还有区里司务长一个个都低着头，脸像纸白。他想：您都不忙怕，我能叫一人单，不叫二人寒。转脸向敌人说：

"这里没有一个!"

"打你这个没有一个。"

棍子、绳子又是一阵乱打，排长张兆谨和几个老头看着村长快被打死了，便向敌人央求着，领他们到家去找。敌人同意了，跟在村长几个人的后面，刚走到街上，顶头看见了刘朋几个人，心里都吓了一跳，暗叫倒霉，猛听村长喊："叫你烧的水呢？还不快点担去，俺领老总们找刘朋去哩!"刘朋听着要找他，一溜烟跑了。

敌人跟着村长等几个人，走了几家除有几个锅碗外，什么也找不到，敌人更恼了，回来从人群中拉出十三个人，吊起来轮着打。但任你打得头破血流骨头伤，也总打不出一句他们愿意听的话来。

天黑了，敌人来时的威风无可奈何地消失了，只好带着两个人，临走宣布："今天暂饶您，限三天如不把人抢送到范庄（敌据点，距郭堂八里），下次来洗你这个村。"

（1947 年 11 月 8 日）

参军小故事

加里

"七八斤"筵前劳军

九月三十号，天气晴朗，由各区欢送来的新战士一批批陆续都集聚到古赛村。炊事员"七八斤"，这天工作得格外起劲，他一边挑水一边观望，打量着每个从自己身旁闪过去的新战士，他不由得笑了。"好大个的后生，扛机枪是没话说……"他把水倒在水缸里后，赶忙又帮忙去伙房蒸馒头了。人们都很奇怪，为什么"七八斤"特别活跃积极呢？这个下李后村的佃户"七八斤"，口虽不作声，心里却笑眯眯的在想："英雄出少年，部队里有这批后生们，还怕不打胜仗吗？"这么着一想，不由得他的劲头便上来了，作这个做那个，根本忘掉了疲倦，一笼笼热气腾腾的馒头蒸出来了。"同志！脸色大了，再小点子吧?!""七八斤"开心地指划着，并提出蒸下一笼的意见来。

下午花马地行政村四十位参军青年就筵，人人夸奖个个叫好，"七八斤"这时正赤臂起笼，猛向窗外一望，果见这批入席战士，一个个虎腰猿臂，不禁大声喝彩："好战士，好战士！"把蒸笼端到地下后，他抽空将新发下来的一双鞋，卖了两千五百块钱，就买成十二大盒纸烟，于是他在酒席筵前，这一桌八支，那一桌七支的散起纸烟来。同志们拦挡也拦挡不住，他通红着脸激奋地说："礼轻人意重，怎么看不起我佃户七八斤？"他一直等的新战士们个个酒醉饭饱，最后把他送的纸烟一支支衔到嘴里边时才"美气"（欢喜的意思）地笑了。

宋二保出手当英雄

宋二保是十七岁的佃户，九月十八日刚参加了著名的秦世昌战斗队。副班长贾汉文顺手递给他一支新从阎匪手里夺来的"乡宁造"六五枪，二保高兴地将子弹一粒一粒推进膛里，又忽察忽察地退出来，不由二保眉头一飞就咧着嘴笑起来。

已记不清过了几天，忽然传来了几声枪响，秦世昌的队伍便找着去听，原来"三佳乡村"二十来个阎匪，到曹马村抢割秋庄稼，队员们兴奋了，恨不得马上就干，秦队长就说"准备！"，但并不计划让二保去，可是二保嘟着嘴，硬站在出发的行列里。秦队长把队伍拉到曹麻村大堡子北面大水渠里埋伏起来，另派两个队员到堡子南面开火，砰砰打了两枪，阎匪便没命的向北逃跑，走进了伏击圈，机枪、步枪、手榴弹立刻响起来，英勇的队员又端着带刺刀的步枪追去。初次临阵的宋二保也杀奔前去，追不多远，一个家伙猛然一滑栽倒在水渠里，步枪摔了四五尺远。二保抢前一步拿过枪来，把枪口对准备了阎匪的胸膛，就此捉了个俘虏。

太岳分社

（1947 年 11 月 8 日）

星星之火可以燎原

——纪念十月革命三十周年

在庆祝十月革命三十周年的时候，全世界被压迫的人民和一切觉悟的人类，比以往任何时候都怀抱更光明更热烈的希望、对于帝国主义反动势力更坚强的战斗意志和对于人类解放事业必然胜利的更伟大的信心。

人类的敌人帝国主义者，以及实际上依附于帝国主义世界的悲观主义者，从一九一七年十一月七日革命后的第一天起，就总是做出吓人的面孔，夸耀帝国主义和其他反动势力之无敌的和不朽的强大，断言所谓"孤立"的"幼小"的社会主义事业之必然失败。这种宣传的第一个原因，当然是有计划地每天不断和无孔不入地毒化被压迫人类的奋斗精神，使之在人造的黑暗空气的重围高压之下，陷于萎靡。其另一个原因，却是出于反动阶级的本能式的狂热自信及其对于人民力量的本能式的估计不足。这样，反动阶级的宣传，在一方面既然造成了一部分人的错误，在另一方面也不可免地造成了他们自己的错误。事实上，十月革命后三十年间历史事变的发展，从来也没有符合于这些反动工程师们所设计的图样。帝国主义者对于人类史上第一个社会主义国家的斗争，曾经经历过几个不同的时期：在一九二〇年年底以前，帝国主义国家（德、英、法、日、美、波等）的主要方法是武装干涉，帝国主义者们联合旧俄的反革命派，曾经企图趁苏联方才诞生和遭遇各种严重困难的日子根本消灭苏联，而他们的企图，是曾经毫无例外地被一切资产阶级专家们认为必然会顺利实现的。但是，一九一八年至一九二〇年，三年残酷斗争的结果，失败的不是苏联人民，而是旧俄的反革命派，是各国的反革命干涉者，和各国预言苏联失败的专家。自从一九二一年到一九四一年，帝国主义者们改用了"和平"的方法，这就是在外交上、经济上和宣传上孤立、封锁和打击的方法，从内部外部实行间谍破坏的方法，和从一九三一年九一八事变起，特别是从一九三八年九月慕尼黑协定起，逐步将新战争引向苏联的方法。但是苏联经过艰苦的奋斗，战胜了各种困难和阴谋，赢得了建设自己和巩固自己的二十年时间。苏联在这期间的一切进步，仍然是绝大多数资产阶级领袖和专家们所不愿相信的，因此，一九四一年六月，以希特勒为首的德意帝国主义集团，又在过高估计自己力量，过低估计苏联力量的情况下，发动了对于苏联的大举进攻；并且这个进攻，又被绝大多数反革命专家宣布为"不可抵抗"。希特勒集团的帝国主义者，相信可以征服苏联。美英帝国主义者及各国反动派，则相信苏联与希特勒将两败俱伤，相信自己将因坐山观虎斗而得渔翁之利。但是这个进行了四年之久的激烈战争，既没有满足前者的愿望，也没有满足后者的愿望。人类命运所系的伟大反法西斯战争，是以苏联所给决定性的打击而胜利地结束了。这样，当苏联人民、全世界一切被压迫人民和一切觉悟人类，庆祝十月革命三十周年的时候，苏联的力量和威信，就达到了空前的高度。

但是十月革命胜利的三十年其伟大意义还不止此。十月革命在世界六分之一的土地上，打开了帝国主义统治的第一个缺口，树立了社会主义乐园的第一座灯塔。在这三十年中，当社会主义的苏联，消灭了人剥削人的制度，从而消灭了贫穷、失业、危机、人民大众的无权、财政寡头的贪残骄横、民族间的压迫等野蛮现象，并以一个落后的国家，以空前未有的规模和速度向前迈进的时候，资本主义却急速地腐化和反动：财富日益集中，饥饿日益普遍，一次又一次地遭遇严重的危机，一国又一国地流行法西斯主义的瘟疫，一处又一处地爆发战争。资本主义的任何高明的医生，既然完全无能来弥缝十月革命所打开的裂口，也完全无能来缓和旧世界本身的腐化和反动，因此也就完全无能来停止各国人民沿着十月革命所开辟的道路，对于旧世界继续打开新的裂口。在十月革命三十年后的今天，世界帝国主义战线，不但在苏联早已被冲破了，而且在整个东欧也已被冲破了，在中国也已被冲破了，在南欧（希腊、意大利、法国）、东南亚（越南、印尼、印度等）和其他地方，也正在被冲破着。最好战的法西斯国家被打倒了，整个资本主义体系，被大大削弱了。十月革命灯塔的光明，正在照耀着日益广阔的地面。愈是面临着这个光明的形势，那些衰老战栗和手足失措的帝国主义者们，就愈加仇视苏联和各国人民，愈加依赖于各国最腐化最反动的虫豸，因而又愈加激起各国人民的觉悟和义愤。总之，资本主义的旧秩序，已经丧失生命力和希望，已经一天比一天破碎和糜烂了。每天的每个角落的事变，无论是表示进步的或表示反动的，都在反复不断地教育着人类。今天，只有十月革命所代表的世界社会主义运动，以及作为世界□社会主义运动之一的组成部分的新民主主义运动，才能够帮助各国人民得到解放和正义，才能够抵抗资本主义旧世界的腐化和反动，才能够最后消灭资本主义，实现人类的光明前途。

十月革命是科学的胜利，这个科学的名字叫做马克思列宁主义。马克思列宁主义之所以是科学，因为它总是叫人类认识世界的本来面目，认识事物的实质，而不被各种纷纭的、缺乏真实基础的、虚张声势借以吓人的假象迷惑。正因为如此，它才能引导苏联人民，抱定必胜的信念，推翻似乎是强大的沙皇统治，战胜似乎是不可克服的困难，以建设社会主义；战胜列强武装干涉和希特勒进攻，以保卫社会主义。跟马克思列宁主义相反，帝国主义及各国反动派，在思想战线上，依靠于宗教迷信。这个宗教迷信的名字，按照毛泽东同志在一九四六年九月与美国记者斯特朗女士谈话的说法，就是"纸老虎"。斯特朗女士记述这段由原子弹开头的谈话道：

毛泽东说："原子弹是美国反动派用来吓人的一只纸老虎，看样子可怕，实际上并不可怕。……从长远的观点看问题，真正强大的力

文艺大系　华北抗日根据地及解放区

124

量不是属于反动派，而是属于人民。在一九一七年俄国二月革命以前，俄国国内究竟哪一方面拥有真正的力量呢？从表面上看，当时的沙皇是有力量的；但是二月革命的一阵风，就把沙皇吹走了。归根结蒂，俄国的力量是在工农兵苏维埃这方面。沙皇不过是一只纸老虎。希特勒不是曾经被人们看作很有力量的吗？但是历史证明了他是一只纸老虎。墨索里尼也是如此……蒋介石和他的支持者美国反动派也都是纸老虎。提起美国帝国主义，人们似乎觉得它是强大得不得了的，中国的反动派正在拿美国的"强大"来吓唬中国人民。但是美国反动派也将要同一切历史上的反动派一样，被证明为并没有什么力量。在美国，另有一类人是真正有力量的，这就是美国人民。"

但是如同我们在开头所说，帝国主义者借以恐吓人民和团结自己的，却正是这种对于纸老虎的拜物教。帝国主义者的纸老虎虽经无数次的戳穿，现在却仍然依靠纸老虎的威风而存在，因为帝国主义者不可能有旁的更好的武器，而且尽管纸老虎已经无数次地被戳破，它并不是就自动变得毫无作用了，事实从来不是这样简单的。尽管帝国主义者都是纸老虎，但是人民对于这个真理的领会，却必须经过各种具体的身临其境的经验。犹如帝国主义的统治，是必然要灭亡的，但是它的每一个阵地，却必须经过具体的精心组织的斗争，才能够夺取一样。十月初发表的欧洲九国共产党华沙会议公报曾经着重指出："现在工人阶级的主要危险，是过低估计自身的力量与过高估计帝国主义阵营的力量。"九月三十日南斯拉夫总理铁托的演说，也曾同样指出：过去各国人民阵线活动中的主要错误，在于"组织武装斗争的决心和毅力不足，对人民力量缺乏信心，没有英勇的领导和明确的纲领"。这个情形之所以发生，就表示纸老虎是仍然能够暂时迷惑一部分人民，甚至迷惑工人阶级的某些先锋队的。十月革命以来三十年，各国人民斗争的历史，从某种意义上说，也就是马克思列宁主义的科学对于反动势力的纸老虎斗争的历史。今天人类的觉悟是空前高涨了，但还是远没有达到应有的程度；纸老虎的市场是空前缩小了，但也还远没有达到应有的程度。用伟大十月革命的历史教训，来唤起各国广大的人民群众，克服过低估计自己力量与过高估计敌人力量的危险，向各国反动势力作更英勇的但是脚踏实地的斗争，以便彻底消灭危害人类安全的世界帝国主义和各国反动派，这就是今天的任务。

中国人民现在正在进行伟大的革命战争，其目的是打倒美国帝国主义及其走狗蒋介石在中国的统治。这个战争，业已取得伟大的胜利，必将继续胜利，直到打倒一切敌人，建立一个崭新的中国。当此庆祝十月革命三十年的日子，中国人民应当相信我们苦难的日子是完全能够度过的，什么困难也能克服。有美国帝国主义援助的蒋介石反动集团，我们完全有把握将其彻底打倒。我们不孤立，全世界一切反帝国主义的国家与人民，都是我们的朋友。但是我们强调自力更生，我们能够依靠我们自己组成的力量，打倒我们的敌人。中华民族是一个能战斗的民族，俄罗斯人在十月革命以来所创造的战胜帝国主义与国内反动派的伟绩，中国人亦能创造出来。今后数年的时间，必能证明这一点。

"星星之火可以燎原"，现在已是燎原的时候了！

（1947 年 11 月 9 日）

灾 难 千 里

——由黄泛区至鄂豫皖

新华社记者集体报导

一

宽达百余里的黄泛区，昔日繁荣的村镇，已完全陷入深达丈余的淤泥之中。当年阳关大道，今已无处寻觅，只见隐隐约约几株小树，掩映着三五茅棚。泛区人民正在乱草蓬生、貉貛如织的荒原，重建家业。

夕阳残照中一位老乡引导我们到丁鞯投宿，该村是太康、扶沟间的中心市镇，共有三百多户。民国二十七年春，蒋贼掘堤放水，全部如陷陆沈。民国三十年黄水归槽，人们刚返回故园，又连遭水、旱、蝗、汤（汤恩伯）四大灾害。早逃者辗转乞食，卖妻卖子，幸保残躯。晚逃者饿死道旁，暴尸荒野。居民提及当时情景，每每掩面而泣，直至今日，该村返家者，尚不足六十户。

当记者与村民谈及被灾情形时，农会长唐新之愤恨地说："提起黄水子子孙孙也忘不了蒋介石。那年老日（日寇）占了徐州，只见'中央军'一股劲地往西逃命，老百姓坐在鼓里，谁知他掘堤掩护逃命，等'中央军'过完了，黄水也冲来了，就像塌了天一样，大人哭，小孩叫。起初还家家天天打坝，后来黄水越来越凶，坝也冲断了，大家才争着向外逃，逃得晚的不是被黄水冲走，就是坐着饿死。后来，黄水滚到西边，有的回了家，不料蒋介石又派了一个游击司令叫王介业的，在这一带抢了七次，冬天连个棉袄也穿不上，老百姓送他一个外号叫'一扫光'。直到民国三十四年，新四军赶走了王介业，俺们第二次回家，成立了翻身团体，在民主政府救济扶持下，开起了荒地，搭起房子，今年又分了土地，吃得饱穿得暖，这才真的过着人的日子。"（徐□）

二

记者到达潢川商城时，该地正遭蒋匪四十八师与五十八师等部窜扰不久。记者所过数十村庄之内，看不见一只活着的牛驴和鸡鸭；家家户户的屋里和院里，都是牛骨头、鸡鸭毛；厨房、堂屋，甚至床铺旁边都是人屎、马粪；桌椅农具悉被烧光；所有未及跑脱的男人，全被抓走；百分之八十以上的妇女遭到了奸污。在潢川东南五十里的双柳村，木匠谢宽祥的妻子怀孕七月，亦未幸免。四十八师五个畜生将她轮奸之后，又用满钉铁钉的皮鞋，在她腹部猛踏几脚，当场绝气。记者看到她的尸体时，下部尚在流血。商城以北三十华里的上石桥集上，蒋匪五十八师在遭受歼灭性打击全线混乱的前一小时，三个畜生把小贩子洪年十三岁的女孩活活奸死了。（柯岗）

记者调查了一下商城、光山一带群众在蒋匪统治下的负担，当地多系山地，每亩顶好的水田全年仅收稻子两石，一般的平均在一石二三斗，但群众对蒋匪的正式负担即有如下几种：（一）粮银：每亩地全年纳银洋一元。依目前市价，银洋一元换蒋币两万二千元，但蒋匪收税机关却规定必需交七万蒋钞，而且只收蒋钞，不要银圆。老百姓只得低价来变卖稻子，每斗仅售蒋钞一万四千元，五斗多谷，才可以交足一亩地的银子。（二）稻捐：每亩地交谷四斗，于割稻后一次交完。（三）麦捐：每亩地麦子二斗，于收麦后一次交足。仅以上三项，每亩地的负担为一石一斗六升，已达一般田地平均收获数量的百分之九十。此外尚有保甲费：按户出实物，一般的中等户，每月均需向保长交纳大米一斗半，柴廿斤；壮丁费：视抽壮丁多寡而定，最近半年每保已抽壮丁五名，雇买一个壮丁，需银洋二百元到三百元，折合法币五百万元以上。这样全保即需出蒋币达二千五百万元之巨。由于负担如此苛重，许多农民即使将地里收获全部交纳，也无法把负担交清；但最使群众痛恨的，是去年六月底蒋匪军进犯中原解放区时，过去畏罪潜逃的汉奸恶霸土豪劣绅，又都一齐跑回来，当了蒋匪政权的区乡保长。他们强迫老百姓补交以往十个月的保甲费和粮柴，要立即交清；商城余家集一带的乡保长，更借口物价上涨，蒋钞跌落，将十个月的保甲费加倍征收，老百姓交纳不出，则立被拘捕扣押，严刑吊打，非至老百姓卖房卖地将款交足不能释放，不知多少老百姓因此而破家荡产。当地曾普遍流传着一首民谣："生下孩子给老蒋，打下粮食给保长，黎民百姓饿肚肠。"（唐西民）

三

记者经像皖边境数百里，沿途每一个村庄最多见的是满墙壁的抓丁标语："保证总动员，孤子要出征""捏造缓役者处三年以上徒刑"。在沈邱以东十五华里，赵楼村的一座茅房里，赵延林的母亲领着她的年轻儿媳和不满周岁的孙儿，向记者说："俺只有一个孩子，今年春天叫他们给抓到城里饿死了，家里的一点粮食也被他们抢光了。联保处的仓库我知道，你们赶快打开它，把俺的粮食还给俺吧！要不，今秋就过不去呀！"在新蔡以北五十户的同庄，记者停留了三天之久，没有见到一个壮年人，所有的都是老人和孩子。七十岁的唐汉平对我说："这村的青年人，已被抓走七十多个了，可是这些人，有一大半都没有进队部就饿死在城里了，今年春天到现在，光这村的青年寡妇就添了三十多，她们每逢初一十五，总是从黄昏哭到大天明，可是哭有啥用呢？要是你们早来不就好了吗？"

在潢川第二区第八保川流店村路过的时候，害着黑热病的康进云带着记者，访问了为免抓丁而砍断了右手的胡胖子、吴庄林和弄瞎了眼睛的李成海。胡胖子和吴庄林的手都是在一家大小号嚎痛哭中，被他们的亲生母亲用切菜刀给砍掉的。李成海是个非常漂亮的小伙子，当我问到他的眼睛时，他低头不语。他的二十三岁的妻子，忍着眼泪说："都是我用针把他的眼珠刺破的呀！当时人家把村子围起来要抓人，有啥法呀！"她的话没有说完，就转身回到屋里放声哭起来了。（柯岗）

四

记者到达黄安、麻城一带时，蒋贼正在黄安、麻城、黄岗、黄陂等地，强迫大量收买小麦、棉花，花价麦价暴涨。数月前，小麦一石卖蒋币四万元，收买后骤涨至十六万元；棉花则由前月每石八万元，骤涨至二十一万元。棉、麦都用专车源源运往汉口，各乡镇分设征购处，或指定粮行花庄代为搜购。据熟悉内幕的商人谈，蒋贼计划在湖北搜购一百四十三万六千五百担。经此搜购后，市上麦已绝迹，棉花亦渐告罄。冬令在即，人民难免冻馁。幸人民解放军力量已日益扩大，蒋贼搜刮区域日小，许多地方麦棉已开始大跌，现净花已由二十一万，降至十四万，且势将继续下跌。（王匡）

（1947 年 11 月 10 日）

一手持枪，一手分田

威克·薛耐逊（VicSchelevson）作　棣华 译

在山东，一个人一眼所能望到的地方，重重叠叠的山，造成了红绿交错的野景。错杂当中，却很有条理。有各种的绿，那就是有生物生长的地方；也有各种的红，那就是山东海岸未开垦的处女地。这样一些高起的山，恰恰形成了梯田。许多世纪以来，农民们就在那里辛勤地耕作着。

在风吹日晒、忍饥受寒的北方农民的一生里，这些梯田——土地——就是一切。土地就是生命。农民们，从土地上生长起来，依靠着土地生活着。

"土地改革是一切问题的中枢。"孔东平（译音）对我讲。他是一位青年热情的地方报记者，急切地要在最近所写的小说里，把人民的事迹告诉人民。他的谈话只有一个主题：土地。其余的一切，都是伴随补充的东西。

"这就是我的大学。"他说，挥动了胳膊，在我们周围的土地上，绕了个半圆圈，"人民就是我的先生。"

我碰到许多像他这样的人，政权工作人员、知识分子、村干部。他们好像都有些崇拜土地。他们说起土地的重要性：对于农民，对于他们的国家，对于赢得战争的胜利，都是无比的重要。

例如，有一次，在路上，孔东平开口便对我说："土地改革是我们胜利的主要来源。"当时，我们推着带了东西的自行车，刚刚爬到山顶；清晨的迷雾布满了山野，在静静的隐约可见的梯田中间，顺着山坡，又重新出现了往山脚下走的道路。

"地主好比压在农民肩上的石头。"他继续说，"在抗日期间，我们曾经教育人民怎样搬掉这些石头。"

抗日开始的时候，在退却的山东军阀（他们只是表面地归顺国民党政府）与进犯的日军中间，留下了空隙。共产党的组织者，就把这样的空隙填补起来。于是，无论老幼，都团聚到抗日的旗帜下。在山东许多地方，游击队都勃兴起来了。根据战争形势的发展，这些游击队，有的结合别的部队，成了比较大的战斗单位，有的散布到山里，阻击或袭击敌人的封锁线和据点。

伪政权的统治人员，特别是为了保护霸占土地特权和其他财产的汉奸地主们的出现，大大地滋长了游击队的发展。伪军蹂躏着乡土，又烧又抢。同时，共产党要求抵抗的呼声，便传到了更广大的群众的耳朵里。

在敌人占领期间，游击队解放了许多完整的县，建立了他们自己的政权。这个政权，拿新的东西教育人民。它实行减租减息，废除税捐。它告诉雇农与贫农说：地主绝对不能违抗这些措施，和新社会的其他法令。

在封建的中国，复杂的社会机构里，这个政权发动农民公开倒尽苦水，反抗地主，这就有了诉苦大会。

各式各样的封建压迫——从地主强奸佃农女儿，到高利贷剥削——都要在村农民大会上加以裁判。在历史上，这是第一次。任何一个受过地主压迫的"苦人儿"，都可以随时召开诉苦大会。地主被传到会场，他可以发言辩护。可是，村里的规矩是要求地主直截了当地认错赔罪。在战争期间，只有对于勾结或附和敌人的家伙们，才采取没收财产，或其他严厉处罚。经常的情形是，一个曾经挨过地主打的农民，只让地主跪在村里群众的面前，悔罪罢了。

在共产党领导下组成的民主政府，给了农民们一种从来没有过的安全的感觉。农民们的土地增加了。他们现在不再被迫拿大部分的收成去交租、纳税，或付利息。他们已经开始了一个比较富裕的生活。农民们也不再受虐待，已经抬起头来，很快地向上升。

日本投降时，解放区就实行土地改革。为了彻底消灭封建的目的，这一运动使千百万无地的农民得到土地。大部分土地是经过诉苦大会分配的。诉苦大会，给了多年来受尽苦痛的农民阶层出气的机会。

"你记得么，"一个受过苦的农民会这样说，"你怎样叫我的老婆白白给你打了一整夏的忙工，没有给过丝毫工资？你记得么，因为我付不起利钱，你夺了我的四亩地？你记得么……你记得么，是谁初次奸污了我的二女儿？……"

地主当然会记起的。他跪在村里的群众面前，恳求饶恕。"我们从来也没有见过你的饶恕。"农民们会这样呐喊起来。

"土地归还到千百年来耕种土地的人的手里了，"在农民们开罢诉苦大会回家的时候，彼此谈论着，"现在土地可回家了。"

游击队整营整团地发展起来。经过抗战时期，他们发展成了大军，就是山东的八路军。种地的农民们，也拿步枪、短枪、手榴弹、地雷，武装起来了。他们就是民兵。当正规军在他们附近作战的时候，他们就参加战斗。

在共产党领导下的社会机构当中，民兵成了广泛的重要因素。在抗日期间，就涌现了许多群众团体，参加抗战。例如，"青年妇女队"、运输队、担架队、"巡回教练队"。这最后的一种团体，是由善于使用各种武器的人组织起来，去到其他地区，训练别人的。

孔东平忽然停止了他的话头，指向远处。在那小山上的梯田里，一个小驴正在使劲拉着一辑大木犁，翻起了肥沃的红土，农民喜气洋洋地跟在后面；斜背着一支步枪。……

"看，"孔东平说，"一手持枪，一手耕田！"那位战时共产党口号的信从者，丝毫没有理会我们，继续一步一步地耕作，只是注意瞅着旧式犁头上滚滚的湿土。他那支步枪皮带上电镀了的扣子，在阳光下闪烁发光。

"这是一块老根据地，日本人还没有敢在这里伸出他们的龟头的。"在村中街头第一家住宅的附近，孔拿出我们的路条，递给路旁的儿童。他马上跑进了一个院落里，不到几分钟，就跑出来，挥手让我们前进。他把路条还给我们。这块油印的单子，就是我们所仅有的证件，在这崎岖不平、警戒严格的乡村里，凭着它，我们便随处得到保护。没有警卫员，没有手枪，也没有护送的人；只有孔东平一个人做我的译员。而我呢，是一个新闻记者，冒险来到了"匪"窟的腹心地区。但是，"匪"却在田地里进行着他们日常辛勤的劳作。只有当他们回到村里吃饭的时候，把步枪夹到两腿的中间，他们才有工夫对我解释，好像对于一个落后的孩子一样："这些——枪支——就是我们对付王八们——地主和地主武装的保证。"

共产党曾经告诉他们，人民就是世界的主人，也是土地的主人。还在抗日的时候，共产党已经告诉他们，人民必须武装保卫世界，和世界上的土地。"武装了的人民是强大无比的"，一个口号，这样教育他们。

减租减息，启发了人民对共产党口号的信心。今年年初完成了的土地改革，给了他们要去保卫的土地。在我所到的平静的乡村里，农民们黎明出去种地，带着枪。黄昏，在集市的广场上，流动剧团给他们演剧唱歌。群众坐在地上，把步枪抱在怀里。在一次演出的时候，我数了一下观众，在到场的附近三个村子的群众当中，就有四百多个带枪的人。

"枪已经成了他们公民权的象征了。"有人对我说。

当一个村庄进入作战圈子里的时候，贫农和中农就带着粮食牲畜，转移到山里。他们不断埋置地雷，也不断打几发子弹。一般地，他们只是等待着，直到村里恢复了平静状态。如果他们的田地需要照顾的时候，他们就乘夜劳作。

"在这个地区，地主的虐政已被扫除。"孔继续说，"但是，农民们，他们中间的每一个人都还记得，在地主的压迫下，他们曾经怎样生活着。他们绝对不能容忍任何地主来复辟的。"

"土地改革已经改变了他们的生活。他们已经武装起来。他们曾经提出这样的口号：'一手持枪，一手分田。'这就是我们最后胜利的基本保证。"这时，孔扭头同一位过路的骡夫谈话。蒙蒙的细雨已经下起来。

"这雨对于土地好吗？"

"好啊！"骡夫微笑地说。

（原文载五月十七日上海《密勒氏评论报》）

（1947 年 11 月 10 日）

杀敌英雄梁同合

冀鲁豫分社

十月十二日记者于×县梨园村会见了名闻×团的战斗英雄梁同合排长。他是濮县七区梁昌渴人，今年二十七岁，性情坦白直率，是很健康的壮年。远在一九三九年，他就参加了抗日战争，曾在民军一团任警卫员，后又任班长，先后负伤三次，济宁战斗后回后方休养。去年蒋匪五军进攻，他又参加了濮县大队，历任机枪射手、班长、副班长、排长之职。在自卫战争当中，他立功四次。第一次立功运动时，他四次战斗突击被选为一等杀敌英雄。第一次突击是在猪河寨（濮县）战斗。当时五军有一个团向我濮县大队逼近，他端着机枪和晋延岭、孙仙鹤一同向敌猛烈冲击，经过一整天的激烈战斗，毙伤敌人三十余名，至天晚双方才自动撤退。在河道堤（濮县）战斗时，敌五军有两个连向我进攻，他掩护全部且战且退，毙敌六名，使部队安全的退下来。在虎家寨的追击战里，他提着机枪在头里击退了五军一百多人，打死敌人两名。河西湾（濮县）埋伏战中，打退了五军二百多，粉碎了敌人七天的抢粮计划，并捉俘虏两名，得步枪两支。他被选为特等杀敌英雄和群众工作模范的时候，敌四一师分四路向濮县临河寨进攻，我县大队以四个班兵力坚决地抵抗了五小时，最后孙仙鹤托着小炮，他端着机枪，又顽强地向敌人冲击，才掩护全村百姓安全地撤退下来。这一次打死了敌人六十多名。梁同合的机枪、子弹打得只剩了五十多粒了，在这一战斗里，战士们都提高了信心说："老蒋的正规军也不过如此！"在西昌（濮县七区）打退了五军二百多，毙伤敌人四名。在注河头的保卫战中，粉碎了五军四个连的进攻计划，掩护了全队的安全转移。这几次冲锋战斗，他没有不是突击在前的。在平时，他还能抓紧群众工作，就在夏季三个月的统计中，他给百姓担水二千五百余担，有一天就担了三十七担。因此，不光保证了房东的缸满，也保证了房东的邻居有水吃。至于帮助群众土改、打麦、拾粪等工作，那就更多了。第四次立功，他又被选为一等杀敌英雄。因为他完成了三次战斗任务。第一次是东西祝村（延津）遭遇战，敌人用四挺机枪堵击我们，他带领着一排战士击溃了王三祝二百余人的堵击，又捉敌一名，缴步枪一支、子弹一百二十五发。第二次是在魏邱集战斗时，伪延津保安团二百余人，在围墙上用两挺机枪向我射击，当时他带着一个排提着机枪勇猛地向敌人冲去，敌人不支，撤退就跑，我们迅速地占领了魏邱集。最后一次在梨园战斗时，他带一个排完成了堵击敌人的任务。在这十二次战斗里，只魏邱集战斗时，我轻伤一名。在豫北我五四部队里提起"梁同合"三字，战士们都用大拇指来称赞，都希望他能去参加军区英模大会。梁同合排长和记者谈话时说："俺排战士的英勇顽强，给了我莫大的鼓舞。他们都订了个人杀敌立功计划，他们的计划是'不打倒蒋介石不回家！'"说到这里，梁排长高兴地说："自然，我要领导他们，一块完成这个立功计划。"

（1947 年 11 月 13 日）

坚守岱崮的英雄们

【新华社华东七日电】鲁中监护第一营营长胡凤诰指挥下的第一连，在数十倍于己的敌人陆空联合进攻下，坚守岱崮（新泰东六十余里）血战四十二天，以伤亡十人的代价杀伤敌二百余名，胜利完成了阻击任务。

蒋匪向沂蒙山区作"重点进攻"时，胡营长奉命指挥第一连守岱崮。他们的口号是："人在崮就在，守住鲁中撑天柱，争取作岱崮英雄、岱崮连。"六月二十七日，蒋匪开始攻山，首先以十二架飞机和一个炮兵团集中狂炸与轰击后，继掩护将近两个师的兵力，从四面八方冲上来。山上工事被弹片烟雾笼罩住了，守崮的英雄们，沉着地握住手榴弹等候着，待敌人一个班爬上光岩时，手榴弹像冰雹一样投到敌人群里，敌人一个班只剩了三个人滚下山去。接着二次、三次进攻都被打垮了。

蒋军见硬攻不行，又想用软化手段动摇他们，可是两三次送信，都被打回去，继以武装掩护喊话，结果反被英雄们斥骂得无言而退。敌人恼羞成怒，把崮周围的民房烧光，把群众赶走，在崮周围大小山头，修筑起工事，实行长期围困，经常用一个旅以上的兵力驻在岱崮周围。

当英雄们坚持到二十多天后，给养发生困难。没有米粮，就采集野草吃；没有柴火烧，就喝冷水；天下雨，崮上整天不退雾，衣裳拧拧水就算干了。在连阴天，山水灌入洞里，有的达一人深。大家就在水面安上木板当床铺，轮流舀水，轮流睡觉。这样整整过了一礼拜。在这样艰苦的日子里，领导同志就找人讲述红军长征故事、模范党员陈善坚持祖徕山区的斗争故事和过去反"扫荡"故事等，大大地鼓舞了全体坚持到底的意志，伤病员在吃盐水泡冷饭时也都很满意地说："比起陈善同志在徂徕山用罐子吊在脖子上爬下山去找水喝，四五天不见粮食要好多了。"

为了更好地坚持山崮，打垮敌人的围困，胡营长率领着二十多个特别健壮的勇士冲下山，用游击战配合守崮部队，粉碎了敌人的碉堡围困，接连打垮了站岩、章子崮等四五处蒋记"还乡团"；又和周围坚持斗争的地方干部一块打开了三个区的局面，并接济了崮上的给养。胡营长本是二等残废，但他始终吃苦在前，以模范行动鼓励大家。他和大家一样背粮送上山去，他说多背一点，崮上就多吃一天，在宿营时他总是先叫大家休息，自己站岗。这样一直坚持到第四十二天，终于逼令敌人垂头丧气地撤走了。

为了表扬英雄们的光辉功绩与坚忍不拔的精神，鲁中军区已授予该营长以"岱崮英雄"，授予该连以"岱崮连"的光荣称号。

（1947 年 11 月 15 日）

访残废军人教养院

往夫

在这里保持着英雄的荣誉

爱国自卫战争中英勇作战因而负伤残废了的军人，在我们解放区中是怎样安置的呢？这一定是大家很关心的问题，我也很挂念这些功臣们。因此，当我到××以后，到处传讲着军人教养院的动人的故事，我就决心去访问。

七月十二日上午，我到了××镇教养院的院部。人们一听"教养院"三字也许会以为是个臂残腿断的人们闲坐休养的地方；但是访问过后，我可以告诉你，不是如此。

这个教养院，却不平凡，这里保持着英雄气概，也充满劳动和爱民互助的热情。

这所教养院去年十月间初成立于冀鲁豫区范县丁河涯；十一月中旬移住现地。据院部政治处张主任谈，今年一月以前还未脱初创时期；二月开始到现在，全院工作却有了显著的进展。

当许多英勇的战士，从前线负伤下来，经过医院治疗，有的残废了，有的身体一时不能复原，这时候的问题是：如何使伤口痊愈的身躯，迅速获得健康；如何使他们思想坚定，更加精神百倍地去为人民战斗，为人民工作，或复员安家投入生产？解决这些问题，实在是一项艰巨的任务。从该院成立到现在，先后共住休养员三千五百人，日常人数总以两千计。我们试想一想，当一个人失去腿脚不能走路，失去手臂不能端碗，他眼望着残废的身躯，脑子里会想些什么呢？

这种痛苦是我们应该深切体贴的。这其中，有的感伤，有的怨尤，想过去想将来，未免顾虑烦躁起来，慢慢地这就会变成包袱，阻碍他们的进步。怎样才能随时解除包袱，使他们既得的荣誉永远保持，使英雄气概继续发扬呢？这就是摆在教育院面前的一个巨大问题。

教养院在这上面经过一番摸索过程，直到今年二月间，才摸到门路。这是在上级的坚强领导下，走群众路线才走通的。

鼓起了学习及生产热潮

"学本事"运动是由讨论、诉苦种种方式推动起来的。学习内容包括文化、手艺、算盘、针工。现在，百分之九十五的同志已经涌入学习热潮，据六个单位统计，休养员为了学习，自己拿出三十四万五千七百二十元买文具，并涌现出八十四名学习英雄、十三个模范学习班，在短短三四个月的时间内，每人至少学到二十五个字，多者学到三百至五百字。

学习使每个人的思想活跃起来，使每个人的情绪百倍提高。第九所的休养员魏中学，为担心学习不好而流泪。

第七所的宋中文所以努力学习，可以从他在一次诉苦大会上的发言来说明：

他家住在鱼台县三区甄凹村，贫农出身，不曾习字。有一年新年到了，他请本村甄老财给写两副对联和三个先人牌位；写好以后又请甄老财画定记号，以免贴错。可是对联贴出之后，过往的人都围看嗤笑，宋中文问他们笑什么，人家也不愿说个明白，只是说，写这对联的人欺辱你。宋中文无法，找到一位识字好友求教，这才知道那对联是：

"门阔屄也大

辈辈出王八"

先人的牌位则是：父亲尊其上，祖母祖父列其下。宋中文一听明白，气的痛哭失声，昏迷过去。万恶的地主们，竟用这样无耻的手法欺辱忠诚的农民！宋中文的诉苦，激起人们认字的热情，他自己也努力学习，现在已可以写信了。

其他如：一所挂双拐的二等残废，五十八岁的李福恒，也每天必学两个生字。五所马清良失去右手，就用左手练习写字。六所杨芳廷，不仅自己学习，又拿钱买下六个本子一个字典分发给本班的人。

在生产工作上，他们通过"传手艺""学本事"的互助方式，把全院百分之六十五的人都组织起来，大家纺花、做鞋、轧花、打围巾……有什么本事出什么本事。五所原只五个人会作鞋、打背心，不久，就有五十六人齐学会了。三所二排，两个月光轧花获利十万元。这样一来，全院处处是热烈的生产潮，各所各排，俨然像小工厂一般。

而且，不管在学习、生产或日常生活中，休养员以及工作干部，都发扬了高度的阶级友爱精神，这种关系是只有革命军人中才可以见到的。

损伤了身体，损伤不了人民战士的精神

更其生动的，就是他们和当地群众的关系了。这些革命的"拐子兵"们提出了一个口号是：

"在前方英勇杀敌，在后方爱护群众。"

今年春耕时，八所刘文雄帮助群众担水；二目俱瞎的王松长和路玉根二人摸索着抬水点种；拐子三排，也在两晌之内，点种棉花三十二亩。麦收期间，八班锯右手的田双锁和二班锯左手的薛友才，一个人割，一人拿。六所十班的同志，看见房东生活困难，大家齐捐出两千多元，给房东买来一斗米，又当两个残疾人给房东老太太担水的时

候，感动得老太太热泪并流，马上从手下的织布机上撕下一块布来，为他们擦汗。

他们不仅帮助群众生产，又热心帮助群众学习，如三所段步青，自己买纸，把每期报上的重要消息抄录下来，贴到街上给群众看。

他们帮助群众的统计数目，不能一一列举，现举一二例如下：全院一千五百廿人参加点种，三天中七个单位统计，共种地二百二十四亩、担水一万六千一百七十八担。二千七百五十六人参加麦收，三天帮助四百二十四户割麦一千四百六十亩。至于日常生活中帮助群众担水、扫地、推粪、推磨，那就难于以数计了。

这是很容易的吗？大家不可忘记，他们是残疾人哪？可是，纵然身体损伤了，却绝没有损伤了人民战士为人民服务的精神。

现在，三千六百名修养员，已先后走出教养院了。他们拖着残废的身体，又投入了各种争胜利、争民主的伟大斗争中。我们相信，在解放区的各个角落，他们还会创造出许多奇迹来的。

（1947 年 11 月 15 日）

从"献地"宣传中看我们的立场

晋绥日报编辑部　晋绥新华总分社

　　去年八月下半月开始，到十一月初，报上陆续登载过不少"献地"的报道，这些报道都是我们的记者、通讯员写的，经过编辑处理的。现在，我们就单从新闻业务本身，来看我们在宣传"献地"中的阶级立场问题。

一、从刘少白"献地"中宣传地主阶级"拥护"土改

　　去年八月十三日本报刊登《刘副议长及其胞弟（即今年八月二十七日为黑峪口群众清算镇压了的大地主恶霸刘象坤）向农民献出土地房屋》的消息，文中引证了刘少白的一串冠冕堂皇的漂亮话，把刘少白这个地主代言人，描写得像拥护土地改革似的。不仅如此，作者更在介绍刘少白的简历中为之大捧一番，说刘少白"一生热心革命事业""本人自民国二十九年即参加晋绥解放区建设工作"；"对耕者有其田的主张，早有认识并视为夙愿，远在民国二十年前即有将土地交政府处理的倡议"；"毛主席《论联合政府》一书发表后，去年（指四五年）留延时曾致函武副主任，要免除其佃户的一切租息。"事实如何呢？不用说他廿年前了，据最近本报读者刘一钟同志揭露的材料说：就是在去年的时候，他曾派他的警卫员背上连枪，唬吓农民，向佃户逼要租子；又去年兴县六区某村群众向刘少白的内弟（地主恶霸）进行清算时，刘亦到处为其"叫苦"，坚决反对农民合理要求；再即今年李家湾地主李韶荣伪造军区首长信件向银行骗取黄金案发生时，刘少白也即致书领导机关，积极为该地主"伸冤"。你看我们为地主阶级做义务宣传做得多么漂亮，真是笔下生花了！这不

过是其中一个典型例子而已。

二、宣传地主阶级"放下屠刀立地成佛"

八月十三日方山县议员李成榛"献地"的消息中说什么"李先生在群众减租清算大会上，对自己过去所作所为，作了恳切的批评（？）"等等。李某在答覆群众所提问题时，又说："生在旧社会里自己就不干净，人家说咱开明，实际是个表面。佃户郝生华为了佃些地，除交租外，还给自己捎种水地二亩，两年内没得一点代价；又合伙喂了一条牛，牛死后，牛皮、肉自己完全独吞。像这样额外剥削还很多。"因此李成榛自"去年（四五年）方山解放后，即感到地主的剥削对发展生产之阻碍。"这篇报道抹杀了地主阶级的阶级本质，好像地主阶级已经认识了过去剥削农民的罪恶而决心"悔过自新"似的。特别值得注意的是他在"群众减租清算大会上"的发言，同时又是"答覆群众所提问题"，显然这是在群众力量威迫下的一段漂亮话，企图以此麻痹软化群众，破坏减租清算。我们不作深刻研究，就替他大肆宣传起来。这种宣传，在阶级思想上起了麻痹我们自己和群众的作用。

三、宣传地主"献地"后，变成"劳动人民"

八月十六日"柳林市士绅地主'献地'"的报道中说："柳林市政府召开的士绅地主座谈会上，地主'献地'后大家都很兴奋。县议员马明腾先生说：'这个会开得很好，好比是一个洗澡塘，把我们的剥削思想都洗净，真正实行了孙中山先生耕者有其田的主张。'会后马明腾先生迟睡早起，勤劳生产，他那种劳动的热情更得到群众的赞扬。"这篇报道也说明我们在政治上幼稚得可怜，我们被地主阶级的阴谋诡计完全蒙蔽了。

四、宣传地主"献地"后，政府赞扬与群众"感激"

八月二十六日报道："五寨县议长武进卿'献地'后，县府代表五寨群众表示谢意。"八月二十九日，宁武地主自动召开"献田"会议，共献出土地千亩，"县政委杨瑾同志对诸先生此一贤明之举极表赞扬。县农会主任张初元同志，也代表农民表示热烈欢迎"。中阳惠家坪村地主郑维元"献地"后，村公所特于八月十五日召开群众大会，热烈"欢迎"。写得农民对地主的"献地"不胜"感激"，政府则极为赞扬。这种毫无立场的报道，对我们农民实在是一个极大的侮辱，我们应该在这里向农民请罪！

五、在宣传地主的"献地"中，
对地主阶级破坏土地改革的阴谋手段，毫无警惕

（一）把土地"献"给佃户和变相出租——八月二十五日忻县完小校长王在中"献地"消息中说："他于月前将土地二十亩分给梁有生、张文海等六家佃户，写立契约，确定地权，其余三十亩分配给本村贫民耕种，每年仅交两石食粮，以维持其妻及孙女两人的生活。"

（二）以"献地"来逃避清算，保护其他大量财产——八月十八日，新堡村书记周殿士"说服"他父亲献出房地："我当书记，三弟当教员，你看那些穷人没地没房，咱们拿出一部分土地房子，帮助他们翻身是应该的。咱们家里光景很好，还有油坊、水磨、骡子、平地。"

（三）地主献地后，仍保存大量土地和好地，在所有地主献地时都是说"留下足够生活"的土地，但都没有说出留下和"献"出的是什么质量的地（献地的欺骗性，主要就表现在留好地退坏地）。八月三日集宁地主孙八子"献地"消息中说："孙八子有地十顷多（大

地主呀!)、牲口二十头，给农民让出地六顷零七十多亩、牲口十二头、羊子四十五只。"他们所退出的地是"自己耕种以外的土地"，显然是坏地，因为谁都不会丢下好地种坏地；"献地"后仍保存四百亩好地，八头牲口。

（四）地主以慰劳部队军属手段，掩盖其乘机大量出卖土地阴谋——八月十三日报道："方山县议员李成榛在减租清算大会上，将卖出的土地地价五万元（？），慰劳（？）部队；又在卖出的土地中，以十九亩（可见卖的不止十九亩）全部收入慰劳（？）了贫苦军属。"

（五）客观上宣传化形地主改变剥削方式是合法的。——十月二十二日报道岚县王槐珍"献地"后"还计划养牛一条和村里人变工耕种（实际上是要农民无偿劳役!），解决口粮；并买一架快机，让婆姨们与村里妇女变工织布，解决穿衣（纺织不负担，又可出赁机子进行剥削!）。"

（六）把地主阶级的欺骗阴谋手段，当成他们是做"好事"，来大肆宣传，群众反对不反对，也不考虑。八月十八日兴县牛友兰"献米"的报道，是一个最典型的例子。原先岚县某村群众要清算他，因他在红军东渡时把群众给红军的粮食贪污了。他知道此事后，从兴市集上买了三十石米，在群众斗争会上，只要了他十五石，他从岚县回来后看到刘少白"献地"，也来假装"开明"，于是把其余的十五石给了兴县县政府。兴县刘县长叫登报表扬，记者也未考虑其对群众影响如何，对牛的"献米"表扬了一番，对岚县某村群众清算牛贪污一事，知道了问也不问。

从以上的事实中，可以看出，我们在"献地"宣传中如何替地主阶级作了义务宣传，如何在群众中蒙蔽了对地主阶级本质的认识，如何丧失了无产阶级的立场。这是我们过去宣传工作中的严重错误。这种错误的发生，是由于我们对地主阶级本质没有认识，对数千年来的封建统治阶级，毫无警觉，阶级观点非常麻糊。如：

九月三十日《对地主献地的认识》小评中说："对于豪绅恶霸这些大地主，必须提高警惕，该清算的一定要发动群众清算。""地主献地是由于群众运动的结果，有些有远见的地主认识到这是大势之所趋，愿意与农民站在一起，而献出自己的土地，这绝不是地主偶然的大发慈悲。"从文中可以看出我们当时对党的彻底消灭封建的政策，依然没有了解与接受，没有把地主当一个整个的阶级来看待，因而一方面虽已觉察到地主的"献地"或"开明"，是地主逃避清算的欺骗手段；另一面又说有什么"有远见的地主"如何如何，结果一只手又把自己的眼睛蒙住。这不仅仅是由于当时对边区群众运动作了过高的估计，最基本的，这是我们缺乏明确坚定的阶级立场的具体表现。

（1947 年 11 月 20 日）

宋江河畔的英雄气概

丁川　周有

上月二十一日，华东人民解放大军，在郓城人民协助之下，收复了郓城，记者走访了宋江河畔的人民。该河在梁山泊南，直流梁山泊，沿河两岸的人民，承继了梁山泊好汉的光荣传统，在发展着一种新的英雄气概。

一、老太太焚香咒老蒋

半月之前，那里还是一片被污辱与损害的土地，老百姓在蒋匪军毁灭性的摧残之下，无法生活了。梁山下东张楼一带村庄，老太太成群结队地到庙里烧香上供，咒老蒋，并编出歌谣道：

"天也红，

地也红（指共产党是红色的意思），

保佑八路军万年兴，

叫那些龟孙（指蒋贼）快点死吧！"

又某天夜晚，六区群众到处点起灯笼火把，火烧蒋介石，表示了他们的憎恨。

二、只要我不死，总要说八路军好

驻大屯村的某敌下级军官，问农民李××：

"你说中央好呢？还是八路好？"

他简单而干脆地答道："八路军到那村一来不锯树；二来不打人不骂人；三来不爬墙头，糟践妇女。不像你们……"

李××边讲边骂，那个蒋家军官把他带往连部，报告连长说："这

个人老说八路军好，若不信请连长问问他。"果然，连长问李："你
说到底谁好?"李和上次一样干脆地答道："到底还是八路军好。"连
长二话没说，便派人把他带交营部。

当营长问他时，他已经不耐烦了，很愤慨地说：

"再说一遍还是八路军好，只要我不死，我就说八路军好，你们
不好!"

三、死，吓不住我!

单海任××，当敌人要拆除他的房子以扫除障碍时，要把屋里的
锅碗瓢勺拿出来，但敌人不许，他就怒冲冲地说："你要是打不过八
路军，就是把俺村房子都拆完，也还是不中"!

敌兵指着他喝道："你真是老八路，再多嘴枪毙你!"

但任××毫不畏惧地冷笑道：

"我已活够六十岁啦，我还能再活六十岁吗? 死，吓不住我
……"

四、集体行动反强奸

单海妇女每到夜晚就集合一起，白天大家都散在街上，若有某姊
妹被拉或被强奸时，大伙就齐声呐喊，吓退许多无耻匪徒。她们用
这个方法保护了自己。现在，宋江河畔的土地和人民，重获解放了。
为了保证部队供给，妇女们日夜欢快地忙碌着推碾、做反攻鞋，各村
所有的牲口与人力，已经组织起来突击种麦了。在解放区人民政府的
怀抱里，宋江河畔的人民，将有着比历史上更光辉的新英雄气概。

(1947 年 11 月 20 日)

水 长 虫

君谦

"水长虫"，这是指水手英雄张玉春撑的一只船说的。

在十一月一日，××黄河渡口，鄄城、南华、昆吾、濮县等四县六百五十名水手表模大会上，张玉春被选为二十五名英雄的第一名。

张玉春是鄄城二区张村人，贫农出身，现年二十二岁。当刘邓大军过河时，张玉春在昆吾，即首先表现了英勇的气概，在蒋匪照明弹、炸弹与疯狂扫射下，张玉春撑的一只船，首先渡河，做了摆渡过河大军的先锋，鼓起了其他船上水手的勇气，完成了第一次撑渡过河大军的伟大任务。

黄河的洪流湍激，浪涛汹涌，过河的船，不能直接往对岸撑渡，需要往上游拉纤，或用篙撑、用桨划二里至三四里处，才能斜插着往下游摆至对岸。当我×纵队渡河时，××渡口集拢了大批船只，东阿的船也到了，开船令一发出，载满大军的船群，就谁也不肯让谁，争先恐后地往南岸抢渡起来。张玉春的船，因为开船较晚，被东阿的一只船撇在后面有二里之远，张玉春鼓动着他船上的水手说："干呀！别看他们先开船，咱非越过他们不可！"他首先跳下船，和八名水手拉开纤绳，腰干往前弓得几乎着了地，两腿紧蹬着地，就拼命往上游拉起纤来。在拉到一定程度，冲过洪流，往对岸斜放船时，需要用"梢锚"法，或用桨划过去，"梢锚"比画既省力又快。张玉春船上的锚不抓地不管用，他就带着大家撑篙和划起桨来。撑桨时，肩抵住桨拐，两腿蹬着地，身体往前俯得与船板成了七十多度的角度，身子几乎仆在船板上，就这样，在船板上一次次的不断撑着。在用桨时，他又带着大家抓紧了桨，紧张的拼命划。他们的船，就因此来往的飞渡起来。在渡过三次后，他们终于越过了东阿那只比他们先开的船。一夜的工夫，别人的船只能渡三四次至五六次，而张玉春的船却渡了九次之多。东阿那只船上的水手，都非常惊服地称赞道："呵！这真是一个水长虫！"从此张玉春的船，就喊起"水长虫"来了。

八月初，他的船和另一只船，从东岸要往西岸渡时，当时天已明了，结果被飞机发现，立即被扫射起来。人们和要渡河的几头牛，被扫射得狂奔。他的那只船被射穿三个洞，另外一只，也出现了四个窟窿，水从窟窿猛涌进船。眼看船要沉没，张玉春在大家惊慌不定的时候，迅速将窟窿塞住，两只船就避免了沉没。

九月中旬，从河南运过许多伤员，他不但迅速运渡伤员，还特别照顾伤员。他背伤员下船时，怕碰着彩号的创伤，都是预先问明伤口的地方后，才很稳重的将伤员背下船来；又将船上的床，铺在堤上的防洪屋边，将伤员安置好了；然后又领着运伤员的负责人，找到了兵站。

其他水手，有时不免发躁，呵斥渡河的人，张玉春却从来没有那样过。他都是将渡河的人上了船后，很耐心地安置好；船靠对岸后，他将板搭好，把人领下去，然后再问下船的人："您看看忘在船上东西了吗？"

他虽然脚上长着疮，也整天整夜不顾疲累的穿渡在黄河上。

（1947 年 11 月 24 日）

参 军 喜

一、快与我哥哥见面了

郭荣华在高邑城关庆祝反攻大会上，自动报名去捉蒋贼，回到西关，一进门就一蹦一跳地对他父母说："我快与我哥哥见面了。"他父母被他说得莫名其妙。他才说："我报名去捉蒋介石，我哥哥现在已打到长江岸，我这次去，要找着我哥哥一块打进南京捉老蒋，坐火车回来。"他父亲一听高兴地说："去吧，去吧。常说打仗不离亲弟兄，出征还是父子兵。你去告给你哥哥，你俩一同去，捉住蒋介石给家送回立功喜报来。"

二、高兴得睡不着觉

赵拴柱娘六十多岁了，过去很穷，现在翻了身；只一个儿子，听说大反攻，就准备叫儿去参军。正巧拴柱自己报了名，她一听说高兴得不知怎样才好，她说拴柱你去吧，捉住老蒋看看多光荣。她一直高兴得到晚上睡不着觉。

三、七十五岁奶奶送孙孙

任成章奶奶今年七十五岁了，只有一个孙子，今年才十八岁。她在本月四日高邑西关庆祝反攻大会上说："不用看我年纪老，我思想可通哩。我家虽没有第三个人（只有她和成章），可是，这是捉贼老蒋哩，我可得送成章去捉住他，给我报报仇。"（文珍、淑贞、乔林、金魁、增堂）

四、"你为啥这样喜欢，孩?"

平定六区前东沟村，村长和文祥、武装部长曹贵祥、公安员刘文珠在扩大区村干部会议上勇敢报名参加反攻军。曹贵祥回村后，饭也顾不上吃，整整一下午，动员了二十个人参军。他唱着反攻歌回了家，一进门叫了声："妈，我要吃饭，今日能吃五大碗。"他妈问他："你为啥这样喜欢，孩?"他说："在县开会我自动报名参军，还要带十五个。今天我完成了二十个，为啥不高兴?"他妈听了也喜欢地说："俺孩去吧，要不是八路军解放了咱，今天过九月九咱还能吃上扁食（饺子）吗? 我给俺孩做饭去。"他老婆在旁边站着也笑嘻嘻地说："你当了反攻军啦!"他哼了一声说："你看好不好"! 他老婆说："为啥不好，不是八路军来，咱就能结婚哩!"跟着晚上就开群众大会，曹贵祥在群众大会上当众宣誓："我要去活捉蒋介石，消灭阎锡山，完不成任务不回家。"马上又有三十五个青年也报了名。(潘素贞)

（1947 年 11 月 25 日）

床下将军

——活捉刘英记

杨朔

蒋匪三十二师师长刘英被俘时，是从大石桥下的师部地下室床下被拖出来的。当他被送到旅指挥所时，还满身灰尘。这位床下将军前两天还拍着胸脯，对石庄全市广播，大吹牛皮说："有我无匪（诬指解放军），有匪无我。"

捉到他的是解放军一个叫李福的排副。当李福在硝烟弥漫之中，瞥见地下室前面挤了几辆小汽车时，便猜想那不是平常的地方，他领着几个战士直冲进去，当即俘虏几十个敌人。他正带着往西走时，从俘虏谈话中查出蒋匪参谋长贺定纪，但是不见刘英。李福急转身跑回地下室搜查，在翻一张床时，忽然有人从床下先抓住他的手，他顺势一拉，就有个人从床底下滚出来，爬了爬才站起来，连声说道：

"哎哎，你要什么都给你！"

他说着话，乱掏口袋，摸出一块图章递过来道：

"你拿着这个，上面一定会大大奖励你……"

此时，李福厉声问道："你到底是谁？"对方嗫嚅着说："我是师长。"又抓着李福的手恳求送他到解放区后方去，他已知道他的上级第三军军长罗历戎等都在解放区安然无恙。

带到旅部后，我旅政委要刘英下令停止抵抗，刘英脸色苍白，随即战战兢兢提笔写道："我准许停止战斗。"

（1947 年 11 月 30 日）

在土改中成长的考城大队

袁毓

一、从不相信土改到亲自参加

战士王喜成，外号"十二两"。今年正月，他听过了"翻身道理"，又经过了班排讨论，他弄清了"富靠穷"的真理，在全营军人大会上诉了苦。

——以前他父亲在×庙店给地主种地，受了千辛万苦，吃猪食，出牛力，但母亲硬叫掌柜的强占了，因此，把父亲气死了。他只得忍饥挨饿过流浪生活……

经过王喜成诉苦，大多数同志都认识到："无论哪个地主，都是要欺侮、剥削穷人才能生活！"但个别同志还在说："命该如此！"

当大家看到报上登的土改消息，都不相信会真有这样的事，有的说："就算是真的，咱这里也实行不了。"恰巧，在河北住院的彩号归队了，这些同志把河北亲眼见到的土改情形，到处广播，大家才转了半个弯子。

三月间，部队反"扫荡"插到了齐滨二区，看见人家正进行土改、分浮财的情形，使大家对游击战争中实行土改，有了更进一步的认识。

一个真理被群众接受之后，它会产生伟大的力量。田集战斗打击了敌人四二九团的凶焰，环境暂时稳定了，大家就提出："人家齐滨二区能分地，咱考城五区也能分！""那为啥还不下手呢？"全体军人会上，马县长说："在旧社会里，没地的人谁也看不起，连个老婆也娶不上……"接着他宣布了土改中控制地主的办法，领导上的撑腰，大大鼓舞了战士们的情绪,他们提出:"战士能报仇吗?!"

恰巧,战士马法群家里被敌人罚了款,来部队里借钱,大队便马上抓住伪属三家,要他们赔偿三倍。敌人在我们面前终于屈服了,三天没出来,把罚去的东西,全部给送回来;咱又罚了他一倍。战士们劲更大了。

部队驻在四区安乐村,这里正搞浮财,一连长万兴玉布置了战士监视地主藏东西;并告诉大家,不准拿群众的一点东西。二连小通讯员,看到地主家娘们藏到鸡窝里一个小方匣,他便告诉了群众,结果群众搜出好多银器。二班房东家是穷人,地主藏他家两个包袱,战士们告诉她:"咱们都是穷人,可不能藏地主的东西呀!"房东便把包袱放到门外去。地主解万和听到土改消息后,他通过三连上士向大队负责人说:"我的东西可交上级买枪(意思是群众不能分)。"后来分了他的浮财,他又找王连长"向上级提":"能不能给他多留一点东西?"但大队谁也没有理他,都不当地主的"防空洞"。

二、严格纪律

帮助群众的运动,轰轰烈烈地搞起来了,落后分子也受到了应有的教育。

马夫老李,住到他姑家,群众正搞浮财,他便用一口大锅,烧一锅开水,放在那里不往外起。搬浮财的群众一问,他便说:"给大队部烧的!"大锅就这样被掩护下了。下午,他又把地主一个大包袱往外扛,被哨兵查住了,送了大队部。后来大家都骂他是"狗腿"。王守信拿了群众一个胡琴,也受到了处分。

领导上为防止参加土改中的偏向特规定:

(一)班排搜集群众舆论,发掘战士中对实行土改认识的思想毛病,及时纠正;

（二）不准和地主接近谈话；

（三）用群众反映，对部队进行教育；

（四）不拿群众东西。

三、巩固了部队

假如单纯拿逃亡的数字对比（六月十号以前十天的逃亡数字比六月底到九月十号三个月中逃亡的还要多），来证明经过土改教育的部队巩固，那还是非常不够的，从下边的几个片断的故事中，可以具体看到群众翻身后的心情：

前些日子，三连五个战士要求对家庭的救济，未及时解决，这三个便不辞而别了。三个老伙夫，在土改后回家一次，他感激地对指导员说："指导员，你真救了我。前几天，你要不跟我耐心地谈几回，我要是真走了，地也分不上，一辈子落个逃兵，真丢人呀！现在俺有了土地，我非干到底不中！"

三连伙夫马计，家系贫农，土改中按军属优待，新添的二十多亩地。马计他娘来了，对他说："计！凭你那样，累死你也置不了二十亩地，亏了毛主席领导，从今后好好干吧！等着给你娶个媳妇……"马计脸上，也露出喜悦的笑容。

三连解治，家是谢滩村的，三口人分了十三亩地，和别人伙分了一头牛，好多衣服；但他还觉得太少，全班因此给他提了不少意见。后来他娘来了，指着自己刚穿上的新衣服说："别不知足啦？要不是共产党在这里，咱一辈子也不能这样。"

在没有实行土改以前，常有军属挨饿的，家属来了，不是说："家里没啥吃了，想个办法吧！"就是哭喊着："再干下去，家里就没法活啦！赶快回家吧！"要求解决家庭问题，闹个人问题的都来啦！现在呢？吃饭、穿衣、老婆、生活问题解决了，在工作中、战斗中，都发挥了他们的积极性。部队出现了一个新局面。

四、打仗是为了自己

"我们是人民的军队!""为人民而战!"过去,在战士们接受的程度上(阶级觉悟糊涂),是不十分明确;经过土改教育,大家弄清了"为谁打仗!""为啥打仗""怎着干",提高了战斗力。

一连三排马遂轩,当田集战斗后,他领着小部队在考城三区掩护土改,他对同志们说:"咱分了地啦!来保卫土地,打不过敌人能中吗?"大家都体会了保田、保命的重要意义,始终坚持掩护土改,打了许多胜仗。原来马遂轩他爹种菜卖菜过日子,马遂轩当过几年保安旅,受了不少的洋罪,啥也没弄成。参加八路军后,他很安心工作,现在他更高兴地对别人说:"分了地了要好好干!"马遂轩也改变了他对作战的认识:"过去打仗为了得枪,现在才知道打仗也是为了保田。"

马兴来看到家里土改后的光景,向指导员作了反省:"我是知道啦!自己是为啥干。以前指导员说:'为自己干。'我打不通,觉得是为干部干的。这会我才相信指导员的话!"

过去违犯纪律的现象很严重,经过土改,部队纪律好掌握了。邵岗战斗,缴获完全交了公,没有说怪话的。

经过土改,大家的觉悟提高了,工作积极了,使他们对将来的希望和现有的利益发生了深切的爱——保田保命。

(1947 年 11 月 30 日)

不屈的陕南人民

鲁村

一、蒋匪暴政

陕西南部，沿着西荆公路和丹江流域，到处都是丰饶的稻田，天气也较温和，但是经过蒋匪血腥的统治，现在却成了凄惨的人间地狱。

今春李先念将军撤离陕南后，蒋匪五个师及许多小股武装，反复进行"围剿"和"清乡"。他们不但使用日寇烧光、杀光、抢光的"三光"政策，并且搬用了日寇在东北的"并村"办法，强迫老百姓迁到川地。如今东起卢氏的木洞溜，西到雒南、商县，南至商南上下漂池的广大地区，除掉沿公路的村镇外，都被蒋匪一把火烧光，只剩下浓烟熏黑的四壁和树木的残枝。数百里内渺无人烟。个别躲在山沟里的农民向解放军控诉蒋匪的暴行时，莫不声泪俱下。他们说："当进行清乡时，什么都被抢走了，老百姓被杀的不计其数，光龙驹寨附近的商雒镇，二百来户人家，就杀死了五十多个。许多人是用铡刀切成两段。"秋初，西荆公路沿线与大道旁边的苞谷，刚刚长成，蒋匪害怕游击队活动，竟一律下令砍掉，致秋收落空。现每日仅能喝上两顿"糊汤"（苞谷糁子煮的稀饭）。

记者由商县到商南的路上，随处都见拥塞着讨吃的人群。九月二十六日，打开龙驹寨召开群众大会时，群众都夹着口袋来，会后我军便把自己食粮的大部分给了他们。十月三日解放商南城，我军发放粮食和衣服，许多人都不顾大雨淋，老远跑来了。

因为没有布，当地小脚女人也穿着草鞋。有个三十多岁的农妇，

文艺大系 华北抗日根据地及解放区

手里提着一个破篮子，浑身的衣服烂成片片露着肉，流着眼泪说："同志呀，没得办法，实在没法见人呀，粮都让老蒋抢走，城墙沟壕都是逼着我们修的呀。"

二、坚持阵地的硬骨头

当我大军今春转移时，曾留下无数斗士，坚守阵地，在环境最恶劣的时候，这地区的人民游击队化整为零，转入山地，展开你死我活的斗争。雒南到商南的地区，就有五十多支人民游击队。有些人数最少的游击队，只有六个或七个人，但是谁也不向敌人低头。有个游击队员打得只剩下他一个人，他便暂时到离龙驹寨西边不远的一个村庄，雇给大地主"看家"，我军一到这村，他便立即引着部队去清算这家大地主。

即使在最险恶的情况下，陕南人民仍然是热爱着人民的战士。那时公路上的蒋匪据点龙驹寨等地的群众，曾背着白米，到山上找游击队送公粮。某区政委王立同志病了，有个离商县只十五里的农民，把他接到家里住下。商南荆村，藏下我军一个连长，当敌清乡队来到时，许多农民挨了毒打，有一个甚至被蒋匪残忍的砍去一条臂膊，但却没一个人向蒋匪告密。

（新华社豫鄂陕前线电）

（1947 年 11 月 30 日）

我是民夫也是战士

鲁生

这是翻身农民尚海泉谈的参战故事。

三月清明节，河门口村乱嚷嚷，村长把政府的参战号召传达给村民后，翻身农民都抢着报名去参战。尚海泉刚病了三个月才好，身体还不强健，也要报名去参战。

村长说："海泉！你下次去吧！你的身体还不行！"

海泉说："不行！参战是给自己干，我身体不行多一人总比少一人强。"

村长给他谈了一天也不成，终于允许他去参战。

临走时在欢送会上，尚海泉举着拳头说："为保卫咱们的翻身领袖毛主席，为保卫咱们的果实，我要报名去参战。这次我去，不立功就不回来。"

两个月后，果然尚海泉在晋南参战立了功。

消息传到村里，大家都纷纷说："老尚就有股愣劲，又胆大又敢干。"有的说："这回选成了特等功臣，咱们河门口村人真光荣！"

晋南战斗结束，尚海泉返回来。他一进村，村干部和群众就在他周围围成了一个圈，要求他谈参战故事。

大家正吵成一团时，村长过来了，人群马上静下来。村长笑嘻嘻地走过来，把他的行李强拉到自己肩膀上，握住他的手说："好海泉呀！当时我还不想让你去。走时病了三个月身体不强，回来吃得红光满面了，哈哈！前方生活好吧？"

"可不！前方生活好，军队实在关心咱民夫。"村长看他在许多人中招呼不过来，忙说："大家来吧，等他到家里坐下再谈故事。"

他一回到家中，开水已预备好了两三碗。他一边喝水一边说："我今天走得乏了，只能少说几个。"大家感到不管他说什么，前方的事情总是新鲜有趣的，谁也想听。

"先说打稷山吧！"尚海泉开始说：

"我是第一次参战的，一跟上军队，每天走路又多又快；走了两天，虽稷山城还有一百多里，上级下命令，要一股劲赶到。

"我们抬着梯子走，走了一天一夜只吃了一顿饭，还是继续走；这时大家又乏又饿，我恐怕大家乏，就一股劲抬着梯子不调换，想让别人多换换多休息。又怕大家受饿，拿出我自己的干粮给大家吃。

"走！走！走到腿酸时，才算走到了。这时听说离城很近，队伍正准备向城里打，我们就得到命令放下梯子。一放下就有一行队伍来抬梯，我想：这是怎么回事？我稍立了一下，看到我们抬梯的人都下去了，我就继续和队伍一齐抬梯。一个同志拦住我说：'老乡：你快下去休息吧！马上要攻城了！'我说：'不！同志！我也要去！'说着我就和他一齐抬上梯子前去了。

"不一会，就看到前面的城墙了，忽然'轰隆！轰隆！'响了两声炮，呵呀！可把我吓坏了！我当是顽军的炮打来了，谁知抬头一看，城墙上黑烟冒起，大炮声不断，原来是我们攻城开始了。我这时害怕了，可也不愿下来，就又硬着头皮抬着梯子向前走。

"刚过一条土垅，还没走两步，梯子忽然像飞起来，跑的实在快，我被梯子带到城墙下，一个同志说：'老乡！快帮助竖梯子！'我很害怕，赶快帮助竖好梯，只见同志们，满身挂着手榴弹，直往上爬。我这时又害怕起来了。"

一个青年插嘴问他："那你就下来了？"

"没有！没有！我见到那满身手榴弹的队伍，一齐往城上拥，我又想：人家还往上上，我还能下？后来不知不觉就把住梯子往城上上。一上去，队伍都爬在城上打，前面一些装土的麻袋挡住了去路，一个队伍叫我说：'来！同志！快使锹刨个洞！'他给了我个小锹，我就帮他刨洞。洞刨好一会，忽然轰隆一声又响了。这回几乎把我吓得跌到城墙下，起来又看那麻袋，都成了碎片片，队伍都喊着：'杀呵！冲呀！捉活的！'就跑进一串大楼院去。

"这时王干事也上来了，我就随他一齐到了城下。进到顽固县政府。我拾起一个小手枪、一篓纸烟、一件大衣。手枪给了王干事，纸烟分给大家吸了，我又把大衣给伤员盖上，咱自己啥也没要。"

"说完了吧？"一个青年又问他。他说："这才说完第一个，再说第二个吧！"

他喝了几口水说："第二个是眉阳战斗！

"眉阳战斗打得正厉害时，前面忽然传来口令：'要速派三副担架到前面去抢救彩号。'班长问大家说：'谁去？'我说我去，一下就有十来个人都愿去。临走时，队伍同志给我们说：'到前面要利用地形，不敢乱跑，背彩号时要快。'

"出去走了几十步，子弹吱吱地叫着，就像在头顶上飞，不由的我只低头。队伍同志说：'不怕，子弹可高哩！'咱老是沉不住气，只是低着头跑。

"又走了一角，炮弹子弹响得更厉害了，这时见到王同志早在那里，他低声说：'老乡！都把担架放下，先上去背！'放下担架扭回头来一看，王干事早低着头向前跑了，我就紧跟上去，全身周围都是子弹呼呼响，我恨不得一头钻进土里去，把头低得离地只有一尺高，跑的全身出冷汗。

"跑到一个土凹里，王干事说：'赶快背，不管哪一个，背上就走，路上要小心隐蔽！'我这时才看到躺着几个战士，我背起一个就走。他身上尽是血，我身上尽是汗，血、汗流在一起，弄得我全身湿

湿漉漉。

"我真是性急，刚一出凹地，背着伤员一股劲跑，使得我上气接不住下气来，头晕眼黑胸脯痛。伤员同志说：'老乡！你不敢一直跑，见到有土垅就停一停。'这时我才想起利用地形地物了，我跑一角，歇一歇，一直背到放担架的地方。

"第二次去背时，我就学会了利用地形，没有使得那样厉害，就很顺利的背了下来。

"四次上去时，枪声已打的不紧，王干事说：'战斗已经结束了，俘虏了六百多敌人，得了十几挺美造重机枪，这里没有伤员了，来吧！跟我进村去！'

"一走到街上，我看到一个顽固家伙在一条圪洞里一拐一拐地跑，手里还提着一条枪。我说那不是个顽固？说着我猛一下跑去，拦腰搂住把他按倒在地上，当那个家伙弯过头来时，我一枪托就打了他个脸朝下，手脚擅了擅就完了；又从他身上搜出一个表来。

"战斗完全结束了，我又帮助王干事寻着烈士尸体，一同背到村外大庙上，又慢慢地埋在庙后，插起牌子。

"这次下来，我很高兴，上级看到我的衣服上尽是血，就给我换了一身新衣服。"说着他用手摸着他的新衣服。

一个青年又问他："这是奖给你的吗？"

"奖还在后面，现在先谈第三个运城战斗吧：

运城战斗打到第二天，火线上需要大门板，送大门板要走过危险地带，谁也不敢去。我说我去！王干事说：'门板很大，你一个人不行吧？'我说背得动，说着我背上就走，在路上我时而停，时而跑，一直送到火线上，没有误了大家使用。

"后来运城战斗结束了，部队马上要转移，我们还是抬着梯子走。走进离运城三里的一个村子，忽然村当中的拐弯地方，一道土墙妨碍住梯子转不过去。怎么办呀？运城敌人不断向这村开炮，又怕战斗部队撤下来走了，几百号人叫喊着：'快走！快走！''前边为什么不走？'……"

"急得我到前边一看，一道两丈多高的土墙，挡着梯子转不了弯。那里也没路，只得从这里过，这才是'没了干粮又丢了钱'！干急没办法。"

"抬梯的民夫叫喊，几个护梯的部队同志也跺脚，谁也没办法。我看了一看，忽然计上心头。我和前边抬梯的人说：'来！'把梯子稍往高一顺，我就上去了！我一上到土墙上，很快就把土墙刨了一层，又跳到墙下，找出一把镢头来，把墙跟前刨了一道沟，又返到墙外。我说：'我喊一二！大家一齐扛，就可把墙扛倒。'于是我喊：'一——二。'哗啦一声，土墙倒了，梯子才顺利的过去。"

"以后回到闻喜住，又是开表功会、评功会、贺功会，都说我出力不小，发给了我许多奖品。回来时，一眼望不透的队伍，排在村外欢送我们走，旅长还给我酌酒、献花。……"

"真是光荣呀！真是光荣呀！"人们不断喊。一个老太太走到他跟前问："那你在外面干的是甚事？"

"干甚事！我是民夫也是战士。"说得人们都笑了。

（1947 年 12 月 5 日）

给丈夫戴花

——参军故事

陈远

毕树琴是个十八岁的青年妇女，自她串通了十八个妇女，斗倒大恶霸地主以后，就被五街的农民选成了翻身英雄，自己也彻底翻了身。

当她听到要扩充反攻军时，自己就下了决心，要送她男人去从军。她男人今年才二十一岁，是个好民兵，两个人感情好到一天也离不开。当毕树琴于九月初参加全县翻身英雄会时，她男人每隔一天即去看她一次。

全区庆祝反攻到来和扩大反攻军大会正在开的热烈时，树琴悄悄地把她男人叫走了。

"正开大会，你叫我回来干什么?"她男人也不知是什么事情，回来就问。树琴盯着她男人一直看了半天才说:

"你看咱俩好不好?"

"你说这干什么? 我也没说不好呀!"她男人立刻发了火，但她还是慢慢地说:

"我有一句话，你能听不能?"

"我什么时候说过不听你的话呀! 你说吧，我一定听。"

她丈夫的心在咚咚地跳，不知树琴要说啥话，怕树琴说出来办不到，伤感情。

"大会上不是正在扩充反攻军，你也参加好不好?"树琴怕她男人不去，思索了半天才勉强地说出来。她男人听了后，就哈哈大笑起来说:"我以为是天大的事，原来是叫我参军。告你吧，我也正要和你商量这事哩！我是愿意去，可是……我走了，你……不想……我吗？"

"怎能不想你，可是焦作还有敌人，咱斗争了老财，分到了东西，收复不了焦作，还是不能安生呀！你去吧！打败老蒋再团圆，你看好不好……"

"好，咱到大会上报名去……"她俩到了大会上，会上的农民正在抢着报名，她俩从人群中挤过去，上了主席台，毕树琴还准备好了许多话；要在送她的丈夫报名时给大家说。站到台口一看，汽灯光下，照耀着许多眼睛都在瞧她，她的脸马上发了烧，心也就跟着跳起来，很大一阵才说：

"我是五街的，叫毕树琴，自愿送我男人参军，我还要参加民兵……"

"我们要学习毕树琴同志！"台下鼓掌和口号声，立刻混成一团，这一鼓掌把她的话，都给吓跑了，光觉心在乱跳，不知说什么好，就鞠了个躬走下台来。

第二天全区妇女在细吹细打的音乐声中给二百余新战士献花，毕树琴连夜做了一支又红又大的鲜花，当主席台上叫五街妇女献花时，毕树琴拿着她那支心花，跑上台去远远望着她丈夫，走到跟前，两个对看了一眼，她就将花挂在她丈夫的胸前了……

（1947 年 12 月 5 日）

坚持斗争的模范——赵洪严

鲁南平邑县某村农会长赵洪严，五六月中，敌大兵压境，县区武装暂时转移，赵即昼夜四出活动。他曾用石头砸死三名蒋匪兵，俘过蒋匪兵，又用鞋底吓退和他遭遇的蒋匪侦察员，引起蒋匪和当地还乡团的嫉恶，到处画像悬赏捉拿"赵大牙"（他的绰号）。

他隐蔽在四开山顶上一个五层石洞里，身上只披着一条破麻袋，白天冻急了就到洞口晒晒太阳，黑夜通过蒋匪的封锁，赤着脚到山下活动。五天后终被还乡团发觉，将石洞包围，向洞里打了五十多枪，逼他出来投降，他却爬进了第二层石洞。敌人把他的老婆和十岁的小孩带到洞前逼令喊出他来，他坚持不出洞，敌人便凶暴地拷打他的老婆。她因前一夜才生了小孩，被打得死去活来，哭叫得不成人声；十岁的小孩也被吓得惨叫着，但赵坚定不移仍不出去。敌人此计不成，又用手榴弹轰炸石洞，他就爬进第五层，只能够蹲下一个人，弹片虽然落不到身上，但硝焰逼得难以喘息。他就用褂子包上头。裤腿角被打得着火了，就用腿把火搓灭。敌人打了十一个手榴弹仍然没见他出洞，以为他死在洞里，才退去。

天黑后，他从洞中爬出来时，身上皮肉已被石头刮烂许多处，脚也熏黑了。他悄悄地爬到庄上要了两个花生饼，又回到四开山顶。花生饼吃完时，敌人的"清剿"也更加严重了。他想红军二万五千里长征时吃皮鞋底，我没有鞋底吃，就吃草根，他就到处扒山滴溜子吃（山滴溜子是一种野草根，形似地瓜）。山滴溜子干吃不下，就用泉水冲着吃。他又找到一棵榆树，把树叶树皮已完全吃光，最后又用马虫菜、野葡萄叶等野菜充饥；吃了十七天后大便结住，眼发黑，已难以支持了，只得再下山去找东西吃。

但过了一天又被还乡团发现，集中了六个伪乡公所"清剿"四开山。他隐蔽在一个光岭的草地里，避过了敌人的"清剿"。这样前后经过四十二天，终于我县区武装返回，他又参加了区武工队，成了最积极的英勇的武工队员。

（新华社华东电稿）

（1947 年 12 月 5 日）

老狗熊担圊

王长群

杨魁是个恶霸大地主，家里种三百多亩地，小部分雇人耕种，还有二百多只羊，雇着两个长工、两个羊工。过去他在村上，仗着自己有钱有势，横行霸道，没人敢惹。群众当面叫他"杨先生"，背地都叫他"阎王爷"，因为他吃得很肥，后来都叫他"老狗熊"。

村上开始搞翻身运动时，老狗熊看形势不好，便投机钻到合作社当了会计。合作社因人少事多，大家经常不在家，有时就剩他一个人，他就乘机大吃二喝，浪费群众资本；并将自己的三万元钱，偷偷地入在社内，也不写自己真名，假造写了个王太顺，使大家找不见，挖不净果实。

种麦前，大家看透了他这诡计，经过斗争后，将他挤出了合作社。后来大家为了叫他做做重活，叫他尝尝农民的痛苦，便把他交给互助组管制起来。白露节的第二天，互助组给军属王清林担圊，也把老狗熊叫了去，叫他担。

互助组里有个胖孩，是个老实的好后生。一到王清林家，他就一齐灌起七个圊。灌起后，便对大家说："我头走，你们撵我吧！"

说罢，胖孩担上就走了，等老狗熊也担上后，金玉才说："我在最后吧，当个当尾巴的。"大家恰恰把老狗熊夹在中间。

可是真笑人，别人担起来，都是一只手提担，一只手摇着走，老狗熊却是撅着两个肩膀，弯着腰，双手抓着担，扭着屁股摇摆。

这时，村上群众，听说老狗熊担圊，也都跑出来看稀罕。

放羊老汉根盛，一见老狗熊那个鬼样子，立刻就笑着对大家说："快瞧，快瞧，看老狗熊一摇一摆的，好像河里老鳖缩回头一样！"

根盛老汉这时的心情，觉得比前些日子斗争老狗熊时还高兴。于是等老狗熊走到跟前时，他又对老狗熊说："阎王爷，你还会弄这生活？这是杨先生做的事情吗？"

根盛老汉的话，还没说完，恰遇一个从前给老狗熊做过长工的农民，也出来看。那个农民接上根盛老汉的话，就教训老狗熊说："你试试好受不好受？从前我给你往南场担粪，半天担了十二遭，你晌午还骂我担的慢，你走快吧，多担上几遭！"

老狗熊一句话也没敢吭，两边的男女老少，立刻哈哈大笑起来。乃孩妈紧接着又教训老狗熊说："有一年来，你雇了个十八九岁的小孩，叫给你担囤，你拿担打伢孩，非叫伢孩用大桶担不行，后来把伢孩足起伤力病，吐血吐死啦，老狗熊你想想你可恶不可恶。"丑孩奶奶气愤地指着老狗熊说："打骂人，你一个顶好几个，这就尽了你的本事啦！"

走出村外，胖孩扔了老狗熊很远，金玉便追着老狗熊说："快走，快走，你看人家倒到了地里啦！"老狗熊觉得使得慌，一直央告大家让他慢走。金玉便说："你想想你以前对担囤人的态度？"老狗熊哭丧着脸回答说："我再也不啦！农民就是苦！"

(1947 年 12 月 5 日)

垂死的济南

强发"身份证明书"

蒋匪统治下的济南市，最近强迫市民领取"身份证明书"。济南蒋匪防守司令部，曾通告全市居民，不分老幼、男女，均须依户口，于十月八日前去市府领取"国民身份证"，并要随身带着。外来的商民无论久住或暂住，均须先找保人（二人以上），向警察局领取"流动人口保证书"，亦随身携带，否则一律不准留市居住。因此，居民异常愤激说："老蒋无论想啥法，都要完蛋！"

"胜利节"带来了"悲哀"

今年庆祝"胜利节"（抗战胜利）之日，《华北新闻》副刊上发表《幽默之感》一文，略谓前年庆祝胜利节"狂欢"，去年庆祝胜利节"怀疑"，今年庆祝胜利节"悲哀"，明年庆祝胜利节"或者要搬到东京去"。又因物价连年上涨，市民生活不用说，就连一般蒋匪公务人员们都说："胜利节，对我是个很刻薄的讽刺，前年胜利节我的薪水够买一套新衣服，去年胜利节够买一套旧衣服，今年胜利节仅能买一套衬衣了。越庆祝胜利节越没办法！"

物价飞速上长

蒋介石匪帮们为挽救其临死前的统治，一方面横征暴敛，一方面将自己的官僚资本向"保险地带"转移。有的从济南将资本移到沈阳，看沈阳不保，又移到青岛，又移到南京。因此，造成济南市物价飞速上长。自九月二十日开始到十月六日止，黄金每两原价二百四十万元，涨至四百九十万元；洋布每匹原价六十万元，涨至一百一十万元。其他日用品，盐涨至八千五百元一斤，小米三千余元一斤。煤炭特别缺乏，每斤涨至三千多元。市民们多烧马粪，商号多烧豆饼。近闻五万元的"大票"即将发行。物价必会再涨，市民都说："以后这可怎么过!?"

（新华社冀鲁豫电讯）

（1947 年 12 月 5 日）

田苏娥说动了丈夫的心 （参军故事）

冀鲁豫分社

　　濮阳六区张仪村田苏娥，经过几次动员参军会后，便在一次妇女会议上表明了态度，要起模范作用，动员丈夫去参军。十五日晚上，她哄小孩睡下了，等了一会，她丈夫常心喜才由外面开会回来。"怎么到这时候才开完会！"苏娥问。"动员参军啦，弄了半天。"常心喜带着不耐烦的样子。苏娥接着往下问："你们民兵有几个愿意去？"心喜说："讨论了半天，都说老蒋应该打，应该参军，可是谁也没说去！""你愿意去不？"苏娥追着问。"按理应该去，就是不愿意打仗！"田苏娥听了心喜这话，把打仗是老蒋逼的道理说了一遍，又说道："你想想那二年，咱上山西逃荒成天受饥挨饿，小孩成天哭，现时分了九亩地，有吃有穿了，不杀死老蒋咱能不能过好日子？……""我也知道这个道理，可是刚端上饭碗，还愿意团团圆圆过二年哩！""我也是这样想，可是不打倒老蒋能放心不？上山西逃荒时，逼得你非当阎锡山兵不行，还叫我再走一家，那时你也不说团圆啦！"她一面说，一面将被子伸好，准备要睡了。常心喜一面思想着，就睡下了。在被窝里，她就又咕噜起来："前二年你盖过这被子吗？山西逃荒时咱三口伙盖一个破铺底！蒋五军在这时，吓得你成天去地里躲，睡过安生觉没有？这时房子也不透风啦，可不要好了疮疤忘了痛呀！……"一夜，田苏娥不断地说，常心喜不断地想。天明了，常心喜一面穿衣，一面说："我是一定要报名。""就怕你没胆！"田苏娥笑着又追了一句。早饭后，民兵会上已有六个报了名。心喜低着头，脸上直发烧，心里跳动着，拿不定主意："报吧，不愿离家；不报名，又觉没理，丢人！不能报仇灭蒋，永远过不好日子；老婆又说了那些话！……"散会了，心喜还呆着脸想着，不得已也慢慢走回家去，心想："下次开会再说吧"。田苏娥见他愁眉苦脸地回来，但却故意说："听说你报名了!?"心喜红了脸，羞怯怯地说："没等上我报，就散会啦！""哼，我要是男子汉，头一次开会就报上啦。眼看老蒋快完了，再不打一锤就晚了！将来也坐坐火车，上南边转一圈！……""你知道我不去吗？上午没等上，下午一定报""别说啦，等着穿新袜子新鞋吧，家里活请放心啦，小孩由我照管。咱包顿饺子吃吧。"田苏娥一面讥讽，一面安慰地说着。

十九日上午，铁佛寺庙前参军大会的会场上，全村一千多男女老少都到齐了，田苏娥和常心喜手拉手地从人群中走到台子上，全场马上响起一阵热烈的掌声，田苏娥笑着说道："为的打倒老蒋过好日子，我送丈夫参军，家里活我也不用大家照顾。"常心喜也扬起嗓子说："我一心去打老蒋这个孬孙，保险不开小差，打不死老蒋不回家。"在震天的口号声中，常心喜走到新战士招待棚里，田苏娥走到新军属招待棚里。

（1947 年 12 月 9 日）

走马点火发动群众

——豫西随军工作通讯

闻岑

豫西伊洛专署"随军工作队",九月十九号到了洛(宁)南县中峪村,开始了"走马点火"——不管停留三天两天,均立即进行发动群众——的工作。除随军行动外,我们二队在小原村住了两天半,在东西王村、赵村、陈宋一带,住了两天,在红岭住了两天,十月十四号离开洛南随军东行。在这进行工作的六天半中间,上述诸村的火都点着了。群众行动中创造出不少经验,群众已初步的发动与组织起来了。兹就小原、赵村、陈宋三个村的情形报道如下。

一、借粮分粮发动了群众

小原是一个穷村,有三四十户人家,全村未租别人地种者二户,赤贫未种地者三户,其他全都租种外村的土地。全村自耕水旱地共约一九〇余亩,共租入水旱地约二〇四亩。自耕地每人平均起来,旱地不过六分,水地不足一分。大部人家均靠"吃青"(吃地里尚未成熟的玉茭棒子)。有些户甚至自己的一点秋庄稼,等不到熟,就已吃光了!连"青"也没得吃的了。

我军收复洛宁的前几天,敌人还在疯狂抓壮丁、派民夫,除修城里工事外,还每乡修一个中心寨子,并限期"封粮"(即交足粮银的意思)。群众苦痛已极,实在到了无法再活下去的地步了。我们到村即召开群众大会,报告了胜利消息之后,即宣布政府当前的三项政策:停交租息,向大户借粮吃、借麦种,分逃亡恶霸地主的秋庄稼。经过一天的个别访问调查,即发现积极分子十余人,不仅敢于接近我们，诉说奸霸材料，而且迫切要求我们带着去大户家借粮。

次日即决定去邻村大原村韦家去借粮。初出村时群众仅十余人，在路上即不断增多。（村中有些人看他们走了，也就拿着布袋随后跟来了！）到大原村时，人数是四十七人。原来有些不敢参加的却绕道先到了大原，看大家干起来了，他们就也参加了。有些户男女老少都来了。借粮对象韦家弟兄二人均当过顽区长及县政府秘书，作恶多端，群众极为痛恨。群众到时，他家男人都逃跑了，只剩一些妇女在家。开始由干部带领，交涉借粮，分给群众。后来大原村的群众，也纷纷要求参加，人愈来愈多，干部就被挤掉了。群众自己动手装粮食，到处找藏粮。在这一行动中，不少群众一边分粮一边诉苦咒骂韦家，有人当即在其大门上写了一副对联："兄区长弟区长兄弟区长；大死狗小死狗大小死狗。"

这次由领导群众借粮分粮，发展成为群众性的斗争恶霸地主的家。两村群众拿到了粮食、衣物、家具后，情绪极为高涨。小原村当晚即自动酝酿分秋问题，并问干部："我们敢不敢把地主的竹园子分了？"我们当即帮助他们组织起农会，告他们："现在是农会当家，大家愿意怎干就怎干，只要大家愿意干，敢干就行！"群众很兴奋地说："我们啥都不怕，只要不犯咱们政府的法，我们都不懂啊！"

这天夜里我们接到上级通知："明晨五点钟出发！"我们恋恋不舍地离开了小原村的群众。

二、点火筹粮在赵村

在八月中秋的前一天，我们行军到了赵村，主要任务是筹借军队食粮。我们应用过去在小原点火的经验，到的这天立即向群众进行了宣传动员，很快就发现了这村群众痛恨的恶霸自卫团队长贺寿仁，即决定搞贺家。赵村是一个集市，这天恰逢集，附近很多村子的赶集群众也都参加了斗争"贺队长"的家，所以影响更大了。

群众一面抢着分东西，一面气愤地说："你逼着我们饿着肚子去给你修中心寨，现在可熬到我们出头的日子了！"

经过群众的初步发动，将行动中所发现的积极分子先组织起贫农组来。他们很快告诉我们，该村大户尚有××等十余家有存粮（全村五百多户），我们就召集了十一家"好户"的借粮会议，提出借粮五十大石（每石五百斤）的任务，他们即自动报了四十五石，后来他们自己又提出两户有存粮的好户，一共十三户一天就把借粮屯起来了。

三、火燃起来了，大家赶快起来干吧

陈宋村有二百三十多户人家，穷户极多，大部均租地种，租地也租不到足够的地，因之磨豆腐为生者有一百五十多户，编竹货卖的有四十多户，船夫三十多户（陈宋是洛河南岸一个渡口）。这三种人均极端贫苦，"没钱就没势，穷户就是受气户"，所以他们受压迫也最厉害。我们到该村去两个干部一个通讯员，三个人工作了两天，火就燃起来了。

到村的那天，经群众会上宣传与会后个别访问之后，晚上就专门召开了一个"三多会"（磨豆腐多、编竹货多、船夫多）。到会四五百人，诉苦中发现积极分子，也了解了恶霸对象。

一个贫农叫李治安，在收复洛宁的前一天，正他被扣押在赵村乡公所（抽壮丁抓走的四五十人都押在一起），准备次日即往城里押送。这天他托了"人情"保住他回家住一晚，次日一早再来去城里。可是第二天听说咱们军队打进了洛宁城，他还不敢相信，连夜跑到城里去看，恰遇部队在城里捉着一个兵役科（管抓兵的）的连长，交给群众斗争。李治安也认识这个坏蛋，他高兴极了，也跟着参加了斗争，出了出气，回家后还不敢告人说。他参加了"三多会"之后，就先来找咱们干部，谈了很多该村情况，最后表示："我是被中央抓走了的人，你们要晚来一天我就算完了，现在我啥也不怕啦！"

另外一个叫张忠，是个卖豆腐的，弟兄二人找着咱们干部诉说他妻子被恶霸保长强奸的仇恨，要求替他报仇。恶霸保长韦生福，老日在时他与日本大队长交了朋友，连任保长一年半，依靠敌人势力发了家，无恶不作，该村妇女被他强奸了的有二三十人之多。他有一次到张忠家去，看到张忠哥哥正在院中磨豆腐，他随手一枪未将人打死，张忠哥哥逃跑了，他即进房将张妻强奸了，以后就时常去他家。甚至有一天张忠夫妻二人均在地里做活，韦即派人把张妻叫回，张亦只好忍气吞声。这次见到"八路同志"，即要求报仇。

经过夜晚很短时间的酝酿，就决定先斗韦生福。次日一早即将韦扣起，先斗争了他，然后分了他的财产。

十月二号上午敌人进了洛宁城，一天也没敢停留，下午就又连夜逃走了。地主恶霸们等着变天的，这次大失所望，群众情绪不仅未受丝毫影响，反而更加相信我军之胜利，并坚决表示："地主们天天盼望中央军来，吓唬我们，现在他们的中央军来了，一天都不敢停，就赶快跑了。他来也站不住脚，咱们怕啥！八路这次是站稳了，要在豫西安家哩！大家都赶快起来干吧"！

（1947 年 12 月 10 日）

由老解放区到石门

陈森

一、捷报传来

太阳在头顶上照得暖煦煦的，忽听村里的钟声"当当"响，人们立刻放下饭碗跑到当街去，小学生们边跑边喊着："老乡们，石家庄解放了！"人们见了面都传说着："石门解放了！"时间不长，村南的场院上集满了人，年轻小伙子几十人拉着手乐得直蹦跶，有的高跳起来。一个老汉端着一碗饭，伸出粗大的手和我拉着："欢喜呀，同志……"像拜年、道喜一样，再也闭不住他那掉了牙的嘴。白发苍苍的老太太也走过来，两手捧在胸前，见了人连连点头说："好，好，好，这可好了！"感动得她再也说不出其他的话来。

学生们抬出大鼓来，铿铿锵锵的敲起来，敲得人们只见张着嘴笑，听不清谁说的什么话，一群男女老幼便都跟在大红旗后面排成一行，扭起秧歌来，天都被欢笑给遮住了。在人群里有人领着喊："石门解放万岁！""打到南京去，活捉蒋介石！""共产党万岁！人民解放军万岁！"一个个都高举起拳头，嗓音又响又亮，胜利鼓舞着人们。

这正是十一月十二日，石门解放的那天，我在一个老解放区的村子里所看到的情景。

二、庆祝胜利

几天以后，我到了一个县城。街上熙熙的人群，比大集市、庙会还热闹，路旁满满的摊贩，道路上的民兵、战士、老乡，一来一往地拥挤着。

在街正中的一个牌坊上，扎着翠绿的松枝，一幅红地金字横匾写着："庆祝胜利"，两旁有一副对联写着："清风店全歼蒋匪罗历戎被俘"，"石门市横扫顽伪刘英贼遭擒"。街上所有的铺子，都用红色的纸写着各式各样的庆祝胜利的对联，比过年还新鲜，掌柜的伙计们都笑眯眯地站在门口，欢迎打胜仗的战士和民兵。

我在一个推小车的地方买了一斤馒头，五千块钱他找回三千二。明明是二千五一斤，我奇怪地问他："找错了吧！"卖馒头的笑嘻嘻地向我说："打胜仗拥军大减价！"仔细看看别的铺子都贴着拥军大减价的广告。

"咚咚锵锵"老远锣鼓声传过来，不大工夫，走过来一队人，街上的行人立刻都闪在一旁，一看队前面抬了一个匾，上面写着："庆祝胜利"，后面是小学生化了装，个个抹着鲜红的脸蛋，花红柳绿的衣服，好不耀眼！后面是一伙年青的妇女，身上也都穿着出门、过年的新花布衣服，每人手里提着一个慰问袋。我打听了一下身旁的老汉："大伯，这干啥的？"老汉看看我，爽快地答道："西关里慰劳咱们军队的，你没看头队，比这个队大多了，咱们前方打了胜仗，把人们高兴的没办法，今天晚上还唱戏。你在这儿看戏吧，同志！"

三、人行道上

在一条宽敞的大汽车路上，一堆一伙的老乡们你一镐，我一锹的连头也不抬的在紧张的修汽车路。为了阻击敌人，老乡曾亲自把它破坏，现在，石门解放了，老乡们又亲自把长满青草，或高低不平的道路修复起来了。

我走到修路的老乡跟前，老远打着招呼说："辛苦了，老乡们！"一个花白胡子的老汉抬起头来，抹下一把头上的汗说道："这算什么！那些还乡团不来了，心里可宽绰了，安生了。""过去那些还乡团麦季也抢，秋季也抢，一人高的大口袋两人抬，粮食都抬走了，棉花套子也都抢光了。"一个年青的还未说完，又有一个人接着说："没有他们不要的物件，要了还不算，锅碗瓢盆都给你砸了，门窗也给你毁了。那些日子老百姓一听枪响早都跑光了，这回石门解放了，枪响也不怕了……"

过桥时，一个十来岁的小孩子，拦住一辆大车说："不要打这儿过了，刚修好，咱们的汽车还打这儿进呢！"

回后方去的民兵、担架队，个个挺着胸脯精神十足。问他们打那来，都异口同声地说："石门！"声音又高又亮。

在民兵的后面过来两个人，里边穿着一身绿军装，外边披了一条破被子，一双破鞋拖拉着，没穿袜子，缩着身子，活像一对烟鬼。我问他："你是那里的？"一个高个子打着哆嗦说："三十二师，在石门解放过来的，发了路费，叫我们回家的。"说着掏出执照给我看，原来他的老家也在解放区。我便安慰他说："好了，回家去吧，回去就有饭吃了。"

四、进了石门

刚进了内市沟，美式蒋机在天上"嗡嗡"的盘旋，我不想找地方躲避，只听得老远有人在喊："同志，快过来躲躲吧！"我一看，在桥底下露出一个头来，是个工人打扮的中年人，我走过去一看，里面有四五个人，一个有灰胡子的老头，一面望着天上的飞机，一面扯着我："这边躲吧！"他好像很有经验，知道飞机向那飞，怎样投弹。

飞机转得远一些了，那个中年工人气愤地骂道："我□他娘，吃着老百姓的，喝着老百姓的，还拿炸弹来炸老百姓，他妈的蒋介石孙子不干一点好事。"老头说："唉，打不过八路军，拿咱老百姓出气呢！"我问那个老头："国民党在这里怎么样？"大家都抢着说："比日本还凶。反正破鞋没剩一个，当官的取来当了姨太太，换一个又一个，坐着汽车满街窜哪。金戒指，皮大衣，好阔气！" "像我这样摆小摊的过来，一个不对眼，一脚把摊踢翻了，吆喝人'摆的往外了'。谁敢惹他们呀！" "国民党当官的说这块砖头是石头，你明知道不是石头也得说是石头。"你一言，我一语，越说越起劲，我听得出神。飞机"嗡嗡"飞向北边去，走远了。我走出去还听到他们继续在谈论着："这回好了，八路军来了，咱们穷人该当家了！"

(1947 年 12 月 10 日)

清 算 运 动

麦凯尔·拉赛 作　大思 译

　　拉赛是美国农民作家与农民运动的组织者。这篇文章所反映的是解放区土改初期的情况。原文载美维尔满州普特耐城中学的校刊上，并经美国其他劳工刊物转载，足见美国工农阶级对于我们土地改革运动的关心与重视。

——译者

　　在亚洲，今天最大的一桩事情，是中共所正在实行的土地改革。这一惊天动地的运动，比起二十年来亚洲所发生的重大事件——从日本帝国主义的兴起与崩溃、美国在太平洋上势力的扩张，以至中国内战，那就显得后者都微小了。

　　在华北，自从日本投降以后，六千万贫苦农民已经得到土地。这是有史以来最伟大的分田运动，而且刚才开始。在未来几年之内，这一运动，必然要扩展到全中国，以至东南亚，而且要进一步，扩展到印度。

　　在华北，农民们用了清算的方法，收回土地，手续是简单明了的。在每个实行土地改革的村庄里，开起会来，把地主一个一个地带到群众面前。就在这样的露天大会里，在全村人的见证下，被地主压榨过的人们，诉起苦来，揭发了地主的罪恶，要求拿土地清算。

　　在军阀与日本帝国主义抓丁的时候，地主不是威胁着雇农的儿子，去替他的儿子当兵吗？现在他必须拿土地来赔偿许多年雇农儿子替他当兵的损失。地主不是霸占村里的公产去自肥吗？那就必须拿土地来清偿。地主不是强迫佃户的妻子白白给他家庭服劳役吗？那就必须估计她洗了多少衣服，做了多少年杂活，用土地来清偿。地主对于佃农不是进行了巨额租子的剥削吗？那就必须拿土地清还。地主对其周围的"弱小"农民们，不是有过各式各样的非法榨取吗？那就也必须用土地清偿。

这样，几千年来封建剥削的罪恶，就被揭发，而且被纠正过来。一到把国民党军队赶跑，把地方土顽的雇佣武装解除了以后，农民们就勇敢起来，进行清算。在这样的清算运动中，罪恶的旧社会，一扫而光；而产生了一个新的社会。封建社会变成了一个耕者有其田的民主社会。人人都有了选举权。这就再不可能有一个人骑在众人头上当权的事情了。

如果地主能像别人同样劳动的话，给他留的是足够维持生活的土地。他再不能收非法盘剥的租子；再不能私吞村里的公产；再不能压迫别人的儿子，给他做苦工，或给他白做家里的杂活。他再不能嗾使狗腿警察，包揽词讼。他再不能对于村里人民，使用生杀予夺的权柄。这样的权柄，再不可能集中到一个人手里，因为没有人会再霸占偌大的财富，去豢养公开掠夺的暴力了。法律与秩序成了每个人的责任。

从今以后，在华北，人们不看财富，而要看工作了。农民们正在体验着：合作起来，就能够事半功倍。随着土地改革，到处开展了劳动互助运动。一切创造力都发挥起来。封建资本消灭了；在这样的基础上，更进一步，工业资本便会得到新的发展；前所未有的各种生产企业，便会蓬勃涌现出来。

土地改革是亚洲新生的关键。这一运动必然赢得胜利，因为住在那个大陆上的半数的人类只有这条出路。军舰、大炮、军队、飞机，可能延缓了土地改革；可是绝对停止不了它的。就是"强大"的原子弹也不能停止了它。

（1947 年 12 月 10 日）

晋察冀遣送日俘纪行

卖国贼蒋介石阎锡山，为屠杀同胞，在日本投降后，留用大批日寇，组成山西野战军（又叫保安军），共辖十个大军。分别驻守山西各重要城市、矿区、交通线，并屡向我解放区进犯。今年五月，晋察冀人民解放军在正太路上阳泉狮瑙山要塞，一举俘获了它的第五大队。该大队是原来日本第四独立混成旅团改编成的，晋察冀解放军已在十月三日将该大队全部及其家属遣送天津，转道返国。

当人民解放军宣布遣送他们回国以后，在日俘中引起了出乎意料的震动。日本投降已达两年之久，多数日本官兵早就热望回国，像少校机炮中队长北野清走，在阳泉时就曾经请愿达三次之多，可是每次都被卖国贼阎锡山强留不放，并且还把他们摆在中国内战的前线送死。他们做梦也没有想到，被人民解放军解放了短短的三个月，竟然实现了回国的夙愿。当听到回国的消息的时候，所有日本男女老少，都鼓掌欢呼，眉开眼笑；有的还穿起新衣裳，连病号的病，也顿时轻了一半。虽然有的人，想到日本正在被麦克阿瑟弄得乌烟瘴气，粮价高涨，生活困难，回国以后，恐怕讨饭吃也不得饱，因而有点发愁；但经过人民解放军的慰藉，也都转忧为喜，忙于整顿行装。在临别的当儿，二百五十八个人亲自签名盖章，虔诚地作了以下的誓言："我是被中国共产党及中国人民解放军从反动阵营中拯救出来的。被解放后，在中国人民解放军的指导与帮助下，才认清了我应该走的正确道路，看出了光明的前途。我正义的作为自觉的一员，当离开中国解放区时，坚决作如下的誓言：一、坚决不再参加屠杀中国人民的蒋介石的罪恶内战。二、无论在中国任何地区，决不危害中国人民。三、为了日本人民的自由幸福，决不反对日本的民主运动。四、为了达到回国目的，坚持团结，努力奋斗。"几个月以前，他们还在阎匪区里耀武扬威，现在却驯顺地走在中国解放区庄严的土地上。在这儿，他们看到了中国人民崇高的民族自尊心，和对外国侵略者的深切仇恨，也看到了中国人民不可战胜的伟大力量。过去在阎匪区他们可以随意糟蹋中国老百姓，现在却须严格遵守人民解放军的群众纪律，每天出发以前，要把宿营的民房院落，打扫干净；借了东西要原物归还，如果损坏照价赔偿。有一次，过大城王良村，原五大队兵器室少尉三原盛之，误进女厕所，主妇持棍，将他赶出，三原赶紧报告领队人，向主妇认错赔罪。另一次，在大城范良村，清木在驻院内裸体洗澡，经房东抗议，马上道歉。一路上，许多群众以惊奇的眼光，和仇视的心情，围观这一群被遣送回国的日本人。过高阳和任丘城时，围观的群众中有不少人说："注意看看，有在咱这里遭害过的坏家伙把他拉出来！"群众仇恨他们，因为他们不但在八年岁月里荼害中国；而且，在日本投降以后，仍然帮助蒋介石、阎锡山匪帮进攻人民。但群众又宽大他们，因为他们已经放下武器，又被遣送回国。在高阳姚家佐，遣送队已出发，病号等大车，来不及做饭，该村妇联会帮他们作稀粥，他们异常感激，非常后悔以前在中国烧杀抢掠的行为。在任丘某村，日俘群中一个小孩哭着喊饿，偶然为人民解放军的干部看见，立刻给他作面条吃，小孩的父母和其他日本男女，都深受感动，觉得过去大大的对不起中国人民。几天的行军，特别使日俘看到了许多新鲜的事情。原五大队少校工程队长北桥定等十一个人，因为掉队，只拿着一张路条，向交通站要求拨大车，拉家属和行李，交通站把路条仔细查看了一下，就允许了他们的要求。这件小事，使北桥定十分惊异。过去，不管是当日本法西斯的走卒，或中国军阀的先锋，从来都是用枪杆子逼老百姓要东西，却总是遭到反抗。现在，居然一张小小的路条就可以要到大车，他不能不佩服解放区人民的伟大组织力量；

华北抗日根据地及解放区

文艺大系

并且感到这种力量，是任何外国侵略者，和中国军阀所不可能战胜的。一九四七年十月三日下午三点钟，在冀中解放区大城县子牙河畔，有两只民用大帆船，准备载运他们到天津。就要离开解放区的日俘们，拉住遣送他们的工作人员的手不忍分别。原五大队少校工程队长西川正雄，本来是受反动宣传最深的人，这时也说："在解放区，给你们添了许多麻烦，临别了，我说一句话：以前我对中国共产党完全是瞎子，现在我算是认清了。"北野涩谷说："解放军帮助我们归国，我死也感谢，但是阎军中还有不少日本人，希望你们赶快解放他们回国，因为他们也不愿意战争。"各队代表上船后又下来，都说："我们愿意你们人民解放军快点胜利，愿意多听见你们胜利的消息"。

转载《晋察冀日报》

（1947 年 12 月 10 日）

咱村变了样

穆欣

渑池西斐村有六十四户，贫雇农占三十户，中农廿六户，地主、富农占八户。其中陈宣化等三家大地主吸干了农民的血，掌握村中大权。他们都是兼营高利贷者，租额超过百分之五十，利息高达百分之五百。农民春间向他借了六斗粮，秋后被迫还三石，结果折走了十亩地。一个叫痴（傻）子的中农，有时在地主家拿个馍，借升米，被地主算了笔糊涂账，"日鬼"了他十亩地。

十月初济源参战队进驻该村，深秋天寒又兼大雨，大多数农民仍然穿着露屁股的衣服，参战队便拿出七件衣服给最穷苦的几家。消息传出后，立即来了几十人请他们"想办法"。参战队指导员李宗林便把老解放区农民翻身的情形介绍给他们，启发他们的斗志和勇气，并说："我们给大家撑腰。"雨越下越大，人越来越多，最后大家异口同声地说："咱们起来干！"

晚间召开了积极分子会议，到会十人，三个雇农、三个佃户、四个贫农。首先决定解决口粮问题，并讨论地主恶霸的罪恶，决定先分陈宣化的粮食和浮财。

次日天一亮，积极分子便领着群众到陈家，斗出粮食五千八百斤及食盐、粉条等。很多人都在地主家里找到了自己失踪已久的家具。一个农妇抓着一把茶壶喜不自禁地说："可找到了你，龟孙子那年娶媳妇借我的，硬说丢了，这回可斗回来了。"之后，其他两个地主陈炳钧、陈炳光的家具、粮食也被搬了出来。

最初村里有几户中农犹豫观望，后来看到群众威势大，便都参加了。全村来了一百六十人，粮食家具都汇集一起。由骨干贫雇农的农会常委和小组长统一分配。原则是赤贫多分，家具是"缺啥分啥"。有个开头犹豫的中农发牢骚说分得少了，农会副主席就批评他说："人家穷，当然多拿，他拿得再多，也不如你多，要不你两家把家产换一换。如今穷人翻身了，众人选俺办事一定要公道。"说得他哑口无言。开头也有群众害怕地主的看家狗，后来一个卖豆腐的贫农搬到了原先被地主占去了的房子内，大大鼓舞了群众的斗志，大家笑容满面地说："这才真是权利归农民，土地回老家。"有些饿了几天的人，找见陈宣化家的粉条，就煮了一大锅，先吃饱了再说。有个人跑进人群里说："老财家那窝猪还在外边哼哩。"大家说："先杀它一口过个翻身节。"后来不够分，便都给了"几十年没有吃过猪肉"的赤贫户。

分完浮财后，又讨论分地，决定先分庄稼，再分土地。一个老农走出来后连说："有办法。"问他为什么，他说："我一家分了五亩地，不是就有了办法么。"

第三天开会选村长，有两个赤贫的正派农民被提出来，一个还有些犹疑怕干不了。另一个就说："咱穷人好容易当了村长，为啥不干?"又有人提出某某算盘好，立即有人呵斥他说："你就不想想人家是给老财一股劲，可不把咱'日鬼'死，还敢用他?"后来找了个粗通文字的贫农当书记。他们说："要给老财们看看，光咱穷人也能办成伙事情。"后来决定成立民兵，保卫翻身果实，参战队抽出了一支枪给他们。

参战队住了三天就运动了。参战队走后，群众运动继续开展。后来李宗林同志又回西斐村一趟，群众高兴地对他说："咱村现在和过去不一样了，已经和东斐村联合起来斗争恶霸了。"

（1947 年 12 月 10 日）

"留下他去打老蒋吧"

张铁夫

　　解放军某部特务连战士李樽发和陈永健在陈大湾村的山头上放哨，李樽发误触枪机，把山脚下在稻田里放牛的一个小孩子打死了。部队上级机关接到报告，立即派人处理，并决定召开公审大会，枪决李樽发。

　　李樽发现年十四岁，山东寿张人，今年三月间在全村庆祝翻身大会上，自动报名参军。政府因他年纪小不批准，他哭着要去；到了部队，亦因他年轻，说服他不要在连队上背枪，他也不听。反攻大军南下时，部队首长要留下他，但他说："不叫我参加大反攻，就是不叫我革命。"就这样，他随着大军，跋山涉水到达大别山。

　　李樽发被关在一间小屋里，第二天上午，死者的父亲陈老汉跑来看他，当陈老汉的孩子被打死后，陈老汉曾气冲冲地跑到部队控告，直至连长指导员再三赔礼，并说明虽然不是故意伤害，但一定也要按军纪枪毙偿命，赔偿损失时，陈老汉满肚子的气才消下来。陈老汉回到家里，心里很难过，矛盾了一夜没有睡好觉，最后想定了主意，要救下李樽发一条命。原来在红军时代，他分过八亩水田，红军走后，全被地主夺去了。十几年来，一直过着贫苦的生活，大儿给人家揽工，他小儿给人家放牛，自己给人家放鸭子。现在，自己的队伍从几千里外回来了，穷人又翻身了，他想：怎能把不是有意打死人的自己人再枪毙呢？陈老汉清晨起来就去到连部对连长说："我的小孩子死了，算我命里没有儿。这个小同志不能杀，让他活着，咱的队伍不是多一个人吗？"然后，又跑去看李樽发，对他说："你不要害怕，我一定要保你。"村里的群众也纷纷来要求不要把李樽发枪毙。

下午，军民公审大会在稻场上举行。陈大湾、陈老湾，周围几个村子里的老百姓，扶老携幼来到会场。部队首长说明事实经过，及我军纪律，然后宣布李樽发死刑，稻场上立即喧嚷起来，老百姓嚷着："这是自己的人，又不是故意杀人，不用偿命。"人群拥向李樽发。当两个战士拉着李樽发要去执行枪决时，陈老汉猛然扑过去，一把抱住了李樽发，接着老头、老太太和小孩，三十多个人一齐围上来，陈老汉站在众人中高声说："我要救活的，不救死的，这是我们自己的队伍，留下他去打老蒋吧，他就算我儿，就顶我送他参军吧。"一个三十多岁的妇女哭着说："前些时'中央军'从这里过，我的男人不愿给他们支差，在山上白白被打死，连个尸也不放就走了。这个小孩又不是有意杀人，不要杀他，让他去给我报仇吧。"某部请示了上级之后，尊重老百姓意见，释放了李樽发。该部抚恤陈老汉七十块银洋，买了棺材，战士们抬着把那个孩子埋了。连长亲自领着李樽发，拿着猪肉大米去看陈老汉。部队离开该村时，李樽发对陈老汉说："你老人家救了我的命，我要努力杀敌人，立了功再来看你。"陈老汉拉着李樽发的手，一直送了好几里。

（1947 年 12 月 10 日）

全家喜欢

——博平杨官屯参军故事

冀鲁豫分社

二十四日，杨官屯六十名青年报名参军大会后，我走进一家门口扎有松牌坊、贴着新对联的院子里，女人们正忙着浆布、染布和做针线活。她们看见我去，就从屋里叫出了一位质朴的壮年。他眼睛微笑地看着我说："全家都是欢天喜地的！"紧接着，站在旁边的大娘满带笑容地说："咱这全家都喜欢。我本来在小组会上报名送他父参军啦，咱觉着小孩娶亲刚三月，恐怕媳妇不愿意。后来俺小争着要去，我想他父自小就长了满腿疮，不能走远路，小去也行，才算是俺金元去啦。""他媳妇愿叫他去不？"我问。"人家早愿意啦，在妇女会里也报名啦。你看人家不愿意，能在那忙着给他做活吗！"我扭头看看，这位青年妇女正低着头给他参军的丈夫赶做棉鞋，霎时脸也通红了。回头，金元的父杨开竹便叙述他没去成的经过："同志，我从城里开会回来就报名啦，这是我早就有这心，后来俺小争着要去，经过家里三次商量，俺那个七十六岁的老娘也说：'还是元去吧，你的腿不好不能走路！'这样，俺元才去。"坐在旁边正在染布的金元奶奶，虽然耳朵有些听不准，眼也花了，但她已看到开竹（她儿）的手在指她一定说的参军事，她连忙嘻嘻地笑着说："我说他爹腿不好，叫俺元去，早打败老蒋过安生日子！"真的，我的心被他们全家人的喜欢所感染了。"你们怎么打通的思想呢？""受穷受苦太多啦，就这么想开的。"这是他老两口子的同声回答。杨开竹接着说他家在灾荒年前只有二亩地，养活着全家六口人，看看再在家已撑不住，宅子卖了二千元，下了关外。谁知关外的地主对农民也是那样的无情，全家挨饿受冻，并饿死了他七岁的一个小孩。前年听说家里解放了，把被子衣服全卖啦，马上回到家里。最后他以悲痛的表情说："我过去算没享一天福，可没少受了罪。"金元娘想起了从前的苦，眼里含着泪说："说起苦来，谁也没俺大，灾荒年时，俺在街上拾了西瓜皮，不去皮就煮着吃，那时生了俺那个小孩，九天就下关外啦，同志，真没法啊！……"金元的奶奶听说"关外"，嘴里也在嚷嚷着："一天到晚吃点高粱米，吃不服也没法！"顿时，每个人的头在低着，没一人再哼气，都在深深地回忆着从前的苦难。终于杨开竹打破了沉闷说："地主被清算了，我也分了八亩地，今年又打了几石粮食，保险饿不着。可是地主杨冠勋他亲门五个跑到济南，杨冠勋的儿小友当了手枪队。他的根是扎到老蒋那里，捉不住老蒋，也不能把这'五只虎'捉回来。同志，咱不干谁干？"这时，杨金元从外边回来了，红红的脸挂着微笑，他娘见他回来了，走上去拍着他的肩给我说："同志，就是他，够格吧！"我连忙说："够——行。"引的全家人都在大笑，我也笑了。

（1947 年 12 月 13 日）

四十八个政治兵

冀鲁豫分社

二十三日，天很冷，下着雪，我去走访一连一排的新战士。当我走进他们住的院子时，一排二班、三班以及二排四班，都跑出来围住了我。他们一共是四十八个人，都是五区吴村这次新参军的同志。"你看俺吴村来的这四十多个人，哪个不是又年轻又管用？""同志，你看俺吴村这一个个的，个子那个不是又大又壮？"他们你一言我一语地争着说。一个个笑嘻嘻地，显出十分骄傲的样子。我听着他们说笑，看着他们一个个愉快而喜悦的脸色，忽然想到在村里参军的会上，史莲花所说的："我们都是自觉自愿参军的，拿到前线保险不成问题。"为了进一步证实这个问题，我又追问他们："打老蒋你们不怕吃苦？放下锄头拿枪杆，你们过惯了吗？不想家吗？"他们四十八个人，都很不以为然，同声地说："同志，你看你说的这是啥话！我们都是自觉自愿的政治兵。不能怕这又怕那，既然愿意参军就不想家，啥时候把蒋介石那个孬种打倒了，才回家呢。""你们四十八个都是自愿的吗？""为啥不是，那个人不认识到老蒋这孬种不打倒，翻身就翻不彻底。"史景田抢着说出了大家的意见。"在家刨了小蒋根，这回坚决参军刨老根。"一个翻身农民史言明，兴奋地说着自己的志愿："这回参军，我要坚决打到南京去，活捉蒋介石。"一个名叫史运的二十一岁的青年，咬牙切齿地说："参了军，活捉老蒋！""捉住老蒋，要剥皮抽筋，还要点天灯报仇恨！"阶级的仇恨，在大家心里变成了一种无穷的力量。

（1947 年 12 月 13 日）

中共影响在日本的发展

休·第尼作　棣华译

中国共产党，在日本，已经发生着非常强大的影响。对于这一事实，美国占领当局，已经惊惶起来。虽然有点不中用了，麦克阿瑟的人还在想法应付呢。

日本共产党，大约有七万党员。他们现在宁要依从中共的思想，作为向导，倒不一定要紧靠西方马克思主义者的著作的。毛泽东，日益被推崇，成为和马、恩、列、斯相等同的理论家。战前马克思主义者对于日本社会的分析——包括共产国际所赞同的在内——正在部分地依据毛泽东的著作，加以批判和修正。

中共在日本的影响，部分是由于野坂铁（野铁参贰，即冈野进）的努力。他是日共的领袖，在战争的后几年，取名冈野进，在延安工作。但是，这一事实（按即中共在日本的影响），正反映了中共力量的壮大，也指明了马克思思想对于亚洲环境的适应。

关于中共的出版物得到了最广泛的销路

显然，让美国占领当局所伤脑筋的，是中共影响大大地扩展到了日共党员范围之外。日本人民，一般地，对于中国共产党，好像有一种不能满足的追求心理一样。这可能部分地是由于中共在华中华北抗击日军的成功。关于中共的出版物，几乎是自动地，得到最广泛的销路。

毛泽东的《新民主主义论》有两个译本出版，马上就都卖完了。他的其他两种著作，《论持久战》和《在延安文艺座谈会上的讲话》，也出了书。

日本作家关于中国革命运动的一些著作，也出版了。这些著作当中，内容最丰富的，要推中西的作品。今年四月，中西被选为参议院议员。现在看起来，无怪乎当年那样多的日本人，多年在中国，进行日本军阀所不会赞同的研究工作。然而，中西最终在一九四四年被捕入狱。现在流行的书，就是他那时在监狱里开始写的。

日本左翼作家鹿地亘，有一个时期，在鲁迅的庇护下，住在上海。战争期间，住在重庆，要为中国人民服务。虽然有书报检查的重重困难，他总算是出版了几种流行极广的关于中国的小说和文章。

中共被仰慕着

在这里，另外一种影响很大的书，是时事新闻社出版的黄炎培作的《延安归来》。

所有关于中国共产党的著作，是一致同情的；虽然也有极少数带了比较灰色面貌的著作，如像松本曾吉的《毛泽东传》。在东京，甚至曾经演出这样一个戏剧：剧中的正派是中国游击队，显然是共产党领导的；反派是日本的皇军。观众对剧中的反派，无情地发出厌恨的嘘声。

美国占领当局，惶恐着中共影响的扩大，现在已经采取限制办法。今年一月，斯诺的《西行漫记》出版了，马上就卖完了。麦克阿瑟的社会情报教育科的官员们，显然厌恶这种书的流行，便把它的第二部《西行漫记续集》，扣压了三个多月，不让出版。

斯诺夫人所著的两本书：《中国民主建设》，这是讲中国工业合作社的，《中国劳工运动》，也都被扣压了九个多月。

现在，美国占领当局，又禁止了其他两种毛泽东著作的出版，借口说是版权关系。麦克阿瑟的官员们，对一位日本出版商这样讲：在考虑允许出版问题以前，必须先拿来毛氏签字的许可证件。

另外，最近几个月来，因为检查得更加严厉，关于中国共产党和中国内战的作品，已经大大地被压制起来。电报通讯社在这里发出的，安娜·斯特朗的一篇文章被扣压起来，因为里面报道说新四军缴获了大量的美国装备。

原文载六月廿八日上海《密勒氏评论报》

（1947 年 12 月 15 日）

我看到了真正的中国

密凯尔·开昂 作　章枚 译

　　我在那地图上叫做"中国"的地方待了八个多月才找到真正的中国。我到那地图上叫做"中国"的地方，是从世界大商埠之一的上海进来的。我到那真正的中国来，则是经过山东海岸上的一个小小的渔村进来的。

　　我坐着一只航海的大洋船来到上海。在上海所有的码头上，从世界各处来的船只正在大量卸货。在外滩，在上海所有的马路上，奢侈的汽车闪耀着红的、绿的、蓝的美丽颜色。和世界上别处一样华丽和现代化的高大楼房，耸立在天空里。商店里堆满了华丽的绸缎，贵重的照相机和自来水笔，巧克力糖和奢侈的罐头食物。但是在这些商店的玻璃窗底下，我看见生病的要饭的小孩蜷缩着睡在那里。我在较大的马路上走了许多里路，而到处我都看见男男女女和小孩在饿着，在病着，穿得破破烂烂。

　　我以一个外国公使馆职员的身份，曾和所谓"中央政府"的大小官吏谈过话。我和这些官吏谈话，有时是在他们常常借以请客的浪费的鸡尾酒会里面，有时是在他们华丽的现代化的办公厅里擦得发亮的大书桌旁边，或是在他们那夏天有冷气，冬天有热气的家里的奢侈环境当中。他们穿着整齐的制服和华丽的衣裳显得很不错，而从他们的嘴唇上溜出来的词句也是显得蛮好听。但是若有人在他们会话的光滑的表面底下去发掘一下，总会发觉他们老是失去信心、不安、傲慢、急躁、不满和过分挑剔。我发觉在国民党政府里做事的年轻的男女们，回到自己家里时，总是悲观而不愉快，并且常常害怕着一种他们不愿说也说不出的某种东西。

我到了北平。对我说来，这似乎是世界上最美丽的城市之一。当我出去和燕京、清华和北大的学生谈话时，我发现这些学生有敏锐而灵活的头脑，并且对各种知识有很高的学习欲望。但是他们不能把他们的思想限制在寻常学习的轨道里。他们被那学院外面的许多重大问题弄得心神不安，使得他们很愤怒而紧张。在北平的美景底下，我感觉到有一个可怕的暴风雨正在酝酿着。

我在南京、上海和北平住了八个多月以后，我渐渐感觉到我在生活着的那个世界有点不真实，是一个停滞的世界，在这个世界里没有一个人能和他自己或他的邻居长期和平相处！

这就是那地图上和大部分的世界上人们所称为"中国"的地方。但是在最近三个月内我已经发现这不是真正的中国。

我走进真正的中国是经过山东海岸上的一个小小的村庄。我由一只颠簸的小船摇到岸边。那里没有发光的汽车把我很平稳地接到现代化的旅馆里。头一天晚上我睡在高粱铺上。第二天晚上我坐在一辆敞篷的大卡车上吼叫着通过冰冷的黑暗。到了第三天我才感觉到我已经与真正的中国会面了。这次会面是在解放区，这里生长着一个新社会的象征，它留在我的脑里永远不忘。

在天亮以后不久，我就看见一条长长的人的行列伸张在前面的大路旁边。当大卡车追上他们的时候，我看见他们正在拉着推着很大的独轮车，上面高高地堆满了货物。从汽车的后部有人喊着告诉我：

"他们是运粮食和供给品给前方部队的。"

独轮车的行列似乎是无穷尽的。我开始数它……一百，二百，四百，五百……后来我简直数得厌烦了。当卡车在桥边停下来的时候，我下了车想用力把一辆独轮车抬起来。在那些老百姓善意的哄笑当中，我尽力把它抬起，跌跌撞撞地向前推了几步。但是人家告诉我，这些人们要每天把这些货物在寒冷的天气里推着拉着走五十、六十，有时甚至要走八十里路；而且对一个刚从国民党地区来的人来说，其中最感动人的就是这里并没有当兵的用鞭子或刺刀押着他们走。他们紧张地用力向前走了又走，完全出于他们自愿。

我在山东无论走到什么地方，总看见类似的小车行列绵亘于大路之旁。我总看见他们喘着气，挥着汗，推着，拉着那些车子走上陡斜的多石的山路。我总看见那些推车的人在村庄里作简单的休息，养精蓄锐等待着又一天的沉重工作。

也许对你们生活工作在山东解放区的人们，这些推车的行列似乎是一种很平常的景象，但对我刚从外国和国民党地区来的人来说，这不是一种平常的景象。这是一种惊奇的事情。这是自由的人民保卫他们已得的自由要做的事情的一个感人而生动的证据。

我是一个一点也不懂这里的话的外国人，我常常很难确定我对解放区的印象和认识是否正确。但是有一个印象，我无论到什么地方都能得到的，而且是任何语言的隔阂都不能妨碍我得到的，那就是"自由"两字。

你们也许知道在对日战争时期，西方的民主国家曾有一个口号叫做争取四大自由。这四大自由是：言论自由、信仰自由、免于穷困的自由和免于恐怖的自由。在全世界建立这四大自由是西方民主国家所应当斗争的目标之一。

我可以告诉你们，虽然德国和日本都被打败了，但西方各民主国家至今离开达到这目标还有一段长远的道路，并且在他们国内至少还有两种自由还未得到：那就是免于穷困的自由和免于恐怖的自由。我可以告诉你，国民党地区，据我看到的，离开得到自由的目标甚至更远。让我告诉你，我在国民党地区所经历的一段小故事。有一天当我还是奥国公使馆的职员的时候，我和一群朋友到南京城外山上去打猎。在一个小山洼里我射中了一只野鸡。我想在城里我家里已经够吃够喝的了，这野鸡明明是属于老百姓的东西，对他们更属需要。我就捡起这死了的鸟，走到一个小庄上。有一个老乡正在井口打水。我微笑着把那野鸡送给他，他吃了一惊，看看那野鸡又看看我，然后一句话也没说就转身急急忙忙走进庄子里去了。我就跟着他。一些老百姓聚拢来了。我一边微笑着一边设法把那野鸡送给他们。他们瞪目瞪着我，一点也不笑。我可以看出这不是因为他们不懂我赠送的意思，而是因为他们全都被吓住了。我不明白我为什么吓了他们。但我吓了他们，却是事实。

现在当我已经经过了山东的许多村庄以后，我已发觉这种恐惧在这里是不可能的，假如我把同样的东西送给这里的老百姓，他们也许觉得很有趣，他们也许不接受我的礼物，但是他们决不怕我。

因此我觉得山东的人民已经摆脱恐怖的自由，这是西方民主国家要得到但还没有得到的。除此以外，由于我已经过了许多村庄，并且看见那些老百姓已经有了足够的粮食蔬菜和肉类，我觉得这里的平民比较西方各民主国家的广大群众对摆脱穷困已得到更大得多的自由；并且因为我已经听过无数的热闹的村民大会，我对山东人民已有完全的言论自由，已无疑问。

因此根据我所能判断的程度，我觉得山东解放区的人民在许多方面都比西方各民主国家在真正进步的道路上前进得更远，虽然西方国家在这道路上比他们开始得早并且有许多这里的人民所没有的有利条件。

农村的生命力和自由的最充分的表现似乎就在那无数的村民会议里。在我参加的会议里面，他们说的什么我几乎一个字也听不懂，但是语言的隔阂绝不能掩盖住那会议的活跃和民主的本质。根据我所能观察的程度，任何人有话要说的都说了，而且高兴说得怎样激昂就怎样激昂。任何人如有不同意的意见也可以说。在闪烁的油灯光下注视着人们的脸，我看见很少人不注意听别人的发言。开起会来总是很长。最简单的问题也和最大的问题一样，用同等的精力讨论得一样彻底。在散会的时候我几乎每次都感觉到每一件事情都已为每个有关的人所彻底反复讨论过，而达到一个真正反映一般人意见的行得通的决定。

许多夜里躺在床上睡不着，听着附近开会的哄哄声音，我自己心里想，假如我对这些会议的印象是正确的话，那么山东的政府是建筑在一个真正实行着的民主制度的基础上面。这些男人女人和小孩子这样彻底而积极地解决他们自己村庄的问题的，就是新生的中国是一个民主的中国的最确实的保证。

去年在南京，我和另外一个外国记者正要走进那所谓"国民大会"正在开会的地方，看见三辆黑色大汽车很轻快地开进院子来。有许多人从里面涌出来奔向各个方向去。我们两人发觉自己被一群铁面的人逼到墙根上，他们的手放在口袋里，他们的口袋凸起来，显然里面装的是手枪。我当时以为我们一定是在芝加哥，而这是一群土匪正在抢劫银行——然后我瞥见一个留小胡子的小个子在更多的铁面人当中很快地走了过去。我才知道原来这是蒋介石到了，而那些把我们押起来的铁面的人并不是芝加哥的土匪，而是他的一部分卫队。

我想起这件事的原因是昨天晚上头一次会见山东解放区的省主席黎玉同志，而他到我的住宅来和蒋介石之到达那所谓"国民大会"，我不能找到更鲜明的对照了。这里没有大汽车停下来时刹车的尖声，也没有特务把每个在场的人逼到墙根上去。黎主席静悄悄地走进院子，只有一个警卫员同样静悄悄地相隔几步在后面跟着。他和我握手后就坐下来。那警卫员也规规矩矩地留在外面。

如果人家要我把我印象中对山东解放区政府和国民党地区的政府的区别归纳一下，我可以这样来说明它：国民党地区的政府是和那地区的人民完全不同而隔离的东西，而山东解放区政府则是与那地区的人民完全成为一个东西的。

他们的主张和目标很明白地不过是他们周围的人民的主张经过他们集中起来组织起来使之更尖锐有力而已。

国民党的宣传家们关于解放区政府讲了各种可笑的互相矛盾的话。一会儿他们说这些政府是一个铁的独裁，一会儿又说那里根本没有政府，只有几股残匪；一会儿他们说那些政府官员生活在无聊的奢侈里，并且用狡猾的诡计来欺骗人民，但下一分钟又说这些官员是愚蠢而不识字的农民，生活得像猪一样。

当然，在我来到解放区之前我就知道所有这些都是可笑的无稽之谈。但是去观察这里的政府实际上怎样做的，看看它实际上与国民党那些宣传家们所描画的有多么强烈的对比，则是非常有趣和令人兴奋的。

举例来说，当我住在滨海南湖区的时候，政治指导员李希清同志花了很多宝贵的时间帮助我了解那地区的情况。我记得有一次和他一同到别的庄子去的路上，我倾听着他解释土地改革、教育、慰劳前线和其他的问题。我注意到我们走过的时候老百姓向他微笑着招呼他的那种神情。我又用力去想想，在我认识的国民党官吏之中有哪一个具有他那种坦白诚恳和不加吹嘘的自信的百分之一的呢？我实在想不出。

我对解放区事物看得越多，我越认识到他们真是一个大家庭——为了自由，为了民主，为了进步，并且为了一切人类社会里认为好的、有建设性的东西而团结、奋斗着。

（1947 年 12 月 15 日）

陇海线上的翻身运动

黎光

陇海路破击战开始，我们五分区干部，随军到了陇海路两旁，西起兰考东至商邱，包括四百五十多个村庄的大块新区。到那里后，首先便进行宣传，讲反攻形势，讲我们的政策。破路民工也把流动壁报挂在街上，并三三两两召集群众开会，讲自己翻身经过，使新区群众兴奋异常。因此，每当我们一到那里，群众就围上来，问长问短，诉说他们的苦难生活。离柳河车站八里路的某村，一个柱着拐杖的老头向我们诉苦说："汉奸队在这里时，粮食打下来，被他们今天要，明天要，没到春上，就任啥也没吃的了。我上树摘树叶，眼一黑，把脚跌坏了，一辈子也不能好啦。"某村一个佃户控诉他的东家说："每亩地要缴九十六斤租子。这二年又加了二十斤柴，五斤草，还要替他出差；出差没有个数，连饭也不管。伙计们商量预备搬出去（住的是地主房子），东家听说了，大发脾气说：'谁搬，先扬了谁家的骨！'（因佃户没地，坟都埋在地主地里。）吓的谁也不敢哼气了。"很多人说时都掉下了眼泪。

新区村子里，到处可以看到地主的寨围，耸立着威风凛凛的高楼大厦。但是现在他的威风倒了。破衣烂褂的老农民、妇女、儿童，打破了几千年的老例，冲进地主的大门，收回了过去被夺去的粮食浮财。周副司令和夏主任，一面作战，一面亲自帮助了一百多村群众清理地主的浮财。战士们更帮助老婆婆、小孩扛粮食，直到半夜。

打开马牧车站时，一个同志去理发，理发匠诉苦："俺家五口人，中央票不顶钱，一天赚的不够一天吃，一家老小真没法过。"接着他又羡慕地说："啥时能像北边那样？分了地就好啦！我分上五亩地，再加上手艺，就不愁吃啦。"最后他问："什么时候分粮？"那个同志告诉他："就要分。"他便马上就叫他小孩去拿口袋。这个风声一传出，头还没剃好，街上集合了二三百分粮的群众。有一次我们半夜到潘庄。不久，就有穷人问我们："逃亡地主有粮食，该不该分？"我们说了声该，他们就到处去串通，一会集合三四百人，四周小村的穷人也都来了，天不明，把家具衣服都分完了。少徐庄一个农民，夜里给我们带路，还穿着单裤，裤子破的露着肉。路上他告诉我们，他老婆也没棉裤，嘱咐他明天再分浮财时，分给她一条棉裤。第二天分浮财，他果然分得棉裤，并且还分了条被子。他喜欢得了不得，找来对我们说："你们以后可要来找我呀！汉奸队回来，也不怕。你们晚上来，只要在后墙上跺几脚，我马上就出来接你们。"

分粮后，群众和我们更接近了。一天晚上我们走到王桥附近的小庄，向农民问路，他自告奋勇的带路。此外群众并自动帮助民工作饭，报告特务、地主的枪支。某庄老太太要我们在她那里按设据点。

现在陇海路上四百八十多个村庄，都轰轰烈烈的分粮分浮财。群众已和我们建立了密切的关系，向地主蒋匪们进行斗争。

（1947 年 12 月 15 日）

今日的大杨湖

一山·景还

大杨湖，这就是蒋匪军师长赵锡田被刘伯承将军活捉的地方，但当时人民解放军的炮火并没有完全把地主封建势力摧毁，使蒋匪与当地地主以后能向农民进行了联合进攻。敌人为了控制菏考路，在大杨湖北八里的水牛李按上了据点，接着逃亡地主"董二扁食""周二训""杨大得""杨二短腿"都回来了，对农民进行倒地倒粮，杀害村民。

大杨湖二百廿户人家，就有一百多家军属，过去曾是一座抗日堡垒。今年春天进行了土地改革，当进入复查时，这村罪大恶极的地主杜心保及其父与顽匪勾结，于阴历七月二十四日，抓去这村群众与军属五十余人，他即同其余八家地主搬运财物到蒋占区去。接着，敌人便衣队不断出来抓人与抢粮，群众无法生活，纷纷逃到根据地来。大杨湖共一千二百二十四口人，除随杜惠田、杜心保等跑到蒋占区的八十三口地主家外，几乎全部都逃来了根据地。

现在大杨湖只剩了有数的九口人，都是老头和老太婆。其余被敌捉去的群众中，两个军属被杀了，两个人失踪了，还有九个人被敌人监禁在据点内。逃到我根据地来的群众，他们见到我干部就沉痛地说："我们过去对地主太麻痹了。"

虽说如此，大杨湖的农民们的斗志并没有完全被打下去，集体向民主政府要求发枪，要去与蒋军和反动地主打仗。我政府答复了他们的要求，菏泽更生区第三联防队，就是这样组织起来了，他们同其他弟兄联防队，一同活动到敌据点周围，他们穿着便衣，地主"董二扁食"的反动武装也穿便衣，差不多每天都要碰头开火。当地群众说：

"蒋匪军打不过我们的正规军，敌人便衣队也顶不住我们的人民武装。"阴历九月二十九日，第三联防队配合地方部队，在白寨活捉了敌便衣队副王克明等七名，毙伤敌六名，战斗时大杨湖联防队有个队员小名叫要的，上去死抱住一个敌人。他们在为本村群众报仇，要把自己的家乡从敌人手中夺回来。

（1947 年 12 月 15 日）

生擒装甲火车

——解放石家庄战斗通讯

日红

在我军会攻石庄市中心区核心工事时，立功部三营与敌铁甲列车发生一场激烈的搏斗。立功部由东南突进车站后，敌向路西退却，我乘胜追越铁路。但在东北角仍留下七连连长及两个机枪班巩固阵地以钳制敌人。忽然听见车头汽笛的吼叫，七连连长猜想一定是铁甲列车来啦，便马上攀上车站货架梯子，爬到两丈多高的洋房顶，果见白烟滚滚，一列装甲火车风驰电掣，像巨蛇一样从北直向我阵地驶来，空气立刻紧张起来。七连长来不及从梯子上下来，就直从房顶上纵身跳下，急令通讯员速调三排转回阻击，他自己就抓起一挺机枪，又翻上房顶，立着向冲过来的车头猛射，同时机枪班的白凤喜也架起机枪卧在铁轨上，迎头向敌车射击。此外加上营部及八、九连机枪的配合，穿甲弹像骤雨般从三面喷向车头，刹那间，列车猛然停止了，粗重地喘着气。

此时正好三排长亲自带领九班也赶来，隐在路旁的红墙里边，又给列车一顿猛烈的炸药手榴弹，七连长说："列车只会冒白烟滴搭尿（漏水），不动弹啦。"装甲火车的水锅被打坏了。正在这时，列车上的敌机枪和钢炮向我阵地开火了。七连长决心向列车冲锋，年轻战士黄新贵首先冒着敌机枪弹一跃跳过了车站铁丝网攀上了火车头，功臣续金魁和连长等也相继冲进车厢，手榴弹声和爆炸的烟绕着列车冲腾起来，敌人一个连全部被压缩在一个车厢里。这个车厢正是敌连长的所在地，他们凭借车厢的装甲钢板继续向我射击，拒绝投降。于是，亲临指挥的三营营长张贵臣马上命令九连准备，把这个车厢炸掉，战士王本现爬近车厢，做完了准备工作。只听见"轰"的一声，随着烟幕，王本现一手攀住车厢上的枪眼，就跳上去缴枪，敌人却从枪眼往外塞出一个手榴弹，他赶快松手，跳下车来卧倒，没有受伤。

胡副政指对王说："再炸它。"王本现冒着敌机枪手榴弹火力沉着的又做好第二次准备工作。接着比刚才更猛烈一声轰响，天震地动，车厢一歪，倒在路旁，铁轨直竖起来。王本现一马当先，随后七、八、九连全体战士一涌上去，将没炸死的敌人全体活捉了。一辆放在列车上没来得及用的敌坦克也成了送给我们的礼物。

（1947 年 12 月 15 日）

水上英雄李文山

荣举

李文山过去是××渡口水手二中队的七班长。由于他的工作一贯积极负责，现被提升为六中队副，并于这次英模大会荣膺一等英雄衔，是出席全军区安澜大会的代表之一。他的英勇模范故事是很多的。

有一次，在×庄渡口，刚从河南渡过来六个伤员，恰巧在这时候飞机来了，一扔照明弹，担架民夫们都吓得只顾躲飞机去了，这时李文山便亲自上船，把六个伤员一一背到村里，找到担架抬走才回来。水手们见了他都赞扬地说：

"班长真能行，待伤号比待他父亲还好呢！"他接着态度很严肃地向大家说："人家可是为了咱挂的花，咱就不能把人家随便扔掉！"

六月初，在××渡口往河南渡担架时，一个民兵一不小心把枪掉到河里去了。这个民兵不识水性不敢下去捞，心里很急躁。李文山又自动用篙探着叫小丑下去给人家捞上来了。那个民兵千恩万谢的感激不尽，并从腰里掏出一卷票子送给他，但他拒绝了，并给那个民兵解释说："这是公家的东西，俺也有责任爱护他。"

刘邓大军南渡时，他的船头一夜就在宽阔一里的河面上摆渡了十二趟，争取了十四只船中的第一名。

八月间，蒋匪新五军等四个师将我××野战军某部挤于黄河、清河的岔口三角地带，妄图一举消灭。我军亦为了转移方向，争取机会，主动的打击敌人计，就决定在×××渡口迅速渡河北来。

李文山带领一班人使着的一只船，也和其他船只一样的在十三号夜里渡了一整夜。大家没吃一点东西，也没打一会盹。

天逐渐露出鱼肚白的颜色来，几颗残星还在微明的时候，如果按

华北抗日根据地及解放区
文艺大系

河防的规则来讲，停渡藏船的时间是早已超过了，可是对岸的部队还有一小部分没有渡完，而且敌人还正在向我军逼近中，距我不过四里之遥，情况是异常紧张的。

指挥部及××某部的首长们下了决心，要实行抢渡。一刹那，新的任务传到了十二只船上，大家都在紧张地准备着，因为白天渡船这还是第一次。李文山受领了这个新任务，心眼里早就盘算起来啦："救兵如救火，要得快点才行！"接着他又鼓动着船上的十几个水手说："同志们！加油呀！大家要不怕牺牲！咱们多流一点汗，那边的部队少流一点血，多渡一趟，等于多打死几个匪兵！"

头一船平安无恙地渡过了，当渡第二船时，美制蒋机突然在上空出现了，并由两架增加到十五架，不停地轮番俯冲向船只扫射，我军两岸掩护渡河的轻重火器，也同时开火，交织成了一片火网，浓烟硝磺气味弥漫着河面。李文山船上的水手有些都沉不住气了，李文山又适时地提出："沉住气，不要管他，努力渡，一篙一桨的和老蒋的飞机拼命呀！"这时李文山的船已缓缓地走到河当中了，两架蒋机忽然急骤地俯冲下来，对准李文山的船"哒……哒……哒"就是一阵机枪。子弹落处，水花四溅，船上的篙被打断了三根，桨打坏了一把，船舱也打透了几个大窟窿，水手们吓得都"噗通！噗通"地跳下水去躲藏起来，船上只剩下了李文山一个人。他知道自己的责任重大，下决心打不死就得完成任务。他仍然不动声色的继续掌着舵，叫战士们帮助抛着梢锚，向对岸驶去，他还安慰着船上的战士们说："不要紧！上面堤上有咱的机枪打！"最后，李文山终于使载着的一个连安然登陆，他也长吁了一口气，庆祝着自己和同志们的凯旋。

（1947 年 12 月 15 日）

在一个新兴的国家里（南斯拉夫通讯）

刘宁一

　　自到南斯拉夫之后，日夜不停地游动，曾到了波斯米、塞尔维亚、垮萨、府摸、诺维塞德、斯洛文尼亚、亚得里海边。南斯拉夫是六个共和国组织成的。经过了四年游击战争，在德意统治时期，连战死和被残杀的，一共有一百多万；他们全国一千三百万人民，平均每十一个人口中有一个人牺牲。全国在铁托领导之下，进行过长时期的抵抗。那时米海洛维区，和他的死党塞特尼克，也曾打过反德旗帜，但始终和德国人勾结着，用极残酷的手段，杀戮游击队。当杀人之后，他们就和德人一块痛饮狂欢。以后就公开和德国人合作，替德国人维持治安，做侦探。胜利之后，南国人民把米海洛维区逮捕了，公开审判，罪行昭彰，处以死刑，大快人心。在去年十月全国实行接收逆产，全部充公。就是这样，不但大地主的土地分给了农民，南奸大资本家，也经过了清算之后，扫除净尽。全国经济现进行着公营、私营、合作社经营三种形式的建设工作。土地进行大规模的合作生产，大体分为三种：国有农场、集体农场、个体农场。

　　我们参观过两个最大的炼钢厂，每个有五千工人；一个煤矿一千五百工人；一个纱厂三千工人；一个针织厂四百工人；一个造酒厂五百工人；一个集体农庄三千农民。全国到处进行着建设工作，工人的生活有了很大的改善，比如说物价比战前高一倍，工资却提高了十倍。各处工会都很健全，过去资本家、买办、特务所占的大楼，变成了工会的会址。南国虽小，而工会大楼却在五层七层的大厦中。每个工人每年有一个月的休养机会，休养所是建筑在大森林中，种植了奇花异草，在园林中奔流着小泉小溪，鸟是自由地歌唱，人是快乐地玩耍。有的男女青年，搭了帐篷，在草地里山麓中，过着宿营生活，每个黄昏，烧起了野火，男男女女，携手挽臂，唱着自由的歌曲，兴奋地跳着舞。身体不好的住在疗养室，每两人一间房，有医生给调治。当我们去参观时，那些女孩子们都把头探在窗外，和我们招手；当我们进到她们的房子，却看到她们安静地睡在雪白的床上，平平的盖着淡绿的绒毯。其中一个女工，拿着一本工人杂志，温存地笑道："同志！我正在看你关于中国解放区工人生活的谈话，你们的工人是如何的尽了保卫民族的斗争的责任！"她们微笑着亲热地爱慕着中国的英勇儿女。

南国青年，在热烈的为了祖国的建设，舍身忘家奔赴了劳动前线，他们组织了铁道队、建筑队……我们见到了一个建筑铁路的青年队，那里只有一部分，八千多人。那里是一条大河流过的山林，山是悬崖峭壁，树是荆棘丛生，水是咆哮奔流。青年们有来自南方的、北方的、东方的、西方的、英国的、罗马尼亚的、希腊的、比国的、挪威的、匈牙利的、保加利亚的……男的女的、工人、农人、学生……在山顶上，在桥头上，在隧道边，高高地竖起了旗帜。那天是一个运动大会，成千的青年，在大河旁的山脚下开会了，有的爬在树上，有的坐在崖石上，举着锄头镢头。飞机骄傲地飞过，散下了大批的传单与画片。我们到了会场，一片掌声之后，只听到"中国解放区万岁！毛泽东万岁！中国人民解放军万岁！"。群众将我们抬起来，一束一束的鲜花丢到我们的头上，我为之兴奋，兴奋的流泪！炮声连发，歌声四起，我这样简单地向他们感谢：

"你们在铁托将军领导之下，战胜了法西斯，你们为了人民的幸福作着移山倒海的工作。中国的爱国儿女，在毛泽东领导之下，正对美国帝国主义及中国米海洛维区蒋介石，作着生死的斗争！我们要把全世界造成一个幸福的、永久和平的、愉快建设的家庭！"

他们开了惊人的山洞，劈开了百丈的高山，已经修了四百里的铁路。这一工程，如果是旧的统治者，需要计划六年，兴工十二年，而现代青年却以三个月的奋斗，使它完成。人民为之庆祝，帝国主义为之惊奇，山河为之变色！

这里没有为旅客设的旅馆，到了晚上，一个女同志带我到一家人家。她轻轻地敲开了门，一个中年男人，把我迎进去。那女同志道了一声"晚安"走了；那男人用手一指，又一指，我明白一边是卧室，一边是厕所；和我握过手，行了个敬礼，各自分别。房子十分别致，挂着油画，陈设了很好的家具，我很难为情地把泥脚踏上了地毯。这是当地工人的家庭。翌日的清晨，门轻轻地敲着，那时我已经盥漱过了，一位青年妇人送进了茶点。我用过了，她和她的妹妹（这是我猜想）把我领到另一房子，拿出了刷子和皮鞋油，要给我擦鞋子。我赶快夺过来自己擦，她们却很自然地笑着，看我，把麻布拿起，帮我的忙。到后来我明白了，这里和我们的解放区一样，在反法西斯战争中，养成了一个作风，只要是反法西斯的战士、同志，无论是哪里，无论是哪个人，到处是家人，到处是家庭。我们一句话也不懂，但彼此一切都谅解了。临别时，她们送我到门外，我的车子开了，很远很远，她们还在招着手。

在贝尔格莱德的山上，绿荫丛中，造了一片幽雅的别墅，这是为了工人的儿女，名之曰：儿童夏令营。工人们正在忙碌的修造，有卧室、餐室、电影院、病室、澡堂，还有一个小机器的工厂，和各种各样的玩具。为了儿童，并在山上修备了一条小火车路，共长二十八哩，七月里完竣，共容儿童三岁到七岁的八百名。回头到了贝尔格莱德的托儿所，这是很多托儿所的一个，那些儿童是三岁以下的，有会立的，有只会坐的，也有坐也不会，把小脚翘起来，把小手扳着脚，滚来滚去玩。我们在玻璃窗内看他们，他们睁着圆圆的眼睛在看我们；我们笑了，他们大家也笑了。这就是铁托的小军队。

汽车穿过松林，顺着山沟的公路，向前奔跑，不久就是一望无际的平原，这就是南国的面包篮。麦子已经熟了，被风吹动着，掀起了麦田的波浪。乡村里蓝的房子是斯拉夫人住的，小孩追着赛跑，猪和牛来不及的躲避汽车。姑娘们，好奇地盯着我们的脸孔，在窃窃私语。两个钟头的工夫，到了一个城镇，人们拥挤在一个大厦的外边，一千只一万只的手在招呼。人是含笑着，旗是飘扬着。我们下车了，人们同水一样在动荡，流开了一个空隙，我们走进一个大礼堂，如雷的掌声和狂呼交杂着。乐声奏起，全体肃立，彼此做过了演讲，群众满意的高呼，跳起来了斯拉夫的舞蹈；这是一个农业工人的大会。第二天我们到了农场，痛饮了他们做的啤酒，一个老农说：

"我做佃农一十五年，我从来没进过今天我们吃酒的大厅。这一大厅是一个大地主的，他一年来一次，我是偶然来了一次，只迈进了一只脚。"今天是农民的了，农民已经是大厅的主人了。地主养牛的房子是比佃农的房子好得多，地主不愿意看见农民，把自己的庄园造了一个树林，使农民远离庄园之外。而今农民把那养牛的房子养自己的牛，农民进到了庄园之内。

农民们大多数参加了集体农庄，连一位七十多岁的老农也参加了，他证明从来没有过过这样好的生活。他兴奋地骄傲地举起杯来，他相信不久的将来，他们会把他们的马换成铁马（拖拉机），他们的人民变为钢人，驾着铁马，去耕种这南斯拉夫的田野。

"南斯拉夫的人民，以他们的血和汗，翻转了多少年来惨痛的历史，他们又以无比的英勇，建设着他们的祖国。"

这是我给他们的致词。

七月一日于南国首都

（1947 年 12 月 20 日）

当一个光荣的阶级战士

——林县的参军运动

肃清旧的思想作风

这次参军运动，在林县，五天之内就有四千八百三十三个翻身农民报名参加解放军。经过群众的严格审查，批准了三千六百八十五名，为自己的阶级战士。

参军运动开始的时候，县区都进行了大规模的时事动员，但由于历史上旧的思想和作风的影响，当时首先遇到区村干部对时事问题的思想抵触，认为时事动员是个手段，要求迅速分配任务。如城关区干部说："一动员时事群众就知道是干啥啦，说不说都一样，反正是要完成任务哩。再说的好，群众不觉悟，也没办法。"针对这种思想展开了批评检讨，进一步研究了时事宣传的目的是啥，并反复说明了反攻形势的发展，这样才克服了旧的任务观点，从思想上树立了时事教育的重要，各区都先后召开了区和联防的主干、各种模范、军烈属和荣退军人的动员大会。四区在一千多人的积极分子会议上贯彻了时事教育，很多人都兴奋地批判了来参加开会时，单纯领任务的思想，和过去扩兵中的老路线。

经过时事教育以后，大家情绪空前高涨。十一区群众听到各路大军反攻的胜利消息后，一致提出过黄河，渡长江，打到南京捉老蒋。石岗村青年程月章，见到干部从区回来就打听前方的胜利消息。干部告诉他后，他说："刘邓大军已把蒋介石的腰搂住了，只等咱们去一掀腿就倒了。"

进行了时事教育，再在各村经过划阶级，更进一步启发了群众的阶级觉悟。因此这次参军是空前的兵多、质量好、情绪高。

家庭会

在时事动员的基础上，村村开家庭会。家庭会的本身是建筑在全体翻身农民的阶级自觉的基础上，克服了过去不依靠广大群众，找寻下几个目标，偷偷摸摸的暗地去动员，和某些地方变相逼兵的方式。

七泉群众说："要得早团圆，送儿上前线。"家庭会后十六名青年争相报名。任村三街张富存在开家庭会时说："弟弟你年纪小，也还没娶过媳妇哩，我去吧。"他弟弟说："我年轻不比你强？"父亲说："都是我儿，我能说叫谁去不叫谁去，不行咱叫干部来讨论吧。"最后还是大的去了。李随玉开家庭会时和他二弟争执不下，大的说我身强力壮，出发有经验，二的说我是号兵，你会啥？结果只得到群众会上表决了。

八区下翟曲，由于家庭会的召开，转变了落后舆论，动员了过去认为参军中绊脚石的妇女老汉，使他们都成了运动中的积极分子了。六区杨何村妇女杨何花在家庭会议上劝夫参军后，就到他娘家动员他二个弟弟和他男人一齐参军。下翟曲副村长劝弟参军后，他母亲又动员四邻参军，为孩子扩大膀臂兵。在欢送新战士时，很多地方老汉老婆都说："你们一伙人去了我可放心了，出外互相照顾着点。"

党员干部积极带头报名，也是这次完成参军任务的关键。任村公开党员程牛山、程玉堂，听说打到南京去，活捉蒋介石，他们说："这是咱的事，咱不去叫谁去。"马上在支部会上商量报了名，影响十二个党员都要去。在党员干部的影响下，大家都准备报名。当天夜里广播台一广播，马上全村就都开起家庭会了。第二天全村开会宣传时事时，主席刚说了几句话，准备报名的人就围满桌子了。主席写的顾不过来，叫着停止停止，越喊越是抢着报，都说可不能误了好机会。程九陆说："早给俺三孩准备下皮带米袋，等了七八次啦，可不能再误了。"岳江林、王世贵着急的高声喊着："政治主任，我早给你说我要参军；上次参战误了，这回可得上上我的名哩。"一点钟之内，任村报名的就有六七十人。

当一个阶级战士是光荣的

参军运动中不许有封建尾巴混入，这次不少地方都把新战士交给群众来审查。

八区郭家窑在二十五名战士报名参军后马上召开全村群众大会让群众审查；经过划阶级查掉了五个封建尾巴，两个病号，一个在蒋政府干过事的。新战士向群众表明态度说："我们都是自愿去哩，一定好好给大家办事，决不开小差，打不倒老蒋没脸见大家。大家对我们还有啥，都尽管提吧。"群众齐说："没有啦。"封建尾巴葛双说："大家如果给我有意见，也给我算算账吧！我自愿送我儿去参军。"新战士和群众说："你不要钻空，打老蒋还不够俺干哩。"

青沙三十个青壮年参军查阶级时查掉了地主汉奸的分家侄儿。芦寨群众说："参加解放军得有条件哩，打老蒋是自己的事，不能叫地主去。"在审查中查掉了一个破落地主。南木井武委会主任，在全区新战士查阶级会上，也被挤掉了。

经过审查，又提出了不让新战士带走一个思想包袱。各村都举行了座谈和欢送。干群和战士都提出了保证，有的还订立了合同。

三寨在欢送座谈会上战士给干部群众提意见时说，有两个意见：第一，咱村未斗透的地主，俺走后一定好好斗垮他。第二个意见是俺们都是民兵，现在参军到前方打老蒋，后方民兵少，一定要再扩大武装，注意小蒋。马上就有十八个青壮年报了名参加民兵。

芦寨座谈会上战士说：咱村很多人没翻身，地主也没有彻底斗透，以后斗争要多照顾贫雇农，不要光照顾俺。

大井村在欢送新战士时锣鼓喧天的送出了村外。一个战士母亲说："咱呼几句口号吧，我儿去参军，大家都光荣，为大家也是为的老母亲。"

在群众性的查阶级中，更进一步提高了战士和群众的阶级自觉，使新战士更觉得当一个阶级战士的光荣。

林县县委办公室

（1947 年 12 月 25 日）

突　击

曾克

黑夜，部队刚刚把工事做好，就接到向敌人突击的命令。

主攻任务一交了十连九班，没等班长把简单的动员话讲完，解放战士杨汉英，两个手举着两颗手榴弹，指着自己的互助小组长王因喜，挑战似的说："老王，今晚上要和你这放羊小，左不拉子比个高低。咱们各人都把手榴弹弦装起来，看到底谁打得多？请班长给咱们评判。"

老实而沉默的农民战士王因喜，笑着应了战。九班长张友福用手拨亮了灯，也向大家表示了决心：

"大家听好指挥，猛打猛冲的干吧！我要是牺牲挂彩，你们千万不要管我，跟上副班长去完成任务。"

杨汉英胳膊上挎着一个准备装炸弹的篮子，走在组长的后边。他脑子里这时候想起自己被八十八师抓丁送上火线，在死守单县时受了伤被丢弃在血泊中，反倒是人民解放军的担架抬起了他。这亲身的经历，使他对于死里逃生这句话理解得最深刻。他一听着枪炮声，这段记忆就越清晰。伤愈以后，是他自动要求参加人民解放军的。当时，他只有一个简单的思想：报恩和复仇。可是，几个月以来，人民解放军的生活，使他懂得很多新道理。他知道这军队不但是他一个人的救命恩人，而是所有穷苦人的。他亲眼看到，一处地方一被这军队解放，那里的穷苦人就有了吃穿。他班上的弟兄，除了他们解放战士，都是自动参军来的，他们对他说，人民解放军就是他们自己的军队。他也下了决心，要跟这军队干下去。当快接近敌人的时候，他的一桩急盼解决的心事，又冲上心头了。他赶上前一步，扯住小组长的胳膊，边走边问：

"嗯，我的那个事，中不中呀？"

"班长说啦，已经和支部谈过，这个仗打下来，就让党委快些给你批。好好干吧！"王因喜肯定的对他说。

杨汉英一听，眼前直发亮，禁不住狂喜地说：

"批准我当了共产党员，死了也是光荣的！……"

突然，从后面传过来班长的口令：

"注意静肃，散开！"

杨汉英把没有说完的兴奋和希望都压在心里了。队伍悄声的，机动地往村边运动。

一堵掏开了的院墙，被敌人的机枪严密地封锁住了。排长催促着：

"九班！快往上冲！"

一组刚涌上墙洞口，就挂彩了两个。杨汉英身子闪得快，子弹从他的耳朵边上擦过去。他侧身贴在洞口的右边，愤怒地跺着脚。接着，他腰一弯，一下就冲了出去。王因喜正要跟出去，敌人一梭子弹又打过来。杨汉英在离墙五六米达的地方被打倒了。他挣扎着想爬起来。左手搂住枪，右手还举着手榴弹向前爬。但，血流得太多了，他的被子弹穿戳的大腿，软得一点也蹬弹不动。

"杨汉英，你往墙边上挪动挪动隐蔽一下，我们就背你过来。别着急。"班长亲切地安慰他。

"不要管我，班长，你们快冲吧！我歇一下，还能跟你们去完成任务。"杨汉英坚决的回答。

发动第二次冲锋时。冲在前面的班长，左臂也叫子弹擦伤了。他镇定住，立刻回身指挥后面的同志靠墙散开，并和排长商量转移方向突进。

"杨汉英，杨汉英！"战士们一声声向墙外呼唤。

听不见杨汉英的一点声息了。王因喜借着黎明的微光，从墙洞里往外一看，他难过地对大家说：

"老杨完了。头上又穿了个窟窿，怕不中了。"

班长强抑着沉痛，并命令王因喜说："你就留在这里监视着吧，把手榴弹准备好，瞅机会就把杨汉英弄回来。"

"报告班长，报告同志们，我死也要完成这个任务。"王因喜说。

这时，才发现班长的肩头被血浸透了。副班长和同志们劝他下去换换药再上来，他无论如何也不肯。只是用几块手巾，紧紧地把伤口缠住，就很快把队伍带开了。

王因喜蹲在墙洞的一边，有机会就伸头去看杨汉英。他想着这个解放过来的同志把着手教自己打枪，并且把从国民党军队那里学来的一切作战技术，都教给班里的同志。……这样的好同志，在几点钟以前还和自己提出挑战；几十分钟以前还和自己一齐向敌人摔着手榴弹，一齐喊着杀声冲锋；几分钟以前他忍着疼还宣布完成任务的决心，现在却直挺挺地倒在那儿，再也拿不起他的武器了。

敌人的机关枪恰在这时沉寂了。王因喜立刻把涌上来的一脑子记忆压回去，来准备进行当前的任务，纪念和报答死者。他爬下来，把头探出了土墙，用刺刀尖慢慢地去拨动杨汉英的步枪。枪从两米达远的地方终于拿到王因喜手里。王因喜抓住它，手立刻被血染红了。仇恨的怒火烧着他悲痛的心。他咬了咬牙，把带血的枪挂在背上，激怒地冲出去了。这时，友邻部队在右翼不远的地方正猛力向敌人射击。王因喜惯用的左手，举着手榴弹，准备拼命也要把杨汉英背回来。不料，敌人却以为是突击部队冲上来，沉不住气的大声吆喝："不要打啦，不要打啦，我们缴枪！"

王因喜和同志们一起冲上去，他和班长亲自把杨汉英抬回来。班里的同志紧紧地围着他，低着头悼念他。王因喜不断地去抚正他的军帽，伸展他的衣服，想起应该从他身上留下一些什么做念纪，就去掏他的口袋。手一插进去，触着一大把手榴弹弦。王因喜抓住班长的手说：

"班长，我们两个人的竞赛，他胜利了。这是他拼命杀敌人的成绩！"

班长点点头。王因喜又把在出发的路上杨汉英的谈话，告诉了大家。默默站立着的副指导员，负责任地说：

"我们支部立刻给上级党委会写报告，要求批准追认杨汉英同志，为中国共产党优秀的党员。"

（1947 年 12 月 25 日）

访问新兵营

肖枫

"打到南京去，活捉蒋介石！"的激愤口号和村村锣鼓喧天的声浪刚刚过去，廿九号下午我到了威县模范新兵营。

走进二连连部，碰见了王保瑞，他是我的老熟人。机关就在他村住着，可是轻易不见他出过门。他是个朴素老实的农民，一说话就红脸；翻了身后，成天想出来干工作。这次扩军一开始他就首先报了名，并带领着三十多个青壮年参了军。我们见面时，他正在伙房里操持着切羊肉，看着我慌得他拉住了我，搬来凳子让坐下，随后又端水来，并要请我在那里吃肉菜。他说："同志！到俺这啦，别客气！"有半月多没见面了，我总认为他乍出来，生活定不习惯，心里会嫌麻烦，就先问他生活怎样？他蛮高兴地大声说："上级发的粮食吃不清，俺们三天两头改善生活，今上午刚吃了羊肉菜，连里又买了一个羊。同志们都吵着，晚上不吃了，准备熬稀饭，现在刚烧开水。"我见他很喜欢，又问他觉着比在家怎样。他说："以前没出过门，怕见生人，现在俺这伙年青的，成天打打闹闹，说说笑笑，比在家里闷着可强多了。"我对他说："村里人听说你当了排长，都很高兴。"他红着脸忙答道："咱可不行！老粗不识字，开会有事不能记，可别扭哩！我还得赶紧学文化！"说完后，他叫我到他排里看看，一进门战士们乱嚷："排长来了！排长来了！"马上把他围起来，三四十个人都是三十五以下的青壮年，个个雄赳赳，满面红光。他指着这排人对我说："你看棒不棒？不但年轻力壮，心眼还强啦，都是翻身户，自觉自愿来的。"接着又很严肃地说："不是俺吹大气！这伙子一到前线，把老蒋吓也吓毁了！"一句话说得大家都笑了。有一个战士说："俺排长的脾气可好哩，光说笑话。"我还要到别的连队上去参观，站了一下就出来了，保瑞送出门后，我问他："往家捎信不？"他摇了摇头说："没一点事，给家里说吧！不用惦记我！"

从四排出来，又到各连去看了一看，战士们都在喜洋洋的说笑，一连才学会了"打不倒反动派不回来"，二连正学"人民解放军的三大纪律八项注意"歌。家属们怕他们不安心，不断来安慰和看望，每回来都谈到村里这几天给新战士做活和优抗情形；但他们来到这里，看见自己的儿子和丈夫都欢天喜地，用不着安慰就很高兴地回去了。在一个场园上，我看见一个青年妇女给她丈夫说着话，丈夫却忙着要开会去。她没说完话就忙着从布袋里掏出票子来，嘱咐他饿了买吃的。她丈夫急得红着脸说："俺这里不缺吃不缺喝，我的钱还节约不花呢，要你的干啥？"

晚上掌灯后，大张山的剧团团员李东泽在住的院子里唱双簧戏，招来了满院子人，叫好声和掌声响成一片。当听说明天要出发消息时，二连三排九班战士张兰生说："早等麻烦了！快走吧！晚了就赶不上打老蒋了！"

（1947 年 12 月 25 日）

穷人的心是抢不走的

——蒋后军民故事

陈枏民

华东解放军某部奉命要进入鲁南蒋后作战，一天夜里，冒雨开到离敌据点只三里的××村宿营。原来这里的人们在平时不分黑夜白天，总是躲藏在山岭上和山坳里，过着恐怖的生活；这天夜里因为下着雨，只好伴着恐惧的心情回到被蒋匪抢掠不止一次的空屋子里来，心里都在祈祷着今晚上可不再遭劫了！

突然，外面的叫门声把他们从睡梦里惊醒了，一种莫名的惊恐又立刻袭上每个人的心头，但是谁也不敢哼一声。

解放军战士喊了大半天，没有一家开门的。暴性子雷洪生火劲又上来了，咚咚咚咚向门上踢了两脚，又喊了几声，一座两间茅屋的门算是开了。屋里是黑洞洞的，啥也看不见，只听着一位老大娘正在打哆嗦。

"灯呢？弄一盏来！"暴性子的话声仍有些粗硬。

"没有啊！先生。"

"没有？你家还不点灯吗？笑话！"

副班长老陈赶紧制止道："暴性子，你干什么呀？没有灯点洋蜡不行吗？"随又安慰老大娘说，"不要怕，大娘，咱们是八路呀，又打回来了。"

老大娘还是打哆嗦，一哼不哼。

暴性子点上洋蜡。"大娘，洗脚有盆子吗？"说着，把房子照了一遍，啥也没有，灶上的锅也不见了，"你家的锅呢？"

"先生，你说啥？俺不懂……"老大娘哆嗦打得更紧，话声也是那么颤声颤气的。

暴性子真气极了，索性大骂起来："妈的，老子才走了几个月，你就变心了！"说着把右脚向老大娘面前跷起半人高，"你看，咱光着脚爬山，一天几十里还得打仗，为的谁！"

全班的人见这种情形，都觉得奇怪。老大娘为什么这样怕我们呢？老陈更觉得这里面有问题，再一次警告雷洪生说："没有盆子就算了，不许你再啰唆，你看大娘怪怕我们呢！"

大家谁也没有再说什么，随便收拾了一下，就东倒西歪地躺下了。

老大娘不哼声，也不走动，只是盯着大家看，老陈催她去睡，她好像没听到似的。

过了一会儿，老大娘突然向着屋东墙走去——这里挂满了雨湿的军帽、军衣和饭包。她先细细看了看军帽，又反复用手摸着，她发现这并不是"大烧饼"（注）帽子；再看看军衣，拉开军衣的背后面，一件件都不是开过"小岔"（注）的。这时，她像有所悟似的，猛然转回身来跪倒在老陈面前，一面痛哭一面说道："我骗了你们了，同志！我对不起你们，我把同志们当做反动派了呢；同志请不要生气呀，是我年老糊涂了……"

大家都坐起来，暴性子也觉得很意外，老大娘继续着哭诉：

"同志，你们走了，俺可苦啦。毒心肠的王瞎子，又把咱的地给霸占了，还要追缴租粮；丧天良的遭殃军也天天来抢东西，糟蹋人，把俺做种的几十个棒子穗也抢走了；今天下午又抢走了俺媳妇。俺跪下来磕头，那些东西不留一点情。俺阻挡不住，就只抢到俺媳妇的一把乱头发……"

她从怀里掏出一把乱发，仍在痛哭着，大家被她的话呆住了。

"同志，俺儿也在八路，我天天总是到后岭去，望望咱的人打回来了没有！俺儿回来了没有？可是，总是看个空……"

"大娘，现在我们不是打回来了吗，我们打回来和你儿打回来一样，俺要给你报仇出气！"老陈说着，大家都带着严肃的脸色，暴性子后悔刚才自己猜疑错了，但马上内心里充满了愤恨，手里紧握着身旁的手榴弹柄。

第二天清早，部队集合在村东头的大场上，周围围满了送行的人们。一位六十多岁的老大爷从人群中走出来说道："老蒋的队伍抢走了咱的粮食、衣服、牲口，还抢走了咱的年轻小伙子和妇女，可就没法抢走咱穷人一颗红的心！咱穷人的心总是向着八路同志的，现在同志们回来了，咱穷光蛋又好闹土地还家了。"

部队喊过为穷兄弟爷们撑腰的口号后就出发了，但是老大娘又匆匆地赶上来，手里拿着一双新鞋，找着暴性子就说："这是俺媳妇做给俺儿的，俺儿向北开了，没法送去，俺把它藏在地窖里；现在送给你穿，好好去打反动派吧！反正给你穿了和俺儿穿了是一样。"

暴性子感激地把鞋穿在脚上，老大娘紧抱着暴性子不忍放走。直到部队走远了，暴性子才猛然动起身来一面走一面连声说："大娘，我们决不会忘掉你们的，一定回来！"

注："大烧饼"及"小岔"穿的是蒋军军帽和军衣。

（1947 年 12 月 25 日）

强大的意国人民运动

棕音

一

从第一次帝国主义世界大战结束迄今，已整整三十年了，意大利劳动人民在其先锋队共产党的领导下，始终为民主、自由、进步和独立进行了不懈的斗争。在这一伟大的斗争中，意大利劳动人民虽经历了许多艰难和曲折的道路，但它们从未气馁过，它们的力量始终增长着。特别发展到现在，在这斗争的历史新阶段时，意大利劳动人民已表现为一支具有坚强战斗力的铁的队伍，它们有足够的力量担负并将完成这一历史的新任务。

远在一九一九年，意大利人民为了推翻本国的帝国主义统治，曾英勇起义并在米兰首先树立了苏维埃政权。但由于当时领导这一运动的劳动总同盟，没有进一步组织工人阶级进行斗争的勇气与决心，同时其中许多社会党领袖犯了右倾，甚至根本背叛了工人阶级，竟命令工人放弃为夺取政权而占领的工厂。因此造成了工人运动的分裂，使革命陷于失败。这正如当时《重工业机关报》所说："那时之所以没有革命，不是因为有谁要阻止它，而是因为劳动总同盟不需要它。"革命失败后，由于劳动人民的消极与颓丧情绪，大大便利了以改良主义为标榜的法西斯党徒的活动，于是不出两年，墨索里尼就在一九二二年十月"进军罗马"而做了独裁者。年青的意大利共产党，虽在暗无天日的法西斯恐怖下，但仍坚决领导了反法西斯的地下运动，秘密出版着自己的报纸。意大利两个工人阶级的最大政党——共产党与社会党，更接受了过去的经验，于一九三五年十月签订了采取共同行动反对法西斯的联合协定，并决议共同在法西斯的职工会中活动，借此重建反墨索里尼的人民力量。不久，便团结了越来越多的工人参加到反法西斯英勇的斗争中来，并为工人阶级积蓄了力量。

二

在纳粹侵略苏联不久之后，由于意大利参加对苏作战在军事上的一败涂地，以及战争带来的饥饿及灾难，迫使人民奋起抗争，反法西斯的人民运动又达到了新的高潮。一九四一年十月，意共与社会党合组了民族解放委员会，领导意大利人民进行了广泛的反法西斯和反战运动。四二年十二月民族解放委员会在米兰举行会议，并与基督教民主党、行动党、自由党等五个政党组成了民族阵线。同时，革命的工厂委员会也在米兰各工业工厂内首先建立起来，接着便扩展到北意一切城市，这就大大加强了反战与反法西斯斗争。不久，在民族阵线和工厂委员会领导下，意劳动人民即在米兰和都灵起义。席卷全意的反法西斯运动，使法西斯统治终于在一九四三年七月十五日倒在人民的脚下了。继起组阁的巴多格里奥，在人民的压力下与盟军在意的登陆，不得不于同年九月八日向盟国投降。

意大利退出轴心后，巴多格里奥政府仍继续着法西斯统治，既未按照民主原则改变国家机构，又未向德作战。但民族阵线一方面为建立民主政治继续动员人民斗争，另一方面领导着当时为纳粹军控制的北意进行反德战争。到四三年十月，阿尔卑斯与亚平宁山脉中已活跃着数百个游击队，在三个月内发展到十五万人，到四四年即激增至四十万人，在敌人的后方进行作战，并在义瑞、义南边境建立了游击队根据地；同时在纳粹控制着的北意之德国军需工厂内，也秘密组织了工厂委员会。十二月他们号召都灵、米兰、热那亚等工业中心的工人，为增加粮食配给而进行罢工和游行示威，以试探敌人的力量。敌人被迫答应了工人的要求，于是第一次的试验成功了。接着各工厂委员会组织了抵抗运动的基本队伍，建立了武装的反法西斯小队，准备进行武装斗争。民族解放委员会再加上工厂委员会成为当时北意的统治力量。工人们完全团结起来了，因此在一九四四年三月一日在北意和中意所有工厂中得以举行了一个反法西斯反德的十天总同盟罢工，而使敌人魂丧魄散。北意人民的强大力量和对德作战的功绩，迫使当时的英美盟国和巴多格里奥政府不能不承认这种组织。因此在四月二十一日，巴多格里奥政府被迫改组，民族解放委员会的各党参加组阁。四四年六月五日盟军攻下罗马后，波诺米继起组织包括六大政党的内阁，下令解散法西斯政党及工会，废除法西斯法律，承认北意民族解放委员会与游击队的贡献，并给予后者以正规军的平等待遇。

四五年一月，北意游击队开始从山中向平原挺进。在纳粹崩溃的前夜，民族解放委员会号召工人与游击队向敌人作最后一次的决斗，并决定夺取与敌合作的资本家的财产，在各重要工厂内建立了工人管理生产委员会，他们迅速的行动，使北意各工厂免遭敌人撤退时的破坏。同时北意游击队先后解放米兰、热那亚等工业中心，占领了长达四十五里的义瑞边境。民族解放委员会宣布正式接收意北一切政权，迅速枪决了墨索里尼，并迫使百万德军于五月二日向盟国投降。

三

德国垮台后，于六月二十一日六大政党协议由行动党领袖巴利组织新政府。但在代表大地主、大资产阶级及金融寡头的利益的自由党及基督教民主党的胁迫下，巴利内阁不得不于十二月总辞职，由基督教民主党领袖加斯贝利重组新阁。

加斯贝利上台后，慑于共社两党在内阁中威信之日增及民主力量的不断增长，于是就纠集一切反动势力，公开实行卖国独裁反人民的反动政策，力图最后拯救意大利摇摇欲坠的资本统治。同时，加斯贝利则将解决意大利危机的一切希望，寄托在美国的"援助"上，"把幻想的款项当作山姆大叔的礼物，因此不得不给他擦鞋子"（托格里亚蒂语）。仅仅在美国十亿美元一纸空头支票的鼓励和唆使下，加斯贝利就在今年五月十三日，不惜采取了自杀政策，排斥了共、社两党，实行一党独裁。

但加斯贝利政府实行这种反动政策的结果，却更使意大利处于一个经济、政治危机与帝国主义奴役的大灾难中。用于美占领军的庞大费用（此项费用达一百亿里拉）、英美利用占领在意进行之掠夺、生产之一蹶不振和大量入超、无止境的通货膨胀和物价高涨、三千亿里拉的财政赤字、生产品特别是粮食和煤的奇缺，这一切，已把整个经济引向破产的边缘。加斯贝利一方面不惜卖国要求美国来拯救其经济的大危机，于是意大利的航空业、石油矿、市场等国家主权都落在美国之手，美国的大批代表团接踵而至，到处调查考察，力图设计变意大利为美帝国主义的附庸和向欧、非、亚扩张的重要基地；另一方面，加斯贝利则更凶恶地向意大利人民进攻，一再减低粮食配给。现在意人民每天的粮食配给量仅二百格兰姆（合五两三钱六），同时减低工资并大批裁减职工，因此造成了二百五十万人的严重失业情况。意大利人民对当局的卖国独裁和本身极端饥饿贫困的惨状是再也不能忍受下去了。

当加斯贝利排斥社共两党一个半月以后，罢工与示威即层出不穷。六月二十九日在加斯贝利初次出席威尼斯基督教青年大会演说时，当地人民即举行了示威。接着八月下旬爆发了全国二百万人以上的大罢工，波及八十万钢铁工业工人，一百二十万农业工人，坚持一月之久，抗议加斯贝利政府经济政策及物价高涨，并在九月二十日举行了反对加斯贝利政府，要求加斯贝利滚下台的全国大示威游行。

四

现在，意大利劳动人民正在为结束以加斯贝利为首的新法西斯分子势力而战斗着。米兰共产党总部的被炸，爆发了全意劳动人民为保卫民主而斗争的决心。从波河流域到西西里，整个古罗马都沸腾起来了。法西斯的平民党、社会运动党、基督教民主党的地方组织在各地被怒吼的人民所捣毁。示威、罢工，在整个意大利进行。在这次大运动中，意大利的劳动人民（工人、农民）在总工会统一与有组织的领导下，表现了坚强的团结和英勇的战斗精神，坚决地反击了反动当局的武装镇压，击破了基督教民主党工贼的分裂阴谋，尤其南部若干地区的农业工人，更拿起步枪、锄头及一切可用之武器回击镇压者，迫使军警处于"脆弱性的防御中"。同时在米兰、那不勒斯等地，罢工者更果敢地控制甚至占领了交通要道、政府机关及城市。

意大利劳动人民这一次斗争的空前规模，和他们在斗争中所表现的团结果敢和英勇，标志着革命形势在意大利业已存在。由于加斯贝利反动政府的坚决卖国独裁政策所招致的恶果（经济危机更益严重、人民更益赤贫和丧失独立的大灾难等），已使人民到达不能继续照旧生活下去的时候了；因此他们只有坚决团结起来进行英勇的生死斗争。同时说明加斯贝利赤裸裸的卖国独裁和反人民的凶恶面目，已在人民面前完全丧失了威信，遭受了人民的深恶痛绝，使他到了不能继续照旧统治下去的时候了。因此，目前全国性的运动，虽因局部经济要求之满足而在形式上暂以胜利告一段落，但此起彼伏的运动仍将继续，一直发展到人民民主的彻底胜利。这一次伟大的全国性的反法西斯的人民运动，胜利检阅了劳动人民的战斗力，并借此教育了劳动人民的队伍及其先锋队，以准备未来的胜利决斗。目前就是加速建立广泛民主势力的新阵线，争取和团结一切民主力量的过渡时期。

意大利劳动人民的斗争，必将取得胜利，因为在有二百二十万党员的伟大的意共的坚强领导下，有着九十万党员的社会党的充分合作，和数百万有组织的总工会会员的有力支持。

（1947 年 12 月 25 日）

割 毒 瘤

——记解放长垣之战

崔殿宸

一

平汉路东的长垣县城，是豫北一个残留据点，是长在人民身上的一个毒瘤，蒋匪冀保十二团及地方杂顽两千多人就困守在那里。此城号称九里十三步，四门皆瓮城（三道门），城高二丈、厚约丈七，上可屯兵一营，每隔五六十米有一突出堡垒，上有三层枪眼，下有坑道直越城外。地堡之外，环城又筑两道外壕，宽深各丈六七，并用树干柳棍扎成两道木城。市内大小碉堡星罗棋布，城外平坦无际，村落稀疏。盘踞蒋匪便依仗这座所谓"铜墙铁壁"的城垣，企图对人民进行顽抗。但他们仍是知道：任何工事堡垒是不能阻挡人民解放军的。于是他们又开始了新的忙碌，每天强迫着城周数万人民，胆战心惊的赶筑新的防御工事了。

二

群众日夜期待着解放军的来临，为他们割掉这个毒瘤。

十二月十八日，人民解放军挺进长垣城北的马庄、枣科。正是蒋匪兽蹄蹂躏之后，全村群众的锅碗为之粉碎，门窗为之烧毁，牲口、衣物为之抢光，被杀群众，血迹淋淋的陈尸道旁。风雪交加的冀鲁豫平原上蹒跚着被蒋匪害得无家可归的人们，哭声叫声融成一片。当他们看到自己的子弟兵到来的时候，他们想到复仇的日子已经到来。

十九日上午，一营召开战斗动员大会。被难群众扶老携幼，高呼着"拥护解放军打长垣，为我们报仇"的口号涌进了会场。民兵队长的女人，披头散发抱着小孩哭不成声。她走到战士们面前，哽哽咽咽地说："我男人……民兵队长……今早被敌人打……打……打死了。"哼的一声晕倒在地，群众争相呼唤："醒吧！不要哭了。诉吧！向咱们的队伍诉吧！一定能给咱们报仇的！"

"留下我娘儿们四口，怎……怎……么过呀！"又一个女人哭着倒地了，控诉一个接一个。全场沉寂了，士兵行列里喊出了仇恨的吼声："我们要为老百姓报仇！坚决打下长垣城！"

出发前群众送来许多铁镢，供战士们作工事。铁镢把子上贴着鲜红的纸条，上边写着"打下长垣"四字，这是多么大的鼓舞啊！

部队整装出发了，欢送群众打着两面红旗、敲着锣鼓，喊着"打下长垣！认回我们的东西！拉回我们的牲口"的口号，许多群众并争着抬送大锅，替战士背行李，战士们以"坚决为群众复仇"的口号谢绝了。

三

二十一日下午三时，总攻开始了。蒋贼送给我们的榴弹炮、野炮、山炮及各种口径的百余门炮火下配合着数百挺轻重机枪，把长垣北门轰击成一片火海。城墙坍塌砖石四飞，尘土直冲云霄，伏在地面的突击战士都震得耳聋头晕了。城墙塌开了两三米的缺口，战士们抬着云梯冒着尘烟直扑城墙，顽抗蒋匪拼命堵住缺口，两次冲锋都被炸弹打回来，三连长、指导员一齐负伤了，这时二排长杀敌英雄秦绍义同志自告奋勇的代理连长，整顿队伍后，对副指导员说："我一定完成突击任务。"说罢，带队即冲。副营长刘绍普同志，当即喊出："咱们要争取首先登城！"他一边喊一边就跟着冲出去了。在越过第一道鹿柴时，秦刘二同志相继倒下来。教导员又第三次整理好队伍后说："同志们！我们要发扬贵屯战斗的顽强性！回答长垣群众的要求，不能给人民丢脸！"部队前进中，教导员又腰部负伤，一连长李林同志继续带领队伍直扑城头。九班长王守魁同志带领全班六个人，迅速越过第二道鹿柴后，敌人的炸弹并没有阻止他们的前进，这时城墙的缺口已被我们的炮火轰击得比第一次扩大了十多倍，他们就迅速沿着坍塌的城墙敏捷的攀登上去。这时，缺口以东的突出部有五六十个敌人，还在向下狂烈射击，王守魁同志一枪就打倒了最先的一个，另一个回头就跑，但立刻又被王守魁打倒了。这时部队已冲到城根，敌人看到已经不行了，夹着尾巴都跑了，部队便冲进到城内了。

四

二连三班互助组长朱子文是汤阴战役解放过来的。队伍一冲进长垣大街，他发现敌人往一个院子里跑，便一面扔炸弹一面喊："解放军优待俘虏，缴枪不杀！"随即跳过丈多高的院墙，敌人乱作一团，七嘴八舌地嚷吵着："不行了！缴枪吧！缴枪吧！"他听到了，便手急眼快的抢上一步，大声喝道："不准动！缴枪不杀！解放军优待俘虏！"

"你是指导员吗？"敌人战兢兢地问。

"我就是！"他不慌不忙地说。

十二个敌人服服贴贴地把十二支步枪放在地下，高举着双手做了俘虏。

另一部我军直扑冀保十二团所住的天主堂，但敌人已逃窜了。战士们打开弹药库，炮弹、子弹、步枪堆积了半屋，总共缴获了十一万余发子弹、百多条步枪、百三十余发炮弹，及其他许多物资。

（1948 年 1 月 15 日）

检查官僚主义

　　武安雇贫郭文章，老婆被富农干部霸占，官司打了两年，尝遍了各级政府各式各样的官僚主义，最后说了一句话："没有一个地方按穷人道理办事。"这句话算是画了一个像，我们都要来好好地照照看。

　　郭文章揭发了的有三种人：第一种人是农会主任王文义，过去是恶霸，现在还是恶霸；拿上"农会主任"大帽子，欺压雇贫，无恶不作，随便霸占穷人妇女；靠土地主出身的郭区长，谁敢动人家一根毛。第二种人是司法科长和赵区长，吃老百姓公粮还要骂老百姓。他们办的是衙门里的公事，不想给穷人办事情，"区公所不能同区公所闹别扭，村上不能与村上起矛盾"。他心目中的政府是反人民的大宗派，按郭文章的话说，叫作"团体政府"，这个宗派对贫雇农是连"二分公理"也不讲。最后一种是饱食终日无所用心的人，比如县长可以看报，却不去理睬找上门来告状的穷人，到了专署也只能听到两句不真正替穷人解决问题的"公道话"。上边推到下边，下边又是如此，民主政府被这些人把持住，"官官相卫"，互相包庇，"谈笑皆地主，往来无贫雇"，只替王文义撑腰，不给郭文章作主，请问那里还有穷人讲话的地方？

　　我们大家都要站稳立场，扫清官僚主义，彻底把郭文章的冤屈弄个水落石出，把隐藏着的地方富农都亮出来，继续揭发各地一切违反穷人利益的事件。我们过去在这方面也未做努力。今后本报及通讯社诚心诚意的愿做贫苦人的代笔人，欢迎贫雇农及一切受委屈的穷人把肚子里一切冤屈，一切想说的话都讲出来，登在报上。中央局和边区政府都替你们撑腰作主，谁要是想来报复，那就要严办他。

（1948 年 1 月 16 日）

在克里姆林宫

郭甫巴克 作　邵夫任 译

西道尔·亚尔泰莫维奇·郭甫巴克在苏联伟大祖国战争中，曾指挥乌克兰的大规模游击兵团，深入敌后，横扫德寇后方留守部队、破坏铁路与桥梁，颠覆军用列车，烧毁敌军仓库与油厂等，以配合主力作战；勋劳卓著，晋级少将，并以战功两度荣获"苏联英雄"称号，到处受人民尊敬，妇孺皆知。其所著《从普梯夫里到卡尔巴特》一书，为苏联轰动一时之作品。

——译者

在那些最紧张的日子里，有一天——这是在八月后半月——我接到一封无线电报，召我到莫斯科，出席游击队指挥官的会议。

很明显，我当时怀着什么样的心情，和围在马车周围的同志们告别，我急待坐马车潜行到奥勒尔游击队的飞机场，由那里再乘飞机飞往莫斯科。

不知道为什么，大家都确信我将在莫斯科晋谒斯大林。于是，人民自然是托我代向领袖致以热烈的游击队敬礼；并不简单是代表大家致一个共同的敬礼——他们说，这是当然的，西道尔·亚尔泰莫维奇，你别忘了——而是专代表我们，也就是分别地代表每一个队员致敬。侦察员、爆炸手、迫击炮手、炮兵、女医务员、少年通信员等，也都求我代表他们专门致敬。我的上衣口袋里，塞满了信件，这些信件在我到莫斯科时，就要寄出。

…………

到达之后不久——这是在八月三十一日——来电话警告我们说，不要离开房间乱跑；将到克里姆林宫晋谒斯大林同志。虽然此事并未出我意料——我还在飞机上时，就料到这事可能实现——可是在往克里姆林宫去的途中，我只想着一桩事：一会儿就要走进斯大林的办公室，面见他，他还要和我谈话哩。多么好的运气！

在没进斯大林的办公室之前，我们穿过几个房间。我想："马上就要见到了。"斯大林总是站在我的眼前，像我在相片上见到的一样。当他的办公室的门开开时，我看见斯大林同志正是那样子。哦，简直就像我们已经见过许多次，和他很熟似的！斯大林站在房子中央，仍是穿着人们在相片上所熟悉的那套衣服。斯大林身旁是伏洛希罗夫，穿着元帅制服。

"看，这就是他，郭甫巴克！"伏洛希罗夫同志说。

斯大林笑了。他握了我的手，和所有的人寒暄一下，就请我们坐下。我旁边桌子跟前的人，原来是莫洛托夫。我已经坐到他身旁时，才看见了瓦切斯拉夫·米海洛维奇（莫洛托夫的名字——译者）。

斯大林同志坐在桌子跟前，和我斜对着。我想，这个接见一定很短促——这是多么紧张的时刻啊！可是，约瑟夫·维萨里昂诺维奇（斯大林的名字——译者）从容不迫地开始了工作谈话。他问起我们的家属，问我们是否还和他们保持联系。有时他需要中止谈话，走向电话机去。回到桌子跟前时，斯大林同志又重复问这问题。他一会儿和这个人对谈，一会儿又和另一个对谈。轮到和我谈了，我觉得，似乎约瑟夫·维萨里昂诺维奇慢慢地牵住了我的手，向着他拉去。恐怕是，所有的人都有这种感觉。随后大家恢复了神志，镇定下来。显然是，斯大林察觉了这个，就谈起游击队的事情来了。他首先问我，我们和人民的联系如何，老百姓对游击队的关系如何。我站起来，想要报告，可是斯大林同志说不需报告，让我坐下回答他提出的问题。

斯大林同志向我提了许多问题。在回答第一个问题时，我开始叙说我们如何和人民保持联系，人民如何帮助我们等，约瑟夫·维萨里昂诺维奇马上让我们了解，这点最重要，他认为此点有重大意义。他频频点头，仿佛说："对，对，和人民紧密地联系，这很好。"

在某些问题上，斯大林同志集中了我们的注意力，而另外一些问题只是顺便提提而已。就中，谈到和当地老百姓联系的问题时，斯大林问我，游击队里需不需要政治委员。可是当我说到仅仅一个指挥官，很难完成全部政治工作，因为这工作不仅在部队里要做，还要在所有我们路过的村镇里做时，斯大林同志说："清楚了。"关于政治委员问题的谈话，就这样结束了。斯大林再没重复这一问题。

谈到我们的装备如何、被服如何，以及我们的武器军需品的补充来源如何等问题，我答道：

"只有一个来源，斯大林同志！全靠敌人，靠战利品。"

"很好。"斯大林说，"现在我们要以本国武器接济你们。"

我一面回答约瑟夫·维萨里昂诺维奇的问题，一面想道，凡是我所讲的，他全都清楚；他之所以问我，只是为了把我引到某一重要思想上去，以帮助我自己弄清楚某种事物罢了。只是到后来我才明白，他从头到尾是在不知不觉之中使我得出这些结论，可是当我了解之后，吃了一惊：这多么简单、明确！

在我回答了一连串问题之后，斯大林同志问道：我们的游击队为什么能成为挺进的游击队？我叙说了机动战术的一些长处，这些长处是我们在苏姆斯克一带的战斗经验中证明了的。

斯大林听完我的话，提出一个意想不到的问题：若是一切都像你说的那样，若是挺进有利的话，那么，我们就不能向第聂泊河右岸挺进吗？

这事情很严重，我不能马上答复。

"想一想看。"斯大林说。

关于向乌克兰的河西地区出击的问题，我们从来没谈过，我们不敢梦想这件事。斯大林同志称我们的游击队为挺进的游击队，这完全正确，我们战术的全部精华就在这里——斯大林用一个最确切的字眼，把它概括了。但是我们的挺进，是从这一县到另一县，而这次却要通过几个州，强渡德斯纳河和第聂泊河，规模迥然不同。

——这算什么呢！——我想。——难道我们在希奈里森林和斯塔拉古达地方时计划的战役，在规模上来说，岂不是大大超过了我们由斯巴圣森林才出来时所能做的吗？难道夏季挺进普梯夫里之役，不是把由赫沃塞夫卡出发的冬季挺进丢在后面很远了吗？我们作战的规模在不断扩大。起初，我们不出县界，后来已经挺进了整个苏姆斯克州的北部各地，而现在我们已经出了苏姆斯克州的疆界了。这么一来，在斯大林同志的提议中，没有什么不可能的了。他不过是从我们的经验中做出结论，而为我们自己所不能做的，他派我们去的地方，很显然，那里此刻最需要人去。其实，我们为什么老是在苏姆斯克一带打圈子，围着老巢转呢？我们机动战术的全部优点不就是在于我们老是掌握着主动，随时可以给敌人的最痛处以打击吗？

这些想法启示了我解答斯大林同志提出的问题。

斯大林这时正在和别人谈话，瞥了我一眼，大概是从我的神色上看出来，我已经能够解答，并且在等待他来问我。当他突然转回身来向我说话的时候，我很惊讶，仿佛他总是在注意我，并且猜透了我的思想似的说道：

——请你说吧，我听听，郭甫巴克同志。

——我想，斯大林同志，——我说，——我们可以向第聂泊河右岸出击。

——为了这，你们需要什么呢？——斯大林问道。

我回答说我们需要最迫切的是大炮、自动步枪和反坦克枪。

——全都有。——斯大林说着，就命令我立刻写一张请求书，请领挺进河西所需要的一切用品。

我写好请求书，计算一下空运我请的全部物资所需的飞行次数，不禁大吃一惊——我发觉这数字太大了。"难道可以立刻请领这么多吗？"我想了想，就重新写了请求书，把数目大大缩减。纵然如此，可是当我把请求书递给斯大林同志的时候，还害怕他说："啊，你们铺张起来啦，郭甫巴克同志！"

事情结果并非这样。斯大林看了一下我呈上的纸单子，问道：

——难道这些就能保证你们了吗？

当我说我不打算过分请领许多东西时，斯大林就把请求书还给我，命令我重写。

——一切需要的东西，我们都能发给。——他说。

重做请求书时，我想道，最好能给战士们领一些靴子，但是认为这太过份，就没写靴子，请些皮鞋。斯大林阅过新的请求书，马上就把皮鞋抹掉了。哎呀，我还想领靴子呢！可是，我刚要骂我自己时，斯大林的手已经在勾去的"皮鞋"两字上面写上了"靴子"。

斯大林同我们谈话时，仿佛他有很多时间似的，毫不催促我们，让我们安安静静地运用思考力，而一切问题都当场立时解决，一分钟也不拖延。

临别之际，斯大林给我们的赠言说：

——同志们，最要紧的，就是要和人民保持紧密的联系。——他笑了笑，挥一挥手，指着我们在桌子跟前坐着的人们说——暂时你们就是我们的第二战场。

在归途中，乘都拉斯机越过前线飞往布利安森林时，我确信战争进程根本转变的时期已经不远。和斯大林同志的谈话，以及我在莫斯科起飞前读过的出击命令，更不容对此事抱有任何疑虑了……

（译自苏联小丛书）

（1948 年 2 月 23 日）

踏破辽河千里雪

新华社记者 华山

"兄弟部队"

新年前后记者随军横跨冰冻的辽河平原，在开阔的原野上部队从头望不见尾，日夜滚滚的脚步声、炮车声，在无边的雪地上，闯开一条条坦阔的大道，千军万马指向沈阳。不时听到战士们这样欢呼："看兄弟部队来了！"没有亲身经历"三下江南"和"四保临江"的人，很难体会到这句话的全部感情。前年十二月间，蒋匪还狂吠着："到哈尔滨过年！"保卫人民的东北首府的部队，正在炸毁松花江北岸的铁桥，拔掉铁轨，在冰冻的公路上挖掘防御坦克的壕沟；而被隔绝在南满临江一隅的解放军，则遭到数倍于己的敌人猛扑。那时，许多人还没有穿上棉衣，战士们挤在冰雪压坍的荒山马棚边吃着冰饭团。"四个县城，一座山头，两道荒沟"，这就是所有的地区，而敌人又以九个师的优势兵力作第四次猛犯。当天空似乎还是黑暗的时候，当坚持南满地区似乎绝不可能的时候，战士们只有一个呼声："打出去！"他们决心要把敌人碰个七零八落，他们相信北满兄弟部队会打过来的，因为在松花江北岸的人们也只有一个呼声："打出去！"正是这种人民军队的英雄气概，冲破了最艰难的日子，把东北战场从松花江畔和长白山麓移到辽河平原，隔绝了一年的兄弟部队，终于到沈阳的大门口会师了！"看这是打新一军的北满老大哥！""看这就是新六军的死对头，'打虎能手'（匪新六军自称'虎威部队'）！"战士们边走边谈，虽然天空中敌机正在跟踪扫射，但人们也按不住见面时的狂欢。

"林彪将军的战士们"

沈阳腹地不乏稠密的大村庄，但都驻满了四面八方汇集而来的解放军健儿们，我们改变了三次宿营地也找不到住处，最后只好到一个住满了人的院子里稍避避风。一个连长立刻集合队伍说："咱们今晚全睡地铺把热炕让给兄弟部队好不好？"满院响起了一声："好啊！"我们便被他们拥到暖房里，他们争着给我们扫身上的雪花，敲打靴鞡上的雪块，问我们歼灭敌人"王牌军（指新一、新六军）"的经验。一个参加过保卫临江的连指导员向我介绍他这连队的装备："新六军一个班两支冲锋式，咱们班长、组长各拿一支；它一个连九挺美式轻机枪，咱有十二挺，也是他爸爸的美国造；它一连两门六〇炮，咱也两门；咱们的掷弹筒它可没有哩！"这个连一年来俘虏敌人二四一四名，缴获机枪五十二挺、冲锋式一一五支、火箭炮九门、迫击炮九门、六〇炮七门、长短枪六六二支，创造了"东丰连"的光荣称号，出现了一四九个人民功臣。这位指导员的结论是："林总（指战员对林彪将军的亲密称呼）就是胜利，现在咱们四满大军来会合，大胜利就在眼前了！"

"三下江南"

大踏步后退，大踏步前进，从南满撤退到松花江北，又从江北打到辽河平原，这该是多么遥远的路途啊！战士们在零下四十摄氏度的冰天雪地里，有时一天要走一百几十里路，脚上裂口，血泡的血水浸透了毡袜，又冻成冰；整天还吃不上一顿饭。但是他们毫无怨言，亲身的体验使他们坚信：能走路就能打好仗。"打仗要做英雄汉，行军要做铁腿将"，这是遍及全军的誓言。

今年辽河大雪为七八年来所未有，千里平原不露一片黄土；风刮起遍野积雪，把踏开的大道埋没了。而滚滚雄师还是川流而过，用双脚踏出新的道路；靰鞡踏破了，光着脚走，宁肯在雪窝着跌来摔去，不愿离开队伍一步。勇士们只有一个决心："林总指到哪里，就打到哪里！"

"人民的硬骨头"

在出征宣誓大会上有一个名叫伊小虎的新解放战士，走到全连被蒋介石杀害的父母灵前，和大家一样的大哭起来："父亲你死得太冤啊！国民党抓兵，你出过三次行利钱买我，可是第四次你再买不起。我离家三里路，你就叫逼死了，你现在埋在那里，我都不知道啊！现在共产党把我救出来了，我参加自己的队伍了，我非给您报仇不可。不消灭蒋贼，我对不住你啊！"复仇怒火，使他变成"人民的硬骨头"。战场上，他叫树权子从脚心扎透脚背，但他没让人知道，扛着机枪照样冲锋，跟着行军；伤口已经化脓，脚肿得穿不上鞋，他光脚走，没掉下一步，一拐拐地还替旁人扛重机枪。班长硬要看他的脚，才发现伤口肉全烂了，坏肉里塞满砂子。卫生员问他："为什么早不说？"他说："我早说了，还捞上打仗吗？还能亲自给父亲报仇？"第二天行军，大家硬把他拉上病号车，他慢慢地爬下来又追上队伍，脚上只缠条绷带，坚持了三天行军。

"不怕你下雪刮风，挡不住我复仇立功！""你能冻坏我的皮，冻坏我的肉，冻不坏我共产党员的硬骨头！"这是响遍全军的出征誓言。武器上红色的"枪托铭"写着每个战士的仇恨和决心："刺刀见血，誓报父仇！""消灭死对头，要报血泪仇！"解放战士要立功赎罪打回老家算总账，翻身农民战士要挖掉蒋介石这仇恨，保田保家乡，解放天下穷哥儿们，争取做一个光荣的毛泽东战士。刚刚放下锄头的农民和被俘不久的蒋军士兵，就这样变成所向无敌的英雄！纵横辽河平原的人民军队就这样突破了千里雪野，打彰武、打新立屯、打辽阳、打鞍山、进入沈阳的卫星要点，钳住北宁线的咽喉地区，在足迹所到之处，为一九四八年创造更大的胜利。

（1948 年 3 月 6 日）

我尊敬美国共产党并爱美国人民

艾斯勒 作 丁名 译

  在我作为德国反法西斯流亡者的长期流浪过程中，我已发现对于真正反法西斯流亡者的态度，是一个国家政治气氛的寒暑表。每当一个国家统治者的路线转向于反动和进行战争宣传，每当更加反动的具有法西斯思想的集团攫取更大的势力，并力图在政治上粉碎工人阶级与一切进步力量时，我们反法西斯流亡者便得经受一些苦难。我们的存在常常被利用来掩盖反动派的真正企图和使人民不注意他们的真正问题。

  我要是目前在柏林、莱比锡或德国其他城镇就好了。假如我在德国，我会要求参加德国社会统一党（共产党与社会党合并而成——译者）——德国工人和德国民主的伟大希望，西方各国官方政策和它们的德国代理人坚决反对它。我将写文章、教书并做任何叫我做的事。

  对于我，实在没有叫嚣激动的必要。我没有抬高物价，也没有减低工资，我离开美国不会对美国人有什么害处。（美反动当局前年曾禁止艾斯勒回德国，目前则又要将他驱逐出境。——译者）相反的，德国需要每一个反法西斯分子去争取和平的、反法西斯的、民主的德国——再不会给他国人民带来反动、侵略、大屠杀的德国。

  如果谁认为我准备扮演反动派猎犬所追逐的野兔底角色，那他就错了。每国人民的历史，特别是德国人民的历史，告诉我们一个太明白不过的基本教训：绝不为反动派所吓唬住；决不要害怕，随时随地准备应付挑拨者、拐骗者搞他们的肮脏勾当。随时随地予以反击。这对于各民族、各阶级及各个个人都是如此；对于职工会、进步团体和

华北抗日根据地及解放区

文艺大系

进步政党也都是如此；而且对种族及宗教中的少数派也莫不如此。

让我在这一问题上提醒你：纳粹的独裁其实是发展到了最高度的反对所谓"非德活动"的委员会。它暗杀、虐杀成千百万的高尚德国人和各国的人民，因为他们不照纳粹标准思考和行动，而这就是"非德活动"。你难道在美国能不听到：有人想要处罚世界上每一个不遵守你们非美活动委员会的标准和思想的人吗？

只要我一天被迫住在美国，只要我一天能够用我的笔，而且只要我一天不被禁止说话，我便要进行反击。而且我将利用一切机会进行反击，并感谢给我的每一个机会。坦白地说，我认为美国自由进步力量将给我更多的反击机会。

在我的一生中，我曾经在不少的国家中待过，或者是作为一个希特勒上台前的德国共产党记者，或者作为一个希特勒上台后的政治流亡者。但是在我所到之处，我的活动都只与反对德国反动派、法西斯主义及其国际支派的斗争相联系，与动员一切可能的援助支持德国地下斗争的工作相联系。

在我留住美国期间，我认为尽力支援美国及其盟国反对德国法西斯和日本帝国主义的战争努力是我的责任。

如果我提到这些活动，绝不是因为我想夸耀我所做的那一点点工作，而是因为我不得不说明我的活动。我曾经以鲜血捐输血库，而且曾因忠于防空监视员的职务而得到奖状和奖章。作为一个记者，我用我的笔支持盟国事业，拥护盟国团结，而且特别反对德美协会会员（在美国的纳粹分子组织——译者）和其他美国酷爱纳粹的人在祖籍德国的美国人中所散布的有毒的思想和混乱。在这一方面，我得承认：我曾写过文章反对汤普逊女士，当她宣传与德国讲和，并说与苏联作战更好的时候。

我也给共产党记者（例如我的朋友史塔罗宾，优秀的报纸《工人日报》的国际编辑）供给我对于德国与欧洲问题的意见和资料，他把这些稿子用他想出来的"汉斯·白尔吉尔"的笔名发表了。作为一个自觉的记者和时论家，我的朋友史塔罗宾对于不完全是他自己所写的东西，不用自己的名字发表。有好些记者可以从他这种对于业务的忠实上学习到一些东西。

在"德籍美国人"上，我应已故的罗森费尔德之邀，写过专论，有些署名，有些未署名。我并和另外两位德国友人合著《德国的教训》一书，一本描写德国反动派和纳粹暗杀艺术的书。我诚心希望永不需要写一本类似的书：《美国的教训》。

在我住留美国期间，我很喜爱美国人民。

如是说布登兹（美共叛徒，叛变后加入美国天主教，进行造谣诬蔑的无耻勾当）所说的话里还有哪一点不是虚假的话，那就是他不自觉地承认：我写文章拥护站在美国、盟国方面作战；我是坚信大国需要团结的人。我老实相信这与这次检举（即说艾斯勒是德国间谍，共产国际派到美国指导美共的代表等——译者）有些关系。我写文章反对屠杀了千百万人民的罪恶的哲学，这种哲学推动兰金（美民主党众议员，非美活动委员会委员，反共反民主的反动头子）先生进行所谓调查。对于这种哲学我一生只有蔑视。

显然，如果我的文章支持纳粹，我就会被赫斯特系报纸（美国报纸托拉斯，反苏反共反民主的宣传机关之一）其他出版物及兰金的委员会看成高贵的人物。如果我像汤普逊女士那样出面主张与希特勒德国讲和，并且与参议员塔虎脱和汤普逊女士（纽约《先驱论坛报》反动专栏作家——译者）为战犯被绞一掬同情之泪，我想我会已经得到十分不同的待遇。汤普逊女士也许会邀我出席她的人道会议，而不会表示希望在狱中见到我了。

如果我认为中国的前途在于屠杀成百成千的农民和工人，不会有

华北抗日根据地及解放区

文艺大系

人控我有非美活动。如果我污蔑铁托、南斯拉夫和阿尔巴尼亚人民，我将被认为是一个很受尊敬的人。如果我爱佛朗哥（西班牙独裁者），西恩会像爱布登兹一样地爱我。如果我因为苏联具有最高级的社会组织形式而作些反对它的战争宣传，我大概会被允许在西德重新教育德国青年，以被无耻地叫做"真正的民主精神"去教育他们。

我和美国共产党的关系怎样？我这个德国反法西斯流亡者真的给美国共产党发号施令吗？他们接到过命令吗？没有，我没有指导美国共产党。我如果这样做，他们会认为我发了疯。

我知道贵国的每一件东西都是伟大的，显然贵国的特务挑拨分子和某些相信这些家伙的人们底愚笨，也是伟大的。

我尊敬美国共产党，因为他们反对反动派的斗争，并在这一斗争中争取和平与团结。

我见到美国共产党人和进步分子在反佛朗哥、希特勒、墨索里尼的不朽的国际纵队行列中作战。过去我仅从书本上学到的东西，现在却从生活中认识到了，这就是美国人能多么勇敢地为一个优良的事业而斗争。在西班牙作战的美国英雄中，是没有兰金这一流人的。

作为一个德国反法西斯分子，我对于美共关于德国问题的立场感觉愉快，这是许许多多有远见的美国人的立场。作为一个德国反法西斯分子，我参加那些尖锐批评西方各国占领政策的美国人的行列。美国驻德军事总督麦克纳涅将军（现为克莱将军，华尔街的反动代理人）曾经说过：憎恨德国的时代已经过去了。说得好漂亮！但是，这个时代不应为爱德国反动派的时代来代替。

我只有一个意愿，回到祖国分担我国同胞的苦难，并与那些正为德国人民寻求幸福温饱生活的人们一道斗争。

译者按：本文作者前年曾遭美国反动的非美活动委员会传讯，诬为德国间谍，并不准他回德国原籍，从事民主斗争。目前并将他囚禁纽约附近的艾里斯岛上，准备驱逐出美国，且违反惯例，不准在审讯前交保释放。经过坚决的绝食斗争及广大人民的抗议，始与美共领袖威廉逊（劳工书记）等于三月七日保释。

原文载美国四六年十二月十七日《新群众》杂志，题目是译者加的。全文甚长，这是节译的。

——译者

（1948 年 3 月 11 日）

攻进洛阳城

冯牧

攻进洛阳的战斗英雄李步周部十二日接受了攻击洛阳西门的任务时，李说："把我们的血流在洛阳城上是光荣的。"那时洛阳四面已被围得水泄不通，敌人凭借多年来修筑的工事顽抗着。西门外有一道满布暗堡的外城，西北墙上碉堡多得像蜂窝一样，外壕宽得根本无法越过；从西关到西城必须通过一道长桥，布满拒马和暗堡。

总攻击冒着雨在中午开始，炮兵先把火力范围以内敌人显著工事大部摧毁。冲锋号响了，战士李士荣等踏着泥泞飞奔过去，用铡刀砍断铁丝网。跟着火光一闪，外城墙像打了个寒噤在浓烟中炸出一个大缺口。李步周率领的战士从墙洞中一跃而出，在半尺深的泥泞里跨向桥头冲去。李步周冲过了桥头，他挂彩了，但还挣扎着向城上爬。战士们一排排的炸弹在大城墙上爆炸了，有的战士把炸弹从暗堡孔里塞进去。七班班长王英生一手提了一篮炸弹，一手提着手提机枪喊了一声"我们三排上来了"，两步爬上了城墙缺口，用手提机枪向里面扫射。连长安廷兰也先跳上了缺口，突击队员们一个个从他身边冲进。

冲进外城，踞守在里面的敌人两个连溃乱了。我们的战士不停歇地向敌工事中塞着炸弹，王英生连打了几篮炸弹，没有了便钻进敌人的工事里去找，许多人因打炸弹把胳膊都累肿了。

城圈内的敌人肃清了，但第二道城门还紧闭着，城楼上的敌人还在顽抗。敌人一个营指挥员在上面响着电话铃，随着我突击队的炸弹和山炮又响了。第一炮正打中城楼上的蒋贼画像，第二炮打在城楼左面敌人指挥所，电话机打得飞上了天空。残余的敌人从最后的据点逃出来乱钻，我健儿们即跟踪追去。

城门洞开了，队伍一列列地冲进去，楼房高耸的洛阳大街上到处卧着敌人的伤兵和死马。我们的队伍开始纵深地向敌人追击着。

　　【新华社豫陕鄂前线二十日电】我攻克洛阳后，被俘之蒋青年军二〇六师官兵，十分惊讶解放军的强大炮火，摧毁了他们认为牢不可破的洛阳城防工事。该师第一团一营士兵王居友说："洛阳城的工事，是经过好几年的建筑，几乎每一个可以用来防御的地方都建有工事，地下交通壕长达二三里，大部地碉都用钢板盖成的，我们师长邱行湘每次讲话总是说洛阳的工事坚固，但凭共军现有的火力休想进入洛阳。可是现在你们却像推磨一样，一下子就把我们给推碎了"。师部搜索营的班长赵九如说："我们过去总以为只要把防御工事修得好，给你们碰一下就会退走的，谁想到你们打进城把我们师部包围了，受了两天炮轰，把我过去不相信你们能打开大城市的想法完全改变了。"在周公庙被俘的六团青年兵雷天云说："我们守周公庙的时候，方团长（指方景林，已被俘）每天对我们说：共军主要靠打运动战，一攻坚就不行了，并且说周公庙是洛阳的门户，有最新式的双层袋形集团工事，共军要攻，无异自投罗网。可是这话说了不久，你们就攻进来了，'袋形工事'没有把你们装住，倒把我们装住了。"

（1948 年 3 月 22 日）

王匪就擒记

蒋匪整五十一师一一三旅旅长王匪带着他的两个团,在益林(阜宁西南七十里)挨了解放军两天三夜的大炮,援兵终于没有赶来,卑鄙地施放了三次毒气也没有挽救得了覆没的命运。十八日夜里,当解放军勇士完全突破他最后的防线时,这个几分钟以前还昏头昏脑下令"死守"的旅长,才仿佛清醒过来,慌忙爬出掩蔽部,打算趁着混乱逃走,但并没有走多远,就被解放军战士任家骥捉住了。任家骥问他是什么官。他哆嗦着胡诌了一个官名说:"我是文墨官,是……是……是上尉司书,就是给人家写字的,我不会说谎。"并拔下钢笔塞到任家骥手里,连连说:"咱们交个朋友,咱们交个朋友。"任家骥拒绝了,并且说:"解放军优待俘虏,当官的也是一样,一律宽大。"说着把他送到解放官兵招待处,他在那里住了一夜。第二天再问他时,王匪还是满口"文墨官,文墨官",可是他的解放了的部下,已出面来作证。于是,他连忙脱下帽子,深深鞠了一躬说:"对不起!对不起!我就叫王匪,我就是一一三旅的旅长。"

周村蒋匪被歼故事

当解放军的矛头突然伸向胶济西段时,王匪耀武一手提拔起来的亲信整三十二师师长周庆祥还如在梦中,一个师分散在六七处,周村市驻着师的直属队。但是当一听到广饶、博兴一带我军集结的消息后,周庆祥就吓得团团乱转,立刻叫参谋长李锡煜打电话向王耀武求救,不料电话中挨了一顿臭骂,说他"谎报军情",并声言:"今后如不把情况查明就乱报告,要杀你的头!"其后解放军已愈逼愈近,周庆祥接二连三打报告请援,可是王耀武还说:"估计共军是掩护辎

晋冀鲁豫《人民日报》文艺文献全编　散文报告文学　第一卷

重过黄河去。"但解放军的巨炮已在周村外轰响了。

解放军十二日向周村市发动总攻，困守市南的蒋匪整三十二师一四一旅四二二团一个营的士兵皆已无心作战，当解放军的枪愈打愈近时，该营士兵就找着营长问："怎么办？"营长也和下面一样巴不得快投降，但碍着在团里督战的旅参谋长方人杰，于是就到团部里报告："下面已经乱了！"团长是杂牌军官，也早知道大家的意思，但是又不敢讲话，大家都把眼光望着唯一能作主的旅参谋长。他呐呐地问道："有没有一点办法？"营连长们同声回答："办法有两个，一个是投降，一个是突围，可是突围大家不敢保证参谋长的安全。"这位参谋长吓白了脸，望望大家，默不作声，就这样四百多人在解放军炮火的威力下放下了武器。

混在俘虏尉官队里的方人杰穿着一身士兵衣服，满身弄得又泥又脏，还把棉军帽的耳朵放下来遮着面孔，蹲在一个角落里不敢声张。这时四二三团一营的十七岁勤务员王清走了过来，他是去年在许昌车站上卖香烟被抓来的，这次被解放后，他要报仇。他笑嘻嘻地走上去对方人杰说："团长叫我请参谋长讲话。"方人杰一听吓白了脸，但还跳起来假作镇静地威胁说："谁说我是参谋长，是你封我吗？"王清把嘴一呶，指着他说："现在可不是你摆官架子的时候了，我被你们抓来当了九个月兵，连你是个参谋长也不认识了吗？"方人杰知道瞒不住了，掉转头向解放军同志承认道："我是代理参谋长。"围在左右的俘虏军官听了都大笑起来，方人杰的脸一阵红一阵白，最后他低下头来很难为情地承认了是一四一旅的参谋长。

（1948 年 4 月 2 日）

华北抗日根据地及解放区
文艺大系

桌 上 的 表

张明

　　洛阳东城门里，靠路南有座商家的楼房，当我们部队突进城后，少数敌人凭楼顽抗着。最后两个突击队的战士首先冲上了楼，敌人已经逃走了，房主人也吓得不知躲到哪里去了，楼上静悄悄的，一个人也没有。房内放着漂亮的花被、崭新的皮包和许多衣服。在一张方桌上还放着一只钢壳怀表，雪白的表面，漆黑的表针，在灯光下看去还不到十二点钟，细小的秒针正在滴滴答答地走着。

　　战士们在楼上搜寻了一会，没有发现武器弹药一类的东西就急忙出去了。之后，这个楼上来来往往的战士很多，楼上的东西仍旧原封不动地摆着。

　　巩固突破口的任务完成后，三连被命令停止在这楼上休息。只有那一只滴滴答答的表，吸引了一部分同志，三排副王保怀说："打仗就是需要表，要在三查前我就要把它装起来了。"但是说了后，却没有动一动那只表。其余的同志也纷纷议论说："纪律是自觉的，楼上的东西少了，咱连要负责！"正议论时，副政指庄建礼同志来了，战士们问："副指导员，你看这表好吗？"庄副指导员拿出小刀剥开表壳一看，崭新的表心，镶着四颗宝石，的确是瑞士的好表。看完后，表又原样摆到桌子上。

　　部队出发了，副指导员检查纪律，楼上的东西丝毫未动，那只钢壳表依然放在桌上滴滴答答地走着。

　　按：此文作者为战斗英雄，先攻入洛阳城的突击营营长张明

晋冀鲁豫《人民日报》文艺文献全编 散文报告文学 第一卷

共产党人

罗烽 译

地球上没有一个角落不为共产主义的思想所照耀；没有一个国家不出现以这伟大思想全部武装的共产党人——人民的忠实的朋友，争取和平，争取民主，争取人类最高尚的正义的战士。

共产党人会引导人民走向何等高度的民主，走向何等庄严与荣誉，我伟大社会主义国家的实例已向全世界说明了。

列宁——斯大林的党，教育了这些特别的人，教育了这些经过猛烈锤炼的共产党人。俄国布尔什维克——是我伟大人民的民族天才的精英。

俄国共产党人，曾领导勤劳大众，发动他们为争取自由而斗争，创造了世界上第一个多民族的社会主义国家。这个由列宁与斯大林所创建的国家，已经存在三十年了，它的真理的光辉照耀全世界。苏联人民在反对无数外国武装干涉者的作战中屹立着，在反对德国法西斯主义的斗争中维护了自身的独立，从希特勒侵略者的魔手中不仅解放了自己的土地，而且给欧洲各国人民带来了自由。在这巨大的斗争中，是共产党人鼓舞与引导苏联人民进行神圣的战斗！

在第二次世界大战的岁月里，许多国家的共产党人的影响不可计量地增长了。饱经希特勒侵略恐怖的各国人民，用自己的经验证实了，最热烈的爱国志士，最勇敢的争自由与民主的战士，就是共产党人。

南斯拉夫的游击队员、法国的地下工作者、捷克斯拉夫的爱国志士、中国争取民主的战士——所有这些人，共产党人在斗争中的英勇献身的范例，都推动了他们。

谁在残酷的岁月里，把为人民争幸福与自由的强有力的战士，把新民主主义的领袖如铁托与季米特洛夫给予世界的呢？共产党人！

被苏联的范例所鼓舞的世界各国的共产党人，为争取人民真正的民主自由而进入了战斗。

在同一艰险的时日里，华尔街的大商人和高利贷者们、英国的扩张主义者们，追求着什么目的呢？如果丘吉尔等辈也迟迟地走进了反对柏林的奴隶贩卖者与日本侵略者的斗争的话，那只不过因为他们妒羡那些刽子手的名声，妒羡那些强盗们的利润，只不过因为他们本身也幻想变成世界的主宰而已。

"人们呀，我爱你们！提高你们的警觉性吧！"

今天，多么强有力地响彻着岳欧司·佛契克临刑前在盖斯塔波底狱门内所说的这最后几句话的声音！捷克斯拉夫的共产党人，为人类幸福英勇献身的战士，在生命的最后一刻，他以属身于一伟大的政党而自豪。在这最后一刻里，他思念着将来，他思念着千百万人的命运！这个为要使和平，与各民族的兄弟友爱，在世界上获致胜利而交出了自己生命的人，他号召人类提高警觉性，他预见了出现新的刽子手的可能性。

谁在临刑前能如此神志清爽与满怀博爱？共产党人！

正直的人们，以爱情报答爱情。"共产党人"这一概念本身，就是世界上勇敢与忠实的象征。

天下都如此。首先在我们国家里，在列宁——斯大林党鼓舞着劳动与战斗中的每个人的国家里是如此。

这就是为什么非党的军人们，当他们去冲锋的时候，留下简短的纸条："请承认我是共产党员吧！"这就是为什么在一切事物上——在一个人的品行上，在他对劳动的态度上，对执行本身职责的态度上——党性在我们这里成了个人品质的最高准绳。

由于斯大林，由于伟大的布尔什维克党，苏维埃人民完成了先进人类所崇拜的东西，而苏维埃国家则作为正义的柱石，作为民主与和平的堡垒耸立于世界。

战争结束以后，欧洲与亚洲各国的共产党人，都以国家最有影响的活动家，以各国人民自由和幸福的维护者而出现了，他们警卫着和平。

他们警卫着金融寡头们想损害的各国民族独立与国家主权。

如果在那时，当资产阶级还年青，还以接替腐朽了的封建贵族政治的新生力量走进历史舞台的时候——如果那时资产阶级还有些民族观念的话，那么现在，发展到顶点的垂死的资产阶级资本主义，在任何国家里，都以自己民族的、以本国人民的，和以地球上各国人民的最凶恶的敌人、杀人犯、刽子手的姿态而出现了。

事实上，那些为着自身的利益，准备出卖自己国家的独立与主权的贪得无厌的金融寡头们，与其祖国有什么共同点呢？对于他们，民族的荣誉，它的传统，它的文化，又算得什么呢？

这些可耻的、有着"国际"联系的、狼狈为奸的国际强盗们，他们惦记着的只是他们的钱袋。

今天，共产党人就是一切最正直的，最勇敢的，最进步的化身。

今天，历史告诉每一个看重自己人民的命运的人：

——如果你愿相信明天，如果你想作个自由国家的自由的公民，如果你不希望给外国富翁们作奴隶，那就信赖共产党人吧！

——如果你要民主与和平，如果你看重你子孙的生命，如果你不希望帝国主义者们用你的眼泪与血汗致富，那请倾听共产党人的声音吧！

——如果你想世世代代保有你民族的独立文化，保存它的诗歌和丰功伟业，它的书籍和它的智慧；如果你不希望历代学者们的、诗人们的、建筑家们的一切创造被标本的"帝国主义"的浊浪所冲没，那请跟随着共产党人走吧！

九国共产党代表大会的宣言，响彻了全世界，它宣言：共产党人

"必须举起保卫该国的民族独立与主权的旗帜……"

世界各国人民不愿战争。千百万正直的人们满怀希望地望着共产党人，在艰苦的岁月里，共产党人的英勇，他的坚定与忠实，已不止一次地经受过考验。

一切敲诈与恐吓，一切乌烟瘴气的诽谤，在这坚定与忠诚面前，都碰得粉碎。

今天，谁反对为和平而斗争的共产党人与千百万正直的人们呢？

是那些把希腊的爱国者放逐于波西达里亚的荒秃的绝壁上，用饥饿致其死命的刽子手们；是那些在秘密的实验室里，研究着细菌战争方法的人类的仇视者们；是那些轰炸印度尼西亚的孩童的凶手们；是那些虐待黑人的亚拉巴马的暴虐者们；是希特勒与杜鲁门的巴西的朋友们。最后，是那些指挥与用金钱供给所有这些反对人类罪行的无所不为的大富翁们。

但我们在九国共产党宣言里读着：

"拥护和平的力量是如此的强大，只要这些力量在保护和平中能坚定不移，只要他们表现出沉着坚定，那么侵略者的计划一定会遭到完全的失败。"

这样，而且将来也是这样！

这样，而且将来也是这样。因为在拥护和平力量的先锋队里，有着共产党人。

（原文载一九四七年十月二十九日苏联《文学报》）

（译自一九四七年十月二十九日苏联《文学报》）

（1948 年 4 月 29 日）

季米特洛夫的矿工

刘宁一

向索非亚的东南走七十华里的路程，是一个山岗地带。这里有一个一万四千人的煤矿。一九〇六年季米特洛夫同志就在这里把矿工工会组织起来，所以这里帕尔尼克的矿工都骄傲地说："我们是季米特洛夫的矿工。"算来已经奋斗四十多年了。当然在那年以前，他们早就遭受残酷的压迫了。据说，那是和中国的国民党区域的工人生活差不多，过着非人的生活，而今得到解放了。他们很欢喜在新的生活下追述着过去的痛苦。汽车经过索非亚工人休养所的旁边，顺着蜿蜒的山道，扬着灰尘，迎着朝阳驶去。在他们慢慢的讲述中，我的脑海里猛然忆起了蒋管区工人受饥寒、恐怖、监狱、屠杀、非人生活的一幅悲惨的图画来。

突然车子停在一个丁香树围绕的门前。那垂杨柳下红楼的前面走来了一群体格强壮的男子，满脸的笑容。其中一个五六十岁的强壮老人，伸出了他的大手和我紧紧地拥抱、接吻。这是帕尔尼克的煤矿工会负责的人们。

到了他们的会客厅里，自由的寒暄起彼此矿工的生活和斗争。老主席从墙上取下了一张古旧的照片，上面是一排面容瘦削而精神敏锐的矿工。老主席含笑告诉我们，那中间一位青年就是季米特洛夫同志，旁边一位就是他自己。这是他藏了四十一年的一张工会成立纪念的宝贝。当和法西斯战争的时候，每一想到他们是季米特洛夫的矿工，就立刻会增加无限的勇气。现在他们在他们的季大哥领导的国土上，得到了幸福的自由的生活。

当民族解放后，为了解决煤荒问题，全体职工作了极大的自我牺牲，拼命生产。经过了两年努力，人民的工厂逐渐恢复了，煤的生产数量大大增多了，工人的生活也得到改善了。他们每天是八小时工作制。工人参加了管理生产。煤的生产不是为资本家赚钱，而是为自己的国家人民。他们住的地方，不是从前像我国唐山的矿工，两百人轮流睡在七十个平排的木板铺位上，而是一半住在自己的家庭里，一半住在工房里。工房是四层的楼房，四个人一间房，铺着毯子，盖着雪白的被单，面对着垂柳，听着无线电的广播。那些在家里的矿工，上下班用大汽车接送。工资每天至少可得五百拉瓦，每礼拜伙食除面包以外，还配给一公斤菜油，合一百六十拉瓦；一公斤奶油，合四百拉瓦；十一个鸡蛋，一磅肉，青菜是无限制的。而每餐工人所付的价钱仅五十拉瓦。所以一天的工资，可以吃十顿很好的饭。矿上每年发给一套工衣、一套日常衣服、两双鞋、两套衬衣裤。对于挖煤工人更优待，每日两餐中有一餐免费。在地上工作的，每月可得一万五千拉瓦，在地下工作的每月可得二万拉瓦。

工会办了三个幼稚园，一个大的医院。连工人家属人口计算在内，每一千人有位医生，他们的工房下面一层是一个大的俱乐部，有图书、学校、壁报、戏剧、音乐、电影。工人组织了剧团、音乐会、歌咏团、足球队、排球队、游泳队、滑雪队、拳术团和跳舞会。每到晚上有广播播送音乐、新闻和本矿的情形，各处工房都可以收听。

在地下工作的，防火、防危险，不但有了事后的保险，而且特别注意到按风筒、搭棚子的预防工作。一切医药由厂方负责。工人工作十五年及年老了，可以完全不做工拿养老金。工人因工受伤、疾病歇工的，工资照付。工人的小孩有国家津贴。一个小孩每月三百拉瓦，两个的七百拉瓦，三个的一千二，如此累进。这些保险金完全由国家负责。每月按照工人工资的总数百分之七点二，在工资以外拿出这一笔款子交与保险委员会负责支配。

工人的生活自由了，幸福了。工人兴奋地进行生产竞赛。战前每一工人连井上井下平均产量〇点七五吨，现在已达到平均一吨了，涌现出很多劳动英雄。

这里的工会十分虚心，他们要求我们提意见；唯恐我们不了解他们的报道，回头引我们到了工房、医院、托儿所、食堂，一切的地方。的确，我们见到的活的材料，比较他们讲的丰富得多。比如说，工会的东面是为工人设的一个休息的地方。

柳树的垂条拂在地面，中间平铺着一条黄沙大路。走到柳荫的深处，远看一排朱红的栏杆，下面就是一条碧绿的小溪，水上正是盛开的莲花，鸭子一双双一对对地在荷叶下自由的游泳。旁边一个玲珑的小酒店，年青的姑娘在招待着游客。酒店的前面就是一个奇花盛放的黄沙坡，中间一个铁柱，上面垂下别致的电灯，伸到柳树的梢头。每到夜晚，青年男女在这里露天舞场上尽情歌舞。

"这是矿工的生活吗？"我不相信，我在怀疑。但是这里除了矿工，又有什么人呢？帝国主义吗？地主吗？法西斯吗？都不存在了。这个幸福只有季米特洛夫的矿工享受了。正由于工人得到了好的生活，更要拼命努力生产。我在他们的矿工大会上，讲到了我们解放区的矿工。为了新民主经济的繁荣，我们正为着提高生产效率、提高质量、降低成本而竞赛。产生了大批的工作积极、学习努力、有创造能力肯帮助别人的劳动英雄。全场大呼："向中国解放区工人看齐！"

矿工大农场上千千万万的矿工拥挤着。他们欢呼鼓掌。我不懂得他们讲些什么，只懂得其中两个名字：毛泽东——季米特洛夫。我受到这些热情的激动，我的心发出了一股高度的热，有如火燃。又向矿工弟兄讲述了国民党区矿工所受的压迫，讲述解放区矿工为了中国的独立和平民主，为了工人的彻底解放，在对蒋介石和美帝国主义作流血的斗争。主席以宏大的声调向他的弟兄们说：

"我们要抗议蒋介石残杀中国的矿工。"

"我们要效法中国解放区工人，为独立和平民主和人民的建设而努力！"

"打倒美国的走狗蒋介石！"

"打倒美帝国主义！"

"中国解放万岁！"

一九四七年十月二十七日于伦敦

（1948 年 4 月 30 日）

在东满的火车上

从图们到哈尔滨,坐火车是一天一夜的时间。这段路的火车不是直达的,中间,在牡丹江要换一次车。

坐在我们解放区人民自己的火车上,对于我们这群自关内解放区来的旅客,还是第一次。我们穿过车站的候车室,一步踏上月台的时候,真有说不出的快乐。

从车站、列车、水塔、铁轨、路基,一直到沿铁路延伸无际的电杆,我们没有看出什么战争的遗痕。虽然,当一九四五年秋季日寇宣布投降时,曾在牡丹江一带,对红军进行过激烈的抵抗;日寇并在撤退之前,有计划地在许多地方进行了严重的破坏。但经过东北解放区人民将近两年的努力,这些遗留在铁路上的战争创伤和日寇的罪恶的毁坏,已经平复了。

我们的车头和车厢,刷洗得非常清洁,列车的装配也很完备。每个车厢都装有电灯和自来水;我们搭的那列车上,并且有卧车,有餐车。当到餐车里去吃饭时,如果不是因为车辆滑过铁轨的隆隆声,真会疑心是坐在一个长长的餐厅里。这里在每一个宽大的玻璃窗之间,都镶有很好的油画,有式样华美的电灯,有电扇,但每一张漆着朱红油漆的光亮的餐桌上,靠窗都陈设着盛开的绣球花。火车到站的时间,都很准确。戴着红袖章的车务人员,不断地在每个车厢里清扫着灰尘和果皮,报告车行的时间和站名,和善的调解着乡下乘客们因争夺座位而引起的纠纷,并且谦逊地征求着乘客对于车务的批评。他们正开展着火热的劳动竞赛,在车厢外面的车皮上,挂着巨大的彩色宣传牌,上面用工人的粗大笔迹,画着或者写着他们的竞赛公约。在有一些站上,当列车与另外一列车并排停着时,他们和对面车上的伙伴们相互指着那些竞赛公约,热情地挥着染满汗垢的手,因为在喧嚣的

文艺大系

华北抗日根据地及解放区

车站上，用言语来相互鼓励前进是很困难的。

在牡丹江西面的一个小站上，我们看见了在关内久仰其名的"朱德号"车头。它正大声地喷着白色的水汽，拖着一长串车厢，擦过我们的列车，喘喘地奔进站来，并排地停在我们旁边。这是一个漆着暗色油漆的崭新的机车，若干刚出厂的金属零件，依然保持着在装配工人手中琢磨出来的光彩，而在车头的正中，嵌着一幅巨大的朱德同志的铜质照片，下面"朱德号"三个铜铸的大字，透过车头喷出的蒸汽，在晴朗的夏天的朝阳中闪着金色的光。司机是一位不满二十岁的青年，从我们的车窗里看去，他正在抹去满脸的煤屑和大颗的汗珠，在他站的位子的旁边，就挂着一张似乎是劳动公约之类的文告。这个机车，是哈尔滨铁道工厂的出品。那里的工人，在去年"五一"以后，已经开展了两次劳模运动。自一月至七月初，产量提高了五倍至六倍，出现了二十四位特等模范，五十六位甲、乙等劳动模范和二百五十位劳动模范。这个机车，就是该厂工人为了纪念"五一"劳动节，选用最好的材料装配的荣誉献礼。

从《东北日报》上，我们知道东北解放区一年来（一九四六年六月至一九四七年六月）铁路建设的成绩是非常可观的：在总局下面，已有哈尔滨、齐齐哈尔和牡丹江的三个分局，正式通车的铁路线长达六千六百一十一公里，占东北铁路线全长（蒋管区在内）百分之六十九点六，新收复的铁路线，占其中百分之十五点六；车头：如以一九四六年六月为一〇〇，现在（一九四七年六月）为八〇六；车皮：如以一九四五年七月为一〇〇，现在（一九四七年六月）为二六九（按以上两项均为指数）；车次：一九四七年一月为一百一十二次，六月为三百四十二次，七月底则为三百八十七次；过去每小时车速三十公里，六月份每小时增加到五十公里，误点现象也已大大减少。对于铁路的管理，开始曾有两种不同的看法：一种是认为铁路管理是技术性的，要用一套旧的管理方法；另一种是技术服务于政治，强调群众路线与行政管理相结合。结果实行了第二个方针，工人当了家。依靠工人，清除了坏人，对于旧职员，则指出他们的前途：只有眼睛向下，转变思想作风，建立新的人生观，才能真正为人民服务。在这种建设方针之下，广大工人的力量发挥了起来，铁路完全换了一个新的面貌。工人自动做工有时每日达十六小时；过去换枕木，每天每人八根，现在每人已达三十八根；工人自动献出的材料，各站都值一两万万元。铁路工人的觉悟普遍提高，工会会员已达四万人，工人武装自卫队已达一千六百人，他们保证了前线的运输任务，保证了广大城乡之间交通的敏捷，同时，也保证了铁路管理的秩序，他们在一年间，已经清洗了两千名混入人民铁路事业中进行破坏活动的特务和坏分子。知道了有着这样一个新型的建设管理方针，和拥有一支如此强大的有觉悟的工人兄弟队伍以后，我们这群从关内解放区来的旅客，对于东北解放区铁路事业之所以能够迅速恢复和日臻完备，已经找到了一个确切的答案。

我坐在自己的位子上，倚着光亮的大玻璃窗，望着从车旁涌流而过的东满地区无际的山林和沃野。突然的，我似乎第一次感到了我们的解放区，是如此的广大和丰饶。当然，我从前便知道这个，可是总是从地图上抽象了解着这一事实，总没有像现在这样的亲切；现在——一九四七年夏天的某日，我正掠过物资丰饶风景幽美的东满，无数的村镇和城市在我们车旁滑过，我们要坐一天一夜的火车，然而，前面的路还长得很！

（1948 年 5 月 1 日）

大别山的小故事

一、砍柴满缸

住在金寨（立煌）县某湾的解放军看到湾里群众烧柴困难，战士们都上山去拾柴割野草。每天早晨和傍晚，山坡上都是拾柴的战士。在整个驻军期间他们拾了二万多斤柴，除解决自己烧柴外，还送给没柴烧的老板（老乡）。战士们对稻草非常爱惜，关心群众喂牲口的困难，他们随时把遗散在街上和水里的草拾起捞出，交给群众。每次出发时，对借的草都注意捆好交还。战士们对满缸运动也很注意。晚上临出发前还打着火把给老板的水缸挑满，现在部队内流行着战士自编的小调："雪里送灰，雨中送柴，点着火把担满缸，老板见了喜洋洋。"

二、亲人归来

解放军回到从前是老苏区的某湾子，通讯员刘凤章看到一位老太太在雪天里还穿着单衣，便找队长说："把我的棉袄给老板娘吧，我宁愿受点冷。"接着很多战士也都拿出衣被送给穷苦的群众。一位老板娘像向亲人诉苦似的对战士说："红军走后，白匪来了大烧大杀，我湾子四百口人，现在只剩些老弱残废，年青的女人都被抢走卖了。"她指着她的破烂的房子说："这房子被白匪烧过三次，是我和孩子一手补起来的。同志，我们受打击得狠啦。"很多群众把解放军看做回了家的亲人，看到战士们穿着草鞋，就在自己穿的破单袄上剪布做鞋给战士，战士们都婉谢了，并感动地说："不论如何艰苦，我们都坚决打蒋介石，报咱们的仇！"

"富宁夏"的惨象

黄梅

　　所谓"天下黄河富宁夏"，现在已变成了人间地狱。

　　马鸿逵统治宁夏十六年的杀人政治，在蒋管区内堪称"模范"。这里的人民不论男女老幼，也不管在家或外出都要带上"身份证"，生下娃娃、死下老人、来客住亲家都要报告，迟报一刻就要犯法，重者关监牢，轻者要受一顿饱打，一人犯法全家受累。村村镇镇，已沦到十室九空的境地，壮年被抓去当兵，老汉被拉去修路，婆姨娃娃坐在工厂里熬苦工。这里的苛捐杂税多如牛毛，公粮负担上有"国防粮""地亩粮""保甲粮"……老百姓一年辛辛苦苦收下的粮食都入了马家的仓库，弄得农民年年闹粮荒。马鸿逵每年春天把仓库底下沤了的粮食强迫散给老百姓，美其名曰"救济粮"或"种子粮"，每斗不到五升；到秋后则每斗加三，还粮时要用风车扇过。其他如营业税、驼捐税、牲畜税、娱乐捐、宴席捐、房捐、航捐、屠宰捐、养路费等不胜枚举。对养羊户剥削更厉害，每年除纳照例的羊税外，每百只羊还要交二三十张皮子。马匪占领的盐池地区和同心县共二十三万八千只羊，每年羊捐即达二亿九千七百五十万元，另外还要出七万多张皮。肉铺买一只羊要上一万元税，杀后又得上四千屠宰税，每张羊皮交公只顶五百元（不准私卖）。去年马鸿逵准备进攻边区，勒索老百姓的马、骆驼、骡子、驴达一千多头。

　　马鸿逵在宁夏城内成立了一个觉民学社，用拔兵的办法把老百姓的娃娃拉去，训练他们学戏，以卖戏赚钱，戏票四千元至八千元，卖不出去，便把票散给保甲长，强迫人民购买，不管你看不看戏，钱总得出。"航空救国奖券"亦用这个办法强迫向人民推销。

文艺大系

华北抗日根据地及解放区

宁夏城市的房子，据统计有四分之一为马鸿逵所霸占。其霸占的方法是以整顿市容为借口，限期要市民拆掉旧房，按规定重新修盖，市民无力时，马鸿逵的工程处便进行拆盖，盖好后要市民限期交清所费开支，如交不出，工程处便把房赁给原主，以房基为抵押，按期交不清租金时房子即为马鸿逵所有。

马贼霸占了民田民房便大兴土木，到处修公馆。城内东花园有云亭（马鸿逵的父亲）纪念堂，信义街有大会馆和第一、二、三、四、五号公馆。北柴市有马家骅、马家驹（马鸿逵孙子）的公馆，芦席巷有马敦厚的公馆，复兴街有马敦静的公馆。西马营有怀远楼、工学楼，南关有宁静楼。其他如新城、贺兰山、望远桥、小公桥、杨和堡、王太堡、吴忠堡……都有马鸿逵霸占民田所修成的别墅。

宁夏银行是马鸿逵掠夺宁夏人民的经济机关，垄断了全宁夏的工商业，如酒精公司、面粉公司、玻璃公司、火柴公司、烟草公司、碱精厂、炼铁厂、复兴羊毛公司、甘草公司等均为该行所经营或控制。羊毛公司和甘草公司，垄断了全省的羊毛羊绒、羊皮、甘草、枸杞、头发菜等特产（凡上述之工商业均禁止私人经营）。银行每年春天放高利贷，秋天按春价收羊毛、甘草等特产，秋价比春价高百分之六十。假如老百姓拒绝借贷，马鸿逵便经过保甲长把款子放下去，又经过保甲长把特产收回来。在马匪横征暴敛之下，人民陷于饥寒交迫之中，从下面的民谣中即可窥见宁夏人民生活的一斑了：

> 宁夏川两头尖，
>
> 东靠黄河西靠山，
>
> 年种年收水浇田，
>
> 到如今家家没吃穿，
>
> 不能怨老天。

宁夏的百姓没吃穿，

宁夏的官家心喜欢；

官家的余粮堆满仓，

官家的银钱堆满房，

都是百姓血汗。

年年苦月月熬，

一年到头勤苦劳；

今年盼望来年富，

到来年穿个破裆裤，

实在太辛苦。

　　宁夏人民的痛苦还不止此，最惨的是"国民兵"的训练和拔兵。马鸿逵把全省分为四个"国民兵"训练区，每区设司令部一处，凡十六岁以上六十岁以下者，均需按期集中受训，参加受训者要负担受训期间的一切费用。在马鸿逵统治的十六年当中，已拔了十八次兵了；民国二十二年每八十五亩地出兵一名，二十三年每保拔十五名，二十六年三丁一抽，五丁抽二，二十七年抽签拔兵，二十九年集中保甲长受训（保甲长多雇人受训），训后编为新兵，三十年合户出兵，因之有"富人买兵舍了钱，穷人出兵舍了男"的民谣。三十一二年以后乱抓兵，同心县二乡九十余户就出兵一百一十二个。这样无限制的要兵，出现了买卖壮丁的市场，一个兵价高至蒋币二千多万元。李万才家，十数年来已雇兵百余人。马鸿逵强制人民受训和抓兵，造成田地荒芜和家破人亡的惨境，金积七乡八保大新渠徐吉庆，兄弟六人均被拔兵，保长还要派家里的人去修路，误一天罚三天，逼得徐母哭哭啼啼去修路。骑马关的一家居民仅有一男被迫受训，家中无粮没法生活，全家被迫自杀。平罗姚富堡一家兄弟两个，弟弟被拔去当兵，兄在维持全家生活，后被强迫受训，受训回来，家中早已断炊，遂把妻儿杀死，自己亦悬梁自缢。贺兰县谢岗堡一家老回回，男人去受训，家中留一妻三子，妻子在家无法维持生活去找男人，司令部不让见面，并罚男人跪在操场，头顶土坯。其妻回家把三个孩子杀死，自己也自杀了。因受训家破人亡的事情，是日有所闻的。

马蹄践踏下的宁夏人民，正像冰封之下的黄水，等待着春天的到来。

（1948 年 5 月 11 日）

解放军到了新区

北原

"原来是保护我们的!"

去年十月间的某一天,我们(西北解放军的一部)向蒋区出击,解放了白水城。宣传组的同志,把解放军保护文化教育机关的政策,向白水县立完小的教职学员讲解后,他们被解放军的实际行动感动了。某级任教员告诉了我"一件小事"。

"天亮时,炮火停了,从门缝向外一望,校门口站着一个荷枪的战士。'是监视我们的吧!'心里这样想,可是开了门后,我们自由地出入,他却不干涉,使我纳闷了。我叫工友端来一盆火,拿了一双鞋,让他(指解放军战士)换上烘一烘。但他谢绝了,并说:'麻烦你了。'"

"一会来了个战士问站岗的:'××到这儿来了吗?'他答:'没有。这儿是学校。'那个战士就走了。现在听了你的话后,我完全清醒了,原来那个站岗的战士是保护我们的。看!你们的队伍多有纪律,真是古来未有。"

"解放军都是和和气气的!"

经过一百三十里的急行军,到马陵庄已经半夜了。据说这一带十多年来常驻着所谓"河防部队"。这里老百姓的经验,黑夜过兵,往往是凶多吉少,所以各家的门都闭得紧紧的。

"老乡!"同志们轻轻地敲了几下门喊道:"开门来!"等了一会,里边没人答应。再敲一阵,还是没人答应。同志们到第二家门口,同

文艺大系　华北抗日根据地及解放区

样轻轻地敲了几下门喊道："老乡！开门来！"这样连走了几家都没人来开门。

"奇怪！难道没有人吗?"同志们有些不耐烦了。到第六家的时候，门开了，出来一个五十多岁的老汉。

"老……老总，"老汉像筛糠一样，浑身乱抖，"这小庄子不方便，北面十里是大镇子，那里有人招呼，我领你们去。"

"老人家！"同志们看到他那种神气，便和颜悦色地说，"你不要怕，我们是解放军，是过去的红军。"

"红军，"老汉惊讶的一怔，干笑一阵说，"哈！哈！我不……怕。"但声音仍是颤抖的。

在这种情形下，同志们再没继续敲门了，部队就在村外麦场里休息。

一会，攻打韩城的炮声响了，同志们都兴奋得睡不着。

老乡们也没有睡，炮声震得窗纸呼沙沙地响，他们记起了惨痛的往事。三十年的秋天，同样是大炮轰隆隆地响，那些"守河防"的"老总"们，砸破东家的门要粮，越过西家的墙抓差。村东马福桢就是那夜被抓走的，几年没音信，老娘哭瞎了眼，妻子改了嫁。丁字街马老三当晚交不够五千斤面，"老总"们骂他协助"河防"不力，打的半死。白寡妇被糟蹋投了河……一件一件的血泪事，紧压着他们的心。

太阳老高了，老乡们战战兢兢地打开了门，像做梦似的，街上打扫得干干净净的。街上的"兵"（解放军）也不像过去的"兵"（蒋匪）那样，伸手便打，张口便骂，都是和和气气地见人就笑就拉话。

"啊！原来红军是这个样子!"

老乡们的眼中放着惊喜的光，特别是小孩子和年轻小伙子们，把解放军的战士们团团围着，到处都洋溢着欢笑。

"吃个枣也算犯纪律"

我们驻在韩城×村，很少见到年青人，更见不到年轻妇女。

可是解放军战士们的一言一行，老乡们都特别注意。一天，七班开班务会，房东十分留心地听了很久。

班长说："魏清玉搞老乡的枣吃，违犯了纪律，今天提出来批评。"

"吃个枣，算不了什么！"刚从白水解放过来的白志海同志，提出调和的意见，"再说只吃了一颗，小事情……"

"小事情？小事情是大事情的根子。"姜福贵打断了他的话，提高嗓子说，"东西不在多少，一针一线、一苗一禾都是纪律。"

"我说人家（指蒋匪）的军队，一篓子一篓子地吃嘛！他那才一颗吗？"

"怎能和他们比？我们是人民的军队，他们是甚？"大家都不同意白志海的见解，争论开了，结果是姜福贵胜利了。

房东听得清清楚楚，逢人便说："吃个枣也犯纪律，纪律真严。"

三天以后，这个故事传遍了全村，年轻的男女都出来了，男人们帮着从城里运战利品，女人们一定要帮我们做饭。

（1948 年 5 月 11 日）

今 日 长 春

黑暗中的长春，是怎样盼望着黎明的到来啊。蒋匪的统治，给长春六十多万人带来了饥饿与寒冷。从去年冬天起米煤价格一直上涨，到今年三月间，米一斤从蒋币三万元突涨到十万以上，煤根本没有。蒋匪军在市内和城郊二道河子、宋泣洼子、南岭等地大肆拆毁民房门窗，当木柴卖，索价每斤六七百元，大发强盗财。当市民开始挖掘伪满时代的煤炭堆作为燃料时，蒋军见有利可图，忽然又派人看守起来，说："要掘可以，先得给钱。"伪长春市政府已两月未发薪，一般公务员走投无路，教育科长秦兰堂已当光卖净。一天秦值班未归，他妻把两个小孩勒死，随着她亦悬梁自尽。另一对教员夫妇睡在一起，天亮一看，妻却冻死在身边。现市民中能经常吃到豆腐渣和糠混玉米面粥的人，就算中产阶级了。

前些时蒋军六十军从吉林逃出，那些侥幸到了长春的都狼狈不堪。一个个都面黄肌瘦，重武器已丢光，一半的人没有了步枪，长春伪警备司令李鸿说他们当了"八路的输送团"。吉林匪军一到，长春人口突增。物价也随之猛涨，蒋匪毫无办法，被蒋军强迫与受骗南撤的少数市民，到了长春根本无法生活，苦不堪言，纷纷返回吉林。吉林中学学生赵元庆回吉林后眼见在民主政府管理下，市民脱离了饥饿，民主秩序立即建立，工商业生气蓬勃，才恍然大悟，后悔当初受骗。顺城街助产士王氏，丈夫是西医，途中三个孩子失去两个，丈夫也冲散了，带着不少贵重药品及黄金，一路上被蒋军"检查"一光，她说："千不该万不该跟着瞎跑。"

长春的学校已空前冷落，教员们为了饭碗，虽还照例上课，但学生已不到一半。学生们大批地到吉林、九台解放区来升学。匪长春警备司令李鸿由此非常痛恨青年学生，四月十五号半夜，他出动大批军警包围长大，每一小单位房舍门口架一挺机枪，戒严直至第二天晌午方解除，捕去男生八十余名，女生六名。但这次大举镇压的结果，是更多的长春学生跑到解放区寻找光明出路。"到解放区去"已成为长春市学生的口号。一位跑到吉林的长大经济系同学说："时局不同了，很多教员都敢公开咒骂蒋介石和蒋管区的黑暗，同学也敢公开轻视学生中的特务走狗了。"

匪首李鸿曾搜罗不少胡子，编成独立团，和他的部队一起，天天到四乡抢粮、抢马、抢妇女，东南市郊每家均被洗劫数次之多。城草沟一百二十户只剩下二十户，其余的都跑到解放区来了。五十多户的小安屯，现在只剩下一对老头老婆住在一间破房里。一天"遭殃军"到城草沟来，一姓何的没有跑，他的粮早被抢光，蒋匪硬说他还有粮，就用铁丝活活地把他穿死。一张姓的粮被抢光，妻还被匪徒强奸，然后又打死他。没跑掉的妇女都横遭蒋匪野兽奸污。长春老百姓在水深火热中挣扎着，天天渴望着大炮响。四道街一个老头子说："唉！我们就怕炮不响。"因为他们知道如果炮声响得厉害就是解放军进城的日子到了，天就亮了。

（新华社东北十八日电）

（1948 年 5 月 20 日）

黄土堡争夺战

维进

　　黄土堡是临汾东关外围唯一的制高点，距东关百余米，也是解放军争取东关的重要突破点。守敌阎匪军六六师一九八团二营六连，依靠这里有坚固的工事，有日籍教官成井幸作、唐田清指挥作战，有城垣火力支援，以为很可以守得住了。但是，三月十五日晚，解放军一三一三部发起总攻后，神炮手四炮就把坚固的主碉轰穿二三米突宽一个洞口，一炮就摧毁了地堡的枪眼。接着以准确密集的炮火把城垣敌人的火力完全压倒。黄土堡的匪军，被震荡得昏迷了。日籍教官也吓得没了主张。士兵狼狈地从主碉爬到地堡，又从地堡爬到外壕内沿的外窑洞。但是，这最后一道防线也未能拯救匪军覆没的命运。当炮火打开冲锋道路时，我五连突击勇士立即突破各种障碍，攻上黄土堡。手榴弹、炸药包，准确连续地投进匪军最后防线——小窑洞。匪军来不及退出，就大部分被炸得焦头烂额，完全失去抵抗力了。两个日籍教官变成投降的指挥者，他们从血泊中爬起来，领着士兵向解放军磕头求饶。敌人的一个连，就这样被歼灭了。

　　第二天，敌人反扑，又把黄土堡占去。但他还没来得及修好工事，我二、三排英勇健儿又在炮火掩护下，沿着前天被爆破成斜坡的外壕，十余分钟就冲上去。这样勇猛出乎敌人意料，敌人竟灭绝人性地放出毒气。战士们两眼流泪，咳嗽作呕，但仍不顾一切，一手掩住鼻子，一手摔出手榴弹，直冲上去。整个黄土堡被火血染红了，敌人拼命地叫喊："坚决守住堡呀!"但是，毒气尚且挡不住，叫喊有什么用呢?敌人连爬带滚，从暗道滚回东关去了。敌人不死心，又在猛烈炮火掩护下进行了六次反扑，但都被打垮。绝望的敌人在城上空喊："明天派上五十架飞机炸毁黄土堡。"战士们冷笑着回答："哪怕请你洋爸爸派上五百架也不算话！黄土堡是属于人民的了！"

（1948 年 5 月 22 日）

两颗手榴弹打下一个集团碉堡

沙藤

三月七日的夜里，"宜昌"部队一部，经七十里的急行军，在快接近敌人的时候，部队停止了。连长刘长胜带着两个班，雄纠纠地向着临汾城北南孝村的东高地前进。此时东方渐渐发白，他们几个人的影子急促地划过地平线，爬下去了。南高地排列着的地堡群，隐约出现在大家面前。战士们轻轻地挑起铁丝网，爬了进去。但四周仍然静悄悄的。大家已经跳过外壕，碉堡里除了一阵阵的鼾声外，仍然一声不响。大家惊喜地跳了进去，西边哨棚才盲目地打了一枪。刘连长马上喊道："不用打，自己人！"枪声立刻灵验地停止了。此时，地堡里踉踉跄跄露出几个敌人。发现是人民解放军后，还准备抵抗，战士们马上投了两颗手榴弹，胜利地扑到各个地堡。里边的敌人手提着裤子，面面相觑，呆了一会，只好慢吞吞地说："我们缴枪！"当战士们押着投降过来的一个排走出这块血腥的碉堡群时，费了九牛二虎之力修筑工事的临汾匪军还在做梦。这样，我军用两颗手榴弹打下了他的一个集团暗堡。

（1948 年 5 月 22 日）

"不要忙，我们下来了！"

——南焦堡攻心战纪实

芦焰

    三月七日早晨，我晋南前线野战军"六五部队"某部八连向临汾外围之南焦堡据点及其东侧之桥头堡垒进攻。该处守敌为伪保安十五团第一连。经过一天的对峙战斗，敌人还凭恃他核心的碉堡继续抵抗，并且虚张声势地说："你们来吧，有手榴弹给你们吃。"黄昏时，我以密集火力向敌射击后，随即进行喊话："你们不行了，赶快找活路吧！我们是来解放你们的！"敌人一声不吭，仍在打枪。我又集中火力向敌轰击，一炮就打塌敌人碉堡一个角落。敌人气焰下降，开始动摇了。我即停止火力，抓紧火候，展开攻心战。一时喊声四起："缴枪吧，缴枪是活路！""缴枪是朋友，不缴枪是死对头！""不缴枪把碉堡打平。"敌人着慌地说："不要打！不要打！"碉堡门闪开了，但好久不见动静。我军发出警告："不缴枪，又要开火了。"同时部队由两面向敌人包围。敌人慌忙喊叫："来了来了！不要打！"接着走出一个人来。我军以宽大政策安慰劝告他后，战士们就随他走进了碉堡。这时，敌人已经把枪捆好，三十六人全部放下了武器。从俘虏口中，知道东侧桥头堡垒的敌人与他们是一个连。

    我军紧接着就乘胜向桥头堡垒攻击了。英勇机智的人民战士接受了刚才的经验，首先集中火力向敌猛击，然后喊话："不要打了，你们那边的人已经投降了！"敌人马上答话："那边投降了几个人？都是啥人？叫一个过来拉拉话。"刚解放过来的袁国英表示愿意前往答话，我们就叫他向前答话了："白班长，缴枪吧。我们和解放军营长说好了，缴了枪保证生命安全。要不，你看这里炮已架好了。"敌人好久没有答话。等我们又命令开炮时，敌人大叫起来："不要忙，我们下来了。"十二个敌人把枪捆得好好的，背着背包，整整齐齐地走下碉堡，放下了武器。

（1948 年 5 月 22 日）

九颗炮弹击碎胡宗南一场梦想

常登

胡匪宗南三月初在陕西宜川被我西北野战军歼灭五个整旅、三万多人以后，越发感到兵力不足，无法招架，只好拆东墙来补西墙，想把他孤守在临汾城的三十旅空运回西安。这样，一方面可以把三十旅从临汾死城抢救出去，免得被人民解放军歼灭；另一方面可以增加他在西安的守备力量。这真是一举两得的如意算盘。因此，胡匪于三月六日派了三架飞机到临汾，把三十旅空运走了约一个营的兵力。七号一次就来了飞机十架，想陆续把三十旅完全运走。

但是，胡匪的如意算盘很快就化成了泡影。我晋冀鲁豫军区晋南前线野战军一部——二○九部队，六日晚上经过一夜的强烈行军，七日上午七时半赶到了临汾飞机场东南角的七里村。他们不顾疲劳，马上集中炮火向飞机场猛烈轰击。仅仅打了九发炮弹，就击毁敌机两架：一架被击中起火，马上冒出浓烟，再也不能动弹了。一架被击中头部，把引擎打坏了，挣扎着飞上半空，就有气无力地降落下来。其余敌机八架，一听到我军炮火猛击，就慌忙起飞逃跑了。从此，胡宗南想空运三十旅回西安的计划完全被粉碎了。卅旅的命运最后注定要被歼灭在临汾了。

九号拂晓，临汾飞机场周围的尧帐宿、乔家庄、亢家庄、柴村、杜村、仲村等据点先后被我军攻克，飞机场就被我军完全掌握了。也就是说，孤守临汾死城的蒋阎匪军的空中逃跑，被我军完全切断了。

十号上午，记者亲至飞机场，见那两架就地击毁的飞机遗骸，一架被打掉了脑袋，一架被击毁了肚子，都冷清清地躺在跑道上。它们这种悲惨的命运，正象征着蒋胡匪军即将到来的不能逃脱的被歼灭的命运。

（1948 年 5 月 22 日）

四勇士夺回槐树圪塔

——晋南前线通讯

维进

三月二十日下午，一三一二部三连八班奋命夺回刚刚被敌人占去的槐树圪塔阵地。这个阵地是东关南部外围非常重要的一个高地，如果夺不回来，我军已经从该阵地两侧开阔地带向东关发展的或正在发展的一切工事，都要遭受敌人严重威胁或切断，使攻击东关受到很大的妨碍。八班接受这个重大的任务后，在强大火力掩护下，神速地向槐树圪塔扑去，但是当他们通过敌人数道火力封锁的开阔地带时，先后有五个人负伤（内有一个是班长），这是非常不幸的事情。该班全班才有九个人，现在只剩下四个人了，这四个人除了副班长刘群和战士王发斗是老战士之外，郭德庆和张四兴都是才参军，两个都是没有打过仗的新战士。至于槐树圪塔的敌人比他们多十倍的兵力（即一个排），连两侧被我牵制之敌约共一个营，均为阎匪军六六师一九六团。在此众寡悬殊形势下，八班要想夺回槐树圪塔，八班过去是×区全区的模范班，倔强的副班长刘群同志为了保持这个光荣的号称，便毫不犹豫地给大家说：“不能让模范班丢了人，四个人也要把他拉下来。”王发斗也说：“对呀，拼刺刀也要拉下来。”被这两个老战士坚决战斗的精神所鼓舞的两个新战士郭德庆和张四兴也齐声说：“你们冲到哪里，咱就跟到哪里。”副班长刘群随即进行整理队伍，自己代理班长，指定王发斗当小组长，两个人各带一个新战士，继续向槐树圪塔前进。

槐树圪塔是一个小丘，上面没有工事，工事都在小丘下面的前沿，因此当敌人看见四勇士过来，慌张地拼命地以密集炮火阻击，但是四勇士坚决夺回阵地的意志不是炮火可以阻击的。忽听得班长刘群如一只猛虎吼叫："同志们跟上冲呀！"他紧握着手榴弹就沿着有利地形飞跑，后面的人都不顾一切地紧紧跟上去。于是只一阵工夫，四勇士便冲上槐树圪塔，手榴弹一排排扔到敌人跟前爆炸。四勇士这种勇猛神速突然的动作，完全出乎敌人意料。敌人以为他们后面还有不少的人冲来（其实此地不大，人多展不开要吃亏的），慌得不敢还击，整个排掉头就跑。四勇士便以几分钟速度夺回槐树圪塔阵地。

但是随即敌人又反扑了，从东关城垣及刘家圪塔等地凑成几股强大的火力，疯狂地向着槐树圪塔这块没有工事的阵地轰击。整个槐树圪塔陷于敌人的火网包围中，四勇士与后方失去联系了。在此严重情况下，班长刘群以沉着坚定的语调给大家分析当前的情况说："大家都看清楚，敌人依靠炮火，没有摧垮咱的阵地；敌人依靠人多，刚才守这里的一个排不是给咱四个人一赶就跑吗？现在敌人如果敢冲上来，咱占住这块高地打他娘稀巴烂。"他的每一句话，给了大家——特别是两个新战士无限的鼓舞和力量，大家摩拳擦掌地说："顶住它，宁进一尺不退一寸。"大家随即冒着炮火搬动石头（此地多石头），垒起简单的工事。此时敌人一个排在炮火掩护下疯狗似的反扑过来了，四勇士沉着气扔下成排的手榴弹，组成一股强烈的火网，怕死的敌人哪里有突过火网的勇气呢？只在火网边沿胡乱打枪，后来敌人感到几次反扑都没有成功，便在二三十米突之外的地方挖工事，准备再来反扑，但是勇士的冷枪打得敌人不能抬头。正当勇士打得敌人无可奈何之际，忽然一个灰白色的沉重的东西飞过敌人封锁的一条大路上，落到勇士的阵地，这原来是一块石头捆的一封信，信里面写着营首长的勉语："你们四个人勇猛顽强神速的夺回阵地，又在敌人猛烈炮火轰击封锁之下坚守阵地，正是攻得好守得稳，全班记功一次。"四勇士都高兴地说："只要大家知道咱在这里是干什么的，就是牺牲也光荣。"四勇士越发鼓起劲头和敌人干。四勇士从下午三时夺回阵地，一直坚守了七小时才换防。

（1948 年 5 月 26 日）

在外壕里

寒林

这是徐向前司令员通令表扬的一个故事：一群彩号打退了敌人七次进攻，终于从战壕里冒着敌人炮火安全地回来了。

★★★★★★

夜黑得厉害，天上连颗星也看不见，东风忽忽地叫着，不时还有稀稀疏疏的枪声。文书王实甫一个人在敌人外壕里圪摸，他这个救护组现在只剩他一个了，这么多伤员没办法运走实在着急哩，距敌这么近说句话都可以听见，天一明该怎么办呀，连个干部也没有。

伤员们在轻轻地叫着。

他不得不去安慰他们，告诉他们周围还有咱们人，忍耐一点不要叫敌人听见了。其实部队早已撤走了。他自己却像热锅上的蚂蚁，着急得很！他仔细地想，自己虽不懂军事，还知道一些常识，现在能动弹的伤员还有六七个，他就把这六七个人组织起来先挖几个避弹坑，把伤员们藏起来，否则城墙上甩个手榴弹也会炸伤他们的。伤员们都把洋镐铁锹从身上取下来，两个人伙一个，忍着疼挖着。王实甫因自己没负伤就一个人单独挖。

一个黑影在他跟前晃了一下，他吃了一惊，仔细一看原来是突击班李海水同志。他很奇怪，刚才还听说他牺牲啦，怎么还活着哩。

"你怎么样？"他轻轻地问。

"被炮弹震晕了，鼻梁上受了点伤不要紧。"

李海水是在突击时候在突破口的×坎根前，用肩顶着班长通过突破口时被炮弹震晕的，约半点钟的时候才醒过来。但部队撤走了，突破口被封锁了，他也不能走了；再一说，如果不帮助他们，这么多伤员，都得牺牲在这里。高度的阶级友爱燃烧着他，他自动地帮助他们挖起避弹坑来。

外壕距城墙很近，敌人说话听得很清楚。重彩号张鱼昌很担心，他说：

"我估计天明，敌人一定反扑的。"

"狗日的，他没有这大胆，等明天下午咱们还跟着部队打东关哩。"王实甫说。

"咱们还是准备着来的时候，就和他干。反正能叫打死也不让捉活的。"

"对！"大家一致说。

避弹坑挖好后，有些同志就去休息，只留了两个重伤员在监视着敌人。李海水虽然也在那里躺着，但他并没有睡着，他知道目前所处的环境，而且也知道这些伤员不是一个单位的，里边也没一个干部，不好弄。文书王实甫同志也没有战斗经验，要保护这些同志是不容易的。

"敌人来啦！敌人来啦！"重彩号在悄悄地叫着。李海水忽地爬起来，睁眼向外一望，天已经明了，敌人从暗洞里正往外面爬，王实甫慌忙通知彩号，张鱼昌也忙着通知工兵，大家紧张起来。李海水说着掷出去了三个手榴弹。敌人也松得很，两个被炸死了，剩下一个像老鼠似的又钻到洞里啦。李海水知道敌人还要来第二次，他叫把外壕里丢下的手榴弹、子弹都拾在一块准备着。果然敌人又来了，并且比第一次人多，监视敌人的王章成也不顾手上的彩疼，拿着手榴弹就掷去了几颗。但这并没有制止住敌人的反扑，敌人还是很凶猛地向我们这边跑，王实甫说：

"都打！"

于是他们几个人都一齐干起来了，王实甫因没受过训练手榴弹打得太近，几乎把自己人炸伤，李海水马上制止他，不让他打，他说："光我们几个人就行啦。"把敌人打退后，李海水马上召集大家，检讨了一下，重新分了工：打得最近的王实甫担任运弹药，到后边拾手榴弹和子弹；重彩号郭福锁、王章成，专门监视敌人；李海水和几个轻彩号就专门打敌人。王实甫到后边拾手榴弹时看见两挺机枪，他想："能再组织个人打机枪多好。"回来问李海水，李海水说："那枪上的零件咱还不认识哩！"正在这时他又听见敌人说：

"八路军只有几个人，一打就垮啦！"

他才下决心去动员重彩号王应芝，打两下机枪吓唬吓唬敌人。他走到王应芝的身边说：

"老哥，现在叫你再受一点劳，打一下机枪吓唬吓唬敌人，咱挂彩谁都知道咱英雄，要再把敌人打回去那不更光荣啦。"

"文书，我实在支持不住呀！"

"你忍耐一些，只打三发，敌人一听咱有机枪，他就不敢来了。"

王应芝勉强支住身体，拉开拴枪里没有子弹。王实甫说：

"不要紧，我去给你拾些六五子弹。"

他拾了十粒六五子弹回来，敌人第三次反扑又来了，胡庭梅一支步枪打得很凶，李海水两支步枪换着打。王应芝抓住机枪"哒哒哒……"才打了七发，敌人爬到地上再也不敢动了，他乘着城墙上的掩护只向我们喊着：

"八路军缴枪吧，我们也优待。"

"你知道你妈的啥优待。"王实甫骂着。

"你过来吧，过来给你一个手榴弹，"李海水说。

敌人的确被他们吓住了。有一个说：

"八路军还多哩。"

"还有机枪呢。"另一个说。

就这样他们一连打退了八倍于我的敌人七次反扑，最后他们弹药打完了，只剩了几颗手榴弹，李海水说：

"咱剩下这几颗手榴弹不打啦，准备撤退用，敌人若是来了，宁愿自己炸死也不当俘虏，现在能爬的爬、能走的走，我在后边用步枪掩护。"

敌人炮火太猛烈，大家试了一下过不去。李海水又打了两颗手榴弹，准备造成烟雾，但手榴弹烟雾太少，遮不住，后来又找了两个炸药包，烟雾一起他才把十七个彩号带回来了。

前方指挥部徐司令员下了通令表扬，他所在的连现在正式命名为李海水连。

（1948 年 5 月 26 日）

夺取玉皇庙顶的战斗

克仁

攻占临汾城北之玉皇庙顶战斗中，解放军成立仅仅半年的地方武装初次攻坚，一举占领敌人复层的防御工事。该据点为城垣制高点之一，高出地面五丈余，占有面积二十余亩，敌以四连兵力据守，解放军却以不到三连的兵力经一小时许的战斗，即全部占领此一要点。这是我们军事民主的胜利。战斗前解放军实行了普遍的军事民主，当任务宣布后，立刻引起战士们的自觉行动，他们主动地想办法，常常因为看地形而忘了吃饭，大家在距敌不到一百米达内乘夜演习，架设排长于细雨蒙蒙中爬上工事侦察地形，敌人慌得拉雷投弹，可是他们仍镇静地在外壕前测量距离，由于大家确实了解情况想出对策，干部接受任务觉得轻松愉快，战士高兴地说："就是脱离了指挥也有办法。"解放战士王忠发虽然臂部负伤，仍要求参加攻击，他说："我不能投弹还能运弹。"十四号黄昏战斗展开时，经过一阵猛烈炮火的轰击，大家即争先恐后而出，战士白生说："加油干，不能掩护部队上去咱要负责。"说着不顾伤痛爬起来就向敌人投弹，部队即蜂拥而上，守备第一线的敌人被解放军旺盛的士气给吓跑了。没有了手榴弹便到敌人工事里去拾，再向敌人打去，在断续前进中，一时被二道交通壕拦住去路，但由于大家事前观察地形时已发现敌人不断从西北来往，此时连长刘长腾指挥，从阵地以东佯攻，吸引敌人火力，他却指挥向西北方向前进。在接近敌人阵地时，徐子宽奋勇拔去铁丝网，部队从小路上像洪流一样冲上。最后上层阵地慌的敌人摔下手中的机枪和正在告急的电话机，向地道逃去，该阵地遂为智勇的解放军占领。

（1948 年 5 月 26 日）

文艺大系 华北抗日根据地及解放区

对新鲜事物的感觉是布尔什维克高贵的品质

多尔库诺夫

我们生活和工作在无阶级的社会主义建设已经完成，以及由社会主义逐渐向共产主义过渡的时代。为更加光明的将来的前途所鼓舞着的我国劳动者们，表现了极大的主动性，及日益不断增长着的政治的和生产的积极性。这种积极性在斯塔汉诺夫运动的更高的形式中，在工业和农业各部门无数革新者的生产业绩中，在苏联学者、文艺工作者的成就里，都得到自己的表现。苏联人民的多方面的才能是日益广泛地展开了，因为苏维埃制度给我国人民的发展及创造勇气以无限的可能。

我们的党，是革新者的党，革命者的党，这个党敢于推翻陈旧的标准，而接受新鲜和前进的事物。

显然，一种新鲜的事物，在生活中被接受，并不是自流地、自发地，而是在紧张的、不断的斗争中形成的。扶植一种新鲜的事物，以一切力量鼓舞它，给予它以一切生长和形成的条件，这便是每一个布尔什维克的义务，尤其是每一个党的领导人的义务。

斯大林同志把对新鲜事物的感觉，称之为每一个布尔什维克工作人员的高贵品质。然而掌握这种对新鲜事物的感觉是什么意思呢？这首先就是说要善于看到未来，不是墨守成规，而是依靠那种虽然幼小，但都在上升着的事物；这就是说，不要满足于已经获得的东西，而是不断地向前进步。

有许多党的领导人总是抱怨说：日常工作占去了他们的全部时间，这就使他们没有可能深思熟虑地去考虑本区、本省的发展前途问题。在大多数的情形下，这种现象发生在这样一些人们的身上，他们企图把一切事情都自己亲手去做，他们不善于配合那些在他们负责领导下的各个不同的工作部门的工作。党的工作人员，不应该包办一切，代替一切。他是一个政治领导者，他的责任在于把党的、苏维埃的、经济等各机关的一切力量推动起来，给以需要的方向，并督促他们能在实践中坚决地执行决定。只有这样，一个党的领导人才能从琐碎的、次要的工作中解放出来，而集中精力在那些主要的、决定本区或本省未来发展的工作之上，深思熟虑这些发展前程，去利用经济上的可能性。

在这方面，一个区或一个省的计划问题有着重要的意义。要制订计划，不单是只照顾到今天的任务，而且要看到明天。这就是说，在每一区的经济发展上要执行一定的政策。计划就是这样经济政策的表现。那些全心全力去搞各区发展前途的党的区委和省委，他们就是做得对了。

例如，去年联共党莫洛托夫省省委，召开了一个讨论发展本省生产力问题的科学代表会议，全国著名的学者都参加了这次会议。莫洛托夫省有什么天然宝藏可以开发？那些工厂必需首先建立起来？工程师和技术员应该按着什么方面进行工作？诸如此类以及许许多多其他的问题，该省的工作人员都得到了必要的答覆。正因如此，党的领导人才能够在自己的面前，提出具体的任务，推动党的和财经的机关去解决最急迫的问题。

向前看，这就是说，对自己已经做过的东西给以估价，但并不是把它当做固定的总结，而是把它当做向前推进运动的出发点。有些领导人，当他们给某一运动做总结时，总是忘记事情的这一重要方面。他们通常只是把积极的和消极的现象加以罗列，痛骂缺点，提出许许多多的数字。在这里便忘记了关于新鲜事物的生动活泼的例子，这样的例子在任何一件大事中都有。而发扬这种新鲜事物，彻底分析它的产生条件，把社会舆论的注意力集中在它身上，这就为加速的、前进的运动向新的胜利之发展，建立了补充的源泉。

自然，当一个新的事物在它开始发生时，是不容易观察出它的萌芽的。列宁在他的《伟大的开端》一文中写道："当一个新鲜的事物刚刚出生时，旧的总是存留下来，在某些时间内，还比新生的强大，这在自然界中和社会生活中总是如此……我们急需仔细地研究新生的萌芽，极其关怀地去对待它，用一切方法帮助它的生长，并'扶育'这些幼小的萌芽。"

为了及时发现新鲜的事物，为其迅速生长奠下基础，就必须具有敏锐的感觉。有时，某一件事情，在我们按其长处给以估价之前，常是经过巨大的诞生的痛苦的。那些惧怕分外的操劳努力，惯于和和平平，按着旧秩序生活的人们，就是漠不关心新鲜事物的罪人。很自然的，这样的工作人员对于新鲜事物的感觉是迟钝的，他们更多地倾向于陈旧的东西，他们早晚有变成墨守成规的人，保守主义的危险。

就拿砂糖工业管理总局的工作人员做例子吧。他们成年成岁地把许许多多的宝贵建议搁置起来，而这些建议如果实现的话，就能额外地给国家以几千普得砂糖及节省千百万卢布的开支；而在砂糖工业管理总局里，把狭隘的本位利益置于全国利益之上，他们不但不支持这种宝贵的倡导，而且相反地去阻碍它们。甚至于在苏联舆论界发表了尖锐的批评之后，在砂糖工业管理总局里仍然继续存在着对待新发明拖捱不用的现象。可以设想，在这些地方墨守成规及保守主义是多么根深蒂固。而这是为什么呢？这就是因为砂糖工业管理总局的做领导工作的人员，脱离了实际生活，失去了对新鲜事物的感觉。

工作经验、与群众的联系、善于从国家的要求出发去对待每一件事情，这些东西便给一个工作人员以对新鲜事物的敏锐的感觉。几年以前，库尔斯克省的几个集体农庄开始采用了劳动组织之小组制。当时省委领导人常常到各区里去，仔细倾听集体农民的意见和他们的提议。省委决定把这些零零碎碎的经验普遍化起来，而且决定这个工作必须由省委来做，因为省委和所有的区，所有的经济的、苏维埃的、党的组织联系着，因为正是省委手里牵着主要的领导线索。

省委当时就全心全力地研究了劳动组织的小组制。在集体农庄内给每一小组固定了经常由他们耕种的土地、农具和牲畜；给各小组固定了由他们管理的作物：栽植作物、菜蔬，有时还规定了种植谷类作物。劳动偿付中的平均主义被消灭了，收入按每一小组所获得的收获进行分配；获得较高收成的集体农民小组，得到较高的报酬，而获得较低收成的小组，则得到较低的报酬。

在研究劳动组织小组制的时候，集体农庄农民的经验又被党的领导人的政治经验所支持并被导入了正确的道路。从一开头，省委就了解不但有必要用一切方法促成新鲜事物的产生，而且要帮助它形成、生长和巩固。省委不止一次地写信给集体农庄主席们、集体农庄党的书记们、村乡地方党的组织、小队长们，告诉他们如何正确组织劳动、如何采取按件工资制、如何分配收入，并如何去废除非个人负责制及平均主义。

很可惜，并不是到处都能很注意地倾听群众的呼声，并把群众的经验普遍化起来。有时便只局限于去写些鼓励个别斯塔汉诺夫式工作者及个别单位的决定和指令，形式上给自己保了一险，以求避免受到工作不活跃的责备，但实际上对于采用和巩固新生事物方面，并没有做任何工作。这种对待工作的态度，不能发扬主动性，而只会停滞它，绞杀它。

我们党的组织，在深入利用斯塔汉诺夫运动前进形式及新的工作人员方式等方面，已经积蓄了巨大的经验。这些经验告诉了我们什么呢？它告诉我们说，必须每天都去帮助那些采用新的劳动方法的人们，给他们扫清被墨守成规、保守主义所阻塞了的道路。但是，只去帮助一两个斯塔汉诺夫式工作者还是不够的，前进者的经验必须为全体工人所享有，只有这样，这种经验才能获得全民的意义。虽然如此，然而收集斯塔汉诺夫运动的经验，把这些经验普遍化，加以传播，远非所有的地方都做了应有的程度。一般来说，这些进步的经验，很快就被颂扬一番，然而并不是都能找得到其中细腻的、科学技术的根据，而这种根据恰恰能够成为生产中的工作方法和规则。

对新鲜事物的感觉是从党的工作本身发生的，党的工作就是在共产主义的建设中团结劳动者为着新的胜利而进行斗争。党的活动是不能容忍定型和停滞的。创造的热情对一个党的工作人员来说，是固有的，他批判地估计自己的经验，经常地检查自己的经验是否适合于新的任务和要求。一个具有对新鲜事物感觉之党的工作人员，从来不漠视别人的经验，并不以学习和掌握别人的经验为可耻。有些所谓"绝无错处"的工作人员，他们认为自己没有什么可以向别人学习，也没有谁值得他去学习，他们把自己的眼界只局限于个人的经验之内，把自己封锁在自己的有限的学识圈子里，于是他们就老是僵在一个地方了。

当一个工作人员不断地去精通马列主义的理论的时候，这种对新鲜事物的感觉就日益锋利和敏锐。马列主义能帮助我们认识在胚胎中的新生事物之萌芽，并按其长处去估价它们。这种感觉是永远生动活泼的，永远发展着的马列主义本身产生出来的。马列主义教导我们说：在新鲜的和陈旧的、垂死的和新生的、衰老的和发展的之间的斗争，就组成发展过程的内容。研究马克思主义，一个布尔什维克就能深刻地认识党的要求，党的领袖列宁和斯大林的要求，就是要求我们重视生活中出现的新生的事物，就是要求我们不去依据那些陈旧、衰老的，而是依靠年青的、发展着的事物，学习马列主义的意义，对干部的实际活动来说，是无法估价的。马列主义的理论，用预见和辨认前进事物的能力，以及为其形成和生长创造一切条件之能力武装着布尔什维克。

在我们的社会里正在进行着新鲜事物之诞生，及其与旧的事物斗争之不断的、群众性的过程。批评和自我批评就是摧毁衰老、落后事物的方法，就是为培养新生、前进事物而斗争的方法。斯大林说："没有批评就不能前进，这个真理是纯洁的、明澈的，有如泉水那样纯洁、明澈。"展开对落后的批评，责备墨守成规的分子，布尔什维克就是给新生事物及其巩固肃清道路。

战争结束以后，在党的面前，出现了新的任务。苏联人民正全心全意努力为祖国做他们力所能及的一切。他们每天都给自己劳动方法带来新的东西，这些新的东西使我们能更迅速、更有信心、更顺利地向前进步。及时地发现这些新鲜的东西，维护它，使它能广泛地传播开来，任何时候也不满足于自己的创造，鼓励群众的创造热情，这就是每一个党的领导人、每一个布尔什维克之最崇高、最光荣的任务。

（洵译自一九四七年九月二十五日《真理报》）

（1948 年 5 月 26 日）

英国的煤荒和矿工

刘宁一

　　若按中国的旧"命运学"讲来，英国的流年运是"五行都缺，白虎照命"。在五行之中，第一谈到"金"，缺美金、缺金镑、缺五金、缺机器。因而每天闹恐慌，和人家订商约，只能要求人家交货，自己拿不出东西。因为自己没有钱，又想要人家的货。"木"的问题，更为严重，也不出树，所长的树全是适合于中国古画，歪歪曲曲不成材，这就使树盖房造纸都成问题了。至于谈到"水"，当然应该不缺，然而在另一方面，船只不够航路，只得让美国步步逼进，慢慢就挤得它缺了水。"火"本来是不少，一六六六年的伦敦大火二次，大战的大火很够了。但现在煤很恐慌，无法克服，这就引起瓦斯、电力一切成问题。"土"在三百年前就被羊连田带谷给吃光了，现在英国只有烂石头和草地。五行都缺，已经是"大数难逃"，却又来了丘吉尔和丘吉尔之流，这就加上"白虎照命"。

　　有些反动分子故意把根本原因丢开，对美帝国主义退让，对大资本家保护，对新民主主义及社会主义国家歧视，而求解决之路，企图从增加零售税、减工资、减食物、加强劳动强度去着手。我为了真正了解其贫困原因，曾跑了很多路，会了很多人，亲自下到一千尺深的矿井去看看，是不是工人的责任。

　　"把军队调回来去挖煤"，这是去年一次大雪时的呼声。一年了，据谈现在驻扎在海外的部队还有一百五十万，钱花得很多。煤矿在战前有一百万矿工，年产二万四千万吨，现在只有七十一万七千矿工；而且机器又是从战争以来没有换过，旧的旧了，坏的坏了；人也是老的老了，病的病了；矿井也深了，洞子也远了。纵然如此，煤的生产

晋冀鲁豫《人民日报》文艺文献全编　散文报告文学　第一卷

效率还是很高。今年还可达一万九千万吨。煤矿工会会员有六十六万人，总书记名叫阿特·霍尔纳。他是一个共产党员，威尔斯煤矿的老工人。这一工会是工党、共产党及各种信仰的工人统一战线组织。自从今年五月实行每星期五天工作制之后，工人的生产效率更提高了。工会对于工人的保险很注意，大的透火透水是很少的。现在煤矿是国家经营，虽然管理机关还存留着过去的一班人，但工人可以参加生产委员会。他们为了人民的燃料，为了国家经济的自力更生，愿尽一切的努力解决这一困难。只可惜人力太缺乏，挖起煤来，人不够；待遇还不好，做起工来，还没有大劲；机器很不够，要加快也没办法。这样吸引着我一定到煤矿去看看。

十月二十三日，我到了南威尔斯加梯夫的西北盆地煤矿，那里有两百多个矿井，现在有十万零八千工人，战前是二十五万人。这一带都是起伏不断的小山。从伦敦出发，要坐三个半钟头的火车。沿路的风景还不错。羊还啃着草根，枯黄的树木占着起伏的山地；偶尔可以看见一小片菜园，细弱的番茄茎上还挂着几颗铃铛大的果子。我们的车进了加梯夫站已经六点钟了。我们不愿意麻烦人，索性自己找一个旅馆住一夜，明天再找工会吧。哪晓得和其他城市一样，到处旅馆没有屋子。我和两位朋友在秋雨淋淋的街上跑了一个多钟头，问了十多家，一概拒绝了。露宿吗？又下雨，只好向后转，又回到车站，自叹白花了六镑多车费。在绝望当中，给工会打个电话问问，天晚了恐怕人也找不到。可巧工会劳动保险部的主任在那里，代替我们找了一个旅馆，解决了问题。

煤矿区还离加梯夫有四十公里，是煤矿工人最有力量的一个区域，这里的工人，熟练工人占百分之五十六，井下工人占百分之六十，共八万五千人。他们的工资分为论件和论日。论件的每礼拜可拿到八镑十四个先令，论日的可拿到五镑十二个先令。总平均在井上的每礼拜四镑五个先令，在井下的五镑十三个先令。工人工资的差别分为七等。工作时间在井上的八个半钟头，在井下的七小时半，连上井下井也要八小时半。每礼拜做五天，比以前做六天出的煤还多。

关于劳动保险的问题，比煤矿国营以前少得多了。去年一年的统计，重伤在内约一万人，平均每十人中一人受伤。永久残废的每百人中有二人。这就是说开矿如作战，伤亡日日有。现在所谓进步了，是由于工会不断地与矿方交涉。如对于预防大规模的透火和塌陷，装风筒、搭棚子、向煤层中灌水等。工人受伤后，根据政府公布的一般保险法，工人不能做工的，本人每礼拜两镑五个先令，老婆和小孩二十二先令。矿工认为这一普遍办法是不公平的，矿工比任何工人危险得多。这种保险，实际上还有很多阻碍，得不到。工会要求一个补充办法，并增加每一受伤工人保险金至四镑，并明确规定养老退休的年龄和条件。特别对于设备问题，工会更予以严格督促。如果是工人的疏忽，而至死亡，由矿方赔偿四百镑。如果是矿方疏忽，赔偿二千镑，使资方不能从设备上偷工、减料。这一切改善的要求，并不是因为要矿工特殊化，而是想使矿工更安心地进行生产。的确，直至今日，英国人民都以做矿工为畏途，虽然今天的机器少，人手少，而这一区十万零八千工人在上礼拜的生产总计就达四十二万七千吨。

十月二十五日陶勒尔同志同我们到井下去。从电灯房带上电灯，换上窑衣，从载煤的罐上一直钻入了一千尺的下层。那里还不是最深处，从大井口走进三华里的样子，这里的运煤车已经没有马拖的，都是电力拖车。车子蠕动地跑向井上，而英国的黑脸大汉还在洞的深处。我们也就半俯着腰往里钻。从总洞进了石门，爬在旋回的帆布上，一直溜到一个小洞里。洞里有二十多工人，流着汗，扬着锄，在五尺厚的煤层搏斗。我们随即参加了生产。那煤是坚硬的大块，亮晶晶、黑压压，张牙舞爪地向着这些要面包的人抵抗。工人们咬紧牙齿，向煤层进攻，把煤块用铁铲抛到那帆布上；帆布送到车子上，车子又送到井口；井上听到铃声，拨动开关，那蒸汽机呼呼地吐出了白气，把车子吊上来。黑色英国工人，一咬牙齿，把车推到旁边，倒到火车的箱子里。火车就把它送到城里，烧机器、烧瓦斯，给坐在沙发上的白手套的人烘暖了雕梁画栋，他们就在那里开会，提出：

"煤矿工人工作时间太短了，应该延长时间、减少工资、增加物价、取消面包津贴、增加零售税，以解决经济危机呵！"

在井下是什么也听不到，什么也看不到。额前的电灯直射着煤，耳朵里塞满了机器的声音、挖煤的声音。那硫黄气瓦斯味和煤的灰尘，充满了空气。从井口压下的风，微弱地送到这洞子的末尾，使人的肺腑充满着黑的空气。矿工们还是不在乎这一点。煤是黑的，肉也是黑的，一切是黑的，只有挖一码（一吨的二十分之十九），所得三个先令是白的。这工资的鞭策，驱使着他们忘记了疲劳与卫生，忘记了公园与绿草。每一个工人每天能挖出八吨。那打石头的、搭棚子的、掌大钻的、管机器的，也都是为了一天的工资，在紧张地与寿命搏斗。忽然一位朋友说：

"不要忘记，活捉了蒋介石，千万不要杀掉，送他挖煤。"

这个提议很好，可适用于国际公法。凡说工人不要改善生活的人，都应送他去挖煤。只有这样，他们才懂得为什么工人要反对他们，否则他们到死也不明白。

各国的工人是一家，一点不错。大家一见如故。坐在煤上交谈着彼此的生活。他们在关心着中国的矿工、中国的工人；谈叙着他们的工会历史和现在的情况。他们在恶劣的空气中吞食着面包，用瓶子里带来的凉水送到肚里去。我们要回去了，彼此伸出了黑手，紧紧地握别。

到了上面工会办的食堂里，吃过饭，又踏上了归途。一位机器工人送到汽车站。工会的负责人再三说旅馆的一切费用由他们负责，以示招待。他们的客人汽车又驶上那岗峦起伏的小镇，在那烟气笼罩的公路上驰去。两旁的小楼一排排地静置着，孩子们在街上玩着、打闹着，天井里晒的衣衫被那山风吹得在小松树的枝旁飘着，主妇们提篮子领了一些山芋和面包，回到家中。这大概是矿工们的住家了。我知道孩子们的爸爸就在他们玩耍的地底下流着汗。

　　工人们的力量出足了，煤还是不够，食物还是不够，一切不够。一百八十万还是一百五十万的军队还是在海外殖民地，美国的金元是不是像伦敦的大雾一样不要任何代价呢？

　　　　　　　　　　　　　　　一九四七年十月三十日伦敦

　　　　　　　　　　　　　　　（1948 年 5 月 26 日）

临汾出了太阳

王蜂

　　我军于十七日晚攻占临汾城后，十八日晨，除留少数部队在城内搜索分散隐藏的残敌外，所有作战部队均整队撤出城外。我城防部队与民主政府工作人员早已入城维持秩序、安抚市民，一切工厂、商店、学校、民房和公共建筑都马上呈现和平的景象。入城的部队不但纪律严明，秋毫无犯，而且负责把那些无人照管的商店工厂保护起来。这时穿着各色各样服装的市民面带笑容，扛着行李、抱着小孩，从城的四面八方进来，纷纷返回自己的家。自来水工厂的工人和复兴铁工厂的工人，都自动集合起来，要求马上开工。十八日午后，自来水工厂即开工放水。市民得到充分的水喝，兴奋地议论着："这可方便啦，水比顽固（指蒋阎匪）在时多得多啦！"复兴铁工厂附设电磨厂也马上开了工。我负责看守自来水工厂的部队撤出时对工人说："请你们先检查我们，我们是不准拿一点东西的。"并亲切地询问，"工人同志，你们丢了东西没有？有损失没有？"工人很受感动地回答："一点也没有！"并异口同声地说，"咱这队伍太好啦！"汽车工人在蒋匪飞机轰炸下，还在加紧修理汽车，准备开出城外防空，一时就修好几十辆。基督教办的善胜医院，在民主市政府勉励下收容敌人的伤病员，并有很多老百姓前去治病。临汾卫生医院院长自动找着我军卫生部肖主任商讨医院开办事宜，一天门诊一百多市民和伤病员。蒋匪陆军野战四七医院和七七医院经我接收之后，马上就召集了原来的医生和工作人员，将蒋阎军的伤兵都收容起来，一下收容了三千多人。但丧失人性的蒋匪于十九日竟派飞机来轰炸医院，炸塌病房两座，炸死和伤上加伤的五十一人。所有的伤兵都气愤地破口大骂：

"蒋介石狗娘养的！老子们过去受蒙蔽欺压，替你卖命，挂了彩，现在你用飞机来轰炸咱们。老子不报这个仇不是人！"有的就说："这一下咱们可明白了谁是咱们的仇人，害了咱们；谁是咱们的恩人，救了咱们。"有一些人当时就跑去找着我军驻在医院的工作干部说："我伤好了一定参加解放军，打到南京去，活捉蒋介石！"

临汾师范、三联中学、女子师范、临汾中学等学校均先后找市政府工作同志接洽开课事宜。史专员马上就到临汾师范召集教员学生开了一个座谈会，他们控诉过去学校受蒋阎匪警察、军队、"人民服务队"、保警队、宪兵、稽查队、监务队七种统治，十七天被逮捕四十五人，七个学生被杀。学生们小便不自由，大便无处拉。临汾师范理化教员段利清还向我军控诉蒋阎匪军强迫他制造毒瓦斯的罪恶行为，说时非常悲愤。经史专员给安慰后，他们最后决议分头去动员尚未返校的学生返校复课，从此学生即络绎不绝返校，临汾师范一天返校三四十人。他们要求民主政府领导，提出要报纸、杂志看，积极准备开学。临汾师范教务主任刘功远亦向我军申述：他开初对我政策不了解，战士问他干什么，他很恐惧地说："我是老百姓，教书的。"战士就泰然地说："哦，教员。"他当时被这句话压得沉重而发抖，蒋阎匪帮天天造谣宣传共产党如何杀人，那些情况马上浮到他的脑海，心想这可完了。但我战士却很和气恳切地回答："不要怕，我们是保护教员界的。"这时他心上的石头掉了一半，但仍是将信将疑的。不久他看到部队对学校很尊重，并看到有些战士穿的破鞋子，见到皮鞋不拿，见到衣服不穿，真正教育了他，然后才完全安下心来。他说："你们真正不拿群众一针一线，说到做到，确实是人民解放军！"曼团戏院向民主政府要求派人指导他们，已于二十日开场，观众拥挤得很。

各街的商人在听了我工作队宣传我们的工商业政策，看到我军对工商业的保护行动后，立刻就忙着打扫院房，整理门面。东大街万金堂和新记理发馆十八日就开始营业了。东关大商号荣泰昌老板也回来准备开门营业，还有许多商人主动找我们，提出办法，恢复市面。商会会长李柴找着我们同志谈，有四百多家商店要复业，他们问能不能到石家庄去做买卖，要求民主政府召开商民会议商讨如何开门。很多商民诉说他们货物被蒋阎匪征光了，粗细洋布做了沙袋了，有的几家要六十条毛巾拿去"慰劳"了，菜都吃完了，门板搞去做了工事，店员被抓去做工事，四五个月没做买卖了。商民梁培志说："顽军把人逼、逼、逼，非逼死不可！好在你们来解放了！"有一家买卖向政府提出："我们是私人买卖，挂了三青团牌子，受人家管，该怎么办呢？"

敌伪人员亦纷纷自动到民主政府登记。三八集团军军官队留守临汾队员赵彦龙写信给城防司令部，大意是："我原在杨虎城部下充任连长，编入编余的军官队，后扣押在临汾时，因战事紧急，犯人放出作工，现因伤重呈请，准予住原地不动。"城防司令部及民主政府当即批准了他的要求。

一般市民都感到脱离了死亡与压迫的苦海，已经得到和平自由的快乐，熙熙攘攘地在街上走来走去，呼吸着多年来享受不到的自由空气。南街一个四十多岁的黄老汉，济源人，他喜得比过新年还高兴。他说："这下心可稳了。你可不知道顽固造谣说咱八路军见人不留，这些顽固真可耻，我刚买了十斤玉茭面，一下子被顽固抢走了，我跪着哀求不成，还被打了一顿。唉！今年还没见过一点白面呢！"停了停又很畅快地说："你们来了，我们才又看到了麦子。要是再过些天不来，可就吃不上了！"同时站在他旁边的人都好像合唱似的一齐高声说："今年可吃上麦子了！"原来被蒋阎匪帮压死了的临汾城，现在又苏醒活跃起来了。在一切大街小巷里，可以随时听到称赞共产党的词句。从鼓楼到西门的一个墙壁上就写着这样几句话，充分表现了临汾市民衷心的感激：

　　　阴天没有晴天长，

　　　临汾突然出太阳，

　　　要问太阳是哪个，

　　　就是中国共产党！

　　　　　　　　　　　（晋南前线二十日电）

　　　　　　　　　　　　　（1948 年 5 月 27 日）

梁培璜俯首就擒记

——攻克临汾战斗通讯

常登

自我人民解放军强大兵团围攻临汾以来，阎匪锡山就一再打电报给负责困守临汾的第七集团军副总司令兼晋南地方武装总指挥梁培璜，要他死守临汾城，并且明白地给梁培璜指出两条路：一条是"城存成功"，另一条是"城亡成仁"。此外，梁培璜的反革命伙伴孙楚、王靖国之流也打了电报给他，劝他"决心成仁"。梁培璜本人于三月九日也发出"参战字第一一四号代电"说："临汾之保卫战，已入严重阶段，本官已下定决心与临汾共存亡，如中途战死，即以徐师长其昌为本官之第一代理人，谢副旅长锡昌为第二代理人，继续执行保卫临汾之任务。"看起来梁培璜似乎也下了最大决心，不是"成功"便是"成仁"，可是结果怎样呢？既没有"城存成功"，也没有"城亡成仁"，而是作了人民解放军的阶下囚。

五月十七日晚上，人民解放军突进临汾城后，梁培璜看着已经完全绝望了，于是带了六个随从人员，仓皇出西门逃命去了。逃到汾河边，我军的枪声炮声急速地从后面飞来，他们也来不及脱下鞋袜，就跳下水去蹚过汾河。过了汾河，枪声仍然从四方八面传来，并且到处隐隐约约传来我堵溃的部队缴枪不杀的喊叫声，他们又惊又急走了一个通夜才到马务村北的麦地里，但是已经疲惫极了，有几个人便躺在麦地里睡觉了。

十八号早上太阳出来后，他们从麦地里爬出来晒衣服。一霎时我堵溃的搜罗部队逼近了，当我解放军的战士一问干什么的，梁培璜就连忙说道："不要打，不要打，我们缴枪！"马上叫他的卫士把带的几支手枪交出来了。他并且自动报名道："我就是梁培璜，请把我带到你们司令部去。"其实不用他自报，我围攻临汾的解放军战士们都认得他出来，因为在活捉梁培璜这张战地传令中，大家已经把他记得很清楚："梁培璜：日本胡，高鼻梁，黑乎乎，年纪已经五十五；瘦皮猴，老糊涂，把他装在闷葫芦，总有一天作俘虏！"

梁培璜被送到人民解放军某司令部时，他满身又湿又泥，憔悴而疲惫。我某司令员当即送给他一套黄色的新军装，换好后，他又要求把他送到徐向前将军的司令部去。当我某司令向他介绍我军对放下武器之国民党军官兵的宽大政策时，他说："贵军的宽大政策我知道，史军长（前阎匪十九军军长史泽波，一九四五年在上党战役时放下武器）在你们那里回来时，是从临汾回太原去的，我问过他。"后来敌人突围部队被我堵击放下武器后，梁培璜还对他的部下讲过一次话，劝他的部属说："我比你们早来两个钟头了，这边对我们宽大优待，没有关系；希望你们说实话，大家把真实的姓名和职别都说出来，不要恐惧。"他对我军的宽大政策不是生疏的。

（1948 年 5 月 28 日）

临汾解放第一天

泽民

临汾城解放第二日清晨六点钟，记者即穿过匪军层层工事的残骸进入市区。这时新鲜的阳光已经照射在树梢，一夜的炮火已经停息，老百姓都已从地洞里爬出来，站在门口睁大了喜悦的眼睛，看着解放军雄赳赳地在街上走过。在东大街有一群孩子看见解放军过来了，亲热地把他们包围起来，要求战士们讲昨夜战斗中的故事。纠查队员们有的在维持着秩序，有的在给群众讲解着目前战争形势和解放军的各种政策。许多群众听了都高兴得泛起笑容。

望不尽行列的俘虏，在街上拥挤过去，被送到指定的地点集中。他们由于多日不得温饱，又经过一夜的炮火轰击，面容显得格外焦黄与黧黑。押送俘虏的解放军战士扛着机枪，挺着胸膛威严地执行着他们的任务。

刚从匪军手中缴获的汽车，开足马力，满载着解放军在街上迅速驰过，欢迎解放军的群众扬着无数臂膀，热烈欢呼。

市民们看见和蔼可亲的解放军，都纷纷控诉蒋阎统治时的罪恶。在莲花池，我们听见有哭声，进去一看，是一个老太太在哭他的儿子。他的儿子名叫许作峰，今年二十五岁，因为他曾说过几句公道话，就被匪军认为是"伪装分子"，在七天前被杀害了。老太太看见我们进去，就拉住我的手，带着埋怨的语调说："你们为啥不早来几天呢？要是早来几天，我的孩子也不会被他们杀死！"说着就又放声大哭了一场。在这位老太太家里的后面，我看到有几百家难民住在野地里的窑洞里，他们的房屋都被匪军们拆掉做了工事。今天他们看到救命的解放军攻进城来，他们那长期忧愁的脸孔，都泛起愉快的笑容，争着要拉解放军到自己的窑洞里吃饭喝茶。一个磨面工人原学理告我说：原来住在黄家楼，四月十日那天解放军打进了东关，匪首梁培璜说他们的房子会被解放军利用，就下命令拆掉了；他们的粮食衣物都不准拿出来，就一齐被赶到城里边去。我问：你们怕不怕解放军？其中有一个老汉名叫杨富抢着说：好爷呀，你问哪一家不是盼望你们快进城来！望你们真连眼睛都望瞎啦！你们再迟来半月，我们城里人都得死在顽固手里，你看我们的麦子都叫他们割掉喂了牲口。

下午，街上有些商店已开门营业了，马路上的人群也更加多了起来。民主市政府安定秩序的布告刚一贴起，就挤满了市民。宏成堂药店掌柜石建三先生看到布告中规定保护工商业，他高兴地说：共产党如此德政，可有我们的活路了。

（1948 年 5 月 28 日）

地 道 战

——攻克临汾战斗通讯

古维进

电灯公司紧靠临汾东关，咱们要打下东关，就非先占领这个电灯公司不行。三月二十三号晚上，解放军开始了进攻，眼看半个电灯公司被咱们占了，匪军退到最后的也是他们觉着顶保险的东西机房里。这里，他们把机器全部拆了修成结实的工事。在房子外面，挖一道很深的外壕，一道很厚的砖墙，从外壕到砖墙、到东西机房，每隔三步五步，或十步八步，都有暗碉堡，一个一个的暗碉堡都用地道连起来，他们就能从地底下来往。机房顶上是投弹阵地跟机枪阵地，窗户成了一排排的枪眼，墙底下墙角上也挖着一排排的枪眼。这样，机房的火力跟暗碉堡的火力就能互相掩护。白天他们把那些枪眼堵起来，从外面看去就是几座楼房，要是一不小心冲进去，就会叫四面的炮火包围住出不来了。

当一三一六部，接到进攻这座机房的命令，进行了侦察以后，马上就闹清楚了敌人的工事。为了少受损失就取得胜利，咱们也就从外面朝着敌人的暗碉堡挖起地道来。咱们的地道，插进了他们暗碉堡的中间，把他们碉堡跟碉堡中间来往的地道有的给堵住了，有的给把住了。从咱们地道里，看见敌人灯光，听见敌人说话，知道哪里有人，就对准连续的射击，弄得敌人毫没办法。第二天清早，咱们顺着地道修的暗碉堡，猛不防钻出在外壕和砖墙里面，跟敌人暗碉堡对着拼开手榴弹了。第三天，咱们的暗碉堡又在机房门口钻出来了。敌人手忙脚乱想出各种办法，也乱挖地道，又把坛子埋在工事外面，想探听咱们挖土的声音，好来防备。可是咱们的战士就想出了个挖土不出声的

华北抗日根据地及解放区

文艺大系

办法，最后咱们的暗碉堡又在东西机房里钻出来了。这样一步一步地，咱们的暗碉堡把敌人的暗碉堡包围起来了。敌人真是没有一点办法：打吧，咱们暗碉堡的枪眼从四面对准了他们，谁也不敢从地底下露出头来；依靠城墙上的炮火打坏咱们的暗碉堡吧，可是两家又离得这么近，谁能保险炮弹不会落到他们自己头上呢；逃跑吧，又害怕杀头。

咱们顺顺当当地挖好了四条大地道，四月一号晚上开始了总进攻，爆炸小组四个人从住着敌人指挥所的暗碉堡跟前钻出来了；敌人看见了，机枪步枪像雨点样的打过来，爆炸小组四个人有三个人都挂了彩，可是他们还加紧干下去。三个挂了彩的咬着牙扔着手榴弹，掩护一个没挂彩的挖洞埋炸药。

"轰、轰……"爆炸开始了，一片火光，地也震得忽悠忽悠的，一阵的墙倒屋坍，暗碉堡也都从地底下掀了上来。就这样，敌人一个营就都埋在这里了。

在前几天中，六十六师师长徐其昌还下过一道命令说："死守电灯公司，这里就是你们的坟墓。"想不到这话几天以后就灵验了。

（1948 年 5 月 29 日）

临汾火车站的攻克

泽民

火车站距临汾城东关约五百公尺，地势耸立，南接电灯公司和东关，是临汾东北极为重要的屏障。蒋阎匪军曾费尽心机地加强这里的工事，在车站周围挖了两丈多宽、深的三道外壕，壕沿上打上几道铁丝网，二十余个地堡包围着两个大碉，有暗道直通电灯公司和东关。当临汾告急的时候，阎匪首梁培璜不断给下面下命令："要死守车站""要和车站共存亡"。但是，当匪军和人民解放军一相接触，就被解放军打得头破血流，解放军只以两名轻伤的代价，即全部攻占车站。

战斗开始于三月十七日下午，我强大的炮火首先向车站的两个大碉轰击，在尘烟满天当中，突击部队一三一七部第九连、一三一五部第八连，迅速接近了敌人，工兵们最先跳出了战壕，扛上炸药，冲过了三十公尺的封锁线，连续爆破了三道外壕和铁丝网。投弹英雄贺一民等飞快地穿过爆破的浓烟，扑过三道外壕，把一排排的炸弹送到第一号地堡里去。第一号地堡被毁灭了，接着第二个、第三个……二十余个地堡，都在猛烈的爆炸中结束了它们的命运。至此，敌人完全失去固守工事的信心，如同丧家之狗，四散奔逃。但不管敌人逃到地上地下（地道），都逃不出解放军的天罗地网，匪军们一个个全部被歼，车站为我军完全占领。

(1948 年 5 月 29 日)

手电筒的故事

泽民

十七日夜晚，解放军攻入临汾城里以后，一三〇九部第一连范指导员带领着一个排，沿西大街向城墙边搜索。他们经过许多商店和民宅，里边都有一些惹人喜爱的东西——花被、皮鞋、纸烟，但是谁也没有用手去摸一下就走了。一直发展到离西门不远的时候，在一家商店里发现有许多手电筒，这东西却像磁石一样地吸住了每个人的心，谁也想上前去拿上一个，可是纪律、政策重要呀，谁也没有敢去拿。年轻的通讯员华胜坤同志却动手去拿了一个，然后又递给范指导员，嘴里还一直说："指导员这个手电可好呢。"指导员看了看也连声称赞说好，可是又把东西放回原地了。华胜坤看见指导员也喜爱这东西，于是就又轻轻地拍拍指导员的肩膀说："这个东西咱们很需要，给你拿上吧！"指导员范振海同志觉着通讯员这种思想很不对，态度很严肃地对他说："你没有订过计划吗？为啥一见了东西就又忘掉了政策呢！"华胜坤却哈哈大笑了起来说："我是试验你一下，看你把政策忘掉了没有。"指导员笑了，大家都笑了，手电筒仍旧放到那里，部队又向前搜索起来了。

拂晓以后，结束了战斗，部队返回来的时候，范振海同志又进那家商店去看了一看，那些手电筒和许多东西都仍旧放在那里。

（1948 年 5 月 29 日）

三支穿心箭

——记临汾内壕争夺战

汤蹗

十七号下午七时四十分，人民解放军一部对临汾城发起总攻。总攻令一下，又高又厚的临汾城就被掀开了两个很大的缺口。邓州部"二〇六"的三个突击队，像三支穿心箭一样突过缺口，直向内壕敌人飞去。张立全的歪把机枪，像条火龙，灵活寻找左右的枪眼，张五岸跑过地雷区，炸翻了正向突破口射击的敌人机枪工事，拔掉了前进路上的小钉钉。

内壕沿的敌人集中了所有兵力，想来阻击这三支勇猛的箭头子，射来的炮弹、毒气、黄炸药在突破口上燃成一片火海。勇士杨维姚、赵太全机巧地接近在内壕近沿，孟三还、牛全保等的手榴弹也跟着一排排地飞进了内壕内沿。敌人炮火越加激烈，勇士们也越加顽强像钢钉一样，坚固的钉在紧接敌人内壕边的一块麦地。

郝五林、陈新垣的神炮，两炮揍哑了房上敌人狂叫的两挺机枪，第二颗手榴弹又干掉了内壕被监视的敌人。李士明等的五挺重机枪，强烈地发出吼叫，死死地封锁住敌人的枪眼。马金龙侦察突击回来，王营长就在人群中发出了"赶快冲"的突击命令，负伤的马金龙又翻身第一个跳进内壕。敌人被打乱了，勇士们一涌占领了内壕。

高如明的机枪压住了敌人的一挺机枪，左翼前头的也冲进了内壕。距四十米达的敌人火力又集中到他们这里，一个排的敌人也跟着从左翼反扑过来，但都被打退了。特等功臣车元禄，随着登上内壕内沿，阎金忠威胁着在房内的敌人缴了枪，这个房子被占领了。

右箭头的田中其排，顽强的扑向敌人，班长张东午、王西贵负伤躺倒又爬起来，有的连负四处伤还向敌人冲去。互助组长孙万山从左翼冲过，第一个跑进敌人内壕，接着下去的九个都负了伤，四班长李新荣等仍坚决的冲上。特等功臣车元禄攻进去夺过敌人两挺拐把机枪、一支三八式步枪。配合着各种炮兵的火力，经四十分钟的争夺战，终于占领了内壕。至此蒋阎匪从三百米的开阔地和筑有铁丝网的脚坑地雷区，和以一营兵力把守的三百米内壕最后生命线，在四十分钟内被三支强固的穿心箭射穿了。

（1948 年 5 月 30 日）

新的青年新的生活
——记南斯拉夫"人民的青年铁道队"

刘宁一

当我们到了新民主主义国土之后，顿时觉得人间一股难以形容的温暖，有如朝阳，光芒与彩霞普照着大地；有如初夏，千里桑田，百花争妍。真是生气蓬勃，排山倒海。这就是人民得到解放、得到民主、得到生活改善后的团结力量与"建设热情"。我们到了南斯拉夫，规定工作日程的时候，头一件事情就提出了要去巡视这民族建设的象征——"人民的青年铁道队"。

这个"人民的青年"，在南斯拉夫解放战争中叫作青年反法西斯大同盟，在南共青年团领导下，团结全国青年，进行与德寇南奸的残酷斗争。这些青年组织不尚清谈，而重实际斗争。一位朋友告诉我一个故事：

"有一天，铁托同志在一个公园里，远远地跑来几个爱国青年。他们认得这是南国的伟大的民族领袖，他们相信他，敬重他，就赶快从衣袋里掏出一个庄严的冗长的反法西斯宣言，请铁托同志给他们提点意见。

"铁托同志慢慢地看完了，把它折起来，原般不动地交给了那位抗德的青年。然后铁托同志开始对他们讲起，如何破坏敌人的铁路，如何侦探敌人、袭击敌人……一直讲了两个钟头。那些青年们学会了很多实际斗争的知识。

"对于那冗长庄严的宣言，却一字未加可否。"

男女青年们受了实际斗争的教育，在祖国的大地上流了血，用鲜血洗干净了国家的一片耻辱。至今还留着一张光荣的照片，是一位青

文艺大系

华北抗日根据地及解放区

年战士，在被德寇吊死前，站在绳索的旁边矮凳上，双拳举起，高呼"解放万岁"。这就是南国青年为了人民的解放，至死不屈的民族气节。

他们在战争时，在罗马尼山上，饿肚皮、吃草根，在树林里、冰天雪地中，过着游击队的生活，无数的南国青年，受过了这种大的锻炼。我们遇到了一位朋友，才二十岁，他追述十八岁那年，他是一个游击队的排长，带领他的青年队员，参加了解放贝尔格莱德的大战，几度冲上城南的高山，使德寇法西斯弃城而逃。至今在城里的街道上，随处可以找到烈士的纪念碑，唤得出他们的姓名。"现在南斯拉夫是人民的了，是我们自己的了，为自己的国家而建设而奋斗。"他说。

到了南斯拉夫解放后，这个青年组织就改名叫"南斯拉夫人民的青年"，他们是南斯拉夫人民的子弟，为了祖国的独立、民族的平等，为了全国工人、农民、知识分子的社会福利建设，努力工作、学习和斗争。

这个青年组织是很庞大的，全国统一的，不分职业、性别、民族与宗教信仰，全国青年轮流交替经常保持十万零八百人。在军队中服务的青年和儿童团还不在此内。这些青年有一个统一的意志，就是建设新民主的南斯拉夫。他们的组织，是学习工作并重，是从学习中工作，从工作中学习。他们是人民的动力，有力的建设劲旅。他们服从他们的父兄——工人、农民、知识分子的社会幸福的要求。他们有严格的纪律，这纪律是自觉的，为了工作学习去执行，谁也不觉得有任何森严可怕，而是在紧张的愉快的大家庭中，相互勉励，相互协助，这就是"父子协力山成玉，兄弟同心土变金"。千百年来人类的理想，现在为这群青年所实现着。

在贝尔格莱德东北，一片荒地，这是摩拉维亚人放牛的地方。二千男女青年搭起了帐篷，一齐唱出了劳动的歌声。他们在掘土、造房，在五年计划中，这里要变成四五千人的大工厂，专门制造×机。在沙莱驿城东南，三千青年在锯木、打墙，要在今年（一九四七）盖好大片工房，使劳动者每家每户，有了舒适的住宅。在到处的农场，成队的青年男女荷着锄、拿着镰、赶着牛，走向田野，在锄草、割麦和耕田，为了南斯拉夫人民的面包、牛油和蔬菜，在流着血汗。青年是先锋队，是杀敌的先锋队，也是建设的先锋队，哪里缺少力量，他们就到哪里突击，这真是无坚不克的野战军。他们中间也有女队员，也是赤着脚、卷着袖，精神集中在工作中，她们是美丽的，但不是娇滴滴的，也不是花枝招展、油头粉面和朱唇，而是自然、强壮，而是竞赛计划的胜利，超过任何同一工作的人，得到劳动英雄徽号和模范工作者的荣誉。不错，在城市中还可以找到一些纤纤玉手的窈窕姑娘，但是她们被称为"不事劳动的寄生者""落后分子"，这对一般青年认为是十分不光荣的。的确，世界大变了，这种新型道德观与政治观，已在国家的解放斗争中，和铁道队的建设中建立起来。

"我们建设铁路，同时铁路改造了我们自己。"

国家的血脉——铁路交通，是这些青年特别要突击的一个对象。经常有八万青年从事于这个工作。今年（一九四七）十一月二十九日以前，要完成二百三十七公里，我们去时已经完全通车的已有七十公里，其他正在开山、打洞、造路基、铺铁轨、造车站。全部工程的领导是交通部、建设部，青年的政治组织是属于一个总的青年铁路队司令部。这个总机关，分为生产工作部、文化教育部、组织部、特别技术部、军事体育部、国际部和总务部，都是民主选举的。从沙瓦兹到沙莱驿一段，青年工作队之中百分之二十五是女队员。这些青年的成分，都是工人、农民和学生，自愿参加的。在南国青年谁要带上这"锄头、□头和烟囱"的徽章，就是很骄傲很光荣，非常引人羡慕的。这十万人的纵队，分为三大队，再依工作的场合分为小队、分为小组。政治、文化、技术教育，是依工作组为单位，每部分都有工作计划，在技术与政治领导之下，进行竞赛。这计划和分工，不是盲目的而是经过讨论，发扬创造性和工作检查，经过详细的精密的分工，和人才人力的配备。在工作中进行技术教育，工作回来和休息的时候，在树荫里、草地上、河岸的岩石上，进行政治和文化的学习以及科学的研究。有日报《铁路奋斗》和各种壁报，报道着工作和学习。十二个电影团轮回放映，全国的文工团每十天轮流来一次，演出各种戏剧。铁托说：五年计划要使十七万青年成为技术人才。现在已有一万五千人学习专门技术。文化班是为加强建设农村的领导，要使九千人成为文化教师。因此他们的生活十分紧张。

每到礼拜天或休息日，都是作着集体的田径赛和表演各种游戏节目。每到吃饭时，都整队到集体食堂，那食堂多半是帆布搭的，一排一排的台子放着，三千、五千人同时进餐。我曾到过一个大队吃中饭，每个人一瓶啤酒、一块有半斤重的羊肉、两条大葱、不限制的大块面包、一盘点心。肉和葱尽量吃，用筐子抬着循环添补。衣服是每人两套，皮鞋一双，日用物品都是有计划地分配，一切供给都是粮食部负责，青年队管理。一个青年的消费，等于一个重工业的技术工人。各种医药、车辆、电话、电报、播音等用具，都是随队前进，宛如行军。青年队到处逢山开路、遇水搭桥，各队均有一面大旗，插在山的高处，随风飘扬，鼓励着这生产队伍和那荒山大河搏斗。

国际队，有英、澳、巴勒斯坦、比利时、瑞典、挪威、苏联、匈牙利、罗马尼亚、阿尔巴尼亚、希腊、印度、瑞士、意大利、波兰、捷克、法国等十七国的旗帜，五光十色的闪烁着，说着各种语言，和谐地工作着，象征全世界人类的为和平建设的热望。

这支生力军，有很多杰出的人才，很多造桥开洞的能手，在资本

晋冀鲁豫《人民日报》文艺文献全编 散文报告文学 第一卷

主义统治时期认为简直不可能的工程，现在青年们把它们完成了，工作的质量和数量超过战前五倍以上，所费材料亦大大节省了。

有人或将问道，他们如此工作，好像把青年的活泼性减少了。英法青年每到夏令时期，组织了多少男女学生，爬山、探险，男女情人在草地上滚来滚去，而南国青年这样岂不是太不"艺术"了吗？其实不然，我们参加过贝尔格莱德一个大运动会，那里四五千农业工人的集体舞，舞成割麦、堆麦和耕耘；那里也有铁路队把他们的开山平河制成舞蹈；那里更有游击队员作成各民族联合抗德的集体舞，海军的舞蹈俨然以人山人海形成狂飙巨浪……每一个民族的青年男女，在盛大的运动会上，踏着胜利进行曲的节奏，表演出他们生活的艺术、生产的艺术、人生的艺术。他们的生活，创造着艺术生活的艺术鼓励着千万人的心，在进行着新民主主义的幸福建设。他们不羡慕那吃饱了饭无事干而爬山消遣，他们要改造这高山，征服这大川。他们不再满足于那些儿女间的厮混，而以无限的热爱撒向南斯拉夫的大地。他们不愿抱膝危坐，高谈诗篇，而是以千百万人的热情，创造着人类的"史诗"。

一九四七．十．一，于伦敦

（1948 年 6 月 1 日）

血战一〇三阵地

——攻克临汾战斗通讯

临汾东门外敌人的一〇三号阵地，打下来就可控制外壕和登城，但这是敌比较坚强的工事。千百双眼睛和千百颗心，都在注视着和关心着这重要阵地的攻击。

康团长亲自到五连进行动员。大家给团里写了保证书，给友邻部队挑了战，保证"攻上去，守得住"；决定七、九两班是突击班。七班副刚从医院回来，便要求参加爆破组，提出保证完成爆破任务。一班战士杨法禄说："班长，剩下一个人也要完成任务呀！"一班长郎心会听了，实在高兴，立即召集全班开会，动员大家："咱班剩下一个人也要完成任务。"七班长葛玉增、九班长耿利荣召集全班在地上画地图，研究遇到敌人"一"字交通壕怎么办、"丁"字交通壕、"人"字交通壕又怎么办。三班忙着挖暗道，一黑夜就挖了十来公尺。地形大家看了一次又一次，有的贪婪地看了六七次。

手榴弹每人带了二十个，还有炸药包，用绳子把它都拴起背在身上。郎心会一个人便背了二十五个，因没绳子没炸弹袋，就解下自己的裹腿来拴。

坑道、暗道都已构成了，火力都摆好了，旅、团首长还不放心，鼓励大家说："就看你们五连这一下子呀！"

是四号七点钟，太阳将落，我们的炮火在一〇三号阵地上开了花了。突击队在这时挖开出击暗道的口子，炸药"轰"的一声，把大地震动了。七、九班从两个暗道口扑了过去，九班的动作稍一迟缓，七班长葛玉增说时迟那时快，带着全班立即越过九班头里，攀上了阵地，猛向右冀交通壕扑去。前面是敌人护地碉，段玉明第一个上去即牺牲了，全班都负伤了。责任心鼓动着班长葛玉增，他虽然也负了伤，但他打出了几个手榴弹后，继续前进。遇到了副班长刘银章，两人又扑上去。班长二次负伤了，只剩下刘银章一人了，——老战斗模范刘银章，住了医院九个月，前天他才回来——他心想："前面地碉内有敌一挺轻机枪，后面是敌人一挺重机枪，如不把它消灭，战机就要失了，阵地也会丢掉，后面上来要多死人，我要坚持下去。"他猛的扑向地碉，塞进两颗手榴弹，再加上炸药包，护地碉垮了，但敌人也早吓跑了。刘银章扑到前面地坎边，坚持到三班上来了他才喘了口气，又参加了三班作战。友邻部队没上来，他们又迅速往北发展，迎接友邻。一班长郎心会站在两班最前头，带领全班向左翼交通壕猛扑过去，他们像一阵旋风一样，越过了突击第九班，迅速到了城壕边。任务完成了，敌人被消灭了。一班打得很硬，全班剩下杨法禄一人也还在战斗。一、三排都上来了，于是继续扩大胜利，巩固阵地。

一〇三号阵地占领了，友邻区我们也控制了。

明天白天要守呀，工事需要改造啦！紧张的气氛围绕着阵地，手忙脚乱，门板在跳动，麻袋在横飞，你来我去，锹在怒吼，镐在嘶叫，时间像宝贝一样，大家知道一分钟的松懈，将要造成多大的恶果呀！心情紧张得喘不过气来。"快，快，快，快来呀，门板、麻袋！"人们低声地嚷着，紧张地挥锹镐。可是这阵地已经稀烂了，被我们的炸药和炮弹摧毁得不像个样子了，要想构成一个好工事是不容易的。但在几个钟头过去后，天明了，这一废墟上筑起我们的工事来了。虽然还不够令人满意，但确乎是战士们的血汗和毅力的结晶。

早上八点钟，敌人的反扑来了，炮弹、机枪乱打一阵之后，接着手榴弹、黄燃弹打在我们的阵地上。

二班副赵润明看到敌人从外壕边一个个爬上来了，一声口令，手榴弹纷纷向敌人飞过去。支书香金喊叫："好啦，再打就这方向！"

手榴弹一个接着一个，烟雾漫没了整个阵地。但敌人逼近了，赵润明负了伤了，乔会德也负了伤了，敌人在工事前干叫喊"杀"，排长王七禄和支部书记扑上去几步，手榴弹接连直向前面扔去，打退了敌人。接着我方组织反冲锋，王安国拿了战士一支步枪，带了三四个战士冲上去了，一个黄燃弹打着了刘二×的衣服，他就地一滚，又上去了，一颗手榴弹打在郭志和的跟前，郭志和立即把它拿起又送还给敌人。后面小鬼阎秉旺、童向泉等以排子枪打击敌人，见一个打一个，新战士袁建国与任小面，以排子枪封锁住敌人的运动。袁建国举手一枪打着了一个敌人，第二枪又打着一个。一场恶战足有两个来钟头，敌人缩头了，静悄悄地再也不敢出来了。

这一战，敌三十旅九十团第一营被我们收拾了，第一连、第二连只剩下二十余人，第三连也只剩下三四十人了。敌营长是在反扑时白白的送命了。第一连几乎全部在我们坑道爆破时活埋在窑洞里了。

（1948 年 6 月 1 日）

介绍匈共领袖马蒂亚斯·拉科西

别卓夫

马蒂亚斯·拉科西（Matyas Rakosi），是现代民主匈牙利的一位卓越的国家领导者。他在青年时代，就已积极地参加了工人运动。

第二次世界大战的时候，他在东线的奥匈帝国的军队中服役，并曾被俘。在俄国他亲眼看到沙皇专制制度的崩溃。一九一八年十月，拉科西回到了刚由哈普斯堡王朝压迫下解放出来的匈牙利。他是匈牙利共产党创建者之一。当时匈牙利的工人阶级，推翻了资产阶级政权走上了社会主义革命的大道。拉科西作为这一斗争的领导者之一，被委为第一匈牙利苏维埃共和国的政府委员。当反革命在协约国的鼓励与支持下，从各方面向这个年青的工人阶级的国家进攻时，拉科西就举起武器，来保卫它。

匈牙利革命失败以后，他不得不逃出本国，流亡到苏联。

匈牙利共产党转入地下了。反革命取消了一切合法的工人组织，但是没有能够把他们完全消灭。尽管有着极残酷的恐怖，共产主义运动不仅能继续在地下存在，而且更壮大起来了。然而他们却缺乏统一的、坚强的领导。拉科西于一九二四年冬到了匈牙利，着手建立紧密团结的匈牙利共产党，使其成为劳动人民的战斗的革命政党。工作在前所未闻的条件下开展着。一九二五年，由于叛徒的出卖，以拉科西为首的地下组织的整个参谋部，全部落入了霍尔梯刽子手的手中。反革命将拉科西及其同志加以企图建立推翻"合法的"国家秩序及社会秩序的组织的罪名，交给了军事法庭审判，检察长要求判犯人以死刑。当时，世界各国工人联合拯救了拉科西。在世界工人的抗议压力下，反革命不得不把他转交到普通法庭。在审讯中，被告成了原告，他勇敢地揭露了血腥的反动派的一切罪恶。

给拉科西的判决书上写道：八年半徒刑。可是霍尔梯刽子手所加给拉科西的难忍的痛苦与磨难，并没有能够挫折他的斗争意志。他甚至在狱中还领导了规模宏大的宣传工作，指导着党的活动。

霍尔梯的反动集团，非常惧怕拉科西，它们用一切办法使他不能逃出自己的魔爪。一九三四年，在他刑期将满以前，又发生了对他不利的新的事件，于是他被判终身苦役。

国际形势的发展，使匈牙利恢复了与苏联的外交关系，苏联归还了匈牙利人民一八四八年革命斗争的旗帜。在这种和谐的空气下，匈牙利统治者才释放了拉科西。一九四〇年十月他得到了自由，并取得了到苏联去的可能。

拉科西的生活及政治活动，是自始至终与匈牙利共产党的斗争紧密结合着的。

当刽子手霍尔梯将匈国人民推向灾难的道路，并强迫他们参加罪恶的反苏侵略战争时，共产党的领导曾不倦地号召匈牙利人民，在反对德国法西斯的旗帜下，团结起来。

地下的匈共在国内组织了抵抗运动。

匈牙利反动派的罪恶政策，使匈牙利人民遭到了巨大的损失。被希特勒掠夺洗劫的匈牙利，终于变成了军事行动地带，而霍尔梯集团却像在快要沉没的船上逃走的耗子一样，早已逃到西方去了。

接着暴风雨似的事变，明确地说明：拉科西及匈牙利共产党二十五年的英勇斗争，并不是徒劳的。匈牙利从法西斯枷锁下解放出来，使得一切资产阶级政党目瞪口呆，而共产党人则握有完全适合时势要求的纲领。共产党的这个纲领，成了团结着匈牙利一切进步民主党派的"民族独立阵线"继续工作的根据。

布达佩斯作战的枪声，还没有停息，拉科西就来到匈牙利的首都了。在他对党内活动分子的讲演中，他分析了全国的形势并制定了迄今仍为匈共原则路线的政策。这就是在与匈共结成同盟的各个党派中，巩固真正民主分子的地位，并用一切方法保卫"民族独立阵线"。

还在一九四五年二月，他就给小农党作了一个估计，大概再没有比这件事能够更好地说明拉科西的丰富政治经验及其根据实际应用马列主义理论的政治预见之才能了。

他当时写道："无疑，反动派企图重演一九二〇年的把戏，就是说，打进小农党，掌握其领导权，然后努力破坏民主力量的统一，并阻止国家的民主化。……"

后来的事变完全证实了拉科西这个明锐的观察。

青年的民主匈牙利，当时处于首次大搏斗的前夜，它决定给几百年来的反动堡垒（匈牙利大地主），以决定性的突击。在匈共的纲领中，占首要地位的就是要求彻底的土地改革。土改的推行，正像拉科西所讲的一样，不仅是一个重要的经济问题，而且是一个具有决定意义的政治问题。有效地解决农村民主化问题及巩固工人与农民的团结，在当时和现在，都是具有全民性意义的。

拉科西说：

"我们不应该忘记，匈共是匈牙利全体劳动人民的党。她的政策是以保护劳动人民的利益为目的的。"

为了加强工农团结，匈共已经走了有决定意义的第一步——坚决地进行土地改革。进步的知识分子，他们的优秀代表，已经找到了加入共产党的道路。这些人们，与工人阶级一起，占全人口的百分之九十五。以拉科西为首的匈共，正是为了依靠劳动人民的民主这个政治理想，才进行了不屈不挠的斗争。

拉科西在一九四五年二月的讲演中指出：在战后的匈牙利，尖锐的阶级斗争、一切民主力量对反动派的战斗，还没有停止。

一九四五年秋，当匈牙利的反动派，激烈地向民主势力进攻时，拉科西讲道：

"我们是反动派所惧怕的唯一的政党。我们是在二十五年残酷血腥的追缉下、从未离开革命理想的唯一政党。我们是反动派绝不妥协的敌人，是为民族团结事业，坚决不渝的战士。"

始终将希望寄托于各大国矛盾之上的匈牙利反动派，现在转入到地下了。他们在西方帝国主义者支持下，准备了反民主反共和国的阴谋。由于民主力量，首先是匈共的警觉，他们的计划没有成功。从阴谋者的计划失败直到纳基的出走，事情以非常的速度发展着。纳基的出走，完全揭穿了反动派的企图、计划及其联系。小农党的领导现已转到民主分子的手中了。

为共产党所坚持通过的恢复国家的三年计划，现已成为法律。一九四七年选举的结果，共产党在政府中取得了重要的席位，成为政府中的第一大党，在继续巩固民主及繁荣一切经济及文化部门的大道上，继续领导着匈牙利人民向前迈进。

拉科西的生活及活动，无时无刻不与党的、为匈牙利人民的自由与独立、国家的民主繁荣的斗争联系着。

为拉科西写传记的一位作者，在讲到这位现已成为整个匈牙利所注视的人物的"私生活"特点时，着重地写道："甚至和他最亲近的人，除了知道他的家庭中有妻子和小侄儿（其母死于法西斯分子手中）以外，也再不能告诉你什么了。"

身任副总理的拉科西，其工作时间是由早晨六七点开始，常常一直工作到半夜以后。虽然工作这样繁重，拉科西仍然可以读许多书。他不仅非常喜欢文学，而且也很喜欢科学。他是一个非常有教养的人。他有着稀有的记忆力，并能熟练地使用六种语言。

充沛的精力及非凡的工作能力,更增加了拉科西特有的革命乐观主义,这是由于他能够熟练地、准确地、谨慎地估计任何正在发生的现象。当匈共由战后空前的困难环境走上恢复国家建设时,拉科西说:"这个我们已期待了二十五年了,而现在我们准备正视摆在我们面前的困难,我们愿意将自己投于建设工作中。"

(1948 年 6 月 1 日)

从黑暗到光明

——记康世昌怕杀思想的转变

维进

  康世昌是临汾东关人，今年十九岁，在临汾省立师范初师班肄业。他在阎匪长期反动教育下，对解放军非常害怕和仇视，当他被解放军解放后，害怕杀头的思想非常严重。但是经过临汾工作队进行民主政府的宽大政策等教育后，他很快地转变过来，并参加城市工作委员会的工作。他回想过去时，非常高兴地说："现在我从黑暗走到光明了。"以下就是他的思想转变经过。

  阎匪每天向学生宣传八路军有"二十四刑、三十六杀""现在不杀将来杀""前方不杀后方杀""白天不杀黑夜杀""共产公妻"等。我听了之后，感到八路军比阎锡山还要坏得多。一次同学任福生在南门外做工事被炮弹打伤，我越发痛恨八路军，决心要给同学报仇。四月九日，我自报参军，编在六十六师一九七团学生队，和十余个士兵守东关面粉厂的炮楼。但第二天八路军打进东关来了，我跑到一个有工人躲藏的地洞里去，忽然八路军在上面叫唤"出来，不出来就要扔炸弹"。这时我感到反正都是死，冒充工人也许死得好一些。谁知出去之后，八路军看见大家怕得发抖，便和气地说："八路军不杀人，不要害怕，现在战斗还没有结束，进去洞里躲躲再说。"这把我弄糊涂了，但是当我想起"八路军今天不杀明天杀"的花样，我知道现在为什么能够苟延残喘了。战斗结束后，我和那些工人被送到招待所的一座窑洞里，门上有个放哨的，就感到情形有点不对，大概死日快到了，并且我估计一定会死得很悲惨。我听人说过："八路军把人关在窑洞之后，好比里面是十个人，就等他们饿得不成人的时候，从里面拉出一个人，脱光衣服洗干净，放在蒸笼蒸熟；然后从窗子塞进去，让这九个人吃完之后，九个人又饿得不成，又拉出一个人去蒸熟，让这八个人吃。这样蒸一个吃一个，十个人就互相吃完了。"我想到这里，浑身发抖，八路军为什么会想出这种残忍的刑法杀人呢？但是过了四五天不见八路军来杀，只见那些工作队同志每天讲什么《目前形势与任务》啦、《土地法大纲》啦。我根本就不相信，因为我听说村里斗争把人杀光了；只是苦恼地想着到底哪一天才死在八路军的手里呢？又过几天，八路军把我送到后方的招待所翟村去，这一下我明白了，必然是"前方不杀后方杀"。但是当我走在路上时，发现出我意料之外的一件事情：人家都说解放区搞斗争杀的没有人，田地完全荒芜了；但是当我经过那一个村庄，遇有男女老少热热闹闹，庄稼长的油绿绿的，我开始怀疑八路军是否杀人。到了那村，工作队又耐心向我讲起《目前形势与任务》与《土地法大纲》。为了证明他们所讲的是否可靠，我找到一些老百姓问道："你觉得八路军是否比阎锡山厉害？"他们说："一点也不厉害，好得多哩，不拿群众一针一线。"我说："八路军杀过人吗？"他们说："从来不杀好人。"我说："分土地是否有势力的多分，没势力的少分？"他们说："人人有一份。"我说："不是斗争要开砖头会吗？地主富农被扫地出门吗？"他们说："现在没有这种事情了，地主富农和农民分得一样多的土地……"这一下，我完全相信工作队的话，消除了怕杀头的顾虑，安心学习各种政策。打开城后，我参加工作队进城工作，给同志学宣传民主政府的政策时，他们非常惊讶地说："你怎么还在世上？"连忙看我的鼻子是否给铁丝穿过，我笑着说："根本没有这回事情，连耳光都没有打过一次。"

（1948 年 6 月 2 日）

丑恶慌乱与分崩离析

——记南京的猪仔"国民大会"

三月二十九日开幕的南京猪仔"国民大会",于五月一日宣布闭幕。蒋介石反动集团的丑态,越来越不成样子。在人民胜利的面前越发慌乱,其内部越发互相倾轧,其分崩离析越发表面化,是这场活剧所表现的三大特色。在这场戏上演之前和演出之后,从蒋区报纸的报道看来,奇形怪相,比之袁世凯、曹锟的"国会",真是青出于蓝。其中特别丑恶的,是五项节目,即:代表之争、主席团之争、检讨军事之争、修改伪宪之争、与伪副总统之争。

参加这个"国大"的猪仔代表,百分之七十五是国民党员;卖身投靠的民社党与青年党,以及胡适、莫德惠等几名蒋介石的随从,则是这幕丑剧的龙套配角。猪仔代表自己也把这个"国大"称为"党民大会"(《益世报》)。悲惨的是连"国民大会"也开不好,首先是"代表"资格问题,就引起了丑恶的纠纷。这个纠纷从开会之前,一直闹到闭会为止。原来"代表"的产生,是由国民党中央圈定,和民青两党提名的办法规定下来的。蒋记国务会议曾经决定:"党员非经提名不得当选。"但是,日见土崩瓦解的国民党,对于它的党徒也正在丧失控制的力量。各地未经"提名"而在贿选中由所谓"选民"签署选出的国民党员,仍有六百多名。国民党命令他们让给曾经"提名"的党员和民青两党,他们就组织了所谓"民选代表联谊会"实行反抗,这就使伪选的臭茅厕愈搅愈臭。为了解决这个滑稽的问题,国民党想出了一个滑稽的办法:凡"退让"的,都作所谓"戡乱委员会"委员,以简任一级待遇,底薪七百二。接着,国民党中常会又作了一个更滑稽的决定:"当两年再让,到时不让,开除党籍。"接着，蒋介石还来了一场滑稽的亲自"召见"。但是"底薪七百二"也好，"党籍"也好，蒋介石"召见"也好，在政治市场上都已经一样的毫无价值。因此一场买卖毫无效果。到了伪"国大"开幕的前一天，有一个自称"候补民主烈士"的"民选代表"，居然买了一口棺材，声称"不进会场就进棺材"；并为了争取"美援"起见，特应美国记者之请，躺在棺材里，伸出头来拍了一张照片。另有十个人，则坐在大会堂内，实行"绝食"。闹到开会那天，蒋介石为了粉饰门面，就动员了一批彪形大汉，把那个"民选代表联谊会"包围起来，把十个"甘地"像小鸡似的挟出会场，并且用卡车把"烈士"的棺材偷偷搬走，沉入长江。具体的棺材是不见了，但是棺材作为伪"国大"的象征，作为蒋介石统治走向死亡的象征，却不是任何卡车所能搬走的了。

三月二十九日，这幕丑剧锣鼓开台了。天津一家报纸称之为"有如下等歌剧院"，叫骂和"嘘"声成为大会必具的特点。三十日至四月五日开预备会议，因为主席团的人选和伪副总统的竞选大有关系，争夺主席席位，便成为国民党各派在预备会中吵闹的题目。"为竞选主席团展开的炽烈活动，一如证券市场上讲行情，姿态万千，各方控制力甚大。有些'代表'因争候选人，彼此瞪眼噘嘴。"（《益世报》）三日选举主席，鸡鸣狗盗一齐出场，有人嚷叫选票上漏了人、有骂混蛋、有喊退票、有呼打的，会场一片大乱。五十多个没有拿到票的猪仔，拥到主席台上，质问他们为什么没有票，而会上又有一人投了三四张票的。

四月六日起开正式大会。按照蒋介石的意图，只要选了他当总统就散会完事。可是这出戏是在蒋介石的军事危局严重到不可收拾的情况下扮演的，坐在会堂里的大小反动派们，都感到末日的恐惧。讨论议事规则时，纷纷要求检讨蒋匪政府的施政方针。因此，正式会议的第一天，就闹得下不了台，结果用了停电使扩音器失效的手段，才算强迫休会。这个问题一直闹了三天，天天都是顿足拍桌声，嘘声和"滚下来"的咆哮声。最后一天，下等歌剧的下等导演蒋介石自己登场了，他看着台上台下到处都在豕突狼奔地争夺着扩音器，只好装痴装呆，"静静地坐在台上的隐蔽席位上……读他手里的报纸"。（美联社）

从九日起，蒋介石和他的僚属被迫作施政报告。他们的一套鬼话，连自己的喽啰们也不愿听。蒋介石报告时，连副总统候选人程潜都呼呼入睡。在其他中央社自称的"疲劳报告"期间，会场上疏疏落落，"有养神的，有闲谈的，有吃花生的，女'代表'有脱鞋弄足的，有梳头的"（《益世报》）。但是，即使在这样的报告期间，猪仔们也不是完全安静的，他们什么都可以不管，但他们不能忘记"检讨军事"。为了安定人心，蒋介石在会上大讲神话，说他的统治"基础是绝对的安全"，军事计划都"已完全达到""金融的基础非常的巩固"。对于这篇神话，亲蒋介石合众社也报道说：南京"大多数中立观察家，都是以怀疑来对待这一演说"。把命运寄托在这个独夫身上的许多猪仔代表，不仅"大大的怀疑"，而且公然揭出他的虚伪。四月十日，河南"代表"周炎光，认为蒋的报告不确实，上台说："我对主席昨天的报告不满。"此语一出，全场顿时骚动，一部分"代表"起立喊打，然全体河南"代表"支持他，其中一个高呼："开封、郑州都要丢了，还不准说话吗？"（《益世报》）十二日，"白崇禧报告军事形势，激起激烈辩论，纷纷埋怨政府腐败无能，……隐瞒事实真相"。（美联社）白崇禧的报告，几次为"不要说伙食，请报告东北、华北战略""要想办法呀，想办法减轻严重的军事形势呀"的吼声所打断。军事报告刚一结束，"平'代表'赵庸夫，双手抱住麦克风，以发抖的声音连喊：'枪毙陈诚！'"（益世报）。"下午军事检讨……河北、山东、山西、热河等省'代表',纷纷说明各该省形势严重,并不下于东北。江苏'代表'起而阐明自古江淮不保,江南难安。安徽'代表'高呼皖北不得了,湖北'代表'大声疾呼请大家不要忽视华中。"(中央社)十三日,俞鸿钧"正打算报告经济问题,被一个情绪激动的'代表'从扩音器前推开。这个'代表'大声喊道:'共产党已经取得了东北、华北和华中的一部,他们曾横渡黄河,而可能横渡长江,并向南京推进,你们为什么还不让我们讲讲军事的真实情况呢?'"(美联社)。"当何应钦说大会须遵守议程时,他就给'代表'轰了下去。会场的嘶声吼声几达一小时。"(合众社)全场像一堆热锅上的蚂蚁,秩序混乱到无法维持。"谷正纲上台大声疾呼,要求各'代表'警惕大局的危险,谓平蓉二地已发生学潮,不应在此浪费时间,应当择要讨论,早日完成选举。"(《益世报》)只能用"大局危险"的恐惧来镇定"大局危险"的恐惧,足见反动派在人民面前慌张成了什么样子!

　　四月十五日以后,讨论修改伪宪,就由闹到打了。独裁者蒋介石手中的伪宪法,本来就是保护独裁的装饰品,但因无人理会,所以事实上也起不了什么欺骗的作用。蒋介石为了要引起人们的注意,就故意制造了一个所谓"修改宪法"的运动,说得这部《宪法》好像颇为"民主"的样子;同时,他和民青两党及一部分国民党员,又故意装出并不赞成修改"宪法",只要加上一个所谓"戡乱时期临时条款",装得这伙"反对多数"的少数好像颇为忠于民主的样子。就是这样,居然把一群白痴由一个斗牛场又赶进了另一个斗牛场。据中外新闻记者的描写:十五日某女"代表"发言,"仅说出'不赞同修改宪法'几字,即被全场嘘骂,甚至叫打,全场混乱"。(中央社)十六日,"宪法修改案审议委员会开会时,'代表'间的情绪激动,引起了短时期的拳斗。有一'代表'曾宣布:'我现在并且永远反对干涉宪法。'另一'代表'便起而一拳，打人者在没有被认出是谁之前，便溜出会场了"。（美联社）十七日，会场内外均笼罩于紧张气氛中，"早上民社党王培基发言，说什么修改宪法提案，连骂的人都有问题，大代表控制小代表……话犹未了，一片'什么话''狗屁''打打打'声，全场鼎沸，人人离座，拂袖挥拳"。（《平明日报》）同时，在会场门外一群"民选代表"则与宪兵凶殴，闹得大会全体退席。在所谓修宪审查会中，也是一片鸦鸣鹊噪，最后才在蒋介石监督之下，以起立表决通过了所谓审查报告。会后，蒋介石特地训了一顿话，说是"看到刚才会场上的情形，我不能不说几句话。……诸位在这里开会，最要紧的就是守秩序。……如果还不守秩序，给中外人士看到都要感到极端的悲观"。（《新星报》）八日，由胡适、莫德惠等提出的"戡乱时期临时条款"，按蒋介石的计划通过了，蒋介石可以安排好做"总统"了。但是，虽然如此，"中外人士"还是不免于感到极端的悲观，"因为，同一天'CC'团又指使了一群安徽人到会场示威，高呼'打倒李品仙'，警察用手枪皮套打了他们，十二人受伤，数人伤势甚重"。（路透社）这个信号，表示反动派内部的斗争不是更和缓了，而是更紧张了。由假面目的斗争，转到真面目的斗争，转到副总统的争夺战，亦即蒋介石王位继承的争夺战上来了。

做"总统"本来是蒋介石的夙愿，但是这个政治流氓生不逢时，等到他安排好做"总统"的时候，他已经完全坠入灭亡的深渊，他甚至没有办法找到另一个人当总统，而又能保持他垂危的统治。一生追逐总统的蒋介石，最后是被"总统"所追逐着，是被袁世凯、曹锟的阴魂所追逐着，是被反动派统治者无法逃脱的断头台命运所追逐着。但是，蒋介石的悲剧还不止此而已。反动的统治阶级连同他的主子美帝国主义者，在决定替蒋介石做喜事的时候，同时就决定了替他做丧事，决定了找一个"反蒋"的"副总统"来作老朽的蒋介石之继任者，"以便在大势更加不妙的时候，'副总统'可以用'反蒋'的姿态出而延长反动派的寿命，因此得到美国老板的赏识为善观风色的政学系和杂牌军阀所支持的李宗仁，就决心与受'CC'系和蒋介石自己支持的孙科竞选'副总统'了"。在几个候选人的互相攻讦中，南京《新民报》公然刊载南京交通服务社的启事说："蒋公应利用其国际威望，不时欧游访问……李先生如能膺选，对于安定时局，胜任有余，对外亦具条件。"就是说，蒋介石活该滚蛋，李宗仁理合善后。"CC"的中央社特别广播了这个启事，来压迫李宗仁退却。同时蒋介石动员了国民党一切力量，帮助孙科，"有些'代表'甚至接到如不服从党的指示，即将开除党籍的威胁"。程潜还"奉到蒋的直接命令，退出竞选，籍以使孙科在选举中从容获胜"。（路透社）在这样的斗争，以及其他无数稀奇古怪的斗争中，"副总统"的选举一连举行了三次都没有结果，最后李宗仁宣布退出选举，并声称将要离开南京。这样，"蒋介石在美国意志的面前屈服了，李宗仁在美国意志的背后'胜利'了"。某中国报纸曾载一项消息称："美大使司徒雷登在劝请孙科退出上曾起作用。"（合众社）司徒雷登对此作了"此地无银三十两"式的辟谣。美国报纸几乎一致替李宗仁捧场。纽约《先锋论坛报》四月二十五日上海电讯说："假如与中共议和的时机来到，李宗仁远较蒋易为共方接受。"

中国人民对于这个臭得刺鼻的所谓"国民大会"，以及什么"总统""副总统"，从一开始就是加以鄙视的，人们只把它看作一串肮脏的笑话、一篇闻所未闻的新官场现形记。蒋介石集团满头大汗地演出了这幕"国民大会"，满以为可以粉饰一下太平，而结果却是他的内部更加分崩离析，统治危机更加严重。这个猪仔国大刚一闭幕，美金黑市价格即突破蒋币一百二十万元，比起三月底来，涨了三倍；物价立即猛涨，上海白米每担涨到蒋币五百万元，一夜之间，激涨五十万。"市场投机者，正在利用国民党内选举问题上的分裂，使经济情势更加恶化。"（路透社）五月三日，蒋介石曾经向任"国大代表"的千余党员发表演讲，他说："我将鞠躬尽瘁，死而后已。"蒋在此次秘密会中发言时，"其声调因情感激动而嘶哑"。（美联社）蒋介石现在只有和他的统治一道，和四大家族的封建买办垄断财产一道"死而后已"了。袁世凯当了皇帝，曹锟作了总统，随之而来的便是一败涂地，众叛亲离，树倒猢狲散，北洋军阀集团也接着归于覆灭。蒋介石把这条老路已经快要走到尽头。但是，这一回不但蒋介石要归于灭亡，整个中国反动派也要一齐归于最后的灭亡了。

（新华社）

（1948 年 6 月 6 日）

追记强渡淮河时的刘伯承将军

——某旅政委的谈片

卢耀武

当去年秋天刘邓反攻大军南渡淮河、千里跃进、深入蒋匪心脏作战的时候，大别山的老百姓传说着许多神话：有的说，今年六月下着棉花球那样大的雪，解放军是踏着冰通过淮河的；有的说，是每人拿了一个葫芦浮过来的；又有的说，是起了一阵大黄风，把刘伯承将军的六十万人马满山遍野一飘，就飘到大别山来的。实际情形是怎样呢？某旅政委某某同志谈了一个动人的故事。

我军打到大别山，建立新的根据地。当敌人发觉我军这一伟大的战略企图时，就拼凑了十九个旅，死追我军。在我军突破了敌人的封锁，强渡汝河后，敌人就企图在汝河与淮河之间来阻止我大军前进。

八月二十六日晚，我军到达淮河北岸某地渡口。这里集结约有×个旅的人马要过河。根据旅长和我的调查，河水本来可以徒涉，但在渡河之前，淮河上游突然涨水，我军所要赖以渡河的，只是□敌人破坏和劫走后所剩下的十来只小木船。司令部李达参谋长告诉我说：敌人的四十八师、七师、五十八师、十师、三师、六十五师、五十二师、骑一旅等十九个旅，紧跟着我军。敌八十五师的先头部队，距我们只有三十多里，已经和我后卫部队接触了。我军必须在今明两天渡过淮河，因此他叫我旅必须在夜里十二点以前渡完。

我连忙跑去监督，渡河部队拥挤在渡口，秩序不够好。我费劲整顿了一番，但要在十二点以前渡完，是不可能的。我又去找李参谋长，他一直紧闭着嘴，沉思着。最后，他说："那么，一定要在凌晨两点渡完。"我又跑到渡口去，渡河的秩序已经大大改善，一分钟都没有浪费，算起来勉强可以按时过完。但是，忽然起了一阵大风，每一条船的来往时间，要增加一倍以上。显然所规定的时间，是完全不够分配的了。我焦虑地再去报告李参谋长，他无可奈何地把时间推到拂晓以前。其实这仍然是很困难的。我想我旅只占这个渡口渡河部队的四分之一，如果我旅就占去一个整夜还多的时间，那么其余的人怎么办呢？我没有信心的又走向码头去，指挥队伍过河。一会我去到旅指挥所。

旅指挥所设在河北岸一间小屋子里，刘邓等首长们都在这里。大家很久不说一句话，都在用脑筋，非战胜淮河不可。一直在沉思着的刘司令员忽然问我："河水真的不能徒涉吗？""河水很深不能徒涉。"我肯定地回答。"到处都一样深吗？到处都不能徒涉吗？"刘司令员又问，我说："河上的老百姓都这样说，淮河忽涨忽落，从来没有人敢在水涨得正深的时候徒涉。""你们亲自侦查或试过没有？"我说："先锋团和我们自己都侦查过试过。"刘司令员还是细心地反复追问淮河各方面的情形，最后半怀疑地问道："你们找老乡调查了没有，多找几个老乡问一问。"刘司令员走到河岸上静默地望了望汹涌澎湃的淮河的浊流，立即决定先把他的指挥人员渡过一部分去。

我回到渡口去布置，不一会，刘司令员走来了，他拿了一根很长的竹竿，不知是谁给他找来这样一根不合适的手杖。刘司令员登上船时天快要黎明，月亮已经落下去了，迷茫中我看见他的黑影子在船边一上一下地活动着。我很奇怪他到底在作什么，忽然我听见他在船上大声喊我："某某能架桥呀，我试了好多地方，河水并不太深啊。"并且用力地喊："告诉李参谋长，叫他坚决架桥。"这时我才恍然大悟原来刘司令员是在船边亲自用竹竿测量水的深度，我执行了他的命令。临上船时又接到一封信上写："河水不深，流速甚缓，速告李参谋长架桥。"我到了南岸，刘司令员正站在河边看我们渡河，过了河见了我又叫我用他的名义写信给李参谋长，要想尽一切办法坚决迅速架桥。他并且吩咐我要在字的旁边加上圈，因我写完信读给他听了一遍，他说："在那圈圈的外边再套上一层圈圈。"信发出去了，他用严肃的口吻对我说："粗枝大叶就要害死人。"并且用那根竹竿在地上重重地点着，又重复了一句"要害死人"。我静静地站在他魁梧的身影前，他那永远挂着慈祥的和蔼面孔一直沉在严肃里，他的话一字一句像千斤重锤打在我的心上。在他临走时，他又对我说："某某同志，越是到紧要关头，领导干部越是要亲自动手，实地侦查。"他用力地看着我，像要把这些话刻在我的脑子里一样。

不一会，我旅一个团政委给我来了一封信，告诉我河水能够徒涉。我赶紧把那个团政委请来问个明白，原来是一个马夫掉了队，上不去船，于是从河的上游徒涉过来。我高兴得了不得，我想起了刘司令员那句"粗枝大叶就要害死人"的话，一点也不错，我赶紧把这个好消息写信报告刘司令员。我刚刚把信装进信封，想不到又接到他的来信。他说他亲自看见上游有人牵马渡河，证明完全可以徒涉，叫我立即转告李参谋长不要架桥了，叫部队迅速徒涉，于是部队很快就开始徒涉了。我带着无比的欣慰的心情，去见刘司令员。那里这时太阳已经露出地平线，这位不知疲倦的老人微笑着站在山头上俯视着淮河的浊流，望着他那无敌的常胜军千军万马沿着用竹竿标志着的水上路标分成四路、五路、六路，浩浩荡荡踏过淮河，战胜了千里南征中最后的一个险关。

（1948 年 6 月 8 日）

捷克公营工厂的工人与厂方

刘宁一

　　捷克的职员和工人，都参加同一个工会，目的是职工统一加紧生产。他们厂内生产与管理的组织机构，在经理领导之下，有一个工厂委员会为本厂最高权力机关。它由另外三个委员会的代表组成：其一是生产委员会，在本厂各生产部门主任领导之下，由全体职工选举技术工人与劳模分子为代表组成，专门研究考虑如何配置人力物力，和配合全国生产计划，鼓励劳动热诚，提高生产效率，提高质量，减低成本。其二是工人委员会，在工会领导之下，由全体职工选举代表组成，主要是照顾工人福利的实施，进行文化技术教育，检查工人是否为生产计划而努力，和工厂保险的条件，审议行政委员会的增减工人是否合理、个别具体工人的被裁减或添用是否恰当。其三是行政委员会，由政府指派的经理部组成，主要是配合政府工业部生产计划作出本厂生产计划，和全厂的行政管理。以上三方面代表，合组为工厂委员会，为本厂最高权力机关。它作出的决议，三方面绝对执行。每两星期开会一次，由经理任主席，以行政委员会为主体，吸收其他二者参加讨论。全国工人工资标准，由工业部规定等级，依工作能力与技术而分其差别；由生产委员会提出，行政委员会制订，经工人委员会同意，再由行政方面执行。至于整个工资标准，则不能由个别工厂作决定，必须由工业部全盘调整。工人个人工资的提高，必须他自己在技术上提高或有新的创造，才可以获得较高的等级或奖金。如果生产不努力，经过生产委员会建议，工人委员会审议，交行政委员会执行降级。

　　工会不得代表任何一个委员会的工作，它的任务是组织领导和教育职工，使上述工人及生产两委员会得到完满的推动他们完成任务。经理部是政府派的，代表政府管理工厂的一切日常行政，它又集中了工人的民主意见，所以他是集中执行的机关。在定期会议上，又有高度的民主。

　　工人和职员中，如有精通业务，并有管理工厂的才能者，可经工人推举，提请政府，由政府选用派到所需要的工厂作为经理人员。

一九四八年三月十日

（1948 年 6 月 9 日）

担架队变成战斗队

——大别山游击战争故事

去年十月初，一个细雨的深夜，大别山新集（即经扶）县泼皮河附近的山头上，正在进行着激烈的战斗。解放军某部的担架排长高玉基和副看护长史心诚，带领着三十六名担架队员，十二个看护和十三个通讯员及事务人员，接受了紧急任务，把集结在山坡下浒湾村里的二十二个伤病员连夜转送到后方医院去。但当他们把这些伤病员全部送到指定的地方时，后方医院因为情况紧急，已向别处转移了。因他们就和前后的部队失掉了联络，于是他们就决定单独活动，自己侦察情况，抬着伤病员和敌人打游击。

在敌人不断的包围和追击之下，伤病员既无安全地方可安置，也无医药治疗，大家都很担心重伤员们的伤口会一天天的严重起来。在这极困难的情况下，看护员们提出了用盐水洗伤口，用猪油代替医药的治疗方法，使伤病员减去了不少的苦痛。每当行军到达宿营地，他们不顾自己的饥饿和疲劳，首先给伤病员搞东西吃。住村买不到，就跑到几里以外的村子去买。借不到锅，他们就把南瓜当锅，在南瓜里面加上水和米。等到米煮熟，南瓜也烧熟了。伤病员吃米饭，他们吃剩下的锅（南瓜）。村子里房子少，先尽伤病员住房子，他们睡在稻田里或搭草棚子，用稻草当垫盖。敌人始终在跟踪尾追着他们，这种无目的的长期转移行军，对重伤病员极不方便，最后决定把六个重伤病员寄放在比较安全的地方，并给准备好足够一个时期吃用的米面和油盐。

单独活动打游击日子已经不短了，环境要求他们更坚定更团结的继续坚持战斗下去。大家都迫切地感到需要党的领导，以发挥集体的战斗力量，于是由原卫生处支委高玉基和王梦林负责，召开了全体党员大会，建立起正式支部，选出支委会负责人。在支部大会上，全体党员一致表示"同生死，共患难，坚持斗争到底"。不久又主动去找某某县委，接受地方党的领导。在该县委的帮助指导下，他们建立起战斗连队的组织，公推高玉基为连长，桑金文为副连长，史心诚为政治指导员，王梦林为支书兼文化干事；随即补充了足够的机步枪，全体武装起来了。由一个担架排，变成了一个战斗连，而成为一支坚持大别山腹地游击战争的有力武装。他们积极地在某某县境战斗，就在将近三个月的活动中，先后与蒋匪保安团等作战七八次，毙敌十余名，缴获武器一部，他们毫无伤亡。同时，在县委的领导下，还开辟了一个区的群众工作，组织起一支拥有三十多名青壮年的民兵队，把从土顽手内夺获来的枪支使民兵全部武装起来。而在进行游击战的活动中，部队本身也得到了很大的锻炼和发展，先后扩大了十多倍的新战士。支部也发展了好多新党员。今年二月底，他们武装齐全，胜利地回到原来的部队。让他们遗憾的，是寄放在地方上的那六个重伤员，没有能够和他们一齐回来，原因是当他们去寻找时，那六个同志早已休养好了，全部去作地方工作，成为当地老百姓所心爱的领导者了。

（1948 年 6 月 9 日）

"天网难逃"

——蒋阎匪徐其昌谢锡昌被俘记

常登

"活捉梁培璜，还要捉二昌，

一个徐其昌，一个谢锡昌。

打进临汾城，眼睛要放亮，

谁要捉住了，英雄把名扬。"

这张战地传单，总攻临汾前，在各个战壕里普遍地传看着。"活捉梁培璜""活捉徐其昌""活捉谢锡昌"的呼声，也跟着传单到处□吵着。有些战士更把他们三个人画了出来，每个人的主要特征都画出来了。梁培璜有一撮日本小胡子，徐其昌是个圆脸大肚子，谢锡昌是个小个子。

五月十七日黄昏，晋南前线的解放军攻进临汾城后，当晚十二时就结束了战斗。可是满城找不着一个蓄日本小胡子的人来。到第二天，我堵击的部队在河西马务村北的麦地里，才把梁培璜捉住了。捷报传来，大家高兴极了。有的说这是锦上添花，有的说这是画龙点睛；不然全部歼灭了守敌，没有捉住匪首，怪扫兴的。可是没有把徐其昌和谢锡昌捉住，有的仍感美中不足。

到二十日和三十日，先后把谢锡昌和徐其昌也捉住了。大家都说：这就无一漏网了，在徐其昌和谢锡昌看来，或许是埋怨自己的命运，但在我们人民和人民子弟兵——解放军看来，却是"天网难逃"。只要你是在国民党军队里为蒋介石卖国内战，你不放下武器，就是跑到天涯海角，也会被捉住的。何况被困临汾孤城，岂不更是瓮中之鳖。

国民党军阎锡山匪部六十六师少将师长徐其昌，在人民解放军强大兵团的军威之下，可说是一个"逃跑专家"。一九四五年秋天上党战役时，他曾经从解放军的铁拳底下逃跑过两次。第一次是在屯留县城，那时他是阎匪挺进第六纵队司令，带领了一群喽啰，困据屯留城内。我刘伯承将军常胜军攻占屯留城后，他夹着尾巴窜入长治城，企图去找史泽波保命。后来刘伯承将军的常胜军，又在屯留老爷山歼灭阎匪几万援军后，徐其昌又跟着史泽波弃城逃跑了。逃到汾河边，史泽波被俘，徐其昌又侥幸逃脱了。这次临汾战役，他也曾经逃跑过两次。他率领六十六师负责困守东关，四月十日，我人民解放军攻进东关后，他从地道里逃进城里去了。人民解放军攻进临汾城后，他又突围逃跑了。阎锡山曾经明令他的部属，提倡跑的战术，徐其昌算是执行得最坚决、最熟练的一个；可是这次从临汾城里逃跑出来后，终于没有逃出人民解放军的手掌心。

五月十七日晚上，解放军攻进临汾城后，很快突过了内壕，勇猛迅速地向着纵深发展。打到了城内的核心工事时，钟鼓楼后徐其昌看着大势已去，于是从西城门一个小门缝里钻出去，落荒而逃；跑到汾河两岸，连鞋带袜就跳下河去，鞋子也陷掉了。上到西岸，虽说有人给了他一双鞋穿，但是鞋不合脚，又因身体肥胖如猪，加之心里吓得作慌，那里还走得动？这时他自己估量了一番，追兵又这样紧迫，于是绝望地在临汾河西下圪垛村躲藏起来。到了三十日，我河西清剿部队到了下圪垛村，一下就把他查获了，屡次被歼灭又屡次逃跑的徐其昌，最终还是被活捉了。

国民党军胡宗南匪部整编三十旅少将副旅长谢锡昌，十七日晚从临汾突围出城后，他一股劲往西逃窜，沿途遭我堵击部队堵击，被打得精疲力竭了；窜到乡宁牛王庙东西南沟村时，再也不能继续逃跑了，这时只怨自己少长了两条腿。谢锡昌正在发愁喘气之际，哪知我堵击部队早已在等待着他了。谢锡昌率领失魂丧魄的残兵败将一百三十多人，一听见枪声，便吓得如泥了，乖乖地作了俘虏。自此困守临汾的蒋胡军三十旅，最后结束了自己的历史命运。

（1948 年 6 月 9 日）

捞　尸

维进

　　临汾市铁作寺南二三十公尺的地方，有一块洼地，洼地里有一口大水井。残酷野蛮的阎匪特警队（特务机关），就把这口井当作杀戮临汾无辜人民的屠场。

　　五月二十九日，记者和一群捞尸的群众走向这座屠场时，老远就飘来了死尸的恶臭。将及井口，广阔的洼地已被茂盛的野草所密盖，一团一团密草的间隙里，一堆一堆杀人的血迹，和土壤混合起来已变成淡红色的、深灰色的泥土了。我们踏着血迹走到井口，看见那阴沉沉的大井，简直使人可怕极了！这里看不见水，只看见堆积如山的赤身露体的死尸。据熟悉此井的人说：井有十余丈深，从水面到井底，有两丈余深，水面有一丈余宽，那么这些死尸从井底填的超过水面如同一座小山，这里到底有多少尸体呢？有人曾去公安局，问过杀人魔王毛世勋（阎匪特警组长，早被我捕获），但他也说弄不清楚了。捞尸人忍着恶臭，把第一层死尸捞起来后（用绳子拴住铁钩往上拘的），还看不见水；又捞起第二层死尸，还不见水，又捞起第三层死尸……一直把死尸捞了三四十具，才看见井水。这是黑红色的漂浮着一层一层人油的水呀！捞尸人又从水中捞出三十多具死尸后，渐渐不好捞了，有时只能捞出一只臂膊、一条腿、一块肠肚，或者一颗人头，或一副骨架……

　　在捞出来的六十余具死尸当中，每一具死尸都还是□着手，被绳子捆得紧紧的；同时在每一具被水漂得肿胀的尸体上，都有数不清的刺刀的窟窿。当阎匪特务们用莫须有的罪名夜间绑走这些无辜的群众，用棉花堵住他们的嘴巴，拉到这一可怕屠场杀害时，他们没有想到这种惨无人道的手段，并不能镇压临汾人民的愤怒。临汾人民谁都知道这些人是怎样死去的，他们记下了和阎锡山不可解的血债；他们希望解放军早日打下太原，迅速给死者报仇！

收尸的人群带着非常悲愤的心情，在尸群中找觅自己的亲属，但是哪里还能找见呢？他们只好认起衣裳来，但是衣裳早已在行刑被打破了，或者是被匪徒们扒掉发洋财去了（指好的衣裳），又哪里能认出来呢？有的人耐心地在死者身上找觅特别记号（如生前身上有一个疙瘩，或一个疥巴等），但是尸体上面的伤痕已经数不清了，哪里还能找得出来呢？

人死了，尸首找不见。"到底这些人犯了什么罪呢？"许多家属痛哭的控诉着。

记者询问了几位家属，其中有几人是这样冤死的：临汾师范的一位学生，某天晚上，在房里用指头对着壁上的阎锡山像点了几下，不幸被窗外一个特警组员看见了（特警组员就是派来学校监视学生活动的），立刻就被逮捕起来，以后就被投到井里了。民主政府干部张耀庭的父亲张协恒，在小程村给便衣队说过一句话也被特警队抓走，以后就没有回来。西王村何万义的亲哥，和轮战队说过几句话，就以"伪装"分子论罪。张纂村亢世昌，在城里做买卖，有一次给家里写了一封信，就以通八路论罪了……啊！这就是他们莫须有的罪过，于是他们被抓进特警队里，谁也不要再想见面了。如果想见面的话，那只有从今天井中捞出的尸首里头去找了。

（1948 年 6 月 10 日）

战 争 之 后

特洛岩诺夫斯基 作　付克 译

一

一九四五年五月的日子里，苏联和美国的两个师在德国托尔卡乌城的附近相会了。这相会显示了战争的迅速结束，并成为庆祝胜利的最好的方法。苏军师长以盛大的午餐宴请了美军的军官们，而过了一天，大批的苏联军官便又去美军师长那儿回宴了。

在这些军官中，有个重迫击炮排的排长——哥亚赫麦托夫中尉，他有黑色发光的头发，宽宽的浅黑色的面孔，突出的像炭一样特别乌黑的眼睛；在我们的代表中，只有他是个特殊的人。可能因为他是仅有的这样一个中尉，而在午饭前，又向他走来了一个黑人，这人伸出他那又黑又大的手，讲着俄国话说：

——美军的中尉波里·斯密威逊。

新交的朋友便谈论起来了，而且他们两人总是在一起吃饭。

事情是这样的巧，原来他们俩平时的职业都是教员，而在一九四三年他们俩都开到前线。波里·斯密威逊和哥亚赫麦托夫，战时在自己的部队中，两人都指挥着一个重迫击炮排。

——有趣的巧合。——哥亚赫麦托夫若有发现地说。

波里·斯密威逊握着他的手说：

——我们同你们的相会，这是件荣幸的事。

他们又讲俄国话，又讲英国话，相互问询了一些漫无边际的问题。

——你生在什么地方？——美国人问。

——生在塔什干。——哥亚赫麦托夫答。斯密威逊高声说：

——塔什干，卡察赫斯坦，中亚细亚！知道，读过。

——你呢？——哥亚赫麦托夫问。

——沙尔洛特城。

——知道，读过，——另一个苏军中尉打断了他的话说，——在北加罗林州，靠近山矶河。

为了满足这位新朋友的请求，哥亚赫麦托夫叙述了他自己战前的平生经历：父亲是卡查赫一家大地主的牧人。一九二六年他自己离开了那个大地主，在距塔什干不远的亚雷斯火车站当了一名小工。他在那里学会了读书写字，以后便到故乡的城镇去工作了。在塔什干，加里莫·哥亚赫麦托夫进了学校。所有像哥亚赫麦托夫出身的人，加里莫是第一个进了正规的城市的学校的孩子。

——革命前，——哥亚赫麦托夫说，——不管在塔什干或在卡察赫斯坦的其他城市里，没有卡察赫人的学校。沙皇政府认为我们是野蛮人，所以就把我们当野蛮人来看待。苏维埃当局把我们同俄罗斯人、乌克兰人及乔治亚人以平等相待。我们卡察赫人正向着生活的更高阶段迈进，现在我们什么都有了——工业、集体农庄、自己的文学、自己的音乐、自己的学校和大学、自己的剧院、自己的道路、自己的政府……

——懂得，懂得……你们有社会主义。——波里·斯密威逊说。

——我在中学毕了业，——哥亚赫麦托夫继续说，——就想去莫斯科，去莫斯科大学……

——嘿，这是多么美满啊！——美国人截断他的话说。

——这时我父亲在一个炼钢厂里当技工，这工厂是按五年计划在塔什干建筑起来的。他同意了我的意见，便把我送到莫斯科去了。在大学里，当局告诉我说，已交来了很多进历史系的入学申请书，这要成为一个很大的入学竞赛呢。我觉得我已有了充分的准备，所以我便递上了申请书。在竞赛考试中，我列在我许多同学的前面了。

我成了大学生。在一九三九年大学毕了业，我想留在莫斯科……我爱莫斯科，我特别喜欢莫斯科，但是我有我自己的塔什干，我有我的故乡城镇，我回家了。战前我在塔什干当中学校长。而我的父亲在技术夜校毕业后，就在电气工厂当了日班工程师，这就是我的经历。波里，我家中还有妻子和两个孩子，他们在塔什干等待着我呢，胜利之后我就去。

他叙述了自己的生平后，波里·斯密威逊说：

——我是黑人。——他叹了口气说，——而对于黑人来说，加里莫，生活在美国是非常困难的。一九二二年我的父亲死在白种人匪徒的手里了；而我的哥哥就教我读书。我们没有任何的权力，可是我终于在专科学校毕了业。当了教员。没有自由当然不好，没有自由就简直不能生活，而我的生活很快就痛苦起来了。怎样过活呢？我有知识，我自己学会了俄文，我会说法国话、西班牙话、德国话……我读过托尔斯泰和左拉的东西，也读过歌德和莎士比亚、拜伦和塞万提斯的作品……但这对于黑人有什么用呢？他有黑色的皮肤，而随便一个白色不识字的流氓就可以把他杀死……一九三九年，三个这样的白流氓在故乡的大街上把我捕起来，无情地打了我一顿，以后我就被告了。结果，罪犯是我，而不是他们。这样我就入狱了……

他停了一下。哥亚赫麦托夫没有打断他这种艰难痛苦的沉默。

——可是你知道，加里莫，——波里·斯密威逊比以前的声音提高了些说，——现在在我国有许多应该转变改革的事……战争中很多事情教育了我们的国家，现在没有一个人会相信，在我国又开始杀害像我这种皮肤颜色的人了……我相信这件事，我为这件事去打过仗。

这时向中尉走来了两位将军——苏联的和美国的。苏联将军举杯
向波里和加里莫碰杯说：

——为友谊干杯吧，朋友们！

美国将军同哥亚赫麦托夫碰杯后就向后退走了。波里也背过身去，装着没有瞧见自己的将军。

早上四点钟苏联军官便准备回去了。波里和加里莫交换了军邮的番号就握别了。

二

一九四六年初，加里莫·哥亚赫麦托夫中尉复员后回到了塔什干的故乡。在车站上，他的亲戚、同志、同学都遇见了他。他又当了中学校长，而夏天他到卡察赫斯坦看了一趟，在战争期间他的祖国有了多大的变化啊！

三年——时间并不长，但是在苏维埃国家的三年中，生长了多少肥大果实并如此地壮大起来了啊！

哥亚赫麦托夫为阿穆达里亚所惊奇了。他记得它是多么僻静的清洁的靠近大山的一座小城市呢。现在在他的眼前它已成为一座大的工业城市了。他沿着热闹的街市走着，他计算不完这些新筑的房屋了。电车响着，矿车沿着铁路无声地转动着。数十个新建的工厂和制作厂，高高的烟筒上冒着黑烟。

加里莫惊叹着卡察赫的田野和草原。田野扩大了，上边有许多拖拉机和康拜因。而在草原上羊群、牛群、马群，正在安静地吃草。卡察赫斯坦的农村经济和畜产业在战时已大大地前进了。

一九四七年的冬天，加里莫·哥亚赫麦托夫被选为卡察赫苏维埃共和国最高苏维埃的代表。他写了关于祖国历史学术的论文，并成为历史科学家的候补人。夏天加里莫家里生了个女儿。

就在这年夏天，加里莫回忆起了在德国特尔卡乌城同黑人的相会并给他寄了一信。

三

今年十月间，从辽远的北加罗林州的沙尔洛特城，用加里莫在战时服务的军队的军邮番号寄来了这样一封信：

我的亲爱的幸福的伙伴——波里·斯密威逊写道——你还记得在特尔卡乌附近，我们同你们相会在我们师长那儿的午餐吧！你记得你们苏联将军到我们俩那儿讲的那三个温和良善的俄国字吗？你记得美国将军不愿在我旁边喝一口威斯吉酒吗？这仅仅是在战胜德国后，对我的幻想初次的不太大的一次打击罢了……

我在一九四五年复员后，他们连船上的二等舱都没有给我。黑人同白人不能在一起走路的！在纽约他们把我从一个酒馆里赶出来，而在这个酒馆里白人是可以乘酒作乐的，那有黑人的地方？以后我买了飞机票，当时有个什么样的白人太太竟不愿在黑人旁边起飞。你们苏联人，觉得这太粗野了吧，然而这就是我们的生活，这就是美国的实际。

今后我的生活怎么办呢？——说起来真是痛苦伤心。在我的故乡沙尔洛特城市里，他们封闭了黑人的学校。你知道我现在干什么工作呢？我当了沙尔洛特街上每天清早垃圾的大汽车的车夫了，我的哥哥也在去年得肺病死了。

我就是为了这个，加里莫，去打过仗呢。在我们这里有很多人又在谈论战争了。这些人为了利润，他们在骂你们，骂你们的国家……他们打骂我们黑人……我是如何的羡慕你呀，我的幸福的伙伴！

我称呼你伙伴你不生气吧？本来现在我不是教员了。我是汽车夫。但是我没有丢弃我的知识，像从前一样我读了很多书。在美国的城市的大街上收集垃圾的汽车夫，还在读着拜伦、歌德、莎士比亚和托尔斯泰的作品呢……

在杜鲁门和范登堡的统治下这样做是很困难的，但是不读书我简直就不能生活。

朋友，只要我们向前看就不会失迷路途的。因为世界上有苏联和斯大林啊！

祝贺你和你们国家，加里莫，更幸福更繁荣。握手。这是由军邮寄发的，因为这样他们不调查信封上的地址的。

你的波里·斯密威逊上

两个国家，两种法律，人类的命运有多大的差别呀！

译自《红星报》

（1948年6月12日）

张效俭 "作威作福" 不合事实

绛县第三区河王村读报小组，看到《人民日报》三月二十四日，第一版登载张效俭同志，在新区作威作福的消息，阅后觉得不合事实，有客里空之处，特作如下说明：

一、稿中说河王村合作社，完全是张效俭的，没有群众的一股。事实上是张同志为了解决群众困难，领导群众搞了一个合作社。武委会入了二万元股金，群众四万七千元，还有罚的二石麦子作为群众生产股金，张同志也入了二万元股，但不全都是他的。

二、稿中说张同志把罚的二石麦子偷卖了。罚的麦子是王竹林、王小的每人一石。由村农会主席刘兴成入到合作社，现还在合作社生产，并不是他偷卖了。

三、张洪发（现任村长）四六年当村警，被蒋军抓着，威□他去找武委会主任方盛信，他被逼无奈，曾引蒋军到了方盛信家，这是事实。但这是今年二月方盛信父亲和村农会副主席茹德义谈的，张同志并不知道。稿上却说张同志怕斗了他，没人再当村长，就不让提意见，是冤枉了的。

（河王村农会主席刘兴成、武委会主任吕时祯、贫雇农代表伊广兴、农会常委何□□）

（1948 年 6 月 13 日）

文艺大系 华北抗日根据地及解放区

最 后 一 战

——记临汾城的攻克

克仁

步兵沿着工兵颠覆了的城墙，爬上五六丈高的斜坡。临汾匪军已完全陷于最后被歼的恐慌中，城内抵抗线的敌人，拉着枪顾不得打就向后逃跑了。高占元的突击小组，迅速顺着东城墙向北推进了三十多公尺，傻里傻气的敌人，有的才从工事里慌张地爬起来，还未来得及准备抵抗，城下的部队，就已经发展到他们的侧后了。这时敌人才觉得自己跑得太慢了。原来五步一堡、十步一碉的抵抗工事，现在反而变成他们逃跑的障碍了。他们就率性钻出工事来，向外乱窜乱跑。他们跑得那样的快，连像赛跑一样的杨向文追击组也追赶不上。城下城上的敌人混乱成一片。他们丢下了枪、丢下了弹药，以及重机枪架等，他们什么都顾不上扛就逃跑了。

部队由东城墙一直追到离北城楼二百多米达的地方，全长已有一千多公尺的距离，突击队员的手榴弹打光了。敌人这时才喘过气来，便乘机反扑，可是解放军却屹然不动。战士们没了手榴弹，立刻拿起步枪和敌人拼，有的拾起敌人遗弃的手榴弹反击。激战就在双方相距十米达的距离内反覆进行。敌人在无计可施时，便放出一颗毒气弹，一时白烟腾空。副连长邢六元激昂地喊着："我们不能退，我们要坚决消灭这恶毒的狗子！"战士们愤激地握紧了口罩，冒毒坚守。当第四次敌人以一个排反扑时，从战士们后方飞来的一颗炮弹，准确地在敌人面前爆炸了。战士们喝着彩，乘势投掷着砖头，就冲过去了。慌乱逃跑的敌人有七个人，顺从地做了俘虏。此时副指导员王文彬恰从后方运来了手榴弹，战士们情绪越更高涨，王文彬更向大家鼓动说：

"我们要发扬顽强性，大家跟我来。"这句话刚说完，他就冲了出去，许多健壮的身影，也接连跟去了，就是负伤两次的雷进镇，连伤口都没绑，脱掉棉衣又冲了过去。

他们猛烈地冲锋，把两个碉堡逃跑的敌人，堵在碉堡口里；敌人拼命地跑，他们一股劲地追，一门一门的山炮、战防炮、步兵重炮从他们眼前闪过。他们只顾消灭敌人，他们顾不得收拾这些，一直追到北门楼，钻进瓮城里的敌人，喘息未定，就当了俘虏。

与第一批突进城内部队同时，投入纵深发展的我军，钻过黑烟滚滚的突破口，透过稀薄的烟云，看见内壕里一排碉堡。敌人开始了猛烈射击，战士们却如同海燕喜雨似的在弹林中冲进。每个战士的动作，神速而又准确。靠城墙五十米达远的两层高碉，正向左翼的弟兄们侧射，张武文眼明手快，一颗炸弹就炸得碉堡里的枪声不响了。左翼的弟兄部队，迅速向南发展，战士们提着手榴弹，跨过了交通壕，冒着敌人的毒气向内壕展开，宽正面的攻击并没停止。敌人一层一层的碉堡线，到处被突破。某部四班战士，像一支急流，直跳进敌人的内壕，敌人立刻被冲散了。内壕有些碉堡里的敌人，还在顽抗，还拼命地投出手榴弹，不管敌人怎样抵抗，彻底消灭敌人的决心，鼓舞着战士勇猛前进。他们冲过内壕，敌人手榴弹更激烈地响了起来。排长李继高打得红了眼，狠狠地说：我一个人也要冲过去！车原禄带着战士又跳进内壕，梯子搭了过来，即冲上去，敌人防线再次被突破，全线变成动摇。正面的突击部队，也从各个火力点上冲过去向纵深挺进。

部队像急流一样冲破了内壕，敌人房子上的火力仍然抵抗着。但是对我们战士来说，已经可以畅行无阻了。刘统叶顺着敌人拆得七零八落的关帝庙，翻过两堵墙，就钻进地洞里，搜索着敌人。一座房子上两挺机枪正拉长火舌在叫，车原禄爬上房子打了一阵手榴弹，数人

华北抗日根据地及解放区

文艺大系

扔了机枪就跑了。第一线的枪声和爆炸的倒塌声继续响着，但是敌人抵抗力却越来越稀薄了。

部队一直向街心发展，敌人被我们插得七零八落。匪军的一九七团特务排虽然头上戴着钢盔，仍然全身武装着，却早已失掉抵抗力，他们踏着月光，茫然如丧家之犬在街上东窜西碰。战士王顺秀追上他们，马上喊着说："到处都是我们的人，向那里跑！"第一个俘虏听罢立刻转头来交出了他们的手提枪。此时城内敌人，已无心抵抗，范永太一个人，一颗手榴弹就将集团工事里一百一十个敌人全部俘获。

夜里十一点钟，城内枪声更稀疏起来，匪军的彩号在街上碰着，到处都在缴枪缴炮捉俘虏。可是战士们最感兴趣的缴获，就是希望着活捉梁培璜（他是阎锡山反共反人民政策的极狂者，和坚决拥护者，是晋南人民的死敌）。解放战士张治高，看到一个穿呢子军装的人，就要捉住问问是不是梁培璜。陈志祥带着他排战士，直向六十一军军部跑去，他们跑到一所高大的院落前，前面摆着两个碉堡，一个哨兵站立着，战士们问道："前边是谁?""军部的"。大家一阵心喜，一枪打跑了哨兵，炸开了墙，冲进军部，从地洞里炸出了三四十个官佐和勤务，他们慌张地告诉战士："梁培璜早在两三个钟头就跑到城外去了！"有些俘虏还埋怨地说："梁培璜天天说要与城共存亡，他现在比我们还跑得更快，他下命令要我们死守阵地，原来是为的掩护他好逃跑。"

按：梁培璜于临汾解放之次日，即五月十八日，已为我追兵所俘。

(1948 年 6 月 14 日)